A Lady Never Lies
by Juliana Gray

空高き丘でくちづけを

ジュリアナ・グレイ
島原里香[訳]

ライムブックス

A LADY NEVER LIES
by Juliana Gray

空高き丘でくちづけを

主要登場人物

アレクサンドラ・モーリー……侯爵未亡人
フィニアス・バーク……科学者。愛称フィン
アビゲイル・ヘアウッド……アレクサンドラの妹
リリベット・ソマートン……アレクサンドラのいとこ。伯爵夫人
ウォリングフォード公爵……フィンの友人
ローランド・ペンハロー卿……ウォリングフォードの弟
モリーニ……城の家政婦
ジャコモ……城の管理人
デルモニコ……イタリア人の自動車開発者
ウィリアム・ハートリー……アレクサンドラの亡き夫の甥

プロローグ

「ウォリングフォード公爵は不在です」執事がそう言って顎を突きだした。

「嘘をつけ」フィンは言った。「お互いにわかっているはずだ。ゆうべここで別れたときの彼の様子からして……」そう言いながら、古びた金の懐中時計のふたをぱちりと開く。「翌朝の八時に外出しているわけがない。棺桶で運びだされたならともかく」

執事が咳払いをした。「ウォリングフォード公爵はお会いになりません」

「ああ、それならまだわかる。ウォリス、そんなふうに正直に言ってくれたほうがずっと話が早い。それで？　ぼくはどの部屋に行けばいい？」フィンは執事の頭越しに玄関ホールをのぞいた。天井の高い広々とした玄関ホールは床が白と黒の大理石で、漆喰壁にはアカンサスリーフの装飾がこれでもかとあふれている。ロンドンの公爵邸の玄関とはかくあるべし、といったもののしさだ。フィンはここへ来るといつも思う。自分は公爵領の相続人に入っていなくて本当によかった、と。

「ミスター・バーク」執事がせいいっぱい背筋をのばした。だが、もともと小柄なのでたいして効果はない。背が高くてすらりとしたフィニアス・フィッツウィリアム・バークが相手ではなおさら意味がなかった。「はっきり申しあげたつもりですが、残念ながら伝わっていないようですな。よろしいですか。閣下はお会いになりません」

「冗談だろう」フィンはにこやかに言った。「ぼくには会うさ。それに、朝食を一緒にとる約束をしたんだ。聞いていないのか？　ではちょっと失礼して……」執事の隙をつくようにすばやく斜め前に踏みだす。だが、油でてかてかの執事の前髪にぶつかり、さらにはぴかぴかに磨かれた靴を踏んづけてしまった。

見あげたことに、ウォリスは顔色ひとつ変えなかった。「またしても聞こえなかったようで」歳のせいで猫背気味の上半身をそらすと、天井に響くほど声を張りあげる。「ウォリングフォード……」そこで大きく息継ぎをする。「公爵閣下は……」また息継ぎ。「お会いになりません！」

「いいか、よく聞いてくれ」もう一度相手の隙をつこうとうかがいながらフィンは言った。「この屋敷では朝食に客が来ることは珍しいのかもしれないが、ぼくは本当に――」

「ウォリス！」壮麗なカーブを描く主階段の上からウォリングフォード公爵の声が響いた。「客人をさっさと朝食室に案内しろ！　五分でおりていく」

ウォリスがしかめっ面をして、とがった鼻を小さく鳴らした。「おおせのとおりに、閣下」そう言うと、一歩脇に退いた。

フィンはすばやく手袋を脱いだ。「ウォリス、きみはまったく鼻持ちならない俗物だ。世の中のみんながみんな貴族になれるわけじゃないんだぞ。それでは世界がもたない」

「うちの執事をいたぶるな、バーク」公爵の声が飛んだ。

フィンは階段の上に目をやってから、戦いに負けて肩を落とす執事に同情的と言えなくもないまなざしを向けた。相手を慰めるように脱いだ帽子と手袋を手渡す。「自分で行くよ。いいだろう？」そう言うと、玄関ホールの奥にある朝食室へ向かって歩きだした。

「赤毛の学者風情が！」背後で執事が、ちょうどフィンの耳に届くくらいの大きさの声で毒づいた。「まったく近ごろの人間は、敬意というものを知らん」

公爵邸の朝食室は、女主人の役目を果たす女性がいないわりにとても雰囲気がよかった。広々としていて、南向きで、高い壁に囲まれた裏庭が見渡せる。隣家はちょうど死角になっているため見えず、まるでどこかの田舎か、少なくともハムステッドあたりに来たのかと錯覚するほどだ。唯一残念なのは、長らく使われていなかった部屋らしい、こもったにおいがすることだった。公爵とその弟が昼前に起きてくることはほとんどない。ふたりとも、明け方近くにならないと寝ないのが習慣になっているからだ。

だが、今朝は特別だった。フィンは風格たっぷりの朝食室に足を踏み入れた。朝食台には正式な英国式朝食に欠かせない品がずらりと並んでいる。キドニービーンズ、ベーコン、燻製鰊《にしん》、トースト、さまざまな種類の卵料理。さらにテーブルの奥の席には、二日酔いに苦しむ公爵の弟ローランド・ペンハロー卿の姿まであった。

「ローランドじゃないか」フィンは近くの椅子に新聞をぽんと投げた。「今朝のわれわれはいったいどんな栄誉にあずかれるのかね？」

「わからん」ローランドがもごもごとつぶやいた。「八時きっかりに朝食室に来いと兄に言われたんだ。でないと資産を差し押さえると。だが考えてみれば……」考えこむように額に手をあてる。「借金はとっくに返して担保も抜いたはずなのに」

フィンは朝食台のところへ行き、向こう側が透けて見えるほど上質なボーンチャイナの取り皿を手にとった。「ウォリングフォードもまったくいい加減だね。だが、すっかからかんになるまで酒に金を注ぎこんだきみも悪い。きみたちには今まで何度となく忠告してきたのに……」

「うるさい。聖人ぶるな」ローランドが言った。「日々あくせく働くきみのような科学者には、有閑貴族の苦しみなどわかるはずもないだろう。こっちはこっちで大変なんだ」そしてハンサムな顔の前までカップを持ちあげ、濃いブラックコーヒーを勢いよく飲んだ。

「だったら今朝は最高に運がいいぞ。きみの悩みを見事に解決する方法をここに持ってきてやった」フィンは長身の体を折りたたむようにして椅子に腰かけた。背もたれが盾のデザインになったヘップルホワイト様式のこの椅子は、今から数十年前にウォリングフォードの祖母が突如モダン趣味にとりつかれて買ったものだ。さっき隣の席のクッションに放り投げた『タイムズ』の昨日付の夕刊を、フィンはフォークの先で指した。「こいつがきみを、そしてきみの兄上を救済してくれる」

ローランドがキドニービーンズにフォークを突き刺した。「そんなものくそくらえだと、もしもぼくが言ったら？」

「誰もおまえの意見など聞いていない！」ブーツの踵をうるさく響かせながら、ウォリングフォードが朝食室に入ってきた。「もっと正確に言えば、ぼくの意見も聞いてもらっていないが。しかし、ともかくきみのためにこうして起きてやったぞ、バーク。朝食はうまいか？」

「ああ、ありがとう。早起きしてせっせと歩いてきた勤勉な人間にこそふさわしい立派な朝食だよ。料理人に礼を言ってくれ」

「消えろ、バーク」ウォリングフォードが朝食台に向かった。ツイードの上着姿の公爵は背が高く、肩幅も広くて、たいそう威厳がある。今どき珍しく髪を長くのばし、顎ひげは生やしていない。普段から親しく接している人間には、その整った顔に昨夜の深酒の痕跡を見ることができた。公爵のまぶたはわずかにむくみ、口角にしまりがなくなっている。

「いいことを言うね」フィンが言った。「その言葉、今朝ぼくが持ってきた提案と似ていなくもない」

ウォリングフォードが燻製鰊を取り皿に盛り、取り分け用のフォークを耳ざわりな音をたてて料理皿に戻した。「どういう意味だろう？　早く聞きたくてわくわくするね」

「いやみで言っているのはわかっているよ、閣下。けれどきみはゆうべ、かなり興味があるようだった。だからこうして朝食の約束をしたんだろう。きみと……」フィンは、テーブルに突っ伏しているローランドをちらりと見た。「きみの弟が二日酔いに苦しんでいるであろうことも顧みず」

「ゆうべはしたたかに酔っていた」ウォリングフォードがテーブルの上座についた。「だが、今朝はすっかり正気だ」

「なら本題に入っていいか？」

「ああ」

フィンは新聞に手をのばした。「きみたちはこれまでイタリアに行ったことがあるか？」

「決まっているだろう」公爵が笑った。「きみが研究室でがらくたをいじりまわしてあくせく稼いでいるあいだに、ぼくはヴェニスに暮らす女の半分を抱いた」

ローランドが頭をあげた。その顔に朝日が降り注ぐ。「嘘つけ。かわいい小悪魔のなんとか侯爵夫人といい仲になっていたじゃないか。彼女はきれいだが、とてつもなく嫉妬深かった。兄上の恋人の数はせいぜい五人といったところだろう。例の夫人が屋敷でおとなしくしているときしか自由はなかったから」彼がフィンを見た。「いずれにせよ、ぼくの兄は口で言うほど女にもてない」

「そう願うよ」フィンは言った。「イタリアにウォリングフォードのミニチュア版みたいな子どもが大勢生まれたら大変だ。どちらにせよ、ぼくが思い描いているイタリアは、きみたちふたりにおなじみのイタリアから実に遠く離れている」彼は小さく折りたたまれた新聞を開き、ある記事を公爵に見せた。「これだ。読んでみてくれ」

ウォリングフォードが黒く濃い眉をつりあげた。「ぼくにはモットーとしていることがいくつかあるが、昼食までは字を読まないというのもそのひとつだ」

「それも嘘だ」元気が戻ってきたらしいローランドが、ソーセージをナイフで切りながら言う。「きみが読めよ、バーク。興味がわいてきた」

フィンは深いため息をついて咳払いをした。「ある広告記事だ。〝趣味のよい英国貴族並びに紳士諸兄へ〟きみがこの記事を見落としたのはおそらくこの部分のせいだな、ウォリングフォード。〝太陽の沈まぬ楽園、トスカーナののどかな丘に立つ古城とその周辺の領地を、期間限定でお貸しします。この貴重な機会をぜひお見逃しなく〟」

「なんとまあ」公爵が言った。「地球の自転が狂ってトスカーナの美しい丘に異変が起きたのか？　こいつは驚いた」

ローランドがナイフで新聞をさした。「せめて数時間は暗くなってくれないと、充分な睡眠がとれない」

「〝太陽の沈まぬ楽園〟」フィンは大きな声で続けた。「〝所有者は、メディチ家統治時代よりこの地を侵略者の手から守ってきた申し分のない一族の末裔で――〟」

「ちょっと待て」ローランドが眉をひそめた。「トスカーナは小国家という位置づけがあったから要塞として機能したんだ。たかがひとつの城の力で……」

「地理の授業をやっているんじゃないぞ」フィンがたまりかねたように言った。「これは広告なんだ。まったく、どこまで読んだかわからなくなったじゃないか。メディチ家……申し分のない一族……ああ、ここだ。〝所有者は……火急の商用にて長期不在にするため、この比類なき城を破格の家賃にて、確かな審美眼をお持ちの旅行者に一年間提供いたします〟ウォリングフォード、この部分は心配するな。きみの名前だけ借りてぼくが交渉するから。

〝希望者はロンドンの下記斡旋業者を通じてお問いあわせください〟おい、ウォリングフォード、大丈夫か？」

ウォリングフォードはコーヒーにむせて激しく咳きこんでいる。

「少々肝をつぶしたのさ」ローランドが肩をすくめた。

「なぜ？」

「兄にイタリアの古城を一年間借りろなんて言いだすからだろう」

「ああ、違う、違う。そうじゃない。さっきのは冗談だ」フィンは新聞を脇に置き、卵料理を食べはじめた。

咳がおさまったウォリングフォードが涙ぐんだ目をふきながら言った。「冗談？」荒々しく咳払いをする。「あれが冗談だと、バーク？　死ぬかと思ったぞ」

「頼むよ、ウォリングフォード。きみの名前で借りたりするものか。お察しのとおり、ぼくだってたっぷり稼がせてもらっている」フィンは慈愛に満ちた笑顔をテーブルの向こうに向け、トーストに手をのばした。「城はぼくの名義で借りる。きみたちは客として招待されるんだ。だからなんの負担もない。ローランド、マーマレードをとってくれるかい？」

ローランドが夢を見ているような顔つきでマーマレードの容器を渡した。

これは想像していた以上に愉快な展開だ。わけがわからず呆然としているローランド卿。銀のナイフとフォークを指の関節が白くなるほど握りしめ、しだいに青ざめていくウォリングフォード公爵。

さて、誰が最初に口を開くか？

もちろんウォリングフォードだった。「バーク、おそらく」公爵が言った。「ぼくは何か聞き間違えたらしい」

「聞き間違えてなどいないさ」フィンはトーストにマーマレードを塗りながら言った。「こうなったら正直に言おう。ぼくはかねてから、きみたちふたりのことがときどき心配になっていたんだ」

ウォリングフォードの顔色がますます悪くなった。「なぜだ？　われわれが貧乏だから？　それとも愛する女性がいないからか？」

「そこだ！　そういうところこそきみたちの問題なんだ。どれほど自堕落な生活をしているか、自分でもわからなくなっている。目的もなく、意欲もない。毎晩のように記憶を失うまで酒を飲み――」

ローランドが音をたててフォークを置いた。「ちょっと待て。きみは足腰が立たなくなるまで飲んだことが一度もないかのような言い方だぞ」

フィンは手を振って否定するようなしぐさをした。「もちろん一度や二度はあるさ。ごくたまに羽目をはずすくらいなら許される。しかしきみたちふたりは、それが習慣になっている。まさにワインと女と歌の日々だ」

「異議あり。歌なんかほとんどないぞ」ローランドが口を挟んだ。

「あったとしてもひどいのばかりだ」ウォリングフォード公爵も言った。「あんなもの、なんの価値もない」

フィンは身をのりだし、テーブルに肘をついた。「三日前」静かに言った。「ぼくはたまたまケンブリッジ大学時代の古い知りあいに出会った。カラハンだ。覚えているかい？」

「ああ、覚えているとも。愉快なやつだった。ちょっと頭が鈍かったが、よく一緒にいたずらをしたものだ」ローランドが眉をひそめた。「あいつがどうかしたのか？」

「死んだよ。カムデン地区の愛人の部屋で、自分の吐瀉物《としゃぶつ》を喉につまらせて」

朝食室が静まり返った。炉棚で時を刻む金時計の音まで聞こえてきそうだ。

「なんてことだ」やがてウォリングフォードが言った。

「カムデンで」ローランドがつぶやいた。あたかもそこが南極であるかのように。

フィンは姿勢を正し、あらためてナイフとフォークを手にした。「実を言うと、彼の葬儀の列に出くわしたのさ。遺体はマンチェスターの実家に戻されていた。たまたまその近くに、ぼくが以前から買うことを検討している機械設備があってね。彼はひとり息子だった。知っていたかい？　母君はすっかり打ちひしがれていたよ」

「その点は心配無用だ」ウォリングフォードが肩をすくめた。「われわれの母は一〇年前に他界している」

フィンはなおも続けた。「遺体は目もあてられない状態だったと聞いた。朝に彼が死んでいるのを見つけた愛人が、メイドと逃げてしまったんだ。気の毒に、遺体が発見されたのはそれから一週間後だった」

ウォリングフォードが椅子の背にどさりともたれ、探るような目でフィンを見ながら腕組みをした。「言いたいことはよくわかった、バーク。自堕落な生活の果てには不名誉な悲劇が待っている。女は信用できない。ただちに田舎に引っこみ、酒を断ってまじめに生きるべし。そういうことだろう？」

こうした抵抗にあうことは、フィンだって百も承知だった。何しろ公爵に向かって生活態度をあらためるよう忠告するのだから、怒りを買わないわけがない。フィンは微笑んだ。

「そこで提案があるんだ」

「そうだろうとも。イタリアの古城だろう？」

「最近、ローマの知人が連絡をとってきた。ぼくと同じ目標を持つ男だ。方法は異なるがね」

「例の〝馬のいらない馬車〟のことか？」公爵が尋ねた。

「ばかげたがらくただ」ローランドが言う。

フィンは天井をあおいだ。「きみたちはふたりそろって機械破壊者《ラッダイト》なのか。とにかく、数週間前にそのローマの知人が――名前はデルモニコだ――ある提案をしてきた。品評会、もしくは展示会のようなものをしようってね。科学者たちが自分の開発した自動車を出品して評価しあう。いいエンジンができたら、それを使ってレースをする」

「レース！」ローランドが笑いだした。「レースだって！　そんなことにいったいなんの意味があるんだ？　きみの発明するどんな妙ちくりんな機械より、ぼくのほうが速く歩けるぜ」

「展示会は」フィンはとりあわずに続けた。「ローマ郊外で夏に開かれる」

「きみの魂胆が見えてきたぞ」公爵が苦々しげに言った。

「そのため、しばらく誰にも邪魔されることなく仕事に没頭できる静かな環境が必要なんだ。そこで思いついた。きみたちも日ごろの乱れた生活環境から遠く離れた田舎へ行き、女性との接触もいっさい断ち、心静かに学問に打ちこんではどうかと——」

「ちょっと待て。きみはまさか」ローランドが信じられないといった顔をする。「これから一年間にわたって、われわれがその、つまり……」そこで言葉につまった。

「禁欲を守る？」公爵が続きを言った。まるで〝はらわたを抜く〟とでも言うように。

「いいんじゃないか？　どうにも辛抱できなくなったら別の手があるわけだし。といっても、修道僧のように常に感謝の心で静かな暮らしを送っていれば、そのうち体の欲求も静まってくるんじゃないかな」

「きみはどうかしているぞ」ウォリングフォードが言った。

「ぼくはこれを、自らへの挑戦と考えている」フィンが言った。「ぼくにそう思えるなら、きみたちにも可能なはずだ。ウォリングフォード、きみはその気になれば、強い意志で己を律することができる。そしてローランド、ぼくの記憶では、きみは今よりはるかに誠実に生きていたころが——」

「昔のことだ」ローランドが鋭い口調で言った。「もう忘れたよ」

「とにかく、きみも規律を守れる人間だった」フィンはそこで言葉を切り、兄弟を交互に見た。ふたりとも自分の皿に目を落とし、豪華な朝食をフォークでつついている。「よく考えてくれ。怠惰な生活をやめることができたら、一年間でどれほどの成果をあげられるか。ほんの一時期だけのことだ。数カ月でもいい。勉学に励み、才能を開花させるのさ。降り注ぐ太陽、オリーブ畑。ときには地元のワインをグラスに一、二杯楽しむのもいい。三人で取り決めをつくって守れば問題ないだろう」

ウォリングフォードが顔をあげた。「きっぱり断る。こんなばかげた話は聞いたことがない」

「提案すること自体どうかしている」ローランドも言った。

フィンは窓に目を向けた。どんよりとした一月の空に雪が舞いはじめている。かといって、道路に積もるほど気温が低いわけでもない。フィンは冬のロンドンが苦手だった。すべてが茶色く薄汚れ、あちこちにぬかるみができ、石炭から出るばい煙で肺がまっ黒になりそうな気がする。

「太陽の沈まぬ楽園のこと」フィンは低くつぶやくと、公爵に視線を戻した。「少しだけでも考えてみてくれ」

「論外だ」ウォリングフォードが言った。

「絶対に無理さ」ローランドがうなずく。

フィンは新聞をとりあげて丁寧に折りたたみ、しわをのばした。

「この鬱陶しいロンドンから一年も離れて暮らせるんだ。悪習からも義務からも解放され、女性に気を散らすこともなく、好きなだけ学問に打ちこめるんだぞ」そう言うと立ちあがり、新聞を小脇に抱えてにっこり微笑んだ。「悪いことになるはずがないだろう?」

1

一八九〇年三月
フィレンツェの南五〇キロ

アレクサンドラは常に一流であることをめざしていた。まわりの令嬢たちが〝理想の男性〟にめぐりあうのを夢見ていたときも、彼女は〝理想の公爵〟を射とめるつもりでいた。最終的にはある侯爵のプロポーズを受けたが、夫となったモーリー卿はとびきり裕福で、しかもとびきり高齢だったので、やはりその結婚は成功だったとアレクサンドラは考えた。

〝求めよ、さらば与えられん〟――それが自分のモットーだ。何しろ聖書にそう書いてあったのだから、間違っていないはずだ。ほかにもモットーはある。たとえば、〝どんなときも、決して二流に甘んじてはならない〟。

たとえ、債権者から逃げているときでも。

それなのに、この部屋はどう見ても二流だ。いや、二流ですらない。まるで食器棚に毛が生えたような大きさ。冬のあいだ夏用のドレスをしまっておく衣装部屋ほどの広さしかない。

幅の狭い簡易ベッドが一台備えつけられているだけで、帽子の置き場所にも困るほどだ。目の粗いウールの毛布はしらみの温床のように見える。これは四流、いや五流だ。とても受け入れられない。

　アレクサンドラは宿の主人を振り返った。「こんな部屋はだめよ。ありえない《ノン・ポッシブロ》。わかる？　理解できた《コンプレンド》？　狭すぎるわ。あまりに《トロッポ》、その……狭い《ペティート》の。こちらは三人よ。三人《トリオ》。それに坊やもいるし」

　宿の主人が眉をひそめた。彼女のイタリア語がよくわからないようだ。「マイレディ、部屋、もうありません。歓談室、ベッド運びます。とてもあたたか。とても快適」

「歓談室ですって！　こちらは英国人女性が三人いるのよ！　冗談じゃないわ」どれほどばかげた話かわからせるために、アレクサンドラは笑ってみせた。

「でも、雨、降ってます。橋も……水浸し。部屋、もういっぱい！」

「誰が泊まっているの？」彼女は姿勢を正してつめ寄った。

「公爵」主人が声をひそめて答えた。「英国の公爵。その弟と友達もいます」

「まあ！　だったらその部屋に案内して。えー、部屋《チャンベロ》。お願いね」アレクサンドラは宿の主人を狭くてきしむ廊下にせきたてながら言った。「わたしたちの国では、レディが困っているときは紳士が喜んで……そう、喜んで身を犠牲にするのよ。そういう文明国だから英国は世界のお手本なの。あなたはそう思わない？　わたしたちは気の毒なローマ人のように蛮族の手に落ちてはならないのよ。その公爵はきっとわかってくれるわ。ええ、きっと！」

彼女は部屋の戸口で足をとめ、なかを見渡した。こちらはさっきの部屋とずいぶん違い、とても広々としていた。奥の壁の中央にはふわふわのダブルベッドが置かれ、片側にクローゼットがあり、反対側に暖炉が据えられている。リンゴのように赤い頰をした下働きの若い娘がちょうど暖炉の掃除をしていた。イタリア人らしい野性的な黒髪を目にすると、ついうらやましくなる。

もちろんその部屋も特にすばらしいというほどではなかった。宿は辺境の地トスカーナの名もなき道にあり、ミラノからもフィレンツェからも遠く離れている。それでもアレクサンドラは、野暮ったい調度品も、使用人の行き届かない仕事ぶりも大目に見るつもりだった。細かく仕切りが入ったガラス窓を雨がたたきつけているし、風が煙突からも吹きおろしてくる。こんなときに贅沢は言っていられない。

「完璧よ」彼女は宿の主人を振り返った。「この部屋に泊まることにするわ。あちらの続き部屋もね」クローゼットの隣に見える、少し開いた扉を指さす。

宿の主人の顔には、雨続きの長い冬を過ごしてきた苦労が表れていた。彼のこけた頰がこれ以上青ざめることはなさそうだったのに、わずかに残っていた血色がアレクサンドラの言葉で完全に失われてしまった。

「でも、マイレディ」宿の主人が弱り果てて言った。「この部屋、もうお客さんいます！　公爵！　とても大きな公爵！　すごく強い！　弟、友達、みんなすごく大きい！」

「不思議ね。なぜか大きな男は大きな男同士で仲よくするのよ。逆に小さな男は小さな男同士でつきあうの。これも自然の摂理のひとつなのかしら。ぜひ真相を知りたいわ。ところで、大きな公爵と言ったわね？」アレクサンドラは首をかしげ、階段を戻ろうと向きを変えた。

「まさかウォリングフォードじゃないわよね？　あの人がイタリアにいるなんてことがあるかしら？　そんな話は聞いていないけれど」

「ウォリングフォード！　そう！」後ろから宿の主人があたふた追いついた。「ウォリングフォード公爵！　きっと怒ります！」

「まさか。あの人は確かに口が悪いけれど、本当は子羊みたいに気が小さいのよ。それとも……そうね、雄羊くらいかしら」階段の上で足をとめたアレクサンドラは、人の気配がする階下の歓談室からのぼってきた薪の煙と、湿ったウールとロースト肉のむっとするにおいを吸い、気を失うかと思った。あらためて決意をかため、階段をおりる。「どちらにせよ、たいした問題ではないわ。わたしに任せておいて。すぐに解決できるから」

「マイレディ、お願いです。歓談室、それほど悪くは……」

「だめよ。ありえない《ノン・ポッシブロ》。わかった？」アレクサンドラは相手に伝わるよう声を張りあげた。

「わたしたちは英国人。英国人《エングリーゼ》よ。どんなときも……」彼女は階段を半分ほどおりたところで立ちどまり、木の梁が見えている騒々しい部屋をのぞいた。長いテーブルについて空腹を満たしている三人の男性の頭が見える。そのうちのどれが捜している相手かすぐにわかった。

「まあ！　公爵！」アレクサンドラはわざとらしくならない程度に驚きと喜びにあふれた声を出した。

ウォリングフォード公爵はどうやら彼女が来るのを予期していたらしい。ほっそりした顔に深いあきらめの表情を浮かべ、連れのふたりに何やらつぶやくと、ナプキンをテーブルに置いて席を立った。「レディ・モーリー、こんばんは。お元気そうで」挨拶というより、うめき声のように聞こえる。

アレクサンドラは大きく息を吸い、残りの階段をおりた。「ウォリングフォード、まさにあなたに会いたいと思っていたの。わたしがいくら言っても、宿の主人にわかってもらえないのよ。いくら勇敢で進歩的だろうと、英国人女性のわたしたちが見知らぬ人と同じ部屋で寝ることなんかできないわ。見知らぬ男性、しかも外国人の男性と一緒に寝るなんて」彼女は公爵の真正面に立ち、勝ち誇った笑みを浮かべた。これまでプライドの高い貴族男性たちを大勢打ちのめしてきた笑顔だ。「あなたならきっとわかってくれるはずよね、閣下？」まつげの下から上目づかいに相手を見ながら、とどめとばかりに甘い声を出した。

ウォリングフォードはかたい表情を変えなかった。「上の階に空室はないのかい？」

アレクサンドラはなすすべもないといったように肩をすくめてみせた。「とても狭くて小さな部屋なの。あんな部屋では、わたしたちはともかくレディ・ソマートンの坊やを寝かせられないわ」彼女はそこで公爵の連れにちらりと目を向けた。宿の主人は公爵の弟と言っていた。そしてウォリングフォードの弟と言えば、誰もが知るとおり……。

「ローランド・ペンハロー卿！」ことの重大さに気づいたアレクサンドラの脳内で火花が散り、ふいに外のことが気になった。旅行鞄の荷おろしに手違いがないよう確認してもらうため、つい一五分ほど前に妹といとこを宿の前庭に残してきたのだ。「ちっとも気がつかなかったわ！　あなたはもしかして、さっきわたしのいとこに……レディ・ソマートンに……ああ、なんてこと！」

ローランドが頭をさげたので、アレクサンドラはほっとした。つっけんどんな兄と違い、こちらは愛想のいい青年だ。社交界ではこの兄弟のうち弟のほうがハンサムということになっているが、実際、ふたりの顔だちそのものは瓜ふたつだった。弟のほうが髪と瞳の色が明るいので、よりハンサムに見えるのだろう。公爵のほうは黒髪に黒い瞳だが、ローランドは人懐っこそうなはしばみ色の瞳と、つややかな金茶色の髪をしていて、どこかレトリーバー犬を思わせる。とはいえ、ローランドはこの場ではあくまでも落ち着いた声で礼儀正しく言った。「レディ・ソマートンにはついさっき……玄関ポーチでお目にかかりました。もちろん愛らしいご子息にも」

アレクサンドラは喉もとに何かがこみあげてくるのを感じた。笑いたいような、うめきたいような複雑な気分だ。ローランドとリリベットが、これほど長い年月を経て宿の玄関ポーチで再会するなんて。まったくなんてことだろう！

「ええ、フィリップは本当に愛らしい子なのよ」アレクサンドラはかろうじて言葉を返した。ひどく動揺したところを見られてしまい、やや形勢が不利になってしまった。だめだわ、こんなことでは。とっさに気をとり直して咳払いをした。それが気まずい沈黙を破るためのきっかけになることを願って。

だが、残念ながら何も起こらない。アレクサンドラはしかたなく公爵のほうに向き直った。「ねえ、ウォリングフォード、こうなったらもうあなたの善意にすがるしかないの。わたしたちが困っているのがわかるでしょう？　あなたたちの部屋はずっと広くて……続き部屋まであるじゃない！　もし心ある人なら……」あることがひらめき、彼女はローランドのほうを向いて懇願するような笑みを浮かべた。「ローランド卿、かわいそうなリリベットのことを考えてあげて。彼女は今夜、椅子で寝ることになるかもしれないのよ！　見ず知らずの男性たちと一緒に」

ローランドの顔がこわばった。アレクサンドラはなおも訴えようと口を開いたが、別の声にさえぎられてしまった。

「レディ・モーリー、前もって宿の予約をしておこうとは思わなかったのですか？」

一瞬、アレクサンドラはわけがわからなくなった。これほどよく響く声は、広い胸郭の持ち主にしか出せない。こんな早口の英語を外国人が話すはずもない。だが今の声は、ウォリングフォードでもローランドでもなかった。

つまり、もうひとりの男性だということだ。

アレクサンドラはすぐに反応したりはしなかった。だてにモーリー侯爵未亡人をやっているわけではない。心のなかでゆっくり三つ数えてから声の主を見た。

相手は予想していた外見とまったく違った。

ウォリングフォードの友人だというけれど、いったいどういう人だろう？　公爵より一〇センチほど背が高く、肩幅も広い。ここまではわかっていた。ウォリングフォードとその一行のことは宿の主人に聞いていたから。だが、さっき耳にした深みのある低い声からして、いかにも陰気で悩みを抱えていそうな人を思い描いていたのだ。髪も瞳も黒っぽい、ちょうどウォリングフォードのような男性を。しかしこの人は、髪がまっ赤で、瞳は芝生のように鮮やかなグリーンだ。しかも、鼻から高い頬骨にかけてそばかすが散っている。まるで靴屋の小人の話に出てくる妖精《レプラコーン》のようだ。ずけずけものを言い、目つきが鋭く、爪先がくるっと上向いた長靴下をはいて身長が二メートル近いレプラコーンがいたとしてだが。

もちろんアレクサンドラは、成長しすぎたレプラコーンとも渡りあえる自信があった。

「まあ。そのことでしたら、ミスター……」彼女はそこで相手を見くだすかのように沈黙した。一般の人間がこんなことをされたら、打ちのめされて床にがっくりと膝をついたかもしれない。「ごめんあそばせ。あなたのお名前をうかがいそびれましたわ」

「これは失礼、レディ・モーリー」ウォリングフォードが言った。「まったくうっかりしていた。紹介させていただくよ。おそらくきみもどこかで彼の名前を聞いたことがあるだろう。王立協会のミスター・フィニアス・フィッツウィリアム・バークだよ」

「お初にお目にかかります、マダム」ミスター・バークが軽く会釈をした。

その名前がアレクサンドラの頭にしっかり入るまで、わずかに時間がかかった。「バーク」彼女はつぶやき、やがてもう一度、今度は確信をこめて繰り返した。「フィニアス・バーク。王立協会の。ええ、もちろん存じあげているわ！　ミスター・バークの名前を知らない人なんていないもの。ええと……先月の『タイムズ』だったかしら……何かについて発言していらしたわね。確か、電気による新しい……」

また言葉につまってしまった。まったく、ウォリングフォードときたら油断ならない。不世出の天才と騒がれる科学者とイタリアの片田舎を一緒に旅しているなんて。いったいどうやってフィニアス・バークのような人と知りあったのかしら?

アレクサンドラは気をとり直して笑顔をつくった。先ほどの高飛車な印象をやわらげるためだ。「もちろん予約はしましたのよ。何日も前に電報を打ったと記憶しています。でも、ミラノの滞在が思いのほか長引いてしまって。坊やの子守が急に体調を崩してしまったんですの。どうやらその連絡が間に合わなかったようだわ」彼女は後ろで困惑したように立っている宿の主人を振り返った。

「まあまあ、もういいじゃありませんか」ローランドが言った。「われわれは、あなたとお連れの女性たちに不自由をさせようなんて夢にも思っていませんよ。そうだろう、兄上?」

公爵が腕組みをした。「ああ、残念ながら」

「バークは?」

ミスター・バークも賛意を示した。

ローランドが人懐っこい笑みを浮かべた。「ほうらね、ぼくの言ったとおりでしょう、レディ・モーリー。これで万事解決だ。バークには上階の小さな部屋で寝てもらいます。人間嫌いの退屈な男だからちょうどいい。ぼくと兄は下の歓談室でかまわない。それでご満足でしょう?」

アレクサンドラはほっと安堵した。なんてやさしい人だろう。ローランドにキスをしたいくらいだ。礼儀作法とリリベットのことを考えなくてすむなら。アレクサンドラは山羊革の手袋に包まれた両手を優雅に握りあわせた。「ああ、ローランド卿。あなたならそうしてくれるとわかっていたわ。本当にありがとう。わたしがあなたのご親切をどれほどありがたく感じているか、きっとわからないでしょうね」あふれんばかりの感謝の気持ちをこめて言いながらも、こちらをじっと見つめているミスター・バークの姿が視界の隅に入ってなんとも落ち着かなかった。

ウォリングフォードはなぜ科学者なんか連れてきたのかしら? この男性ときたら、こちらを物か何かのように無遠慮に見つめてくる。まるで心のなかの秘密まで暴くかのように。

アレクサンドラは宿の主人を振り返り、いつものさばさばした口調に戻って言った。「今の話でわかった? 理解できた《コンプレンド》? 上の階にある公爵の荷物を下におろして、代わりにわたしたちの旅行鞄をすぐに運んでちょうだい」

宿の主人がむっつりとした顔で一礼して足早に出ていこうとしたとき、木の扉が勢いよく開き、ずぶ濡れの服から水をしたたらせた親子が前かがみの姿勢でくっつきあうようにして入ってきた。

アレクサンドラの胸にむくむくといたずら心がわき、さっきまでの居心地の悪さが嘘のように消えた。「ああ、リリベット! やっと来たのね。荷物は全部そろった?」

ほとんど反射的に部屋を出ていこうとしたローランドが、リリベットの進路を邪魔したことに気づいてその場に立ちつくした。

なんとも愉快な光景だ。

さらに愉快なことに、リリベットはローランドの存在をまったく無視していた。すぐさま床に膝をつき、目の前にいる幼い息子フィリップだけに意識を向け、いかにも愛情深い母親らしく濡れたコートのボタンをはずしてやっている。

「ええ、全部おろしてもらったわよ」リリベットがアレクサンドラに返事をした。「あとから宿の使用人が運んでくるわ」まるで三人の男性が目に入らないかのように、アレクサンドラにまっすぐ視線を向ける。なかなか簡単にできることではないはずだ。何しろ三人の男性はラグビー選手のように大柄なのだから。

そこまで無視しなくても、とアレクサンドラは思ったが、すぐに考え直した。いとこほどの美女を前にして、さらに愛嬌を求める男性がどこにいるだろう？　リリベットが立ちあがり、今度は自身のコートのボタンをはずしはじめた。ローランドは相変わらずその場に釘づけになっている。

「まったく、しようがないな」アレクサンドラの後ろで誰かがつぶやいた。声からしてウォリングフォードだ。

「あのふたりは知りあいと考えていいのか？」もうひとりの男性――つまりミスター・バークがそっけなく尋ねる。

これはもう芝居を見るよりおもしろい。

ところが、リリベットがコートのいちばん下のボタンに手をかけ、次に何が起こるのだろうとアレクサンドラが息をつめたとき、妹のミス・アビゲイル・ヘアウッドが部屋に入ってきてすべてをぶち壊した。

無邪気なスパニエルの子犬のように首を振って帽子の水滴を飛ばすと、アビゲイルはアレクサンドラに駆け寄った。「アレックス」静かな部屋に高い声が響き渡る。「さっきわたしが馬小屋で何を見つけたと思う？」

アレクサンドラは失望のため息をつき、鼻にしわを寄せた。「いったい馬小屋で何をしていたの？　ねえちょっと、そんなふうに手を振りまわさないで。早くコートを脱ぎなさい。こっちまでびしょ濡れになるわ。ほら、ボタンを」彼女は妹のコートのボタンを手際よくはずした。「さあ、向こうに行って体をあたためましょう。暖炉の横のテーブルであたたかい食事が待っているわよ。馬小屋で何を見つけたか、食べながらゆっくり聞かせてもらうわ」

脱がせたコートを右腕にさっとかけ、左手でアビゲイルの手を握ると、アレクサンドラは大きな暖炉に向かった。すでにリリベットが両手をのばして火にあたっていた。どんな英国紳士もうっとりせずにはいられない美しい姿だ。かつて数年にわたって彼女に恋をしていた男性にとってはなおさら。

今夜はローランドにしっかり目を光らせておかなければ。

だが男性陣の前を通りすぎたとき、アレクサンドラの視線は予想外のものに向いていた。

ローランドの呆けたような顔でも、ウォリングフォードの苦虫を嚙みつぶしたような顔でもない。

彼女のまなざしは、暖炉の火の光を受けてまばゆく輝くミスター・フィニアス・バークのまっ赤な髪に向けられていた。

2

夕食がすんだら席を立つべきだということは、アレクサンドラにもわかっていた。当然そうすると男性たちも思っただろう。あくびをしているフィリップを寝かしつけるためにリリベットとアビゲイルが上階へ向かうとき、アレクサンドラも一緒についていくだろうと。英国女性とはそういうものだ。男性がブランデーと葉巻と政治談義を楽しむ時間を邪魔しない。たとえそこが、イタリアのまんなかにある、客でいっぱいのひなびた宿だとしても。

だが、今夜のアレクサンドラは違った。以前から食後の男性たちの会話に加わりたいと思っていたのだ。今は未亡人という自由な立場だし、英国貴族の応接間からも遠く離れた場所に来ている。特産の蒸留酒《グラッパ》も楽しんでみたい。何より、ふと思いだしたのだ――アビゲイルが馬小屋で何を見つけたか顔を寄せて熱心に話すのに耳を傾けつつ、大きく切り分けられたトスカーナ産ガチョウ肉のローストを半分ほど食べ終えたときに。ミスター・バークがその明晰な頭脳でもって現在どのような研究にとりくんでいるかということを。

〝馬のいらない馬車〟

これはもう、困っているわたしのために神さまが彼を遣わしてくれたに違いない。

　そういうわけで、アレクサンドラは席を立たなかった。そしてリリベットのドレスの裾が階段の踊り場に消えるのを見届けるや、フィニアス・バークに挑発的に微笑みかけた。「教えていただけるかしら、ミスター・バーク。あなたはいったいなぜイタリアの田舎にいらしたの？　ウォリングフォードやローランドが酔狂なことをするのはわかるけれど、あなたはもう少しまともな方に見えるわ」

　テーブルの向こうから、ミスター・バークが心の奥まで見透かすようなまなざしを向けてきた。「そう言われるならぼくからも同じ質問をさせてもらいましょうか、レディー・モーリー」

「あら、だめよ。わたしたち女性には隠しごとをしていい特権があるの」その言葉に彼の顔つきが変わったが、アレクサンドラは目をそらさなかった。「反対に、あなた方男性にはどんな隠しごとも許されないの。さあ、おっしゃって。早く聞きたくてうずうずするわ。これは欧州旅行《グランドツアー》なの？　失われたルネッサンス期の絵画を探す旅？　それとも、ウォリングフォードがイタリアの伯爵夫人を身ごもらせでもしたのかしら？」

「傷ついたな」公爵が言った。「ぼくがそこまで軽はずみなまねをすると思うのか？」

　彼女はほっとしてウォリングフォードに視線を移した。たいていの女性は公爵のことを恐れているが、アレクサンドラが彼の体の大きさや口数の少なさにおじけづいたのは遠い昔のことだ。男がどういう生き物なのかを知ってしまえば、ウォリングフォードとてほかの人間となんら変わらない。

アレクサンドラは椅子にもたれ、錫《ピューター》のくすんだカップを指先でもてあそんだ。カップのなかには、宿の主人が所蔵するワインが入っている。雑みと渋みがあって彼女の口にはまったく合わず、あまり飲む気がしなかった。

「ちょっとそんな話を耳にしたのよ、ウォリングフォード。人の話なんてあてにならないわね」

「別に愉快な話でもなんでもないんだ、レディ・モーリー。ここまで来たのは学問をきわめるためだから」

アレクサンドラは笑った。「学問をきわめる、ですって！　嘘ばっかり。ミスター・バークがそう言うならわかるわよ。でも、あなたたちふたりが？」彼女はすばやくローランドに目を向けた。「いったいなんの学問をきわめるの？　ホイストゲームかしら？　それとも、ローマ式乱交パーティー？」

「違う」ウォリングフォードが袖口を払いながら答えた。「もし乱交パーティーをするつもりなら、間違いなくきみを招待している」

顔がかっと熱くなったのを感じ、アレクサンドラはひそかに自分を呪った。こんな悪趣味な冗談に赤面するような小娘ではないのに。

「なんてことを言うんだ、ウォリングフォード」ミスター・バークがワイングラスをテーブルに置いてつぶやいた。

「あんまりだぞ、兄上」ローランドが夢から覚めたかのように顔をあげる。

公爵が肩をすくめた。「失礼」

アレクサンドラは気をとり直した。「学問をきわめるだなんて信じられないわ。二、三週間前にわたしが聞いた話では――」

「嘘じゃない。本当だ」

アレクサンドラは身をのりだした。「一〇年も二〇年も続けてきた放蕩生活にあっさり終止符を打ってまじめに学問にとりくむというの？　しかもイタリアで？」

「もちろんありえない話さ」ウォリングフォードが言った。「でも、本当だ」

ミスター・バークが落ち着いた声で自信ありげに言った。「ぼくたちは、学問に真剣にとりくむつもりでここまで来たのです。都会の生活の悪しき習慣から逃れて」

アレクサンドラはミスター・バークと公爵を交互に見つめた。ふたりの外見はまさに対照的だ。ひとりは髪も目も黒く皮肉屋、もうひとりはなんとも色彩豊かでとらえどころがない。

「それはひょっとして、夏にローマで開かれる新しい自動車エンジンの展示会と関係があるのかしら？　ちょうどあなたが研究なさっているものでしょう、ミスター・バーク？」

ミスター・バークが驚いた顔をし、芝のように鮮やかなグリーンの瞳を大きく見開いた。

「なぜそれを知っているんですか？」

彼女は肩をすくめた。「以前から少し興味があって。ウォリングフォード、あなたは展示会でミスター・バークの助手を務めるの？」

「まさか」公爵がぞっとしたような顔をした。「ぼくはもっと知的な活動に従事する」

「あらそう？」アレクサンドラはやさしく微笑んだ。「脳を丸ごと買い換えるの？　それとも月極め契約かしら？」

「なかなかおもしろいことを言うじゃないか」

「それとも節約のため、ひとつをローランドと半分ずつ分けあうの？」

ローランドが顔をあげてアレクサンドラに目配せをした。「そのへんでやめてくださいよ。友人のバークがびっくりしているじゃありませんか」

彼女は笑った。「本当ね。あなたたちのなかで世の中の役にたつのは彼だけだものね」

口から言葉が出たとたん、言わなければよかったと後悔した。三人全員が凍りついたように見つめる。ミスター・バークはワイングラスを唇につけたまま、ウォリングフォードは眉を額の髪の生え際までつりあげて。

最低だわ。なぜこんなことを言ってしまったの？

アレクサンドラは咳払いをした。「でも希望を持ってね、ローランド。ウォリングフォードは隔週木曜日に脳を丸ごと貸してもいいと言うかもしれないわ。あなたの魅力やユーモアのセンスと交換する条件で。彼にとってはそちらのほうがずっと必要だもの。それより、あなたたちがその学問をきわめる期間はどのくらいになるのかしら？」

「一年さ」ウォリングフォードが答えた。

一年。

彼女は身をこわばらせた。「一年ですって？」

「そうさ」

男性たちをひとりずつ順に見たが、どの顔もしごくまじめだ。首の後ろがぞくりとしたけれど、アレクサンドラはあえて無視した。「いやだ、冗談よね」努めて明るく言う。「危うく信じかけたわ」

「親愛なるレディ・モーリー、ぼくは冗談など言っていないよ。ご指摘どおり、ユーモアのセンスがないものでね」

「そう。ところでミス・ヘアウッドとは話をした？　レディ・ソマートンとは？」

「さっきからなんの話だかさっぱりわからない」ウォリングフォードがうんざりしたように言った。

まるで警告するかのように、アレクサンドラの喉の奥がどくどくと脈打った。これが偶然とは思えない。誰かがウォリングフォードにこちらの予定を話したのかしら？　でも誰が？　ほかにこちらの事情を知る人なんていないはずなのに。

アレクサンドラは努めて普通の声で言った。「一年と言ったわね。落ち着いた環境で学問三昧の一年を過ごす……。とても奇妙だこと」

「奇妙？」ローランドが言った。「なぜ奇妙なんです？　とんでもない計画であることは認めますよ。ぼくに言わせればほとんど狂気の沙汰だ。正直言って、どれほど無残な失敗に終わるか確かめに行くようなものです。でも、なぜ奇妙だとおっしゃるのかわからない」

アレクサンドラはスプーンを手にしてマスカルポーネチーズをついた。どの程度話すべきだろう？「ローランド、奇妙と言ったのは、実はわたしたちも似たような目的で英国を出てきたからなの。ちょっとごめんなさい。何かしら、この……得体の知れないプディングは。どなたかご存じ？」

「申し訳ない」ウォリングフォードが言った。「ぼくにはきみの言っていることがちんぷんかんぷんだ」

「これよ。この丸い器に入った……いったい、なんて表現すればいいのかしら」

「プディングのことじゃない。きみたちの目的のことだ」

「ああ、それ」アレクサンドラは公爵のほうに身をのりだしてよそよそしい笑みを浮かべた。「わたしたち……つまりレディ・ソマートンとミス・ヘアウッドとわたしも、静かな環境で勉強をするためにイタリアまでやってきたの」

ウォリングフォードが信じられないという目をした。アレクサンドラがまじめに言っているのかふざけているのか判断しかねているようだ。

「静かな環境で勉強？　いったいなんの勉強だ？」

「いろいろとあるわ」

「ああ、着替えのドレスと同じようにね」

アレクサンドラは殺気を帯びた目で公爵をにらみつけた。「わたしたちは真剣よ、ウォリングフォード」

「ばかな。ソマートン卿はなんと言っているんだ？　妻が屋敷を長く留守にするのを快く思っているとでも？　きみの妹だって気の毒じゃないか？　夫を見つけるべき時期に勉強をしに遠くへ行かされるなんて」ウォリングフォードが両腕を組んで嘲るように微笑んだ。「はっきり言って、どうかしているぞ」

アレクサンドラの頭に血がのぼった。リリベットとアビゲイルを一緒に連れてきたのは、ふたりのためを思えばこそなのに！　「どうかしているのはそっちのほうだわ」

「賭けてもいいが、きみたちはまずひと月ともつまい」

「だったらわたしは、あなたたちが一週間以内に荷物をまとめて帰るほうに賭けるわ、ウォリングフォード。あなたが一年も女性を追いまわさずにいられるものですか。ローランドがギリシア哲学に没頭できるかどうかもはなはだ疑問ね」アレクサンドラはミスター・バークの顔を直視しないようにしながら、彼のほうに頭を振った。「気の毒なミスター・バークがとり残されるのが落ちよ。でも、彼にとってはむしろそのほうがありがたいかもしれないわね」

「ばかな」ウォリングフォードが言った。「女性には女性ならではのすばらしいところがあるのはもちろん認める。実際、ぼくほど女性をあがめる人間もいないだろう。しかし残念ながら女性には、楽しい社交生活から離れ、長く学問にとりくむ力はない」

「まるきり逆よ」アレクサンドラが言った。「あなたたちのこれまでの生活が示しているとおり、男性は下半身の欲求を抑えられないわ。でも女性は、機会にさえ恵まれれば、はるかにすばらしい成果を残せるはずよ」

ウォリングフォードが身をのりだした。「だったら勝負だ」

「賭けるというの？」

「さっき自分から賭けてもいいと言ったじゃないか、レディ・モーリー」

「本気なのね？」彼女はつめ寄った。

ローランドがあいだに入った。「やめろよ。女性と賭けをするなんてどうかしている」

アレクサンドラはさっと手を振った。「いいの、気にしないで。つまらない作法は国に置いてきたんだもの。わたしはウォリングフォードの申し出が大いに気に入ったわ。これは賭けをするだけの価値がある話よ」

「まったく同感だ」ウォリングフォードが言った。「あらためて尋ねるが、何を賭ける？」

アレクサンドラはスプーンの柄に親指を滑らせた。ふいに、まんまと罠にはまってしまった気がした。「最後まで残って学問を続けたほうに対して、負けたほうがお金を払うことにしたらどう？　金額は……」彼女は言いよどんだ。「あとから決めればいいわ」

「いかにも女性らしいやり口だ」ウォリングフォードがあきれたように目を天井に向けた。

「金額はあとから決めるなんて。これは真剣勝負だ、レディ・モーリー」

しまった。賭けをしようと言いだすなんて、どうかしていた。賭けというのはとかく世間の噂になるものだ。世間の噂になるのは、今もっとも避けたいことだった。英国を出ることも、どこへ行くつもりかもずっと秘密にしてきたというのに。

「ただプライドを賭けるだけでは物足りないわけ？」崖っぷちからなんとか引き返そうと試

みる。「そこまでしてお金を賭ける必要があるの?」

そのとき、ミスター・バークの静かな声がした。「誰もお金でなければならないとは言っていませんよ、レディ・モーリー」

心が一気に沈み、アレクサンドラはミスター・バークを見据えた。「それはどういうことかしら、ミスター・バーク? あなたもこの問題に興味がおありなの? やはり女性より男性のほうが学問に向いているとお考えなのかしら?」

彼が肩をすくめた。「今回の問題は、科学的な実験を行うことではっきり決着がつくと思います。ほぼ同じ目的を持った男女が三人ずつここにいるんですからね。まさに格好の条件だ」

「それであなたは、自分たちのほうが勝つと思っているのね」

ミスター・バークが頭をさげた。「ぼくは科学者です、レディ・モーリー。あくまでも結果に興味があるだけですよ。しかしここまで意見が割れたからには、勝ったほうにご褒美があってもいいんじゃありませんか」

「それで」アレクサンドラは身をのりだし、狡猾そうな笑みを浮かべた。相手の挑戦的なまなざしについ抗えなくなったのだ。「どんなご褒美がいいとおっしゃるの?」

ミスター・バークは椅子の背にもたれ、テーブルの端に置かれた胡桃《くるみ》の皿に手をのばした。「ぼくは、科学の研究成果は広く人類に役だつと信じています」そう言いながら、ひと粒の胡桃を親指と人さし指でつまむ。「だとすれば、負けたほうが相手の優越性を認める広告記事を『タイムズ』に出すのはどうでしょう？　そうだな、半ページくらいスペースをとって」

彼が胡桃の殻をまんなかからきれいに割り、長い指を器用に曲げて中身をとりだした。テーブルが静まり返り、暖炉の近くにいたどこかの酔っ払い男の調子はずれな歌声が響く。

「あなたって」やがてアレクサンドラが言った。「とんでもない自信家なのね。自分が間違っていたと思い知らせてあげるのが今から楽しみだわ」

ミスター・バークが立ちあがってワインの残りを飲み干した。顔がすっかり赤くなっている。「お先に失礼」挑発的に目を光らせると、彼はゆうゆうと部屋を出ていった。

その日の夜、宿の老朽化した馬小屋に向かって雨のなかを歩きながら、フィニアス・バークは考えをめぐらせた。イタリアの田舎宿の困った点は、いわゆる快適さに欠けることではない。彼はそういうことが気にならないたちだった。これまでケンブリッジ大学の寮生活、シベリアの大草原でのテント暮らし、教父と過ごしたパーク・レーンの高級住宅住まいなどいろいろ経験したが、贅沢に興味のないフィンにとってはどれもたいした違いはなかった。

それより困るのは、この宿にひとりになれる場所が少ないことだ。彼は幼いころから、どこにいようと自分だけの空間を必要とした。使われていない食器棚、木の洞《ほら》、物置小屋。周囲に人がいることに耐えられなくなったときや、アイディアが次々に浮かんでほかのことに注意が向けられなくなったときに、それらは逃げ場所になった。

この宿で困ることはほかにもある。よく口のまわる、とびきり魅惑的な女性が夕食に同席してくることだ。

いや、公平に言えば、彼女のほうから進んで同席したわけではない。恋にのぼせあがったローランドが同席を呼びかけたのだ。それにいわゆる礼儀作法に照らせば、外国人でこみあう部屋で一メートルと離れていない隣のテーブルにいるレディたちを無視するのはおそらく失礼にあたるだろう。

それにしても、レディ・モーリーはその誘いにあからさまに飛びついた。ほかのふたりを引きずりだす勢いでテーブルを移ってきたのだ。女性のふるまいについて特に詳しくない自分が見ても、美しいレディ・ソマートンが同席を望んでいないことは明らかだったにもかかわらず。

しかもレディ・モーリーは自信たっぷりに会話をとり仕切った。その場にいる全員を話に参加させ、挑発的な話題を持ちだし、鋭い切り返しをした。今思えば、かなり失礼な質問もしていた。それなのに、どうしたわけか彼女にかかると機知に富んだ楽しい会話になる。あのウォリングフォードでさえ一、二度大笑いしていた。まったく、困ったことだ。自分たち三人は、まさにそういう軽薄な社交生活から逃れるために英国をあとにしたのではなかったか？

レディ・ソマートンとミス・ヘアウッドが幼い男の子を連れて階上に引きあげたとき、てっきりレディ・モーリーも席を立って、あとは自分たちだけにしてくれると思い、内心ほっとしたのだ。ところがそうはいかず、彼女は食後も席に居座った。そのせいで自分は言わなくてもいいことを口にし、うんざりするような状況をつくってしまった。

まさか賭けをすることになるとは。

どうしてあんな余計なことを言ってしまったのだろう？　頭がどうかしていたに違いない。自分に腹がたち、フィンは帽子のつばを引きさげて足を速めた。土砂降りだった午後に比べると雨脚はだいぶ弱まったが、今でも首の後ろを冷たく濡らし、コートの襟のなかまでしみこんでくる。ふいに、レディ・モーリーの姿がふたたび脳裏に浮かんだ。明るく輝くブラウンの瞳、ほんのり赤みのさした頬。彼女が身をのりだすのに合わせ、ドレスに品よく包まれた豊かな胸のふくらみがマスカルポーネチーズの上で魅惑的に揺れていた。あのかたい胡桃の殻を力任せに割ったのを見て彼女は眉をつりあげたが、まるでこちらのいらだちを見透かしているようだった。

賭けをする――それはつまり、この先もレディ・モーリーと関わらざるを得なくなるということだ。もちろんそれをわかっていて自分は賭けた。その時点で負けたも同然だ。

フィンは馬小屋の入口から急いでなかに入った。「こんばんは！」呼びかけた声が古い石づくりの建物にうつろにこだまする。小動物がごそごそ動きまわる音がした。湿っぽい空気は馬と藁《わら》と馬糞のにおいがする。ここにどのくらい動物がいるのか想像もつかないが、外と比べてもさほどあたたかくなかった。ランタンのほのかな明かりがふたつあるだけなので、当然たいして明るくもない。しだいに暗闇に目が慣れて物の位置がおおよそわかるまで、彼はその場にじっとしていた。見えもしないのにやみくもに動いて、ものにぶつかることはない。

午後の荷おろし作業に立ち会ったフィンは、開発途中の試作品がどこに置かれたか正確に覚えていた。最後に上からウールの毛布がかぶせられ、ずれないよう隅を固定されるところまでしっかり見届けた。だから今自分がここに来る必要はない。特に心配事があるわけでもなかった。これは幼い子どもを気にかける父親の心理と同じだ。寝室に引きあげるとき、最後にもう一度わが子の寝顔を見て、ちゃんと息をしているか確かめずにはいられないのと。

ようやく屋内の様子が見えてきたので、フィンは午後、自ら宿の使用人たちに指定した、いちばん奥へ向かって静かに歩きだした。馬たちの前を通ったとき、数頭が不思議そうに首をもたげ、餌をねだって鼻を近づけてきた。その先には、冬のあいだ保管してある錆びついた農機具が並んでいる。続いて大小さまざまの木箱。おそらくどこかへ運ばれる予定のワインが仮置きされているのだろう。

自分以外の人間がいたことに、フィンは最後の瞬間まで気づかなかった。ようやくめざす場所にたどり着いたとき、ふっと甘い香りがした。

「誰だ？」彼は足をとめて声をあげた。

暗がりのなかでかすかに衣擦れの音がした。フィンは耳を澄まし、一歩前に踏みだした。それからさらに一歩。床板がきしんだ。

ふたたび衣擦れの音がした。「よく聞きなさい」彼は少し声をやわらげた。「そこにいるのはわかっているんだ。姿を見せてもらおう」

暗闇のなかで誰かがため息をついたような気がした。やがて、つぶやくような小さな声が聞こえた。「どうか許して、ミスター・バーク。とても恐ろしかったわ」

暗い物陰からレディ・モーリーが現れた。暗くて表情はわからないが、女王のように毅然と背筋をのばしたその姿は、フィンが記憶していたとおりだ。

「レディ・モーリー?」思わず声が高くなってしまった。「こんなところで何をしているんですか?」

レディ・モーリーの狼狽が伝わってきた。「その……ちょっと新鮮な空気を……」彼女はそこでしばらく黙り、やがて気をとり直したように言った。「頭がどうかしたのかとお思いでしょうね。夜中に目が覚めて、ちょっと外へ出ていたの。ようやく宿に帰れたと思ってここに入ってみたら間違いで、すぐに出ようとしたのだけれどちょうどまた雨が強くなってきたので……。あなたを驚かせたのならおわびするわ」

ほんの一メートルほどの距離にいるレディ・モーリーの体からぬくもりと不安が伝わってきた。手をのばせば触れられそうなほどはっきりと。

「でも」フィンが返事をしないでいると、彼女は続けた。「あなたもわたしを驚かせたのよ! 厩番が襲いに来たのかと思ったわ」軽やかな笑い声があがった。ベルグレイヴィアあたりの高級住宅地の応接間にぴったりの、とても上品な笑い声だ。イタリアの片田舎にはおよそ似つかわしくない。

「もしぼくも襲いに来たのだとしたら？」危険に響く自分の声に、フィンは耳を疑った。

レディ・モーリーがまた笑った。「そのときはもちろん、頭を思いきり殴らなくてはだめね。でも、あなたは見あげるばかりに背が高いから、なかなか骨が折れそうだわ。殴るなら梯子にのぼらなくちゃ」

そこで言葉が途切れた。静けさのなか、馬小屋の屋根に先ほどより強く雨がたたきつける音が響く。まるで嵐がふたりを閉じこめてしまおうと決めたかのようだ。後ろで馬が鼻を鳴らした。この状況をおもしろがっているようにも、非難しているようにも聞こえる。

「レディ・モーリー」フィンは口を開いた。「いったいここで何をしているんですか？」

彼女が身じろぎした。「言ったでしょう。頭をすっきりさせたくて散歩に出たら、ここへ迷いこんでしまったの」

その言葉はいかにも白々しく響いた。レディ・モーリーが嘘をついているのは明らかだ。しかしだからといって、今ここで何が言えるだろう？　〝あなたは嘘をついている〟と責めるわけにもいかない。そんなことをするのは、〝あなたは人殺しだ〟と責めるのとほとんど同じ……いや、もっと悪いだろう。

彼女はいったいなんのために大切な開発途中の自動車に近づいたのだろう？　それをききだすことは不可能らしいとわかり、フィンは長く深いため息をついた。

「ミスター・バーク？　ひょっとして気を悪くさせてしまったかしら？」彼の心を読んだのか、レディ・モーリーが神妙そうな口調で尋ねた。

ああ、もういい加減にしてほしい。この女性の頭のよさ、美しさ、輝くような魅力、ワインのように心を酔わせるほのかな百合の香りはもうたくさんだ。フィンは女性とあらたまった話をするのが苦手だった。なぜかいつもの自分ではなくなってしまうのだ。彼にとって女性とは謎の生き物であり、解読不能な暗号だった。フィンは喉にこみあげるものをのみこんだ。

「ミスター・バーク？」ふたたびレディ・モーリーが問いかけた。すぐ近くにいるため彼女の息が喉もとにかかる。

「いや。そんなことはありません」

「それなら、宿までわたしを送ってくださるかしら？」

一瞬、彼は迷った。レディ・モーリーと一緒にいるのは落ち着かない。だが、かといって断るわけにもいかなかった。「もちろん。ただし……」

「ただし？」

フィンは声を落とした。「ひとつ教えてもらいたいことがあります、マダム」

彼女が息をのんだ。「他人の詮索をするのは失礼にあたるわよ、ミスター・バーク」

「普段のぼくはこんなまねはしません」レディ・モーリーの言葉からわずかな動揺が感じられ、フィンは自信を深めた。頭をさげ、彼女のこめかみに唇が触れそうなほど顔を近づける。

「教えてください、レディ・モーリー。あなたがイタリアにいる本当の理由を」

レディ・モーリーはひるまなかった。「言ったでしょう。一年間学問にとりくむためよ。

あなた方と同じように」

「なんとも不思議な偶然の一致ですね」

「ええ、本当に」

「あなたのしそうなことと思えないのですが。何しろ、あなたはロンドンの社交界のリーダー的女性だ」フィンは目を閉じ、レディ・モーリーがまとっている香りと肌のぬくもりを吸いこんだ。下を見なくても、彼女の胸が自分のコートに触れたのがわかる。

「よくご存じなのね」

「そんな女性が、なぜ華やかな日常や取り巻きの人々から離れて一年間も田舎に引きこもろうとするのだろう？」レディ・モーリーが離れていかないよう、フィンはささやき声で言った。

「ロンドンに飽きたのかもしれないわね」彼女は息をはずませていた。もしかして動揺しているのだろうか？　まさか。かのモーリー侯爵未亡人が簡単にとり乱すはずがない。しかしその彼女が、今なぜか干し草をつめこまれたイタリアの馬小屋で自分のすぐ脇に立っている。

なんて刺激的なのだろう。

「あなたが？　ロンドンに飽きたんですか？」

「ええ。ロンドンと、そのほかのものにも」

「つまり、何も隠しごとはないとおっしゃるのですか？　打ち明けるべき秘密もないと？約束しますが、ぼくはとても口のかたい男ですよ」

一瞬、空気が揺らぎ、何かが変わりそうな気配がした。だが、やがてそれも消えた。

「あなたが期待しているようなことは何もないわ。退屈な女三人が退屈な旅に出ただけよ」

「なるほど」フィンは、手袋をはめたレディ・モーリーの指先に軽く触れた。たったそれだけの接触が、意外なほど強い刺激となって全身を駆け抜ける。「そういうことなら、宿までお送りしましょう」

彼女がほっとため息をついた。「ええ、お願い」

レディ・モーリーが彼の腕に軽く腕を絡ませた。山羊革の手袋に包まれた指先がフィンの手首の内側に触れる。彼は体をこわばらせた。馬小屋を出ると同時に、ふたりにかけられていた魔法の名残を冷たい雨が洗い流した。

宿の玄関ポーチでフィンが扉に手をのばそうとしたとき、彼女が顔をあげた。

「ミスター・バーク……」そこで言葉が途切れた。

「なんです？」

レディ・モーリーは彼から腕を離し、体の両脇で拳を握った。「さっきも言ったとおり、隠すようなことは何もないわ。でも、わたしたちがここにいることを……どうか英国には知らせないで」

宿は暗く、闇は深かった。目を凝らしても彼女の表情は読みとれない。

「もちろんです。あなたがそうおっしゃるなら」

「ありがとう」レディ・モーリーはそこで少し皮肉っぽく笑った。「ロンドンじゅうの知りあいに飛んでこられたりしたらいやだもの」

フィンはそれには答えず扉を開けた。レディ・モーリーは彼らが譲ってやった部屋に向かって、階段を小走りにのぼっていった。

よかった。上の階の小さな客室に落ち着いたとき、フィンは思った。トスカーナの岩だらけの丘に隠れた古城に向けて、自分たちが日の出とともに出発することになっていて本当によかった。

たとえ地の果てであろうと、レディ・アレクサンドラ・モーリーから遠く離れた場所でこの先一年間を過ごせることがありがたかった。

3

こうなったら荷物をおろすほかありませんと、御者が悲しげに首を振った。

「どういうことなの？」アレクサンドラは気色ばんだ。「そんなことをしていたら何時間もかかってしまうわ。上等の革が泥で台なしになってしまうし」馬車の荷台に整然と並べられた旅行鞄に目を向ける。旅行鞄には、上から泥はねよけのための帆布がかぶせられていた。

「このぬかるみが問題だそうよ」アビゲイルが説明した。「彼が言うには、あまりに……」指先をこすりあわせながら言葉を探す。「粘り気が強くて馬が動けないらしいの。だから荷台から物をおろして軽くするしかないんですって」

「こちらは相当な金額を払っているのよ」アレクサンドラは言った。「だったら、最初からもっと気をつけるべきだわ。道の反対側は乾いているじゃないの。少なくとも……こちら側よりましに見えるわ」いらいらしているのは自分でもわかっていたが、それを気にする余裕はなかった。昨夜いつになくワインを飲みすぎてしまったせいで朝からずっとしつこい頭痛に悩まされていたのだが、それがいよいよひどくなってきた。

もちろん、すべてミスター・バークのせいだ。昨日の夕食のとき、彼は黒っぽい地味な上着を着て、テーブル越しに無言でライオンのような鋭い目を向けてきた。こちらの言葉づかいや話し方をいちいち分析して性格を割りだそうとするかのように。なんて尊大な男だろう！　たとえどんなに有名だとしても、しょせんは一介の科学者にすぎないくせに。おそらくアイルランド系だろう。あの名前、瞳や髪の色、自信過剰な態度から考えて間違いないはずだ。

それにしても、てっきりみんな寝静まっていると思ったのに、馬小屋で彼の試作品を調べていたところを見つかるなんて！　あそこに行ったのは本当に愚かだった。わたしはいったい何を期待していたのかしら？　アレクサンドラは手袋をはめた手をこめかみにあてて強く押さえた。そうすることで、胡桃をふたつに割ったミスター・バークの長い指のイメージが頭から消えてなくなるような気がした。

「こうなるとわかっていたわ」大きな岩の上に移動したリリベットが、フィリップを膝にのせながら言った。「道の状態がひどすぎるもの。そもそも、宿を出たこと自体どうかしているのよ」明らかに非難がましい響きを帯びている。

「ばかなことを言わないで」アレクサンドラはぴしゃりと言った。「あんな安宿にい続けるほうがよほどどうかしているわ。今夜じゅうに城にたどり着かなくてはならないのだから、早く出るに越したことはないのよ。さあ、みんなで力を合わせましょう」彼女は荷台に歩み寄り、大きな帆布をぐいと引っ張った。積み荷にあたっているところが波打ったものの、帆布はびくともしない。「アビゲイル、反対側から一緒に引っ張ってちょうだい。こんなところでぐずぐずしていたら、真夜中になっても抜けだせないわ」イタリア人の御者にあてつけるように、アレクサンドラはわざと声を張りあげた。

「ねえ、見て！」アビゲイルが声をあげた。

アレクサンドラが振り向いてみると、背のびをした妹が日もさしていないのに両手を目の上にかざし、穴だらけの道を振り返っている。

「あれはゆうべの男の人たちじゃない？」吹きつける風に負けないよう、アビゲイルが声を大きくした。

「まったく、なんてこと！」アレクサンドラは小さくつぶやき、気をとり直して返事をした。「ええ、そのようね」

遠くの景色が見えるよう、じめじめした空気のなか爪先立ちになって首をのばしてみた。妹の言うとおりだった。灰色一色の岩場と道と空を背景に黒い帽子がぼんやりと浮かびあがり、その下からあの見間違えようのない赤毛がちらちら見えている。三人の男性たちは全員が馬に乗っていた。どうやら荷物は別の馬車であとから運ぶつもりのようだ。アレクサンドラはあからさまに罵り声をあげた。自分たちも馬車ではなく馬に乗るべきだったのだ。ああ、子連れでなければ……。しかしその考えをあわてて打ち消した。フィリップを残してこられるはずがないでしょう。

道路脇の岩陰に身を隠そうという考えがちらりと脳裏をかすめた。もしくはもう少しロマンティックに、帆布を頭からかぶって地元の農婦のふりをするとか？　アレクサンドラは荷台に目を向けた。そしてみすぼらしい馬たち、御者、ぬかるみへと視線を移す。なんとかして男性陣をうまくやりすごせないだろうか？

「さあ、ぐずぐずしないで」アレクサンドラは気をとり直して言った。口をぽかんと開けて皇帝の到着を待つ農民のようなみっともない姿をさらすのだけはごめんだ。「早く荷物をおろしましょう」

御者はすでに御者台をおりて荷台に移り、特に急ぐ様子もなくのんびりと帆布をめくっていた。アビゲイルがスキップしながらアレクサンドラの隣にやってきて、自分の革張りの旅行鞄の取っ手に手をかける。アレクサンドラはもう一方の取っ手を握って引っ張った。

だが、旅行鞄は動かなかった。予想よりはるかに重いうえに、横の荷物に引っかかっている。

「いったい何をつめたの？」アレクサンドラは息をはずませながらもう一度引っ張ってみた。やはりまったく動かない。

「衣類よ。それから……本を少し。本当に少しだけ」

「本ですって！　あれほどだめだと言ったのに！」息が切れて、思ったほど大きな声が出なかった。

「ほんの少しだってば、アレックス！　一〇冊もないわ。本当よ！　だって」アビゲイルが呼吸を整え、あらためて引っ張る。「例のお城には、最近の本は置いてないんでしょう？」

「まあ！　さてはあなた、小説を持ってきたのね！」アレクサンドラが叫んだとき、たまたまふたりの息が合って旅行鞄が勢いよく持ちあがった。アレクサンドラは旅行鞄を抱えた格好で後ろに引っくり返った。

冷たい、どろどろのぬかるみのなかに。

アビゲイルがひざまずいた。「ああ、アレックス! ごめんなさい! 大丈夫?」

「大丈夫よ」アレクサンドラはあえぎながら言った。「いまいましい小説がつまったこの旅行鞄をどかしてもらえる?」

「ええ、すぐに」アビゲイルが姉の胸から旅行鞄をどかし、脇のぬかるみに立てて置く。

アレクサンドラはやっとのことで身を起こした。「本を持っていくなら学問としての価値があるものだけにしなさいと、あれほど念を押したのに……」

「アレックス」アビゲイルが妙に静かな声で言った。「あの――」

「いいから聞きなさい、アビゲイル。ああいうくだらない――」アレクサンドラは泥に足をとられながらも、なんとか立ちあがろうとした。

リリベットが口を挟んだ。「あの、アレクサンドラ――」

「ふたりとも手を貸してくれないの? 早くしないとあのいまいましい連中が……」

「レディ・モーリー」

湿った空気のなか、静かな声が響いた。

アレクサンドラは内臓をぎゅっとつかまれたような気分で顔をあげた。フィニアス・バークが身をかがめ、まじめな表情で黒い手袋に包まれた手をさしだしている。

「助けがいりますか？」

もちろんいるに決まっている。

彼女はため息をつき、ミスター・バークの手に自分の手を委ねた。

胡桃を器用に割った例の指に手をしっかり握られたと思ったとたん、アレクサンドラはトスカーナのぬかるみから軽々と引っ張り起こされ、フィニアス・バークの胸と向かいあっていた。鼻先から一〇センチと離れていないところに彼のシャツのボタンがある。ミスター・バークの身長の高さをあらためて感じずにはいられなかった。アレクサンドラは一歩後ろにさがろうとしたが、できなかった。

決して彼から離れたくなかったわけではない。くるぶし丈のブーツが早くもぬかるみに沈んで動けなくなっていたのだ。

「レディ・モーリー？」耳もとでミスター・バークがつぶやいた。

「ブーツが」アレクサンドラは下を向いて弱々しく言った。「抜けないの」

「珍しい性質の泥だ」ミスター・バークが彼女の足もとにかがみこみ、片方の足首をつかみながら言った。「なんて厄介なんだろう」握った足を強く引っ張ってぬかるみから抜きとると、アレクサンドラの体を自分の体にもたれさせ、もう一方の足も引っ張りあげる。

そのあと彼女はミスター・バークに文字どおり担ぎあげられ、岩の上に静かにおろされた。リリベットとアビゲイルが目を丸くして見つめている。

「どうもありがとう」アレクサンドラは澄ました顔で言い、泥水が伝うコートのしわをのばした。

「どういたしまして」

ミスター・バークはどうやら一行の先頭だったらしい。左方向から馬の蹄の音がして、ウォリングフォードとローランドが近づいてくるのがわかった。しかしフィニアス・バークのグリーンの瞳を見たとたん、アレクサンドラはそこから目をそらせなくなってしまった。イタリアの冷え冷えとした薄暗い朝日のなかで、その瞳の色は深くくすんでいた。昨日見た芝生の色よりも深い苔のような色で、まわりにブラウンの筋が入っている。軽薄そうな感じがまったくない、誠実であたたかみのある瞳だ。

すべてを見通すような深いまなざしにとらえられ、彼女の脳裏に昨夜の馬小屋での出来事がよみがえった。耳の奥から自分の激しい鼓動が聞こえてくる。この人は何かを探りだしたの？　まさか、すでにわたしの秘密を知っているとか？

そんなはずがない。そんな個人的なことを――わたしがどれほど窮地にたたされているかなんてことを彼が知るはずがない。世の中の誰もが、モーリー侯爵未亡人は裕福だと思っているのだから。

「おい、バーク」朝のぴりっとした空気のなかにウォリングフォードの声が響き渡った。「きみの役目は、だらけきったわれわれを学究の道へと導くことだ。旅の途中で最初に目についた女性を誘惑することじゃないぞ」

牛追い棒でつつかれたようにミスター・バークがびくっと顔をあげた。ぬかるみに足をとられながら後ろにさがると、兄弟を振り返る。

「妙なことを言わないでくれ。ぼくはただ彼女に手を貸しただけだ」

三メートルほどの距離に近づいた公爵はにやにやしていた。

「なんてひどいありさまだ、レディ・モーリー。膝の深さほどもある泥のなかを馬車で行こうとするなんて、いかにもきみらしい無謀な行動だな」

「急いでいるの」人をばかにする公爵にこっぴどく言い返してやろうと、アレクサンドラは威厳たっぷりに立ちあがった。だが、思ったより自分の背が低いことに気づいた。ブーツをはいていなかったのだ。なんともきまり悪いことに、ブーツはミスター・バークの右手にだらりとぶらさがっている。

彼女は目を閉じ、咳払いをした。

「ミスター・バーク、わたしのブーツを返していただけるかしら」

ミスター・バークがはっと手もとを見おろした。「ああ、申し訳ありません。さあ……どうぞ」自分の手でアレクサンドラにブーツをはかせるつもりなのか、身をかがめようとする。

「大丈夫です」彼女は引ったくるようにブーツをとり返した。恥ずかしくて顔から火が出そうだ。「どうぞお気づかいなく」

それまで凍りついたように動かなかったアビゲイルが反応した。「ああ、アレックス。わたしがはかせてあげるわ」申し訳なさそうにあわてて前に出てきて左のブーツを手にする。

「教えてちょうだい、ウォリングフォード」アレクサンドラは呼吸を乱しながら言った。ミスター・バークのグリーンの瞳を見て動揺してしまい、普通に話しかけることができなかったのだ。「なぜあなたたちは、今朝、よりによってわたしたちと同じ道を進んでいるのかしら？　ひょっとしてシエナへ向かっているの？」

「いや」公爵が答え、ひと呼吸置いて言った。「きみたちはシエナへ行くのか？」

「いいえ」ようやく左足がブーツにおさまり、アレクサンドラは靴紐を結びにかかった。「そうやって最後までずっとじろじろ見ているつもりなの、閣下？　女性の靴紐の正しい結び方がわからないのかしら」

「まさか」公爵が言った。「もちろんよく知っているとも。ただきみの長靴下が少しでも見えないかと思って眺めただけさ。しかしその栄誉は、友人のバークに譲ろう」

ミスター・バークが何やらぶつぶつ言うのが聞こえた。

「右足もお願い」いまいましいウォリングフォードに内心怒り狂いながら、アレクサンドラはアビゲイルに声をかけた。そして、よく考えもせず口走った。「わたしはそんな栄誉を誰にも与えるつもりはないわ。特にミスター・バークには」

あたりが水を打ったように静まり返った。はっとしたアレクサンドラが顔をあげると同時に、ミスター・バークがくるりと踵《きびす》を返して自分の馬のところへ戻った。どうやら先ほど急いで自分の手綱を荷車の御者に投げ渡したらしい。彼は今それを受けとり、ひらりと馬の背に飛び乗った。とても科学者とは思えない軽々とした身のこなしで。

「だって」彼女は力なく言った。「まだ知りあって間もないんですもの」

「それはよかった」ウォリングフォードが猫撫で声で言った。「きみがそう簡単に敗北するのを見たくないからな。それでは賭けが少しもおもしろくない」

「わたしは負けないわよ、ウォリングフォード」アレクサンドラはぴしゃりと言った。「特にそんな負け方だけは絶対にしないわ」

ミスター・バークの馬がじれったそうに足踏みをし、泥が跳ねる音がした。

ローランドが咳払いをし、調子はずれな高い声で話しだす。「ところで、あの荷馬車はかなり厳しい状況のようですが、いったいこの先どうやって進むつもりです？」

アレクサンドラは立ちあがった。「今から荷物をおろすところよ」重々しく言う。「そして、荷台をぬかるみから押しだすの」

ウォリングフォードが低く口笛を吹いた。「本当かね。見物してみたいものだな」

「最低だな、兄上」ローランドが馬をおり、手綱を荷台にくくりつけ、旅行鞄をおろそうと手をのばす。

「まあ」アレクサンドラが感謝の声をあげた。「なんて親切な人」ぬかるみのあいだを縫うようにして荷台に戻り、ローランドの隣に立った。「さあ、あなたも一緒にやるのよ、アビゲイル」

「やれやれ」ウォリングフォードがつぶやき、あきらめたように馬をおりた。

四時間後、フィンは濃い霧のなか、曲がりくねった狭い山道をとぼとぼと歩いていた。左足の薬指にできたまめがひどく痛む。ふと気づけば、さっきからアレクサンドラ・モーリーの名前を呪いのように何度も口にしていた。

「彼女の言うその宿まで、いったいあとどのくらいなんだ?」フィンはウォリングフォードに問いかけた。

「フィン」公爵がため息をつきながら言った。「きみはその宿が実在するとでも思っているのか?」

フィンは息をのんだ。「彼女が嘘をついているというのか? まさか!」

「あれでも昔は無邪気な娘だったんだ」ウォリングフォードが小石を思いきり強く蹴飛ばした。小石が転がりながら道路脇の柵を越え、大きな弧を描いて崖下に落ちていく。「はじめて見たのは、確かレディ・ペンブローク邸の舞踏会だ。彼女はデビューしたてで、とても愛らしかった。田舎から出てきたばかりで頬はふっくら、髪もつやつやで、実に初々しかったよ。もちろん、あのときから口は達者だったがね。魅力的だとまわりでも評判になっていた。記憶違いでなければ、ぼくは一度彼女とどこかの屋敷のテラスでキスをしたことがあるはずだ。月明かりの下でなんとなくいい雰囲気になったのさ。そしてそのあと……」そこで言葉を切り、また小石を蹴った。

「そのあと?」フィンは続きを促した。少し声に力が入りすぎたかもしれない。

「え? ああ、すまない。ちょっとほかのことを考えていた。ぼくはあのころ、ダイアナを追いかけていた。それで……ああ、そうそう、思いだしたぞ。ダイアナに見られたんだ……

その、テラスでのことを。しかしだな、バーク。きみみたいな男でもそういうことがあるかもしれないと思って教えてやるが、もしもどこかの女性と寝たかったら、別の女性とキスをしているところを見せるにかぎる」ウォリングフォードが乾いた笑い声をあげた。「そうだとも。なんと、図書室の机でことに及んだ。あのときダイアナにハンカチを貸してもらったよ。なぜなら自分のは――」

「ちょっといいか」フィンは口を挟んだ。「彼女が言った例の宿のことだ。きみは本気でまかせだと思うのか？」言いながら、二〇メートルほど前方に目を凝らす。自分の馬に乗ったレディ・モーリーの優雅な姿が山道にぼんやりと浮かんで見えた。鞍の邪魔にならないよう、黒いドレスの裾が実にうまい具合に折りたたまれている。たちこめる霧のせいで馬と人の境目がぼやけ、さながら女性の半人半馬《ケンタウロス》のようだ。もちろん服を着ているが。

ウォリングフォードが肩をすくめた。「そんなことはこの際どうでもいいんだ、バーク。わからないか？　今、われわれは彼女の情けにすがっているんだぞ。あの三人を見ろよ。たっぷり休息し、われわれの馬に乗り、例の荷馬車を何キロも後ろに残し、どこまでも終わりなき道を進んでいる」公爵は立ちどまると、腰に手をあて、岩だらけの丘と霧に煙る眼下の谷に目を向けた。そして、勢いよく腕を突きあげた。「見よ、バーク。これがきみの言う〝太陽の沈まぬ楽園〟だ。つまり」彼はふたたび歩きだした。「宿が実在するにせよ、レディ・モーリーのでたらめにせよ、状況は変わらない。われわれはとにかく歩くんだ、バーク。彼女がもういいわよと言って許してくれるまで」

フィンは足もとに目を落とした。ブーツが地面を踏みしめるたびに、濡れた石のかけらが斜面を転がっていく。「理屈で考えれば、終わりなき道なんて世の中にない。城までだってあと三キロもないはずだ。連絡道路にさえ着けば……」

「ああ、バーク、まだわからないのか？　たとえわれわれのめざす城のほうがレディ・モーリーの言う謎の宿より手前にあったとしても、それで自由になるわけではない。なれるはずがないじゃないか。われわれは喜んであの三人を城に招待し、あとから荷物が届くまで部屋を提供することになる。そして結局……」ウォリングフォードがそこでほとんど悲鳴に近い叫び声をあげた。「そのまま永遠に居座られるんだ！」

「まさか」フィンは冷静に否定した。「向こうだって金を払って自分たちの場所を確保しているんだ。さらに現実的な話として、ぼくたちはお互い異性との接触を完全に断つことを条件に賭けをしているわけだし……」

霧の向こうから、女性たちの楽しげな笑い声が聞こえてきた。続いてローランドの笑い声も。

「あの妹だ」ウォリングフォードが苦々しげに言った。「気をつけろよ、バーク。あれがいちばんの鬼門だ」

なぜそう思うのか尋ねようとフィンが口を開きかけたとき、興奮したレディ・モーリーの声が前方から聞こえた。

「見て、もうすぐよ！」

フィンは公爵を得意げに振り返った。「言っただろう？　彼女たちの宿だよ」

少し先で馬をとめたレディ・モーリーがその言葉を聞きつけて振り向いた。「あら、宿じゃないわよ」手袋をはめた手に持っている地図をひらひら振る。「宿なら……まあ、そのことはもういいの。ほら、あの曲がり角を見て。あれがわたしたちの行き先よ！　というより、そこへ行くための連絡道路」

「連絡道路？」フィンは放心したように繰り返した。

レディ・モーリーがうれしそうに続けた。「向こうに着いたら、晴れてあなたたちを自由にしてさしあげられるわ。でも、もしよければあの荷馬車の御者を見つけて、ここまでの道順を教えてやっていただけると本当に助かるのだけど」

「ちょっと待ってください」フィンは声をあげた。「ぼくたちはここまででもう充分でしょう、レディ・モーリー」

「いや、バーク」ミス・アビゲイル・ヘアウッドの馬の脇にいたローランドが――正確にはミス・アビゲイル・ヘアウッドを乗せた自分の馬の脇なのだが――口を挟んだ。「まさか女性たちをここに残してさっさと行こうというのかい？　何が起こるかわからないぞ。盗賊が出るかもしれないし」

フィンはうめいた。「ローランド、少なくともここ一〇〇年はこのあたりに盗賊は出ていないはずだ。それに、健康で自立心のある女性ならこれくらい喜んで歩くさ」

「まあまあ、バーク」ウォリングフォードがなだめるように言った。「ここで言い争いをしても貴重なエネルギーを無駄にするだけだ。レディ・モーリーがわれわれに一緒に行ってほしいと望み、現に彼女らがわれわれの馬に乗っている以上、とめることはできないだろう?」

フィンは胸の前で腕を組み、レディ・モーリーをじろりと見た。彼女の長い指先には、水分がしみこまないよう透明な蠟で保護された地図が揺れている。なぜかいやな予感がした。

「レディ・モーリー」彼は呼びかけた。「ちょっとその地図を見せてもらえませんか?」

レディ・モーリーがフィンを見つめ、優美な眉をけげんそうにつりあげた。「ご自分の地図をお持ちではないの、ミスター・バーク?」涼しい声で問いただす。

フィンも同じくけげんそうな目で見つめ返し、自分の上着の内ポケットに手をのばした。いまいましいことに彼の地図は蠟で保護されておらず、汗まみれの体の近くにあったせいですっかり湿っていた。フィンは不器用な手つきでそれを開き、曲がりくねった鉄道と道路の線を目でたどり、今自分たちがいると思われる地点を見つけた。そこで彼はようやく安堵のため息をついた。自分たちが今いる道から曲がるべき連絡道路まで、少なくともあと三キロある。

どちらにしても、上着の内ポケットには城の持ち主から送られてきた署名入りの手紙が入っている。自分の体温であたたまり、よれよれになってはいるけれど。

心配することなど何もないのだ。

「いいでしょう」フィンはレディ・モーリーから目をそらした。「あと一時間くらい余分にかかっても同じことだ。馬もじきに返してもらえるわけだし」

「それはご親切に」彼女はそっけなく礼を言い、馬の向きを変えて速歩《はやあし》にした。フィンはあとに続いて歩きだした。そのときちょうど公爵が横に並んだので、彼は道路脇にあった小さな標識を見落とした。標識には〝セント・アガタ城まで二キロ〟と書かれ、レディ・モーリーが進んだ小道を矢印で示していた。

「ねえ」リリベット・ソマートンがアレクサンドラの隣に並んで言った。「本当にこれでいいの？」

「何が？」アレクサンドラは首をかしげた。「そういう質問をするには遅すぎるわよ、リリベット。もう決めたことでしょう？　事実、こうして英国を出てきたじゃないの」

「そのことじゃないの」リリベットが言った。「公爵たちのことよ。賭けのこともあるし、彼らの客室をとってしまったでしょう。しかもこうして馬まで」この世に思いわずらうことなど何ひとつないかのような、いつもと同じくなめらかな声だ。ウォリングフォードの馬をそれは優雅に御している。リリベットが馬を全速力で走らせるところなどアレクサンドラには想像もつかなかった。鞍の前でごそごそ動いている五歳の男の子を連れている状況ではなおさらだ。

「何が言いたいのかわからないわ」アレクサンドラは言った。「あの人たちは喜んで助けを申しでてくれたのよ。断ったりしたら失礼だわ。あなたはどうか知らないけれど、わたしがそんな罪を犯したらとても今まで生きてこられなかったはずよ」

フィリップが急に手綱を引っ張ったので、馬が驚いて頭をあげた。リリベットの上半身がぐらりと揺れたが、彼女はすぐにバランスをとった。実際のところ、アレクサンドラが思っているよりはるかに乗馬が得意なのかもしれない。

「それだけじゃないわ」息子の手から手綱をとりあげて馬をもとどおりに歩かせながら、リリベットが続けた。「ウォリングフォードと……残りのふたりにも、わたしたちがどこになんの目的で行くのか知られてしまったわけでしょう。誰かにもらすかもしれないし、ひょっとしたら……」

「大丈夫」アレクサンドラはきっぱり否定するように言った。「彼らは誰にも言わないわ。それに、誰に言うというの？　小鳥？　岩？」

「とぼけないで、アレックス。英国の知りあいに手紙を書いたり電報を打ったりするかもしれないでしょう。あの人たちにしても世界から完全に切り離されるわけじゃないのよ。しょせん普通の人間なんだから」

「あら、でも世界から完全に切り離されるためにここへ来たんでしょう？　何しろ、学問をきわめるそうだから」アレクサンドラの気分の高揚に合わせるかのように、馬が徐々に速度をあげた。

「でも、万が一ということがあるでしょう？　もし屋敷に知れたら……」

「だったらなんだというの？」アレクサンドラはたまりかねたように問い返した。「夫が血相を変えて追いかけてくるのが怖いわけ？　しっかりするのよ、リリベット」

「わたし自身のことはいいの」リリベットが目の前で揺れているフィリップの明るいブラウンの頭を見おろした。

アレクサンドラは声を落とした。「みんなで力を合わせればソマートン卿になんか負けないわ。いざとなったら、猟銃を突きつけて追い払ってやるわよ」

「それでも」リリベットが訴えた。「あの人の耳に入らないのがいちばんだと思わない？」

「そこまで言うなら教えるけれど、わたしはちゃんとミスター・バークに口どめをしておいたの」アレクサンドラは言った。「彼は口のかたい人よ」

「まあ。そういうこと？」急にリリベットの口調が変わった。「それで納得したわ」

「いったいなんのことを言っているの？」

「わかっているくせに。さっきのブーツのことよ。あのとき、妙にとり乱していたわよ」

「とり乱してなんかいないわ」アレクサンドラは気色ばんだ。「ミスター・バークはなんの身分もないし……」

「なんの身分もない、ですって？」リリベットが笑いだした。「アレックス、本音が出たわね。なんの身分もないだなんて！　わたしでもミスター・バークの名前を知っているほどなのに。去年の秋に彼が王立協会で行った演説は、『タイムズ』に一語一句そのまま掲載されたわ。息をのむほど華々しい紹介文と一緒にね。彼は例の発明で莫大な富を得たはずよ」

「莫大な富だなんて！」アレクサンドラは鼻を鳴らした。「たいしたことないに決まっているわ」

「ええ、そうね」リリベットが笑った。「あなたに言わせれば、たかが知れているわよね」

「わたしはお金のことなんてまったく気にしてないの、リリベット」アレクサンドラはつっけんどんに言った。

「でも、彼には少なくともナイトの称号を与えられるはずよ。ひょっとしたら准男爵にしてもらえるかもしれないわ」リリベットがなおも言う。

「それはすてきだこと。でも、こちらにはなんの関係もないわ。わたしたちはそういうことと縁を切ると決めたのよ。それにわたしは、ウォリングフォードをまんまと賭けに勝たせるようなことは絶対に……まあ、あれを見て！　わかる？」アレクサンドラは手綱を片手に持ち替え、短い鞭を掲げた。

はるか前方の霧の切れたところに、中世期の城のものと思われる尖塔の先がどんよりした空に向かってのびていた。まわりを鬱蒼とした糸杉の森に囲まれている。どうやら険しい峰に立っているらしく、向こう側に見えるのはどこまでも続く灰色の世界だけだった。

「まあ」リリベットが息子の座る位置をずらし、もっとよく見ようと首をのばした。「もう何年も人が住んでいないみたい」

アレクサンドラは馬の速度を速めた。「まさか。ああいうのがイタリア風なのよ。わざと野趣に富んだ雰囲気にしているんだわ」

「レディ・モーリー！」後ろからミスター・バークの鋭い声が飛んだ。「これはいったいなんのまねですか！」

アレクサンドラは振り向きながら馬の速度を落とし、彼が追いついてくるのを待った。ミスター・バークが腹に据えかねたように大股でずんずん近づいてくる。怒りでまっ赤になった顔にそばかすがひときわ目立った。

「なんのまね？　いったい何をおっしゃっているの？」

「あれはセント・アガタ城じゃありませんか！　違うとは言わせないぞ！」

「そうよ」彼女は答え、内心の不安が表に出ないように気をつけながら、親指をゆっくりと鞭に滑らせた。「確かにあれはセント・アガタ城よ。ご存じなの？」

「あたりまえだ！」

「なんて言葉づかいをするの、ミスター・バーク！」

「あなたはわかっているはずだ」ミスター・バークが声をしぼりだすようにして続けた。「セント・アガタ城がわれわれにとってどれほど大切か、どうやって突きとめたんです？　われわれの持ち物を漁ったんですか？　それとも御者に金を握らせたとか？」

「やめろ、バーク！」ローランドがいつになく厳しい声で制した。

ミスター・バークが振り向いた。「何かの手違いでこうなったとでもいうのか、ローランド？」

アレクサンドラは眉間に鈍い痛みを感じた。いやな予感がする。「さっきからおっしゃってることがさっぱりわからないわ。あなたたちにとってあのお城がなんだというの？」

ミスター・バークが彼女に向き直り、腕組みをして目を細めた。赤い髪がつんつん立っている。まるで警戒した犬が首のまわりの毛を逆立てているかのようだ。

「あそこはわれわれが暮らす家です、レディ・モーリー。この先一年間にわたってね」

アレクサンドラは力が抜けたように笑いだした。「あなたたちが暮らす家ですって！　ひどい勘違いだわ。セント・アガタ城はわたしたちが暮らす場所よ。持ち主から一年契約で借りたんですもの。とても親切な人で、名前は……ロッシーニ。いえ、パガニーニだったかしら。とにかくそういう名前よ」

「ロセッティよ」アビゲイルがそっとささやいた。

「そう！　ロセッティだわ」アレクサンドラはコートのポケットをたたいた。「その人が送ってきた手紙と詳しい案内もここにある。とても親切な人なの。英語はあまりお上手ではないけれど」

ミスター・バークもコートの内ポケットに手を入れた。「シニョーレ・ロセッティ。どうやら同じ相手だ」むっつりとした顔で言うと、折りたたまれた紙をとりだした。「その人物がこうしてぼくに手紙を送ってきた。イタリアのトスカーナ県、アレッツォのセント・アガタ城の賃貸料一年分の領収証です」

アレクサンドラは鋭く息をのんだ。「嘘よ！　そんなはずないわ！　その手紙を見せてちょうだい！」

「そっちこそ手紙を見せてください！」

そのとき、四世紀にわたって受け継がれてきた公爵家の伝統の重みを感じさせるウォリングフォードの声がいかめしく響いた。

「いい加減にしないか！　ふたりとも手紙をこちらによこせ」

逆らう余地はなかった。アレクサンドラは公爵がさしだした手におとなしく手紙をあずけた。一方のミスター・バークはたたきつけるように。

ウォリングフォードは両方の手紙を広げ、目の高さで左右に持って見比べた。

緊迫した空気を察したように、馬が足踏みをしながらしきりに馬銜《はみ》を嚙んだ。革がこすれる音と金具がぶつかりあう音があたりに響く。北から吹きつける冷たい風が公爵の手にしている手紙をはためかせ、そのまま四〇〇メートル先の城壁めがけて吹き渡っていった。振り向いたアレクサンドラの目に、糸杉が風に吹かれて大きくそよぐのが見えた。まるでこちらを嘲笑っているかのようだ。ふたたび前を向いたとき、ちょうど顔をあげたウォリングフォードと目が合った。

公爵がもったいぶるように咳払いをした。なぜかさっきより威厳がない。

「さて、妙なことになった。どうやらこのシニョーレ・ロセッティという男はとんだもうろくじいさんか、たちの悪い詐欺師のようだ」左右それぞれの手紙を持ちあげる。「どちらもほぼそっくり同じ内容だよ。ただし、賃貸料については女性たちのほうがきみより有利に交渉を進めたようだがね、バーク」

「先方の話では」ミスター・バークがかたい声で答えた。「家賃について交渉の余地はないとのことだった」

アレクサンドラは笑った。「いやだわ、ミスター・バーク。そんな言葉をうのみにするなんて」

ミスター・バークが鋭く彼女をにらみつける。「ぼくは一年分の賃貸料をすでに支払っている。だから当然その権利を主張させてもらいます」

アレクサンドラはミスター・バークを見つめ返し、続いてウォリングフォードを見た。公爵の眉間に深いしわが刻まれている。これから予想される法的権利をめぐる長い論争に備えて、すっかり治安判事の顔つきになっていた。

だめだわ、このままでは。

荒れたビスケー湾の地獄のような一週間の船旅を終え、悪天候のなか、何日も鉄道の客車で揺られ、でこぼこの田舎道を何時間も進んできた末にこんなことになるなんて。

これまで耐えてきた雨、ぬかるみ、不便の数々。ソマートン伯爵やその取り巻きに見つかるかもしれないという不安。これまで費やしてきた貴重なお金。

そうした数々の苦労の末に、今ようやく隠れ家となる城が目の前に見えてきたのだ。ここであきらめるわけにはいかない。

こうなったら、することはひとつしかない。アレクサンドラはすばやく自分の馬の向きを変えて――もちろん正確にはミスター・バークの馬なのだが――城へと続く道を全速力で飛ばした。背後で男性たちの怒りの叫び声があがる。

かまやしないわ。世の中は〝早い者勝ち〟よ。

4

ノックをする必要はなかったかもしれない。じりじりするようなひとときが過ぎるなか、扉は閉ざされたまま、城そのものと同じく静まり返っている。

「誰かいた？」アビゲイルが息せき切って馬で追いかけてきた。

男性たちの声と足音も近づいてくる。「わからないわ」アレクサンドラは答え、手綱を妹に渡し、古めかしい木の扉を全身で押した。

意外にも、扉はあっけなく開いた。アレクサンドラは勢い余ってなかに倒れこみ、危うく膝をつきそうになった。

「大丈夫？」外でアビゲイルが叫んでいる。「何があるの？」

アレクサンドラは身を起こした。「大丈夫よ」まだ泥がこびりついているコートを無意識に手で払い、物珍しげにあたりを見渡す。自分はいったい何を期待していたのだろう？そう、もちろん城だ。だから中世期の彫像がずらりと並んだ回廊とか、吟遊詩人にまつわる展示物を集めた小部屋とそこに通じる壮麗な階段とか、一角獣が入り乱れる図柄のタペストリーがかかっている壁などを期待していた。

どうやらイタリア人は、城に対する考え方が自分たちと違ったようだ。

アレクサンドラは狭くて天井の低い通路に立っていた。むきだしの石の壁は湿気を帯び、頬を刺すような冷気を放っている。いや、ひょっとしたら冷気は、数メートル先に見える金属の堅牢な格子戸から出ているのかもしれない。格子戸は行く手を完全に阻んでいた。これがあるから玄関の扉に錠がおろされていなかったのだ。

アレクサンドラは前に進みでて金属の枠に手をかけた。「こんにちは！　えー、ボンジョールノ！」声をあげながら奥をのぞきこむ。向こうは中庭になっているようで、水の涸れた石づくりの噴水と曇り空の一部が見えた。人が住んでいる気配はまったくなく、かすかに薪の煙のにおいが残っているだけだ。

「何があるの？」アビゲイルの声が壁にこだました。

「何もないわ」返事をしたとたん、錆びついた蝶番が壊れて格子戸がはずれた。「こんにちは！」もう一度叫んでみたが、その声は中庭にむなしく響くだけだった。

背後からミスター・バークの声が近づいてきた。「いけませんよ。人が金を払って借りた場所を、そうやって愛嬌を振りまいて横どりしようと――」

アレクサンドラは中庭に入ってまわりを見渡した。「関係ないわ。誰もいないもの」

ミスター・バークがやってきた。石畳にブーツの音が響く。ほかの男性たちの話し声と足音はまだ遠く、おそらく門の外にいると思われた。

「なんですって？　誰もいないんですか？」

ミスター・バークの気配が左肩のすぐ後ろに感じられた。濡れたウールと雨に洗われた素肌と洗濯糊のにおいが漂う。耳たぶの先に彼の息がかかったような気がした。

「そのようよ」アレクサンドラはそそくさと噴水に近づくと、干あがった内側をのぞきこみ、芝居に出てくる探偵のように何かを熱心に調べるふりをした。「苔が生えているわ。もうずっと使われていないのね」

ミスター・バークは黙ったままだ。

彼女が顔をあげたとき、一瞬、ふたりの目が合った。するとミスター・バークが黒いコートの裾を翻し、壁に近づいて丹念に調べはじめた。ほの暗い光のなかで髪の色がいつもよりくすんで見える。

「この城の主は世捨て人かな」彼が何気なく言った。

「あなたもなんだか詳しそうね」アレクサンドラは言った。「そういう生き方に」みんなが壁一枚隔てたところにいるのに、なぜかこの世界にミスター・バークとふたりきりのような気がする。冷えきった中庭の空気がふたりをすっぽり包み、見えないカーテンでまわりから遮断しているようだ。

壁の薄い部分を探すように、彼が壁伝いに中庭をぐるりと一周した。「ぼくのことなんかあなたは何もご存じないでしょう？」

「でも、実際、そうじゃなくて？　あなたも世捨て人でしょう？」いったいほかの人たちはどうしたのだろう？　そろそろウォリングフォードが踏みこんできそうなものなのに。誰も返事をしないのかとぶつくさ言いながら入ってきて、この妙に張りつめた空気を打ち破ってくれるはずだ。

ミスター・バークがようやくアレクサンドラに目を向けた。「ぼくは世捨て人なんかじゃありませんよ。それにしてもここの持ち主はどこにいるんだろう？　なかに入って見てきましょうか？」そう言うと、向かい側の壁に設けられた扉を顎で示した。

「だめよ」彼女はあわててそちらへ向かった。「あなたに先を越されて相手に間違った印象を与えられたら困るわ。わたしたちにも同じだけの権利があるのよ」

「それはお互いさまだ」

ついにウォリングフォードの靴音が入口に響いた。「いったい何をやっているんだ、レディ・モーリー？　きみもだ、バーク。ふたりそろって、まったく」公爵が立ちどまり、腰に手をあててあたりを見渡した。「で？　持ち主はどこにいる？」

ミスター・バークが扉に向かった。「わからない。だが、必ず見つけだす」

「一緒に行くわ」アレクサンドラはついていこうとした。

ウォリングフォードがすばやく手をあげた。「人の話を聞いていないのか、きみたちは！バーク、これはどういうことだ？　ロンドンの仲介業者はなんと言っていた？」

ミスター・バークが扉についている大きな鉄の輪に手をかけたまま振り返った。「何も。契約開始の知らせに手紙を添えて転送してきただけだ」

「手紙にはなんと書いてあった？」

「例によって意味のない挨拶さ。このたびは誠にありがとうございます、持ち主も非常に喜んでおります、必ずや……なんだっけな……必ずやお気に召していただけるものと確信しております、とかなんとか」

アレクサンドラは背筋に奇妙な震えが走るのを感じた。過去に一度だけ感じたことのある震えだ。確か亡き夫の遺言書の読みあげに立ち会ったときのことだった。気づくと彼女はか細い声で言っていた。「それが手紙の文面?」

「まあ、だいたいそんなところですよ」ミスター・バークがそこで間を置いた。「大丈夫ですか、レディ・モーリー?」

アレクサンドラは弱々しく微笑んだ。「大丈夫よ。ただ思い違いでなければ、わたしもそれとまったく同じ手紙を受けとったわ」

「なんてわくわくするのかしら!」アビゲイルがはしゃいだ声をあげ、かびの生えたカーテンを開いて窓ガラスを見た。「すてき。煤《すす》だらけだわ! もう何年も手入れをしていないみたい。ここには幽霊が出ると思う?」

「出るわけがないでしょう」アレクサンドラはぴしゃりと言った。「変なことを言わないで」

「わたしは山ほど出ると思うわ。こんなに古い建物なのよ。しかもイタリアの! ここでしょっちゅう毒を盛りあったりして人がたくさん殺されたはずよ。どの廊下にも幽霊が出るくらいじゃないとがっかりだわ」アビゲイルが言った。「フィリップ、おいで。探検に行きましょうね」そしてフィリップの小さな手をとり、とてもレディとは思えない威勢のよさで大広間を歩いていった。

「待って、待って！」フィリップが笑い声をあげる。

「早く、早く！」アビゲイルが手を引っ張るので、フィリップは彼女についていこうとして小走りになる。

「ちょっと、危ないわよ！」リリベットが追いかけようと踏みだしたが、向かい側の入口に人影が見えたのであわててとまった。「アビゲイル！」

アビゲイルが顔をあげ、立ちどまった。「あら、こんにちは！」

人影が前に進みでた。長いウールのドレスを着て腰にまっ白なエプロンを巻き、白いスカーフで頭をすっぽり包んだ女性だった。「ボンジョールノ」彼女が小さな声で挨拶をする。

アレクサンドラは前に進みでた。「ボンジョールノ。あなたがここの持ち主ですか？」

女性が微笑みながら首を振った。「いえいえ。わたしは……なんと言うのでしょうね？ここの管理をしている者です。英国から来られた方々ですか？」

「ええ」アレクサンドラは答えた。「そうよ。ご存じだったの？」

「もちろんです。お会いできてうれしいですわ。でも、ご到着が一日早くありませんか？明日見えると思っていました。お城はお気に召しましたか？」女性は得意げに腕を広げ、大広間を示した。大広間といっても調度品など邪魔になるものがいっさいなく、アルコーブと高窓があるだけのだだっ広い空間だ。

「ええ、これほど歓迎の雰囲気に満ちた場所もないわ」アレクサンドラが言った。隣にいたリリベットが肘で鋭くつつく。

女性が肩をすくめた。「誰も住まなくなって久しいですから。今住んでいるのはわたしだけです」

「ほかに手伝ってくれる人はいないの？」アレクサンドラが驚いて尋ねた。

「通いの使用人がいます。持ち主が不在なのでここに住み込みはしていません。とても静かなものですよ。あとはジャコモが……」女性が額にしわを寄せて考えこんだ。「土の管理、と言うのでしょうか？」

「敷地の管理。外まわりの仕事をする人がいるのね。よくわかったわ。ところであなたのお名前は？」アレクサンドラが尋ねた。

「シニョリーナ・モリーニと呼ばれています」女性が軽く膝を曲げてお辞儀をした。とてもしっかりした女性のようだ。まったくおどおどしていないし、でしゃばりすぎもしない。友好的だが、決して馴れ馴れしくない。年齢は四〇過ぎくらいだろうか？　美しく歳を重ねていて、顎の線もすっきりしている。頭に巻いたスカーフにおさめられた髪は豊かで黒々としていて、ひと筋の白髪もない。

「まあ、なんて美しい名前なの。イタリアの名前は本当にすてきだわ」アビゲイルが言った。

「わたしはミス・ヘアウッドよ、シニョリーナ。このお城はとてもすばらしいわ。案内してもらえますか？」大広間の奥に見える階段を示す。「わたしたちが泊まる部屋は上階かしら？」

「ええ、そうですが……」モリーニが少し戸惑ったようにあたりを見まわした。「男の方たちはどちらにいらっしゃいます？」

「男の方たち？　なんのことかしら」アレクサンドラは涼しい顔で言った。

「まさかあの人たちも来ることになっていたの？」アビゲイルが問いただした。「シニョーレ・ロセッティがわざとそうしたのかしら？」

モリーニが両手を広げた。「わたしは女性三人と男性三人が来ると聞いているだけです。あなた方のご主人ではないのですか？」

「とんでもない！」アレクサンドラは腰に手をあてた。

「ではご兄弟？」

アビゲイルが笑った。「いいえ、まさか！」

モリーニが衝撃を受けたように眉をつりあげた。

「ああ、そうじゃないの」リリベットがあわてて言った。「何かの手違いよ。わたしたちはこのお城を丸ごと一年間借りあげたと思っていたの。でも、別の男性三人も同じような契約をしたらしくて……だからあなたにシニョーレ・ロセッティを見つけてもらって、どういうことなのか説明を……」

「ああ、わかりました」モリーニが首をかしげ、ふたたび考えこむような表情をした。「妙なことですね。この城の主人はとても慎重で、何事にも几帳面です。そんな手違いは考えられないのですけど」背筋をのばして手をたたく。「でも、いいことですよ！　英国人のお客さまが六人もいらっしゃるなんて！　さぞかし会話がはずむことでしょう。きっとこの城も生まれ変わりますよ。さあ、お部屋にご案内します」

アレクサンドラが言葉を失っていると、モリーニはいそいそと向きを変え、あとについてくるよう手招きして歩きだした。

「でも、ちょっと待って！　使用人たちはどうなっているの？　わたしたちを迎える準備はできているのかしら？　夕食はどうするの？」

モリーニが振り向いて言った。「ご到着は明日だと思っていました。使用人たちは明日の朝やってきますよ。村からね」

「明日の朝？　つまり、今日の夕食はないということ？　部屋の準備もできていないの？」

大広間を足早に歩くモリーニのあとを追いながらアレクサンドラはたたみかけた。

「シニョーレ・ロセッティはどこ？」アビゲイルが尋ねる。

「ここにはいません。今はわたしがすべてとり仕切っています。さあ、早く。暗くなってしまいますよ！」

モリーニは後ろも振り向かず、どんどん階段をのぼっていった。

その男性はどこからともなく現れて、馬小屋の入口の前に立ちはだかるように両手を腰にあてた。

「ああ！」ローランドがいつもの明るい声で言った。

「やっと人がいたぞ！」

男性がイタリア語でまくしたてる。

「ちょっと待ってくれ」フィンは言った。「われわれはロセッティという人を捜しているんだ。おそらくきみの雇い主だろう。どこへ行けば会えるか教えてもらえないだろうか？」

「ロセッティ！」男がうんざりしたように吐き捨てた。「ロセッティ！　彼は問題ばかり起こす。今度は英国人ときた！」

うんざりしているのはフィンも同じだった。「英国人で悪かったな。正確には三人いるんだが……」

「六人だ」ローランドが訂正した。

「それで、ここに馬をつながせてもらいたい。荷物のほうは、またぬかるみにはまりこんだりしなければじきに届くはずだ。それから――」

「たくさんだ！」男性がごつごつした手をあげた。「おれは厩番じゃない。外まわりをやっている。馬のことはわからない」

「だったら厩番を呼んでくれ」フィンはしだいにいらだちを募らせながら言った。

「厩番はいないよ、シニョーレ」

「なんだと」ウォリングフォードが激怒した。「われわれが来ることを誰も知らないのか？　こうなったら何がなんでもそのロセッティとかいうふざけた男を見つけだし、正真正銘の〝太陽の沈まぬ楽園〟に送りこんでやる」

フィンも一緒に文句を言おうとしたが、ローランドがなだめるように手をあげた。

「ところで」ローランドが男に向かってにこやかに尋ねた。「きみの名前は？」

男が無愛想に答えた。「ジャコモと呼ばれている」

「わかった、ジャコモ。きみはわれわれが来ると思っていなかったのか？　誰もきみにそのことを知らせなかったのかい？」

「ああ」ジャコモは三人の後ろにそびえる城に視線を移し、憎々しげに目を細めた。「誰も知らせなかった。彼女が準備し、客が来る。いつもそうだ……」三人に向かって手を振りあげる。「あんたらのせいじゃない」そこで少し声をやわらげた。

「そいつはありがたいね」フィンは憮然として応じた。

「彼女って誰だい？」ローランドが尋ねる。

ジャコモはそれには答えなかった。「女性たちのほうは？」あきらめたようなため息とともに尋ねる。「もう城に入っているのか？」

「女性たち？」フィンが聞きとがめた。「なぜ知っているんだ？」

「いつものことだ」ジャコモが馬のほうに顎をしゃくった。「藁と麦ならある。ついてきな」そう言うと、向きを変えて馬小屋に入っていこうとする。

「ちょっと待った！」フィンは走って追いかけた。「自分たちで馬に餌をやれというのかい？ひょっとして荷物をおろすのも？」

「明日の朝に村から若い連中が来る」埃っぽい馬小屋の奥からジャコモが鬱陶しそうに返事

をした。「いつもそうだ」

「ちょっと待て」フィンのあとに続いてウォリングフォードが馬小屋に入りながらつぶやいた。「意味がわからんぞ」

フィンがウォリングフォードやローランドとようやく城に入ったころには、日が落ちて夜へと変わりつつあり、城の内部も暗くてよく見えなくなっていた。

「ハロー！」声を張りあげながらも、何かの奇跡が起こって誰も返事をしてくれなければいいと願った。あのレディ・モーリーや連れの女性たちをめぐる悪夢のような出来事は幻想だったということにしてほしい。現に、今朝の記憶はすでに夢のように遠のいていた。フィンは三頭の馬をつないで、それぞれに餌をやった。何しろ、ウォリングフォードもローランドもこれまでバケツひとつ動かしたことがないのだ。馬たちがようやく安全に夜を迎えられるようになったとき、荷馬車が到着した。そこから延々と荷物をおろしたり、御者が荷物を運ぶのを監督したり、不慣れなイタリア語で何度も指示を出したりしていた。

このときはウォリングフォードとローランドもさほど文句も言わずに協力してくれた。荷台からさまざまな器具の入った道具箱をおろし、妙に身なりのいい肉体労働者のような感じで黙々と機械を運んでくれた。そして作業をしながら実にさまざまなことについて――イタリアの春のすばらしさからシニョーレ・ロセッティの出生の真実にいたるまで――自説を披露した。

実際のところ、ふたりはフィンよりもずっとよくしゃべっていた。一方、フィンのほうはどんどん暗い気分になっていった。自分たちが馬小屋で汗水垂らして作業しているあいだ、城では何が起こっているのだろう？　バリケードが築かれ、入口が封鎖されているかもしれない。少なくとも女性たちはいちばんいい寝室を自分たちのものにしようとするだろう。こちらが廊下の先で震えながら夜を明かし、音をあげてほうほうのていで丘をおりていくのを待つつもりに違いない。

まったく、女というのは血も涙もない生き物だ。

「女どもはもう寝ているだろうな」城の暗い廊下に足を踏み入れながらウォリングフォードが言った。階段の下に旅行鞄が乱雑に積まれているが、暗くてまわりとほとんど見分けがつかない。自分たちの泊まれる部屋がどこであろうとその荷物を運びあげなければならないことを思い、フィンはまたしても暗い気分になった。

「果たして夕食にありつけるだろうか？」ローランドが冗談めかして明るく言った。「ぬか喜びはしたくないが、さっきふと、何かにおいがしたような気がする。もちろん、食べられるものだ」最後のひと言をあわててつけ加える。というのも、さっきまで馬小屋ですっかり食欲をなくすようなにおいを何時間もかぎ続けていたのだ。

ウォリングフォードが中庭の向こう側の出入口に向かった。「おそらく厨房は裏手だろう。どうせ今ごろは女どもが何もかも食べてしまったと思うが。床に落ちたくずまできれいになめたに決まっている」

ローランドも兄に続いたが、フィンは数歩進んでから自分の道具箱を振り返った。

「先に行ってくれ」フィンは言った。「あとですぐに行くから」

「あまり遅くなるなよ」ウォリングフォードが振り向いた。「何も残しておいてやらないからな」

「まったくいやなやつだな、兄上は……」廊下にローランドの笑い声が響いた。

フィンは頭を振り、道具箱のほうを向いた。食べ物のことを思っただけで腹が鳴ってしまう。最後に口にした食事は、雨の降る山道でかじったひどくかたいパルメザンチーズと、それよりさらにかたいパンだけだ。しかし、さっき自分の道具箱や旅行鞄がぞんざいに扱われているのを見て気になっていた。大切な道具や機械が万一壊れでもしていたら、代わりの部品をロンドンからとり寄せるのに何週間もかかるし、近隣から適当な機械工を見つけてくる必要があるだろう。

やはり食事の前に自分の目で確かめなければ安心できない。

あたりには濃い闇が迫っていて、どれが自分の荷物か見分けるのも難しかった。すべてが乱雑に積みあげられ、かびくさい湿気を放っている。フィンはあちこちの出っ張りに足をぶつけながら、ひとつひとつの荷物を手で触れて確かめた。革、金属、キャンバス地などの材質のなかから自分の道具箱を探りだす。移動中の衝撃を吸収し、悪天候や外国人労働者のぞんざいな取り扱いにも耐えるよう自分で特別につくった箱だ。

道具箱は奥のほうにあった。ほかの荷物より大きくて飾り気はない。あちこち傷がつき、革がすれているところもあった。雨に濡れたのでおそらくしみもできているだろうが、暗くてよくわからない。フィンは上着の内ポケットに手を入れ、小さな鍵束をとりだし、目的の鍵を探りあてた。

ひとつ目の道具箱の錠に鍵をさしこみ、まわしてみる。幸い湿気にもやられることなく、小気味のいい音をたてて動いた。箱のふたをそっと開いてみる。金属と革と油が組みあわさった、おなじみのにおいが鼻をついた。いつまでも変わらず、決して裏切らない親友のような、清々しくも独特なにおい。このにおいは、機械をいじりまわし、実験に没頭した少年時代の楽しい記憶と結びついている。彼は内側のへこみや出っ張りに指を這わせた。どこもしっかり固定されているし、フェルト布の梱包も解けていない。繊細なエンジン部品も器具類も、すべて無事だった。

フィンは安堵のため息をついた。

「ミスター・バーク？」

ぎょっとして振り向いた拍子に、道具箱が膝にあたって引っくり返り、金属の器具が床に散らばるすさまじい音が響いた。追い打ちをかけるようにもう一度大きな音がして何かが床に落ち、小さな部品が石の床に落ちてくるくるまわる音がする。

「大変」レディ・モーリーがつぶやいた。「ごめんなさい」

普段のフィンなら、こうした事態にも冷静さを失わず、即座に行動を起こす。今回も、道具箱が床に引っくり返った瞬間にやるべきことはわかっていた。すぐさまひざまずいて落ちた部品を拾い集め、壊れたかどうか確かめるのだ。

だが、なぜか体が動かない。彼は目の前の人影に目を凝らして立ちすくんでいた。昨夜の出来事が悪夢となってよみがえったようだ。レディ・モーリーは蠟燭を手にし、揺らめく光を受けて肌を金色に染めていた。

「レディ・モーリー」フィンは呆然とつぶやいた。「なぜここにいるんですか?」

「あなたの……あなたの道具が……」レディ・モーリーも同じように呆然と返事をした。

「片づけるのを……手伝うわ」床にうずくまり、ふわりと広がった黒いスカートの脇に蠟燭を置く。

「いや……大丈夫ですよ……こんなことくらい」フィンも隣に膝をつき、冷たい床に手を這わせた。「あなたにはもう充分困らされていますから」考えるより先にそんな言葉が飛びだした。

レディ・モーリーが身を起こし、かたい声で言った。「驚かせて申し訳なかったわ、ミスター・バーク。わたしはただ解決策を伝えに来ただけよ」

「解決策?」

「つまり……」彼女が立ちあがり、腕を広げた。「こうなってしまったことについての」

フィンは戦いに備えて身がまえた。まったく、こういうときにかぎってウォリングフォードがいないとは。向かうところ敵なしの高飛車な女性とどうやって渡りあえばいいんだ?この手の女性は何かと言えばすぐに機嫌を損ね、本心とまったく裏腹なことを言い、相手がとんでもなくまぬけであるかのような顔をするのだ。

「なるほど。で、それはどんな解決策ですか？」

「家政婦の話だと、この城はちょうど都合よくまんなかからふたつに……」

「家政婦？」フィンは一瞬、相手の話を聞いていなかった。というのも、レディ・モーリーが白いブラウス姿になっていて、しかも胸のボタンがいくつかはずれていることに気づいたのだ。どうやらこの数時間のうちに上着を脱いだらしい。

「ええ。モリーニという女性よ。あなたたちが馬小屋に行ってしまったあとで出てきたの。彼女に城内を案内してもらってわかったのだけれど、当分のあいだ……つまりシニョーレ・ロセッティが見つかって今回のことに決着をつけてくれるまで、別々の翼棟で暮らすことにすれば、お互い顔を合わせることはほとんど……ちょっとミスター・バーク、わたしの話を聞いているの？」

「ええ、もちろん」

「本当に？　とにかく、そうすれば顔を合わせることはほとんどないわ。残念ながら、食事のときは例外だけれど。食堂として使える部屋がひとつしかないのよ」

フィンは返事を求められていることに気づいた。「わかりました。それでいいでしょう」

「寛大ですこと」レディ・モーリーが続けた。「ついでに感謝もしてもらいたいものだわ。さっきまで日雇い家政婦のように身を粉にして、あなたたちのためにベッドを整え、食事の用意もしてあげたのよ」

フィンは懸命に言葉を探した。「つまり、使用人がいないということですか？」彼女の顔から視線をさげないよう注意しながら尋ねる。ブラウスのボタンがどのあたりまではずれているか、絶対に凝視してはならない。

「見事な論理的思考ね、ミスター・バーク。あなたがその明晰な頭脳で王立協会のお偉方をひれ伏させるところが目に浮かぶわ」

なんとかうまくやり返そうとフィンは口を開きかけた。〝そうですとも、レディ・モーリー。ぼくはまともな理性を備えた人間なら何十人だって相手にできます。口の減らない家政婦にはかないませんがね〟と。だがそのとき、ついレディ・モーリーの胸に目をやってしまった。

予想以上にまずいことになっていた。ボタンがかなり下のほうまではずれ、糊のきいたブラウスの胸もとが左右に大きく開いてしまっている。あらわになった肌が、蠟燭の明かりに照らされて白く輝いていた。なお悪いことに――おそらくベッドの準備をしていてそうなったのだろうが――身ごろの片方が横にずれて、コルセットの繊細なレースに縁どられた豊かな胸のふくらみがのぞいていた。

フィンは視線をすばやく彼女の顔に戻した。「ぼくは……ただ……」〝親愛なるレディ・モーリー。失礼ですが、左胸がブラウスからのぞいていますよ……。〟

「きっとそうですとも」彼女がさもばかにしたように言った。「ご立派ですこと」

〝そこで提案ですが、あなたの右胸はぼくの左手と隣りあわせだし、今はこうしてふたりきりですから……。〟

「何か言うことはないの、ミスター・バーク？」

〝もちろん、はだけた胸もとを自分で直してもらってもまったくかまいませんが、ぼくとしてはこの左手でお手伝いをすることにまったく異存は……。〟

レディ・モーリーが蠟燭を別の手に持ち替えた。体の正面を明かりが横切ったとき、フィンは彼女がひどく青白い顔をして目の下にくまをつくっているのに気づいた。

「もういいわ」レディ・モーリーが黙っているフィンに言った。「いくら待っても感謝の言葉がないようだから、食堂へ案内してあげましょう」言いながらスカートを翻す。「あなたの大切な道具を踏まないように気をつけるわ、ミスター・バーク。もし靴の下で何かが砕ける音がしたらすぐに申告しますから」

「ご親切に」フィンはやっとの思いでそれだけ言い、暗がりのなか上下に揺れながら先を行く蠟燭の明かりについていった。「ところで、レディ・モーリー」大広間を抜け、にぎやかな音がする食堂のテーブルのほうに向かう途中で切りだした。「ブラウスの襟もとに……その……小さなしみがついていますよ」

こうなったら絶対にロセッティを殺してやる、とフィンは心に誓った。もっとも、相手がのこのこやってくればの話だが。

5

アリストパネスについて話そうと口を開きかけたアレクサンドラは、突然入ってきた一匹の山羊に邪魔された。

「ああ、ごめんなさい」アビゲイルが椅子から飛びあがり、薄汚れたその山羊の首に巻かれた革の布をつかんだ。「だめだめ。カーテンを食べたりしちゃ」

「カーテンなんて食べてもおいしくないのに」アレクサンドラがため息をついた。

アビゲイルが申し訳なさそうに顔をあげる。「乳しぼりの時間なのよ。わたしを捜しに来たのよね？　なんて賢い子。痛っ」山羊が突きあげた頭に顎をぶつけられ、アビゲイルが声をあげた。

「ねえ、アビゲイル」アレクサンドラは本のページを閉じた。「あなたの情熱に水をさすわけじゃないけれど、わたしたちが一六〇〇キロも旅をしてこの……のどかな田舎にやってきたのは、あなたに山羊の乳しぼりをさせるためじゃないのよ。学問をきわめるためなの」

「でも誰かがこの子の乳しぼりをしてやらないといけないのよ。そうよね、いい子ちゃん。あっ、だめよ。それはわたしのペチコートなんだから……」

「乳しぼりをしてくれる人なら、ほかにいくらでも……少なくともひとりかふたりはいるはずよ」アレクサンドラは顔をしかめた。しつこい山羊の口からペチコートの裾を離そうと動きまわるアビゲイルは、下手くそなパ・ド・ドゥを踊っているようだ。

「それがいないのよ。男の人たちは野菜畑に種を植えつけに行ってしまったし、モリーニはチーズづくりにかかりきりだし、マリアとフランチェスカは明日神父さまがイースター祭の儀式に来られるので部屋の掃除をしているし――」

アレクサンドラは手をあげた。「もうたくさん！　わたしが言いたいのは、なぜ――」

「それにね」ようやくペチコートを奪い返し、山羊の首輪をしっかりつかまえたアビゲイルが続けた。「わたしは山羊の乳しぼりが好きなの」

「でもアリストパネスは……」

「その人の本なら読んだわ。二回も」アビゲイルが部屋を出ていきながら振り向いて言った。

「ギリシア語の原文でね」

アレクサンドラは立ちあがって声をあげた。「だったらあなたが中心になって今日の議論を……」

しかし、アビゲイルはすでにいなくなっていた。山羊のあとから漆喰壁の隙間を抜けて出ていったのだ。そこからさわやかな風が部屋に吹きこんできた。みずみずしい草と耕された土のにおいがする。アレクサンドラはため息をついて椅子に座った。

「あなたはまったくあてにならないし」いぐさ張りの椅子に腰かけ、膝の上で本を開いたままぼんやりしているいとこに目を向ける。

「何か言った？」リリベットが頭をあげた。

アレクサンドラはあきれたように天井を向いた。「ほらね。そういうことよ」誰にともなくつぶやく。「なぜわたしだけ真剣なのかしら？」

「まあ、そんな」リリベットが本を持ち直した。「わたしだって真剣よ。どこまで読んだかしら？　あら、アビゲイルはどこ？」

「アビゲイルは山羊やらチーズやらで忙しいのよ。そしてあなたはすっかりローランドにうつつを抜かして――」

「うつつを抜かしてなんかいないわ！　しかもローランドに！」

「それなのにこんな……みすぼらしい部屋に押しこめられてお勉強とはね」アレクサンドラはきしむ木の梁や、黄ばんであちこちはげ落ちた漆喰壁、天井の破れ目から美しく垂れさがる藤の蔓を示した。

「すてきな部屋だわ」リリベットが言った。「日あたりがすばらしいもの」

「それは屋根に穴があいているからよ！」アレクサンドラはとりわけ許しがたい大きな穴を指さした。「それから壁にまで！」

「気候もよくなったことだし、穴があいていても特に困らないわ」

「そういう問題じゃないでしょう！」

リリベットは綿のブラウスに包まれた肩をすくめた。「ここより大広間のほうがいい？

それとも食堂?」

アレクサンドラは椅子の傍らにある小さな木のテーブルに本をぽんと置いた。「なぜ男性たちにだけ図書室の使用が許されたのか納得できないわ。あそこの壁には穴なんかないのよ」

「でもあの部屋は暗くて北向きよ。向こうの翼棟だし」リリベットが心なしかいそいそと本を閉じた。「だいたい、別々の翼棟で暮らそうと提案したのはあなたでしょう。忘れたの?」

「向こうがせいぜい二週間でいなくなると思ったのよ」アレクサンドラは椅子から立ちあがり、窓に近づいた。目の前に丘の斜面が広がり、古くからあると思われる段々畑ではトウモロコシと葡萄が青々と葉を茂らせている。台地の下に広がる谷には集落が見えた。左手を見ると、男性たちが腰を曲げたりのばしたりしながら畑に種まきをしている。右手に目を移すと、もう一方の翼棟が見えた。そこではウォリングフォードとローランドとミスター・バークがいくつかの部屋に荷物を運びこみ、今も陣どっている。

「もちろんとてもいい解決策だと思うわよ」リリベットが言った。「合理的で公平だもの。食事のとき以外は顔を合わさなくてすむから、それほど気まずくもないし」

窓の外を見ていたアレクサンドラは振り向いて微笑んだ。「そう? 本当に気まずくないの? 気の毒にローランドは、今でもどうしようもないほどあなたに夢中よ」

リリベットの美しい顔が赤くなった。「そんなことないわ。わたしにほとんど話しかけてこないもの」

「それが何よりの証拠ではないの？」うろたえるいとこを、アレクサンドラは腕組みをしておもしろそうに見守った。「わかってるくせに」

リリベットが本をつかんで立ちあがった。「そんな言い方はやめて。わたしを責めるなんてひどいわ」

「責める？」アレクサンドラは驚いて問い返した。「あなたの何を責めるの？」

「彼とは本当になんでもないんだから。これから先も……。だってわたしには夫がいるのよ、アレックス！」

「もちろんよ。わたしは……」アレクサンドラは前に進みでて、いとこの両肩に手を置いた。「わたしはただ、彼が今もあなたに夢中だと言いたかったの。もちろんそれは当然よ。あなたは誰からも賞賛されるべき女性だもの」

「いいえ」リリベットがブルーの瞳で静かに見つめ返した。「わたしは賞賛されるような人間じゃない。もしそうなら英国に残ったはずだもの」

「あの男はけだものよ、リリベット」

「ええ、そうね。それでもわたしの息子の父親だわ」

リリベットは後ろにさがり、両手で本を握りしめたまま部屋から出ていった。

アレクサンドラはあとを追おうとしたが、何かに押しとどめられたような気がして思いとどまり、ふたたび窓の外に目をやった。

雲が太陽を隠し、あたり一帯が陰った。畑の男たちは作業を中断し、大きな瓶をまわし飲みして喉の渇きを癒している。なごやかなその光景をぼんやりと見つめているうちに、アレクサンドラはふと、彼らは子どものころから互いによく知った仲なのだと気づいた。ここにいる人々は城の畑を父親の代から、いや祖父の代から耕してきたのだ。生まれたときからすばらしい風景に囲まれて汗を流して働き、ささやかな報酬を得て生計をたて、利益率とか株式会社とか緊縮策といった言葉とは無縁の人生を送っている。

反対側の視界の隅で何かが動いた。葡萄畑を横切ってさっそうと歩く大きな人影だ。それが誰なのかはすぐにわかった。雲間からふたたび顔をのぞかせた太陽が、その燃えるように赤い髪を照らしだすのを待つまでもなく。

無意識に窓辺に手をついて身をのりだしたアレクサンドラは、汚れたガラスに鼻をぶつけた。あれほど背が高いわりに、ミスター・バークの身のこなしは優雅だった。長い脚が地面をしっかり踏みしめ、その動きに合わせて両腕が規則正しく前後に動いている。顔は見えないが、どんな表情をしているのかはっきり想像できた。眉間にしわを寄せて何かを真剣に考え、芝のように鮮やかなグリーンの目を細めて前方を見つめているに違いない。

「本当《モルト・》にすてき《ベッロ》。違いますか？」耳もとで声がした。

アレクサンドラは飛びあがって後ろを振り向いた。

モリーニが黒い瞳をきらめかせていた。「あなたもそうお思いでしょう？」窓に向かってうなずきかける。「あの若い英国人男性。とても背が高くて。美しくて《ベリッシモ》。あの瞳はまるで若草のよう。春のはじめに出てくる緑の色です」

「わたしには……よくわからないわ」アレクサンドラは腕組みをして窓の外に目を向けた。「あの人はわたしに話しかけてこないから」

モリーニが肩をすくめた。「そんなこと関係ありません。もとから口数の少ない人なんですよ。でも、ここで感じています」胸に拳をあてる。「とても多くのことをね」

「なぜわかるの？」

「男の人はそういうものですよ。多くを話さない男性は、その分、心が豊かなんです」モリーニがにっこり微笑んだ。「好きなんですか？　シニョーレ・バークのことを？」

「わたしが？　さあ……どんな人かほとんど知らないもの。彼は科学者なのよ」あたかもそれですべて説明がつくかのように、アレクサンドラは最後にそうつけ足した。

「シニョーレ・バークはとても頭のいい方です。一日じゅう仕事をあそこで……なんと言うのでしょう？　小屋ですか？　馬車を入れておくための。湖のそばにあります」

「そうなの？　さぞかし仕事がはかどるでしょうね」アレクサンドラはふたたび家政婦を見た。

モリーニは相変わらず微笑んでいた。「たぶんあなたも気に入りますよ。どこにあるか教えましょうか？」

「まったく興味ないわ」

モリーニがアレクサンドラの横をすり抜け、壁にできた大きな裂け目から外に出た。かすかな風とともに焼きたてのパンのこうばしい香りがする。家政婦は日ざしのなかに出ると、腕をのばして谷に続く勾配を示した。「あの葡萄畑を左方向にくだっていくんです。ずっと先に木立があるでしょう。湖の近くに。そこに小屋があります」ふたたびアレクサンドラのほうに戻ってきながら言う。「そこは以前……英語ではなんというのでしたっけ……馬車《コーチ》の面倒を見る人のこと」言葉が出てこず、困ったように指をこすりあわせた。

「御者《コーチマン》?」

「それです! コーチマン」自分の発音を確かめるように、モリーニはその言葉をゆっくりと口にした。

「それで、その御者はもうそこに住んでいないの?」

モリーニは指を鳴らした。「今はもういません。ジャコモだけです。ところで、村から今朝の郵便が届きました。それを知らせに来たんです。あなた宛の手紙と新聞もありますよ」そう言うと、木のテーブルを顎でさした。アリストパネスの著書の横に郵便物が小さく積みあげられている。

アレクサンドラはいちばん上の手紙を警戒するような目で見た。「ありがとう」

「どういたしまして」モリーニは出ていこうとして向きを変えたが、最後にもう一度アレクサンドラのほうを向いて明るく目配せした。「シニョーレ・バークにも手紙が届いています。でも、あいにくメイドたちがチーズづくりや掃除で忙しいものですから、届けてさしあげられないんです」

「まあ、残念。彼は戻ってくるまで読めないのね」

モリーニが壁の裂け目を顎でさした。「葡萄畑を左にくだっていくんですよ。木立、そして湖があるだけなので、あそこは誰も行きません。とても静かです」

「そこなら落ち着いて仕事ができるでしょうね。ありがとう、シニョリーナ」

「どういたしまして」モリーニは片目をつぶり、扉から出ていった。焼きたてのパンの香りをほのかに残して。

しばらくのあいだ、アレクサンドラはテーブルの上の小さな郵便物の山を見つめていた。結婚していたころは、日に二回届く郵便がそれは楽しみだった。手紙、招待状、新聞。仕立屋や婦人帽子店から届けられる請求書さえ心を満たしてくれた。支払いで困ることなどなかったし、自分がいかに物質的に恵まれた環境にいるかをあらためて噛みしめられたから。

だけど、今は違う。

しっかりしなさい、とアレクサンドラは自分に言い聞かせた。きちんと目を通すのよ。悪い知らせを無視したところで、どうにもならないわ。

畑のほうから緑の香りをのせてそよ風が吹いてきた。それに背中を押されるように、彼女はテーブルの郵便物に近づいた。いちばん下にあるのは『タイムズ』だった。ウォリングフォードがロンドンの弁護士に毎週転送を頼んだのだ。手紙の束の下からそれを抜きだして見出しに目を走らせる。議会やアイルランド問題などおなじみの話題が載っていた。自分の生活がしっかり守られていたころは政治にも関心を持っていた。ああ、以前は友人たちと内閣の顔ぶれについて議論したものだ。高価な調度品に囲まれた優雅な客間に、薄切りのハムとクレソンとブルーチーズを挟んだ上品なサンドイッチやシャンパンなどをのせたぴかぴかのトレイを従僕たちに運ばせたりして！　アレクサンドラのサロンは、人々のあいだでちょっとした伝説だった。彼女は女王のようにあがめられ、愛され、その地位は揺るぎなく、将来にわたって安泰のはずだった。

そう、かつては。

新聞をテーブルに置き、いちばん上の手紙に手をのばした。封筒をひと目見ただけで、どこから来たものかわかった。几帳面に書かれた宛名の筆跡にも見覚えがある。アレクサンドラは指で封を開け、なかの便箋をとりだした。

銀行からのその手紙は、まず慇懃な挨拶にはじまり、新たな貸し付けの必要が生じる前にまとまった預金をしてほしいという依頼に移った。そのあと彼女への現在の貸越金額にさらりと触れ、型どおりの挨拶で結ばれた。

アレクサンドラは震える指で便箋をたたみ、封筒に押しこんで次の手紙をとりあげた。

こちらは業務用の長い封筒で、〈マンチェスター・マシーン・ワークス〉の株主に宛てられたものだった。書面には、まずこの四半期に予定していた試作品が完成にいたらなかったという報告があった。理由として、特許を取得した推進装置に予想外の不具合が起きたこと、開発資金が不足したことが挙げられていた。株主各位には誠に申し訳ないが、会長のウィリアム・ハートリー以下取締役会は、現在新たな計画を進めており、慧眼《けいがん》の出資者が現れることに高い望みを抱いているという。

革新的な交通手段の完成を信じる株主に謝意を表したのち、手紙は型どおりの挨拶で結ばれた。

アレクサンドラは、今度はかなり手荒に手紙を封筒に押しこんだ。もちろんウィリアム・ハートリーは望みを捨てていないに決まっている。彼はいつだってそうだ。人柄はいいけれど、実務家としては絶望的に無能な、亡き夫の甥。あんな男になぜ遺産の管理を任せてしまったのだろう？　まったくどうかしていた！

彼女は封筒をテーブルにたたきつけた。いや、あのときの自分はどうかしていたわけではない。裕福な男性に見初められて結婚した、世間知らずの女だっただけ。気をつけなければ財産が消えてなくなることもあるなんて、想像したことすらなかった。仕事関係の手紙をろくに読まずほったらかしているうちに、ハートリーは新たにたちあげた自分の会社に彼女の信託財産のほぼすべてを投資し、結局、そのすべてが事実上失われたのだ。

〈マンチエスター・マシーン・ワークス〉――名前だけ聞くと、堅実で信用できる会社のようだ。いかにも世の中の役にたつ便利な機械を――たとえばミシンなどをつくって売っていそうな感じがする。

〝馬のいらない馬車〟などというばかげた代物ではなく。

今やアレクサンドラは一文なしだった。少なくとも、それに近い状態だ。瀟洒《しょうしゃ》なタウンハウスもないし、次々に訪れて賛辞を並べる取り巻きもいない。今の彼女に残されているのは、モーリー侯爵未亡人の肩書きと、紙切れ同然となった〈マンチェスター・マシーン・ワークス〉の二万株の株券だけだ。しかも、生活費や結婚支度金を工面してやらなければならない妹がいる。これほどの借金と恥を抱え、まだこの先五〇年あまり人生を続けていかなければならないのだ。どうすれば生きていけるのか見当もつかないというのに。

なんとかしてかつての暮らしをとり戻さなければ。ロンドン社交界のリーダー的存在のレディ・モーリーでなくなってしまったら、わたしはいったい何者なの？

誰がアビゲイルにふさわしい未来を与えてくれるの？

アレクサンドラは窓辺に目を向けた。輝く青空の下に谷が広がり、葡萄畑をくだった先に木立と湖が見える。彼女はテーブルの上にある手紙の束を手にとり、宛名をすばやく確認していった。目が痛くなって字がかすみはじめたころ、ようやく王立協会会員フィニアス・フィッツウィリアム・バークの名前が見つかった。

〝馬のいらない馬車〟――自分はこれについていったいどのくらい知識があるだろう？　これから勉強しなければならなくなりそうだ。

手紙を手にとり、ついでに新聞を小脇に抱えると、アレクサンドラは壁の裂け目から外に出て、葡萄畑へ向かって歩きだした。

6

ジャコモが何について文句を言っているのか、試作品の下にもぐりこんで後部車軸と格闘しているフィンには正直よくわからなかった。ただ、どうやら女性に関係した話らしいことだけはわかった。ジャコモはいつもそうなのだ。

〝チーズ……においが……馬小屋……まったくあの女……。〟

「ちょっといいかな」フィンは呼びかけた。「ランプを少しだけこっちに寄せてくれないか。頼むよ」

「なんだって《チェ・コーザ》？」

「いや、いいんだ。なんでもない。続けてくれ」フィンはため息をつき、車体の下から苦労して出ると、そばのテーブルに置かれていた灯油ランプに手をのばした。もちろん、ここの環境は以前の環境に遠く及ばない。英国の研究室には電気が通っていて湯が使えたし、電話もあった。しかし、そうした不便にはすぐ慣れた。セント・アガタ城に文明の利器がないことなど、それ以外の悲惨さに比べればなんでもない。

たとえば、こんなふうにいちいちジャコモに邪魔されることのほうがよほどこたえる。

「ありえない！」ジャコモが両手をあげて天をあおいだ。といっても、彼に見えるのは全能の神ではなく、蜘蛛の巣だらけの屋根の梁である。フクロウも一羽いるはずだが、夜行性で昼間は姿が見えないので、確かなことはフィンにもわからなかった。落ちている糞を城に持ち帰り、図書室の鳥類学の本を調べてみようと思いながら、いつも忘れてしまう。

　それには理由があった。

「ありえないって、何が？」フィンは尋ねた。礼儀上そうすべきと思ったからだ。

「チーズだ！　馬小屋の！」

「チーズ？」

「あんた、何も聞いてないな！　おお、神よ《モーメ・ディ・ディーオ》！」ふたたび両手をあげ、ジャコモは慈悲を乞うようなまなざしで天をあおいだ。「また一から話さなければならない」

　フィンはランプシェードの角度を調節したが、これではだめだというふうに顔をしかめ、結局、テーブルから床にランプを移動させた。「こちらとしては正直やめてほしいがね」

「問題は女どもだ。一日じゅう、チーズをつくる。ペコリーノ・チーズ。あの場所……なんて言う？」

「厨房？」

「そう！　厨房だ！　そして、あんな大きな城なのに、ないと言う。チーズを……古くする、でいいのか？　そのための場所が」

「熟成だな」フィンはふたたび床にあおむけになり、車体の下にもぐってジャコモから隠れてしまおうとした。

「シニョーレ！　聞いてくれ！　公爵はまったく聞いてくれない。弟は……」ジャコモはあきれ果てたように目をむき、人さし指で耳の横あたりをさしてくるくるまわした。

「頭がどうかしてしまったと言うんだろう。同感だよ。しかしだからといって――」

「あの女め！」ジャコモが吐き捨てた。「すっかり城の主みたいな顔をして……」

「誰のことかさっぱりわからないな。家政婦かい？」フィンは体をくねらせ、車の下に体半分ほどもぐりこんだ。

「英国のレディたちに言ってくれ！　チーズだ！　英国人に言われると、あの女もあきらめるだろう」

「ちょっと待ってくれ。頼むから意味がわかるように言ってくれないか」

「なんですか《チェ・コーザ》？」

「話が理解できないんだよ。わかるかい？　理解できないんだ《ノー・コンプレンド》」

ジャコモがため息とともに肩を落とした。「チーズだ、シニョーレ。丸くてとても大きい。ペコリーノだ」両手で大きな輪をつくる。「女たち、それを熟成させる……馬小屋で！」深く息を吸うと、ふたたびわめきたてた。「馬小屋だぞ、シニョーレ！」

フィンは考えこむように唇を噛んだ。「馬が反対しているのか？」

「馬じゃない、シニョーレ！　おれだ！　おれが反対している！」ジャコモは悔しそうに拳で胸をたたき、チーズをつくり続ける女性たちへの抗議を示した。「モリーニめ！　あいつのせいで城の屋根裏はペコリーノだらけだ！　それでも足りない。そこで馬小屋に持ってくる！　ふざけるな！　おれをばかにしやがって！」

「においもするだろうしね」フィンは多少の同情をこめて言った。

「そうだ！　においもする！　あんた、よくわかっている！」ジャコモがにやりとした。「よかった。あんたがレディに言ってくれ。助かった。ではまた。がんばって」

「ちょっと待て！　ぼくの口からは言えないぞ！」

ジャコモが振り返った。「なんだって？」

「ぼくのほうから話しかけることはできない」フィンはレンチを拾いあげ、とがった先を相手に向けながら強調するように言った。「誓いをたてているんだ」

ジャコモが感心したように目を丸くした。「誓い！　レディと仲よくしない誓いか？」

「まあそんなところだ」フィンは咳払いをした。「正確にはちょっと違うが。でも、女性たちにはいっさい関わらないと仲間同士で決めたんだ。食事のとき以外はね。そのときだけは、フランス人がよく言う緊張緩和《デタント》だ」そう言ってつばをのんだ。「かなり妙な感じだが、まあ、そういうことさ」

ジャコモがてのひらを上に向けて両腕を高くあげた。「よくわかる。とてもよくわかる。女と話をしないのは賢い。とても賢い、シニョーレ。女と話すと、ろくなことがない」

「まったくそのとおりだ」フィンはほっとして微笑んだ。「そういうわけだから無理なのさ、きみの――」

「メモでいい」ジャコモがさえぎった。「それで充分だ」そう言うと、頭をひょいとさげた。「それでは」

「ちょっと待てよ！」フィンは抗ったが、ジャコモはすばやく部屋を突っ切り、扉を勢いよく開け、降り注ぐ日ざしの向こうに消えた。

「まったく」フィンはひんやりしたレンチに指を滑らせながらまばたきをした。開かれた扉から明るい光がさしこみ、製作中の自動車の後ろ半分をまぶしく照らしだす。彼はレンチを置いて長い腕をのばし、必要なくなった灯油ランプの火を消した。

いったいここの連中はどうなっているんだ？　ジャコモは家政婦と直接言葉を交わせないのか？　フィンはふたたびレンチを拾い、車軸の下にすばやくもぐりこんだ。ひょっとすると、男女を隔離する習わしでもあるのかもしれない。こういう山間部に代々暮らしてきた人々にとってはあたりまえの風習なのだろう。これまでいろいろなところを旅してきたが、僻地ではいろいろなタブーがあるものだ。それらは守られるべきものとして根強く受け継がれていく。

というわけで、〝チーズの乱〟を知らせる役目を託されてしまった。

別にレディ・モーリーに直接話す必要はないのだと、フィンは自分に言い聞かせた。レディ・ソマートンの耳に入ればすむことだ。もしくはレディ・モーリーの妹……なんという名前だったか思いだせないが、なかなか気だてのよさそうなあの娘に。最初の夜以来、フィンはレディ・モーリーにひと言も話しかけていなかった。この三週間、夕食のたびに彼女と向かいあわせに座ってきたことを思えば、偉業と言うしかない。なぜなら、食事の前におざなりにでも挨拶をしようとすると、とたんにあのふっくらとしたみずみずしい胸のふくらみがまぶたに浮かんでしまうのだ。よく熟れたイチジクの実のように、今にもコルセットからこぼれそうになって……。

ああ、まただ。

とにかく集中しなければ。目の前の作業のことだけ考えるんだ。邪念にとらわれず明晰な思考を保たなければ。そのために女性との関わりを絶つ誓いをたてたはずだった。すでに計画は大きく遅れてしまっている。電動エンジンの開発過程で思わぬ問題がいくつも起きてしまったのだ。デルモニコがローマで着々と成果をあげていると発表していることもおもしろくなかった。レディ・モーリーの胸がいかに刺激的であろうと、エンジンとはなんの関係もない。だが、あれはまさに……。

いい加減、集中しろ！

金属特有の光沢を放つ試作品の下にふたたび体を滑りこませると、フィンは目の前の車軸に意識を向けた。そういえばクランクシャフトがまだきちんと接合されていない。エンジンのことはとりあえずあとまわしにしよう……。

「ミスター・バーク？」

〝気にするな。集中しろ。〟

ふたたび声がした。あまりにもレディ・モーリーの声に似ているので、危うく本人かと思いそうになる。「ミスター・バーク？　お邪魔かしら？」

〝いいかバーク、これは全部空耳だから気にするな。それよりこの車軸とクランクシャフトだ。〟

何かが髪に触れた。「ミスター・バーク？　大丈夫なの？」

〝まさか。〟

思わず跳ね起きたフィンは、車軸に額を勢いよくぶつけ、うめき声をあげた。「ああ、まったく！」

「ミスター・バーク！　けがをしたの？」

彼は額に手をあてて懸命にさすった。「いや、ちっとも。大丈夫です、レディ・モーリー」ひと呼吸置いて平静をとり戻すと、観念したように車の下から少しずつにじりでた。

レディ・モーリーは日ざしに背を向けて立っていた。逆光のせいで顔はよく見えないが、光を受けて髪がつやつやと輝き、砂時計のように美しくくびれた体の線が浮かびあがっている。「本当にごめんなさい」彼女が言った。「ひどい音がしたけど、頭をぶつけたの？」

フィンは床の上で身を起こした。体内の血液が一気にさがったのに合わせて額がずきずき痛みだす。「車軸にぶつけた音です。あれでもぼくの額でかなり吸音されたはずですがね」

「ああ、本当にごめんなさい」

「いいんです、レディ・モーリー。これくらいなんでもありません」彼は立ちあがり、ズボンで手をぬぐった。「ジャコモに言われて来たんですか？」

レディ・モーリーが首を振った。「いいえ……自分の考えで来たの。まさか……」彼女が微笑んだ。「まさかこんなことで誓いを破ることになったり、賭けに負けたことになったりしないわよね？　ただ純粋に用事で来ただけだもの」

フィンはかすかな失望のようなものを感じた。「もちろんです。よければ……」咳払いをした。「どうぞ椅子にかけてください」

「あら、いいのよ」ほんの一瞬ぼんやりした表情を見せたのち、レディ・モーリーは紙の束を胸のあたりで握りしめて彼を見つめた。立っている位置がさっきとわずかに変わったのか、顔に日ざしがあたって高い頬骨が浮かびあがり、ブラウンの目が金色に輝いている。

フィンは腕組みをした。「レディ・モーリー、無作法なことは言いたくありませんが、今ぼくは仕事中なんです。用件を言ってもらえますか？」

「まあ、ごめんなさい。お仕事の邪魔をするつもりはまったくないの。あなたに郵便物を届けに来たのよ」レディ・モーリーが紙の束をさしだした。

「郵便物？」フィンは彼女の手を見つめたまま繰り返した。

「あなた宛のよ。手紙と『タイムズ』。新聞はウォリングフォードのでしょうけど、先にあなたに読ませてあげようと思って一緒に持ってきたの」レディ・モーリーが少し間を置いて微笑んだ。「受けとらないの？」

「ああ、いえ」フィンは彼女に指先が触れないよう注意しながら新聞を受けとり、ぱらぱらとめくった。

「第一面にあなたの興味を引きそうな記事があるわよ」しばらくしてレディ・モーリーが言った。「パリで自動車の公開試運転があるんですって」

フィンは面くらった表情で彼女を見た。「本当に？　読んでみます。ありがとう」

レディ・モーリーが新聞に向かって顎をしゃくった。「デ・ジオンという人はご存じ？」

「ええ。七月には彼もほかの開発者にまじってローマにやってくるでしょう」

「この人のアイディアは画期的ね。あなたはどう思っているのかしら？」

フィンは目をしばたたいた。「なんですって？」

「前方部にボイラーを積むことについて。確か時速二五キロ近くまで出るそうよ。あなたの自動車も蒸気エンジンなの？」

彼はあんぐりと口を開けた。

「蒸気には大きな可能性があると思うわ。ただ、これは一般に使用するためではなく、あくまでも速度を優先した技術ね。出力が不安定だし、もちろん爆発の危険もあるし」自動車の先端技術ではなく天気の話でもしているような調子で、レディ・モーリーが言った。蒸気爆発の悲惨さを、指先をひらめかせて優雅に表現しながら。

「そのとおりです」フィンは無意識に答えていた。「ぼく自身、電動エンジンのほうがいいと思っています」

「電動エンジンね！」レディ・モーリーが目を生き生きと輝かせ、彼の自動車にいとおしむような視線を投げる。「さすがだわ！　わたしも電動エンジンのほうがいいと思うの。蒸気エンジンよりずっと清潔で静かだもの。もちろん問題は出力の弱さね。あなたの車はどのくらい速度が出るの？」

「それは……まだ、その……」彼はため息をついた。「レディ・モーリー、まったく意外でした。あなたが自動車のエンジンにそこまで詳しかったとは」

「女に機械のことなんてわからないと思っていたのね？」

「いや」フィンはその質問になんとか正しく答えようとした。「わからないことはないでしょう。ただ……」

「ただ？」

「ただ……そういうことにはあまり興味がないだろうと思っていました」

レディ・モーリーがにっこり微笑んだ。「あら、わたしは自動車が大好きよ。新しい時代の波を感じさせてくれるもの」なめらかな金属の車体に近づきながら言う。「あなたの自動車のことをもっと聞かせて」

「レディ・モーリー、本当に時間がないんです。今とりくんでいるのは特に注意が必要な作業で……」

彼女が上目づかいにフィンを見た。まるで誘いかけているような、蠱惑的《こわくてき》な表情だ。

「あら、ほんの少しでいいのよ。さっきも言ったとおり、わたしはとにかく自動車に興味があるの。どんな小さなことでもいいから教えてもらいたいわ」

今日のレディ・モーリーは飾り気のない淡いブルーのドレスを着ていた。貴族の女性が夏のピクニックに着ていくようなドレスで、身ごろは体にぴったり沿い、スカート部分はたっぷり生地が使われている。フィンは一瞬目を閉じ、彼女の腰に手を添えてドレスの下のあたたかな体を味わっている自分を想像した。

「電動エンジンは」目を開いてかすれた声で言う。「蒸気や内燃機関に比べてはるかに利点が多い。速度と安定性の問題については、ぼくはきっと克服できると思っています。そのために今回は新しいバッテリーを試すつもりで……」

「そうなの？　どんなバッテリー？」

「本当にもう作業に戻らないと。続きは夕食のときにしましょう」

「でもあなたは夕食の席で何も話さないでしょう、ミスター・バーク。いつも口をかたく閉じているわ」レディ・モーリーが彼の唇に目を向けた。

「夕食のときはいつも考えごとをしているので」まさにその考えごとの対象に――つまりレディ・モーリーの右胸に視線を向けないよう、フィンは懸命に努力した。問題の箇所は、今日は贅沢に重ねられたブルーのリネンに守られているので、心が乱されるような心配は残念ながらないのだが。

「本当のことを言ってあげましょうか？　どうせ話をしても意味がないと思っているんでしょう？　わたしがただのお気楽な貴族だから。軽薄で、中身が空っぽの。実際、そのとおりよ」レディ・モーリーが自動車のほうを向いて車体に指を滑らせた。「あなたの車はとても美しいわ。さぞかし誇らしいでしょうね。車のことも、自分自身のことも」そう言いながら、爪をきれいに切りそろえた長い指で車の扉の縁をなぞる。そして、ささやくように甘い声で続けた。「あなたのようにすばらしい頭脳があればどんなにすてきかしら。未来のためにいつもひたむきに考え続けていて。とても……ああ、なんて言えばいいの？　あなたの脳は、この世のすべてを超越しているわ」

その〝すべてを超越した脳〟をもってしても、フィンはなんの返事もできずにいた。自分の一部が体を離れ、レディ・モーリーを見つめる自分自身を傍観しているようだ。太陽の光が彼女のブラウンの髪を輝かせ、後ろでまとめた髪からこぼれたおくれ毛が白い首筋にかかっている。その様子に目を奪われ、呆けたように立ちつくしている油まみれの大男。〝女性を絶つと言ってロンドンを出てきておいてこのざまか。〟彼は心のなかで頭を振った。〝結局ぼくは、目にとまった最初の女性にすっかりのぼせあがってしまったのだ。〟

「手紙は誰から？」相変わらず機械のほうを見ながらレディ・モーリーが質問した。

「え？」

「その手紙」彼女がようやくフィンに向き直った。「筆跡を見れば女性だとすぐにわかるわ。あなたの信奉者のひとり？」

自分の手もとに目を落とすと、いつのまにか新聞と手紙をかたく握りしめていた。フィンは指を広げ、くしゃくしゃになった封筒のしわをのばした。

「母からです」黒いインクで書かれた繊細な文字を親指でなぞりながら答える。

「まあ、お母さまなの！」レディ・モーリーがおかしそうに笑い、前に出てきて手紙のほうに首をのばした。「もっと刺激的な答えを期待していたのに。お母さまはどこにお住まいなの？」

「リッチモンドです」

「すてきね。よく訪ねるの？」

「ええ、行けるときはなるべく」フィンは新聞と手紙をテーブルに放り投げると、どうしていいかわからなくなって腕組みをした。まるでさかりのついた動物のように体が熱くなっている。それをレディ・モーリーに気づかれるかもしれないと思うと怖かった。彼女は勘のいい女性だ。こちらのわずかな変化も見逃さないだろう。

レディ・モーリーがわずかにかすれた声でふたたび笑った。「ああ！　長居をしてすっかりご迷惑をかけてしまったわね」

「いや、ちっとも」

「嘘。顔を見ればわかるわ。わたしがくだらないおしゃべりをやめて、さっさとここから出ていけばいいのにと思っているんでしょう」レディ・モーリーが近づいてきてフィンの腕に手をかけ、下から探るように見あげる。肌から百合の香りがほのかにたちのぼり、彼は頭がくらくらした。彼女が低い声でささやいた。「でも、わたしはもっと見ていたい。だってとても興味が……あっ！」

レディ・モーリーが扉のほうにすばやく向き直るのと同時に、ぼんやりしていたフィンの耳にもその声がはっきり届いた。

「バーク！　バーク、どこにいる？　こんなところに引きこもって、まったく……」そのあと不気味な沈黙が流れ、ふたたび声がした。「こ、これは！」

扉の向こうに、ウォリングフォードが凍りついたように立っていた。鬼のような恐ろしい形相で、全身をガチョウの羽まみれにして。

7

見てはならないものを目にしたかのように息をのんでいるウォリングフォードを、アレクサンドラは呆然と見つめた。「レディ・モーリー！」公爵が彼女とミスター・バークを交互に見る。ウォリングフォードの頭にくっついていたガチョウの羽が数本、扉の向こうからさしこむ太陽の光に照らされながらふわふわと宙を舞った。

「まあ」ことさら目を引く一枚の羽の動きを目で追いながら、アレクサンドラは必死に平静を装った。「それで、勝ったのはガチョウなの？」

ウォリングフォードが右手の人さし指をミスター・バークの油で汚れた作業着の胸に突きつけた。「これはいったいどういうことだ、バーク！　ローランドならともかく、きみともあろう男が！」

「落ち着くんだ、ウォリングフォード」ミスター・バークの深い声が作業小屋に響いた。

「レディ・モーリーは郵便を届けてくれただけだ。母からの手紙を」テーブルに腕をのばし、手紙をとる。

「郵便を？　彼女が？」ウォリングフォードが恐ろしげな黒い瞳をアレクサンドラに向けた。

「きみはいつもそうやって悪事をくわだてるんだ、レディ・モーリー。なんの罪もない男をまっ昼間から誘惑するとは！」公爵は背後に降り注ぐまぶしい太陽に向かって仰々しく腕を振りあげた。

「ばかなことを言わないで」アレクサンドラはぴしゃりとはねつけ、動揺してどくどく脈打っている首筋に手をあてた。「わたしはただ、メイドたちがチーズづくりで忙しくしていたから……」

「ああ、そのチーズのことで――」ミスター・バークが言いかけた。

「だから代わりに手紙を持ってきてあげたのよ。あくまでも隣人のよしみで」揺るぎない自信と怒りがちょうどよくまざりあった声になるよう、アレクサンドラは必死に努力した。心臓がどきどきしている。白状すると、葡萄畑をくだってこの作業小屋にたどり着くまでのあいだ、ミスター・バークとどんなふうに顔を合わせ、どんな会話をするべきか、周到に計算していたのだ。あくまでも上品さを損なわないようにしながら、ほんのわずかだけ相手の気を引くつもりだった。この先も彼の作業小屋を訪ねていきやすい雰囲気をつくるために。もちろん、ミスター・バークをだましたり、あからさまに誘惑したりする気はなかった。ただ今までよりも少しこちらに心を許してくれるよう仕向けるつもりだった。

だが、油まみれの作業着姿の彼が胸の前で腕を組み、あの何もかも見通しそうなグリーンの瞳をこちらに向けたとき、アレクサンドラは膝の力が抜けてしまった。あのときは自分がひどく薄汚れたつまらない存在に思えた。同時に、よくわからないが自分には手の届かないすばらしいものに対する憧れが切なくこみあげ、喉の奥がぎゅっと締めつけられた。

ウォリングフォードが舌にくっついていた羽を威厳たっぷりにとり除いた。「いいだろう。きみはつまらない郵便を彼に届けた。さっさと出ていけ」

「ウォリングフォード」ミスター・バークがとがめるように言った。「いい加減にしないか。レディ・モーリーにはなんの下心もない」

「なら、きみはどうなんだ？」公爵が怒りをあらわにした。ガチョウの羽にまみれた姿にしてはなかなかの迫力だ。

ミスター・バークの口もとにゆっくりと笑みが浮かび、顔全体に広がった。同時にアレクサンドラの喉の奥が締めつけられる感覚も消え、代わりに笑いがこみあげた。

「その姿を見るかぎり、ぼくのほうがきみよりはるかに潔白だと思うね」ミスター・バークが言った。「ガチョウも気の毒に。やさしくしてやったんだろうな？」

あちこちに羽をくっつけたウォリングフォードの顔が怒りで紫色になっていくのを目のあたりにし、アレクサンドラは快感を覚えた。「そうよ、閣下。ガチョウとのランデブーについて聞かせてちょうだい。とても女性に聞かせられない描写が出てきたら、わたしは喜んで席をはずすわよ。扉の外からこっそり聞き耳をたてるわ」

「レディ・モーリー、ガチョウはなんの関係もない」ウォリングフォードがうめくように言った。そして羽を払い落とそうと片手を頭に突っこみ、自分でも思ってもみなかったほど大量の羽が空中に舞い散ったのを目にしてショックを受けた表情になった。公爵はアレクサンドラをふたたび鋭くにらみつけた。「問題はきみの妹だ！　またしても！」

「なんですって？　わたしの妹に手を出そうとしたの？」

「しかも、またしても？」ミスター・バークがつけ足した。「ウォリングフォード、同じ相手に二度も迫るなんて、これまでのきみになかったことだ」

公爵は言い返そうとして開いた口をいったん閉じ、あらためて怒鳴った。「ふたりとも地獄に落ちてしまえ！」くるりと背を向けて作業小屋から出ていく。

「待って！」アレクサンドラは笑いながらついていった。「逃げないで！　何があったのか詳しく聞かせてちょうだい！」

「うるさい！　きみは関係ない！」

「そんなことを言うなんて失礼だわ、ウォリングフォード！」

公爵は立ちどまってくるりと振り向き、彼女に指を突きつけた。「きみの妹は、要するにただのおてんば娘だ。人をからかうのが好きな……」言葉を探すかのように口をつぐむ。

「妖精？　子鬼？」アレクサンドラは言った。

「魔法使い？」ミスター・バークも加わる。

「じゃじゃ馬だ！」ウォリングフォードが胸の奥から怒りの言葉を吐きだしたのと同時に、おびただしい量の羽が宙を舞う。公爵はさらに何か言おうと口を開いたが、続きの言葉は出なかった。

「アビゲイルがどういうつもりなのか、わたしから尋ねましょうか？」アレクサンドラは助け船を出した。

ウォリングフォードは一瞬、泣きだしそうな表情になった。「そうしてくれ」彼は向きを変え、オリーブ畑のなかを去っていった。城や葡萄畑とは反対方向にある、明るくきらめく湖に向かって。

「きっと水を浴びに行ったんだろうな」ミスター・バークがアレクサンドラの肘に触れるほど近くに寄り添って言った。

「そう願うわ」顔をあげて見ると、彼はまだ笑みを浮かべていた。そんな表情をすると、ミスター・バークがこれまでとはまったく違う、気さくで大らかな雰囲気であることにアレクサンドラは衝撃を受けた。今この瞬間に魔法のランプの精がおりてきて、どんな願いでもいいからひとつだけかなえてあげようと言ってくれたら、彼の唇にこの微笑みを永遠にとどめてくださいと願うだろう。

しかしランプの精がおりてくることはなく、アレクサンドラを見つめ返すミスター・バークの顔からしだいに笑みが薄れていった。「詳しい話を夕食のときに聞かせてもらえるんでしょうね？」

「アビゲイルから何もかもきいたわ。わたし、こういうことはうまいのよ」

「わかりますよ」ミスター・バークが言いながらゆっくり手をあげた。一瞬、アレクサンドラは頬を包まれてキスをされるような気がした。だが、相手はただ彼女の肩についていた白い羽を指先で払い、ふたたび後ろにさがって適切な距離をとった。木もれ日に照らされた髪が燃えるように赤く輝く。

「ミスター・バーク」アレクサンドラは言った。「あなたのお仕事のことだけれど、わたしは本気よ。あなたがつくっているものにとても興味があるの。できれば……決して邪魔をしないと約束するから……ときどきのぞいて作業を手伝わせてもらえないかしら」

ミスター・バークが眉をひそめた。「手伝う？」

「あなただって助手が必要なことがあるでしょう？」彼女は息をつめて返事を待った。

「そういうときはいつでもジャコモに頼めます。何もあなたに迷惑をかける必要はありませんよ」

「迷惑なんかじゃないわ。それとも」アレクサンドラは挑戦的に眉をつりあげた。「ひょっとして例の賭けのことを気にしているの？　誓って言うけれど、わたしは絶対に卑怯なまねはしないわよ。そういうところは公明正大なの。わたしのことは男性の同僚だと思えばいいわ。もしくは女性の宦官《かんがん》とか」

ミスター・バークが笑みを浮かべた。ただし、さっきの大らかな笑みとは違う、皮肉っぽい冷ややかな笑みだ。「女性の宦官。いいですね。なんの問題もない」

「いやみを言わないで。わたしはあなたの手助けをしたいと言っているのよ」

「あなたが自分のことを男の同僚と言おうと、女性の宦官と言おうと、関係ありません。ぼくの友人はまったく違うことを考えるだろうし、ぼくは賭けに負けた責任をとらされるでしょう。言いだした本人がそんなことになったら目もあてられませんよ」皮肉めいた微笑みが少しやわらぎ、アレクサンドラもつられて微笑みそうになった。

「だったら誰にも見つからないようにするわ」彼女は言った。「そして万一見つかったら、あなたの魅力に抗えずにわたしのほうから押しかけたと言う。あなたは紳士だからはっきり断れなかったと」

ミスター・バークが困ったような笑みを浮かべたまま黙ってアレクサンドラを見つめた。それまで静かだったオリーブ畑から小鳥のさえずりが聞こえてきた。彼女はしだいに自分の顔が赤くなるのを感じた。これは昼間の太陽のせいだろうか？　それとも彼の迷っているような表情のせいなの？

やがてミスター・バークがアレクサンドラに背を向け、作業小屋に入っていきながら顔だけこちらに向けて言った。「そんな話、みんなはまず信じないだろうな」

「つまり手伝わせてもらえるということ？」彼女は尋ねた。

「断ったってどうせ来るんでしょう？」ミスター・バークが言い返した。

アビゲイルは厨房でモリーニと並んで座っていた。ふたりの前のテーブルには白っぽい小さな豆が山になっている。

「いったいウォリングフォードに何をしたの？」アレクサンドラは向かいの椅子に腰をおろすなり質問した。

「豆の下準備を手伝いに来てくれたの？　助かるわ。とても大変なの。捨てる分はこっちに分けてね」アビゲイルが、白くつやつやとした豆の山の隣にある、小さすぎたり斑が出ていたりつぶれたりしている豆の山をさした。

アレクサンドラは腕組みをした。「とぼけないで、アビゲイル。わたしはついさっき公爵に会ったのよ。あなたが彼をどうやってガチョウの羽まみれにしたのかについては、この際きかないことにするわ。それより、向こうがあなたに何を望んでいるかが重大よ」

目にもとまらぬ速さで豆をより分けながら、モリーニがアレクサンドラに賢そうな目を向けた。「シニョーラ、羽だらけの公爵とどこで会ったんですか？」

「彼がちょうど通りかかったのよ……」アレクサンドラは挑むように家政婦を見つめ返し、目の前の山から豆をひと粒とった。「ミスター・バークの作業小屋に、わたしが郵便物を届けたとき」

アビゲイルが口に手をあてた。「ミスター・バークと一緒にいたの？」

「手紙を届けただけよ」アレクサンドラは答えた。

アビゲイルがふたたび下を向いて作業に戻った。口もとにいたずらっぽい笑みを浮かべている。「いつから彼の郵便配達をするようになったの？」

「今日だけよ」アレクサンドラは豆をふたたび山に戻した。「彼の仕事に興味があったから。ちょっとのぞいてみたかったの」

「彼ではなく彼の仕事に？」

「ちょっと、いいこと」アレクサンドラは冷ややかに言った。「男女が互いに妙な関心を抱くことなく普通に協力しあって仕事をすることはいくらでも可能よ。そう思えないなんて理解に苦しむわ。みんな本当に……程度が低いんだから。わたしたちはれっきとした文明人で、あくまでも知的に、対等に……」

　モリーニが口もとにかすかな微笑みを浮かべて鼻歌を歌いはじめた。

「とにかく」アレクサンドラは言った。「わたしたちはウォリングフォードとガチョウの羽の一件について話しあったの」

「ガチョウの羽の一件ね。確かに間違ってはいないけれど」アビゲイルがモリーニのほうを向き、イタリア語で何か質問した。モリーニが肩をすくめて早口で答える。

　アレクサンドラにはまったく意味がわからなかった。「ちょっと、やめなさいよ」怒って言った。「いったいなんの話をしているの？」

　アビゲイルが顔を向けた。いたずらっぽい表情を浮かべている。「なんでもないわよ。ただのガチョウの羽の話。今朝の冒険のことはいくらでも話すけれど、期待するほどおもしろくないわよ」

「いいから話して」

　アビゲイルがため息をついた。「メイドを手伝って部屋を整えていたときに、ちょっとした問題があったの。本当にくだらないことよ。チーズが——」

「チーズですって？」

「だからおもしろくないって言ったでしょう」アビゲイルは急に席を立った。「申し訳ないけど失礼するわね。午後は用事がたくさんあるの。とても……大切なものばかり」そう言うと、そのまま扉に向かった。

「待ちなさい、アビゲイル！」アレクサンドラはあわてて引きとめたものの、妹の白いドレスの裾は扉の向こうに翻ってすぐに見えなくなった。人影のない廊下の白い漆喰壁を、アレクサンドラはしばらく呆然と見つめた。「いったいなんなの？」

豆をより分ける作業を何事もなかったように続けながら、モリーニが肩をすくめた。「さあ。若い娘は謎だらけですから」

「あの子はそれほど若くもないわ」アレクサンドラは顔をしかめた。「二三歳ですもの、もう行き遅れに近い年齢よ。本人も少しは自覚すべきなのに。やっぱりデビュー前に母を亡くしたせいね。もちろんわたしが支度をしてやったけれど、完全に母親代わりというわけにはいかなかったの。わたしはわたしでやるべきことがあったのよ……自分の夫のことやら屋敷のことやら」顔をあげると、モリーニは豆を手にしたまま気の毒そうな顔で静かにうなずいていた。「それでもせいいっぱいのことはしたわ」アレクサンドラは訴えた。「本当よ。でもわたしは実際にあの子の母親ではないし……そもそも母親に向いていない性格なのよ。相手が自分の妹となると特に」

モリーニがふたたびうなずいた。「豆を分けるのを少し手伝ってもらえますか？」

アレクサンドラは豆の山に手をのばし、悪くなったものをより分ける作業をはじめた。

「もちろんあなたは一生懸命やったと思いますよ」モリーニが豆に話しかけるように言った。

なおさらです」

厨房の白い壁を背にしていると、頭に巻いた赤いスカーフがひときわ鮮やかだ。「若い娘を一人前の女性に育てるのは簡単なことではありません。育てるほうもあなたのように若いとなおさらです」

「わたしはあの子のことにもっと真剣に責任を持つべきだった。いろいろなことをしてやれたはずなのに」アレクサンドラは目の前でみるみる減っていく豆を見た。作業は意外にはかどった。豆の山がどんどん小さくなり、よい豆と悪い豆の山に分けられていく。アレクサンドラの胸に不思議な達成感が生まれた。ちょうど、ロンドンの書斎の机に積みあげられた何も書かれていないカードの山がしだいに減って、きれいに封をされて届けられるばかりになった礼状の山が隣にできていくのを目にしたときのように。

「もっと注意して見てやるべきだったの」アレクサンドラはなおも続けた。「でも、アビゲイルは昔から自分の意志を強く持っている子で、まわりに関係なくひたすら好きな勉強や興味を持ったことに打ちこんでいたわ。夫もまったくほしくないようだったの。だからつい、ほったらかしにしてしまって……それでこのありさまよ」

「シニョリーナ・アビゲイルはとても美しいです」モリーニが言った。「やさしくて聡明なお嬢さんですよ。そのことはうんと自慢できます」

「ええ、もちろんすばらしい子よ。本当はわたしよりずっと美人だし。でも、あの子はもうお嬢さんと呼べる歳ではないわ。そこが問題なの。いつまでもあのままではいられない」

アレクサンドラは言いながら戸惑いを覚えた。さっきからわたしは何をしているの？　心を許した親戚に相談するように、家政婦に家族の悩みを打ち明けたりして。だが、テーブルを挟んでモリーニと向かいあって座っていると気持ちが落ち着いた。家政婦のふくよかな体つき、赤いスカーフからこぼれる黒い巻き毛を見ていると、なぜか心が癒される。厨房にはいいにおいもしていた。こんがり焼けたパン、スープ、どこからともなくかすかに漂ってくる熟成したチーズの香り。

「なぜですか？」モリーニは尋ね、窓の向こうに見える野菜畑と、その向こうに広がる早春の緑に覆われた丘をさした。「彼女は今幸せでしょう？　ここでもできることはたくさんありますよ。その気になれば恋だって」

「恋なんてなんの意味もないわ」アレクサンドラは言った。「あの子には財産がないの。これ以上歳をとる前に夫を見つける必要があるのよ。やはりここへ連れてくるべきではなかったわ。また一年が無駄になってしまう」

モリーニが肩をすくめた。「もし夫がほしければ、公爵さまと結婚すればいいんです」

アレクサンドラは笑った。「ウォリングフォードと結婚すればいい、ですって！　モリーニ、あなたをがっかりさせたくはないけれど、そんな可能性はまったくないわよ。だいたいウォリングフォードは、まともに結婚するような人じゃないわ。しかもアビゲイルは、彼をガチョウの羽まみれにしてしまったし」

モリーニが賢そうな笑みを浮かべた。「だからこそいいんです。あの誇り高い公爵さまは、これまで女性にガチョウの羽まみれにされたことはなかったでしょうから」

「それもそうね」アレクサンドラはくすくす笑った。これまでこんなふうに屈託なく笑ったことはなかった。「きっとはじめてに違いないわ」

「公爵さまは彼女に恋をしますよ」モリーニが首をかしげて確信ありげに言った。「必ずです」

とてもそんなふうに思えず、アレクサンドラは黙って最後の数粒の豆をより分けた。

「ありがとうございます《グラッツェ》、シニョーラ」モリーニが席を立った。「とても助かりました。これで夕食に豆料理をお出しできます」

「夕食ね」アレクサンドラは繰り返した。

自分が下ごしらえを手伝った料理を食べられるのが、意外なほど楽しみだった。

8

ウォリングフォードが夕食の席でテーブルに拳を振りおろしたせいで、食器同士がぶつかって大きな音をたてた。「バーク、さっきから何も聞いていないのか?」

フィンは下を向いて自分の皿の位置を直した。「ああ、聞いていなかった。ずっとバッテリーの不具合について考えていたんだ。それに、きみの暴言を聞いてもなんの助けにもならないから。ローランド、悪いがオリーブをとってもらえないか?」

「えっ、なんだって?」ローランドがぼんやりした顔を向けた。「オリーブ?」

「ああ、きみの左にあるオリーブの実だ。そう、それだよ。ありがとう」

ウォリングフォードがふたたびテーブルに拳を打ちつけた。「バーク、きみというやつはまったくろくでもない――」

「公爵さま!」レディ・ソマートンが声をあげた。

「失礼しました、レディ・ソマートン。しかし、彼は言われて当然のことをしているんです。あの作業小屋は危険だ」ウォリングフォードがワイングラスに手をのばし、なかのキャンティをぐいぐい飲み干す。そのあいだずっと恐ろしい目でフィンをにらみつけているので、フインの髪は今にも炎をあげて燃えだしそうだった。

「ぼくの作業小屋は今のところ危険でもなんでもない」フィンは言った。

「ウォリングフォードは」レディ・モーリーが食べ終わった皿の上にナイフとフォークをそろえながら言った。「わたしがあなたを誘惑すると思っているのよ。例のくだらない賭けに勝つために」

テーブルの反対側からミス・ヘアウッドが言った。「でも、そんなのおかしいわ。たとえお姉さまが首尾よくミスター・バークを誘惑したとしても、その場合、賭けは引き分けになるはずでしょう?」

全員がいっせいにミス・ヘアウッドのほうを向いたが、本人は一同の視線を見事なまでに平然と受けとめた。自分の発したまっとうな問いかけに誰がまっとうな答えを返してくれるか期待するように、ひとりひとりの顔を順に見つめ返す。

「それもそうだ」しばらくしてフィンが重々しく言った。「あなたの言うとおりです」

ミス・ヘアウッドが公爵を見た。「これでおわかりでしょう、閣下? 誘惑うんぬんのことはきれいに忘れてくださってけっこうです。まともな人ならそんなこと考えませんから。『タイムズ』に敗北宣言がふたつ並ぶことになるんですもの! そんなわけのわからない話ってないでしょう」

ウォリングフォードの顔がまっ赤になった。

「ねえ、ウォリングフォード」レディ・モーリーが言った。「お願いだから少し冷静になってちょうだい。脳卒中でも起こしかねないわよ。ミスター・バーク、あなたに医学の心得はおありかしら？」

「ほんの基礎なら」フィンは言いながらオリーブの実を口に放りこんだ。「せいぜいクラヴァットをゆるめてやるくらいのことですが」

「光栄だ」ウォリングフォードが氷のように冷ややかに言った。「そこまで入念に笑い物にしてもらえるとは。しかしきみと……」フィンの胸に向かって指を突きだす。「それからおまえは……」もう片方の手でローランドをさす。「ここにいる女性たちが何をたくらんでいるか、まったくわかっていない。先月ここに到着したとき以来、彼女たちはわれわれを痛めつけ、追いだし、城を自分たちだけのものにするためにあれこれ策を練っているんだ。レディ・モーリー、くれぐれも言っておくが、この期に及んでしらばくれるようなふざけたまねだけはしないように」

レディ・モーリーが優雅に肩をすくめた。「あなたがしっぽを巻いて逃げていくのを見送ることができたら、さぞかし愉快でしょうね。そのことを否定する気はないわよ、ウォリングフォード」

そうさ、レディ・モーリーのねらいはウォリングフォードだ。フィンは心のなかでそう言いながら、オリーブをもうひとつ口に放りこんだ。ぴりっとした塩味が口のなかに広がる。レディ・モーリーは何か思うところがあって公爵の嫉妬心をかきたてようとしているのだ。もしくは……。だが、フィンはそれ以上考えるのをやめた。彼女がこの部屋にいる誰かをねらっているとすれば、相手がウォリングフォード公爵であることに疑いの余地はない。レディ・モーリーの社会的地位を考えれば、それ以外の相手だと自分の格をさげることになってしまう。彼女がそんなことをするはずがないじゃないか。

ウォリングフォードが目を細めた。「いいだろう、レディ・モーリー。例の賭けについて修正を加えたい。罰を増やそう」

「いったい何を言いだすんだ?」フィンは言った。「もう少しましなことに時間を使えないのか、ウォリングフォード? 図書室の立派な蔵書でもひもといてみたらどうだい? そういうことをするためにここへやってきたのだから」

「わたしたちのサロンで文学の話に加わってくれてもいいのよ」レディ・モーリーが言った。「男性の意見も聞いてみたいわ。ただし傘を持ってくるのを忘れないでね。急にお天気が悪くなるかもしれないから」

「くそくらえだ! 失礼、レディ・ソマートン」

「いいえ、閣下」

ウォリングフォードが身をのりだし、黄ばんだ麻のテーブルクロスに指を突きたてた。「こういう提案はどうだ? バークが言いだした『タイムズ』への広告記事に加え、負けたほうがただちに城を去る」そう言うと、満足そうに椅子にふんぞり返った。

ローランドが低く口笛を吹く。「そいつは厳しいな。本気か、兄上? われわれのほうがたたきだされる側だったらどうするんだ?」

「確かにおまえがいちばん危ない」公爵が冷ややかに言った。「しかし幸い、その点についてわれわれはレディ・ソマートンの道徳心を大いにあてにできる」

「いい加減になさって、閣下」レディ・ソマートンがささやいた。すっかり顔色を失っている。

レディ・モーリーがさばさばと言った。「ウォリングフォード、さっきから聞いていればわたしたちが策を練っているとかなんとか、あなたは本当にどうかしているわよ。わたしはミスター・バークを誘惑する気なんてさらさらないわ。彼もわたしに誘惑される気なんてこれっぽっちもないでしょうし。さては今朝のガチョウの羽の一件を根に持っているんじゃないの？　だから仕返ししようと……」

「レディ・モーリー、きみの言うとおりだとしたら、罰を増やすことに反対する理由はないはずだ」ウォリングフォードはキャンティのボトルをとり、空になった自分のワイングラスに慎重に注いだ。「違うか？」

レディ・モーリーが眉をひそめてレディ・ソマートンをちらりと見た。何かを問いかけているのだろうか？　それとも謝ろうとしたのか？　フィンはワイングラスの脚を親指でなぞりながら、眉をひそめてふたりを交互に見た。

「もちろん反対する理由はないけれど」レディ・モーリーが言った。「ただ……あまりにもばかばかしくて」

フィンは悲壮な表情をしているレディ・ソマートンから公爵に目を向けた。「ウォリングフォード、そんなことをする必要はまったくないよ。今のままでいいじゃないか。少しばかりガチョウの羽をくっつけたってまったく気にしなくていい。そしてぼくも、たとえレディ・モーリーに言い寄られても彼女の魅力に屈しないと約束する」レディ・モーリーがどんな反応をするか見たいのを我慢しながら言う。

ウォリングフォードは椅子の背にもたれながら、テーブルに集う面々を眺めた。いかにもふてぶてしく悦に入った英国公爵の顔つきだ。「ということは、この場にぼくの提案を受けるという人間はひとりもいないのか？　どうなんだ、レディ・モーリー？　いつもの負けん気はどうした？」

レディ・モーリーが首を振った。「あなたって本当にいやな人ね、ウォリングフォード」小さな声でつぶやく。ふっくらした唇にかすかな笑みを浮かべているが、その目は笑っていない。フィンは気づいた。彼女は時間を稼ぎながら頭のなかで何かを考えている。

「いいんじゃないかしら」

フィンはびくっとしてミス・ヘアウッドを見た。彼女はいつもどおり無邪気な表情で座っていた。空になった白い皿の上に、ナイフとフォークが作法どおりきちんと置かれている。あらためて見ると、ミス・ヘアウッドは実に美人だった。体つきが華奢なので、ともすれば女性的魅力にあふれた姉の陰にかすんでしまうが、とても美しい顔をしており、独特の魅力がある。特に髪を後ろでまとめている今は、ちらちらまたたく蠟燭の光に頬骨の形が浮かびあがってとてもきれいだ。言ってみれば、美人の姉をやや妖精風にしたような感じだった。

「やってみましょう」ミス・ヘアウッドがウォリングフォードの目をまっすぐ見つめた。「そちらのことはよく知りませんけど、わたしたち三人は、はじめに決めたとおり学問にとりくむだけのことですから。それを、罰則を増やして刺激的なゲームにしたほうが楽しいとおっしゃるなら、どうぞご自由に」肩をすくめて姉を見る。「わたしたちは痛くもかゆくもないですもの。違う、お姉さま？」

「そうよ、もちろん」レディ・モーリーが答えた。「わかったわ。受けてたちましょう、ウォリングフォード。あなたが的はずれな疑念を抱いているだけで、実際はこんなことになんの意味もないけれど。もっと言わせてもらえば、今はあなたそのものがどうかしてしまっているみたいね。おかしな妄想は忘れて、そもそもの目的にとりくむことをおすすめするわ。わたしたちはアリストパネスを学んでいるところで、アビゲイルはギリシア語で二回も読んだのよ。きっとあなたのためになる助言をくれると思うわ。困っていることについて何から何まで」

ああ、レディ・モーリーはまさにサラブレッドだ。彼女の長くしなやかな首筋や挑戦的にきらめくブラウンの瞳に見とれながらフィンは思った。つややかなブラウンの髪は妹と同じようにおろされ、首の後ろでたくさんのピンによってまとめられている。彼はそのピンを自分の手でひとつひとつ抜いていくところを想像した。豊かなブラウンの髪が彼女の肩と首に落ちかかる。そのなかに手をさし入れ、顔をうずめてみたい。

ワイングラスを持つ指に思わず力が入った。

「レディ・モーリー、こちらはおかげさまでまったく順調だ」ウォリングフォードは満足げに言った。「ご婦人方、失礼ながらお先に」やけにもったいぶった手つきで口もとをナプキンでふき、それをたたんで自分の皿の横に置くと、立ちあがって丁重にお辞儀をした。「ぼくなど足もとにも及ばぬくらい魅力にあふれた学者をふたり残していくので、どうぞごゆっくり」

公爵はそのまま大股で食堂を出ていき、音を大きく響かせて扉を閉めた。その振動がテーブルまで伝わる。

「どういうことかしら」レディ・モーリーがつぶやいた。「すっかりばかにされた気分だわ」

レディ・モーリーが翌朝一〇時きっかりに作業小屋にやってきたとき、フィンは外に出てオリーブの木に向かって用を足していた。

開いたままの裏口の向こうから、彼女の声が聞こえた。「ミスター・バーク！　どこにいるの？」それから、何かがぶつかるような大きな音がした。「あら」

ああ、なんてこった。彼は急いでズボンを直し、ボタンをはめた。「そこを動かないで！」そう叫びながら、頭のなかではレディ・モーリーが本当にやってきたことへの恐怖と期待が渦巻いていた。

「わかったわ」彼女が小さく返事をするのが聞こえた。フィンが急いで裏口に戻ってみると、レディ・モーリーは昨日と同じブルーのドレスの上に白いエプロンをつけ、ブロック台にのせた試作品の自動車の脇に立っていた。前の床にレンチ類が散らばっている。

フィンは安堵のため息をついた。彼女はただ道具箱を引っくり返しただけだった。

「大丈夫ですよ、レディ・モーリー。道具が少し散らばっただけだから」彼はかがみこんでひとつひとつ拾いはじめた。

「本当にごめんなさい」レディ・モーリーも隣にかがんだ。「わたしはいつもあなたの足を引っ張ってばかりね。ここまで自分勝手な性格でなければ、今この場で引き返してあなたを心安らかにひとりにしてあげるところでしょうけど」

彼女が散らばったレンチの一本を道具箱に戻し、もう一本に手をのばしたとき、ちょうどフィンがそのレンチの柄をつかもうとした。その瞬間、彼の手にレディ・モーリーの指が触れ、電気のような刺激が走る。

「あ！　ごめんなさい」レディ・モーリーがはじかれたように手を引っこめた。

「とんでもない」フィンはレンチを握りしめたまま答えた。その最後の一本を道具箱に放りこむと、身を起こして彼女と並ぶ。「本当に来たんですね」特に意味もなくそう口にした。

「ええ、来たわ」そう言いながら、レディ・モーリーが一瞬だけ彼のズボンの前に目をやった。

フィンは自分の顔がしだいに赤くなるのがわかった。きっとボタンのひとつがはずれたままになっているに違いない。もしくは、開口部からシャツの裾がはみだしているか。いや、もっとひどいことかもしれない。

フィンは足早に作業台に戻った。その上に置かれた作業着を手にとり、レディ・モーリーの視線をとらえた部分にはいっさい目もくれず身につける。ぼくはフィニアス・バークだ。身だしなみのよしあしよりもはるかに重要で、世の中に影響を与えることについて考える人間なのだ。作業着の紐を結んでいると、職人が身につけるにふさわしい無骨な手ざわりに喜びが芽生えた。用意しておいた言葉を頭のなかに呼び起こす。万一彼女がやってきたときのためにゆうべ考えておいたのだ。

「レディ・モーリー、まずわかっておいてもらいたいのですが、ここはどこかのくだらないサロンとは違います」フィンは作業着姿で振り向いた。こびりついた汚れで相手の強烈な魅力に対抗するかのように。「神聖なる仕事場です」

レディ・モーリーがしおらしく床に目を落とした。「よくわかっているわ」

「さらに、ここはぼくの仕事場です。やるべきことが多いので、いちいち女性の機嫌をとっている暇はありません」

「もちろんよ」

「ときには乱暴な物言いになってしまうかもしれない」

彼女が手を振った。「どうぞ好きに怒鳴って、ミスター・バーク」

「指示にはきちんとしたがってもらいます」

「あなたに言われたとおりにするわ」

「埃や油で汚れますよ」

をさした。

「エプロンを買ったわ」レディ・モーリーがドレスの上につけた白いレースつきのエプロン

フィンは腕組みをした。「手洗い場もありません」

「慣れているわ」彼女が朝日に照らされて輝く目で見つめ返した。真剣そのものの顔だ。

フィンは一歩前に出て、同じくらい真剣な表情で見つめ返した。「最後にもうひとつ。レディ・モーリー、あなたはここにあくまでも助手としてやってきた。ぼくに妙なことをしかけたら許しませんよ」

レディ・モーリーが片方の眉をつりあげた。とても美しい眉だ。そして今のように片方だけあがっていると、なんとも挑戦的だった。

「おっしゃる意味がよくわからないわ、ミスター・バーク。妙なことって何かしら？　心あたりでもおあり？」

「いや、まったく。でも失礼だが、あなたには何か別の目的があるような気がして」

彼女が微笑んだ。「大丈夫よ、ミスター・バーク。あなたにそこまでの男性的魅力はないから」

軽く発せられたにもかかわらず、その言葉はフィンの心に鋭く突き刺さった。「レディ・モーリー、あなたがその非情な心の裏にまったくやさしさを持ちあわせていないとは言いません」彼はほとんどうめくように言った。「でも、あなたがここでぼくと一、二時間過ごしたあと、嬉々としてウォリングフォードのところへ飛んでいって勝利宣言する姿が目に浮かんでしまう。あなたがわれわれを城から追いだすところが」

レディ・モーリーは答えなかった。凍りつくような沈黙のなか、フィンは自分の冷ややかな言葉が耳にこだまするような気がした。やがて、扉の向こう側で小動物が動きまわる音が聞こえた。音からして二匹いるらしい。木の実をとりあっているのだろうか？　それとも、ぼくのコートのポケットに入っている、ハムのサンドイッチのにおいに誘われてこの作業小屋に入ってこようとしているのか？

「そうね」やがてレディ・モーリーが言った。小さくか細い、彼女らしくない声だった。表情は少しも変わらず、何を考えているのかわからない。「わかるわ。わたしはつまらない見栄っ張りの女だもの。世の中の役にたつわけでもなく、ただ暇を持て余して怠惰に生きてきただけ。その点については誰も否定しないでしょう」

「申し訳ありません」フィンは言った。「少し言葉が過ぎたかもしれない……」

彼女が手をあげ、きっぱりと言った。「でも、わたしにはわたしなりの自尊心があるのよ、ミスター・バーク。わたしは友人を裏切るようなことだけは絶対にしないの。欠点の多さを考えたらたいしたことではないけれど、これがわたしの唯一の美徳と言えるものだから、大切に守ることにしているわ」

フィンは黙っていた。静かなひとときが流れていく。レディ・モーリーはこちらをまっすぐ見つめていた。信じてほしいと訴えるように。

「よくわかりました」フィンは道具箱に手をのばし、彼女にスパナを手渡した。「扉を閉めてください。急に誰かがやってきたとき、わずかな時間ですが心の準備ができますから」

古いガラス窓から太陽が容赦なく照りつけるなか、アレクサンドラは二本のワイヤーが動かないよう必死に押さえていた。指は小刻みに震えている。作業台の上に置かれたミスター・バークの懐中時計に目をやると、まだ三八分しか経っていなかった。これはとんでもない失敗をしたという思いが胸にこみあげてきた。

「教えて」そう言ったとき、自分の声が少しかすれてなまめかしく響いたのに驚いた。彼女は咳払いをし、つばをのみこんでふたたび言った。「教えて、ミスター・バーク。この装置はどういうものなの？　今、何をしているの？」

「しいっ」ミスター・バークが鋭い口調で言う。彼は今、拡大鏡をつけた片目を長方形のつややかな金属に近づけ、金属板に張りめぐらされた細いワイヤーの束を慎重につなぎあわせようとしていた。

アレクサンドラはミスター・バークの横顔を見つめた。彼の耳はとても形がいい。男性の耳にしては美しすぎる。完璧なクエスチョンマークの形をし、貝殻のようにほんのりピンクがかった耳は、無骨な科学者よりも、イヤリングをつける女性にこそふさわしい。アレクサンドラは彼の耳から首筋へと目を向けた。この人は首も美しい。がっしりとしていて力強く、清潔感のある淡い金色の肌がまるで誘いかけているようだ……。

「レディ・モーリー！」

彼女ははっとした。「どうしたの？」

「もう手をどけていいですよ。配線できましたから」

「ああ、よかった」アレクサンドラは手を引っこめ、こわばった指の関節をさすった。「なんの作業をしていたの？」

「だから配線ですよ」ミスター・バークが思案するような顔で作業を終えた箇所を見おろした。片手をあげて右目から拡大鏡をとりはずす。

「それはわかっているの。なんの配線？」

彼がようやく顔をあげた。長時間ワイヤーに集中していたことがわかる真剣なまなざしに、アレクサンドラは息をのんだ。

ワイヤーがうらやましい。

「バッテリーに決まっているじゃないですか」彼女のあまりの無知ぶりにあきれたようにミスター・バークが言った。

「だって教えてくれないんですもの」アレクサンドラは彼の耳や首やまなざしの魅力をすべて忘れて言った。「ああして、こうしてと言うだけでしょう。たまにお願いしますと言ってくれたらいいほうよ」

ミスター・バークがにやりと笑った。「はじめにそう警告したでしょう」

「大げさに言っているだけだと思ったわ。ここまで人使いの荒い人はいないわよ」

彼が笑いだした。「確かに人使いは荒い。それは認めますよ。紅茶を飲みますか？　ぼくは喉がからからです」

「紅茶？　ここに紅茶があるの？」

「ええ。紅茶なしではやっていられません」ミスター・バークが作業台から離れてのびをした。細身の体がぐいとのび、手がほとんど屋根の垂木に届きそうになる。作業着の下で筋肉がしなやかに動くのがわかった。「ああ、楽になった。一、二時間も作業するとすっかりこわばってしまう」

「そうね」アレクサンドラは息をつめ、壁に沿って置かれた巨大な木の戸棚にゆったり歩いていくミスター・バークを見守った。

「どうしました？」彼が戸棚の扉を開け、ふたつきの大きなブリキ缶と縁が欠けた陶器のカップをふたつとりだす。

「どうもしないわ。何か手伝いましょうか？」アレクサンドラはそう言いながら椅子から立ちあがった。

「いや、いいんです。どうせ間に合わせだから」ミスター・バークが紅茶の缶とカップを置き、戸棚の横に壁につけて置かれた細長いテーブルのほうを向いた。テーブルには実験用の器具や生活用品が雑然と置かれている。彼はそれらを見渡しながら何やらつぶやいていたが、やがて大きなガラスのビーカーを見つけた。

アレクサンドラは一連の作業をじっと見守りながら、椅子にそろそろと腰をおろした。

「心配ですか？」ミスター・バークが笑いながら水さしに手をのばし、ビーカーがほぼ満杯になるまで水を入れた。「大丈夫ですよ、レディ・モーリー。もう何年も、自分のために何千杯も紅茶をいれてきましたから。ちょっとした名人です」彼はビーカーをガスバーナーの上に設置して点火した。青い炎の輪がぱっと広がる。

「ここにガス管を引いたの？」彼女は驚いて尋ねた。

「いや、自分のを持ってきました」ミスター・バークがテーブルの下に置かれたガスシリンダーを靴の先でつついた。それから戸棚に戻ってティーポットを手にとる。

「すごいのね」

彼がアレクサンドラのほうを見て微笑んだ。「セイロンは好きですか？」

「ええ、大好きよ」

「よかった。ぼくは自分で茶葉をブレンドしているんです。ちょっと強めだけど、きっとあなたもそのほうが好きだと思います。違うかな？」

彼女はたじろいだ。「ええ……なぜわかるの？」

ミスター・バークがティーポットのふたをとり、缶のなかに入った茶葉をスプーンですくって入れる。「ぼくは女性のことはよく知らないけれど、紅茶に関しては、どんな女性がやわらかな味を好み、どんな女性が強い味を好むかだいたいわかりますよ」

彼の親しみやすくくだけた雰囲気に魅了され、アレクサンドラは笑った。「あなたは口で言うより女性のことをよく知っていそうね」

ミスター・バークの顔が赤くなる。「そんなふうに思っていたら、あとでびっくりしますよ」すでにビーカーの水がガスバーナーの青い炎の上で沸騰しはじめていた。彼は金属製のトングでビーカーをバーナーからおろし、なかの熱湯をティーポットに注いだ。

「おもしろいやり方ね」アレクサンドラは言った。

彼がティーポットにふたをした。「申し訳ないけど、ミルクも砂糖もありません。ぼくは少し蜂蜜を入れるのが好きだけど」相変わらず赤い顔をしたまま言う。

「蜂蜜？　なんだか素朴ね」

紅茶を蒸らしているあいだ、ミスター・バークは長身の体をテーブルにもたせかけて彼女を見た。「インドで教わったんです。一日にスプーン一杯か二杯蜂蜜を食べていれば、咳ひとつしないってね。蜂蜜には強力な殺菌効果があるんですよ」

「旅行が好きなのね？」アレクサンドラはテーブルの木目を指でなぞりながら尋ねた。彼の顔から赤みがしだいに引いていき、血色のいい肌に散らばったそばかすが見える。

「ときどき出かけます。好奇心で」ミスター・バークはティーポットのところへ戻ると、テーブルの上から目のつまった四角い金網をとりあげ、それを茶濾しの代わりにカップの上に置いた。

「どこの国に行ったの？」琥珀色の液体がカップに注がれるのを見ながら、アレクサンドラは尋ねた。あの網は大丈夫？　実験に……とても危険な化学薬品の実験に使っているものじゃないのかしら？

それに、ちゃんと洗ってあるの？

「さっきも言ったようにインド。それからシベリア。コーカサス、メソポタミア。ヨーロッパはほとんど行きました。残念ながらアテネにはまだ行けていません。去年ブリンディジから国境を越えようとしたら、ものすごい嵐になってしまったんです。あのときは本当に悔しかったな。さあ、どうぞ」彼がふたつのカップを作業台まで運び、ふたたび戸棚に引き返した。「それで、蜂蜜はどうします？　入れますか？」

「ええ、お願い」アレクサンドラは言った。ミスター・バークの長い脚が作業台と戸棚のあいだをわずか一、二歩で楽々と行き来する。蜂蜜が入った容器は、彼の大きな手のなかにあると、まるでドールハウスのおもちゃのようにかわいらしく小さく見えた。「わたしもそんなふうに世界じゅうを旅することができたらよかったのに」紅茶に蜂蜜を入れながら続ける。「でも、モーリー卿が痛風持ちだったのでかなわなかったわ」

「ひとりで行こうとは思わなかったんですか？」ミスター・バークが彼女の隣の椅子に座り、蜂蜜の容器にスプーンを入れた。

配線作業のときのまま、椅子と椅子はくっついて置かれていた。彼の体温や体から発せられるエネルギーが伝わってくる。「ええ」アレクサンドラは答えた。顔をうつむけ、蜂蜜の甘さがほんのりまざったあたたかでスパイシーな香りを吸いこむ。「ミスター・バーク、さっきも言ったとおり、わたしは友人を裏切るようなことは絶対しないの。そして夫も友人のひとりだわ」

おそらくミスター・バークもふたりの体が近すぎることを意識したのだろう、彼の座る椅子の脚が木の床をこする音がし、声がさっきより遠くから届いた。

「そういうことを重荷とは思わなかったんですか？　束縛されていると？」

そんなことをこれまで質問した人は誰もいなかった。いちばん親しかった友人たちすら尋ねたことはない。一度も英国を出ることなく、年老いた痛風持ちの夫に寄り添い、毎年のようにめぐってくる社交シーズンを過ごすことについてアレクサンドラが本当はどう思っているかなど、誰も問題にしなかった。

「もちろんそんなことはないわ。自分の人生にはすっかり満足していたわよ。わたしは……」

扉をたたく音がした。

「バーク！　バーク！」取っ手が荒々しく揺れた。「ここを開けろ」

アレクサンドラは凍りついた。ミスター・バークも目を丸くして彼女を見つめている。

「ウォリングフォードだわ！」

9

しかし、扉をたたいたのはウォリングフォードではなかった。

「なんだい、この掘っ立て小屋は？」ローランドが急ぎ足でなかに入ってきた。少なくとも、聞こえてきた足音からすると急ぎ足だった。アレクサンドラに見えるのは、ミスター・バークの試作品の車体の下からわずかにのぞく細長い景色だけだ。「それに、どうして扉に鍵がかけてあるんだ？」

「用心のためさ」ミスター・バークが答えた。「この業界は開発競争が熾烈なんだ」

「ふうん、なるほどね。そしてついでにあの恐るべき侯爵未亡人からも身を守れるというわけだ。違うかい？」部屋の中央でローランドの足音がとまった。つややかに磨かれた靴が視界の隅に見える。

「もちろんそれもある」ミスター・バークがあわてたように言った。

「ゆうべ兄はいったい何を考えていたと思う？　ぼくには兄がまるでわからない。あのガチョウの羽も意味不明だ」

「ぼくの推測では、きみの兄上は女性のことで悩みを抱えていると思う」ミスター・バークが言った。

　ローランドが低く口笛を吹く。「まさか！　兄がレディ・モーリーに思いを寄せているというのか？　確かにふたりとも策略家でお似合いだとは思うがね。そういうことなら、彼女がきみを誘惑しようとしていると兄がしきりに責めていたことも説明がつく。要するに嫉妬しているというわけか。こいつは傑作だ」

「ぼくはレディ・モーリーとは言っていない」ミスター・バークがそっけなく言う。

「どういうことだ？　それなら誰が……ああ、まさかリリベッ……レディ・ソマートンだというのか？　おい、そんないい加減なことを……」

「落ち着け」ミスター・バークが笑った。「もちろん伯爵夫人とも違う」

「だったら誰だ？　もしかしてミス・ヘアウッドなのか？」ローランドは衝撃を受けたようだ。「嘘だろう」

「なんとなくそんな気がするだけだ」

　部屋の様子がもっと見えるよう、そしてせめてもう少し楽に呼吸ができるよう、アレクサンドラは首をのばした。車体の高さは床すれすれで、鼻から数センチのところに油で光った車軸があり、うまい具合に体を隠してくれている。急に車体が沈みこんできて下敷きになるところを想像しなくてすむよう、彼女は隙間から見えるふたりの男性の足に注目した。ローランドの靴の踵が目の前に見えるということは、こちらに背を向けているのだろう。ミスター・バークはどうやら作業台にもたれかかっているらしく、足をゆったり交差させていた。

ローランドの注意を自動車からそらそうとしているに違いない。

アレクサンドラの胸のなかがあたたかくなった。もちろんミスター・バークは自分自身を守るためにそうしているのだが、同時に彼女のことも守ろうとしてくれていると思うとうれしかった。もっとも、あくまでもうれしいだけで、それ以外の気持ちはまったくないと自分に言い聞かせる。アレクサンドラが車の下に隠れているところを見つからないよう、彼はわざと作業台にもたれかかっているのだ。

「なるほど。ミス・ヘアウッドか」ローランドが言った。「でも、あのガチョウの羽はどういうことだ?」

ミスター・バークがいらだたしげに答えた。「知るか。それより、きみはなんの用があってここへ来たんだ? ただぼくの仕事の邪魔をしに来ただけか? 悪いが、ぼくにはやることがたくさんあるんだ」

かたい木の床に押しつけられているためアレクサンドラは耳がだんだん痛くなり、機械油と埃と金属のにおいのせいで頭もくらくらしてきた。肩の骨が体にめりこんでしまいそうだ。ミスター・バークはこんなつらい姿勢をよく何時間もとり続けられるものだ。

「ああ、わかっているよ」ローランドの足が右を向いた。「なるほど。ここが何人《なんぴと》も足を踏み入れることをためらう天才科学者の仕事場か。まさにあらゆる……おい、あれはなんだ?」

アレクサンドラは驚いて車軸に鼻をぶつけた。

「予備の部品だよ。それよりローランド……」

ローランドの靴がこちらを向く。アレクサンドラは必死に奥に引っこもうとした。

「それからこれも！　試作品だな！」もっとよく見ようとしたのか、ローランドが何歩か後ろにさがった。「すばらしいじゃないか！　これは驚いた。あれがエンジンかい？」

「ああ、そうなる予定だ」

ローランドが鼻をくんくんさせた。「なんだか百合のにおいがしないか？」

「ローランド、もういい加減にしてくれ。続きは夕食の席で話そう」

「バーク、まったく薄情なやつだな。せっかくきみの士気を高めてやろうと思って来たのに……」

ふいにアレクサンドラの喉に埃が入った。

ミスター・バークがきっぱりと言った。「ぼくは他人に士気を高めてもらう必要はない。さあ、とっとと出ていった」

ローランドが一瞬ためらったのが気配でわかった。やがて、彼は堰を切ったようにしゃべりだした。「実はぼくはまいっているんだよ、バーク。聞いてくれ。とても厄介なことになってしまった。ゆうべ……例の賭けがとんでもないことに……ああ、ぼくはもうどうしようもないほど彼女に夢中なんだ」

「なんてことだ」ミスター・バークがつぶやいた。

埃がアレクサンドラの喉のいちばん敏感なところに入りこんだ。

「どうせきみのような冷血な科学者にはわからないだろう。しかし、ぼくは誰かに聞いてもらわずにはいられないんだ！　きみは口がかたい、バーク。きみなら決して兄にも女性たちにも言わないでくれるだろう。どんな秘密を打ち明けても絶対に安全だ」

「もちろんだ。さあ、もういいから……」

アレクサンドラは音をたてないよう細心の注意を払ってつばをのみこんだ。

「あのろくでもない伯爵が彼女を粗末に扱っていることは誰の目にも明らかだ。だからこそ彼女はここへやってきた。それでもいたいけな彼女は、妻としての名誉と夫に対する忠誠心のために……」

「ローランド、その話はまた別の機会にしよう。本当に忙しいんだ」

「それなのに兄が妙なことを考えついたせいで、ぼくが何か行動を起こせば彼女がこの城から放りだされることになってしまう。あの雌狐が……」

アレクサンドラの目から涙が流れて頰を伝い、耳に入った。

「レディ・モーリーがウォリングフォードをけしかけたんだ！　あのとき、いさめるべきだった。そうするつもりだったのに、リリベットが……レディ・ソマートンがあんな目をするから」

「レディ・モーリーは雌狐なんかじゃないぞ」ミスター・バークが鋭い口調で言った。

「きみはまったく寛大な男だよ。もう少しで彼女にたらしこまれていたかもしれないのに。確かに美人で頭も切れるが、ぼくはああいう女性と朝食を一緒にとりたいとは思わないね」

ローランドがおかしそうに笑った。

「ローランド」ミスター・バークが歯をくいしばるような声で言った。「きみが悩んでいることについては心から気の毒に思う。しかし、本当に勘弁してくれ。今は何よりバッテリーが……」

ついにこらえきれなくなり、アレクサンドラは咳をしてしまった。

「なんだ？　どうした？」ローランドがあたりを見まわす。

「なんでもない。水圧計の音だ。さあ、いいから」

二回目の咳は必死にこらえたが、三回目はこらえきれずに出てしまった。

「ほらまた！　いったいどんな水圧計を使ってるんだ？　あの音はどう考えても調子が悪そうだぞ」

ミスター・バークが咳払いをした。「それはつまり……ブレーキのだ。今、新しい設計を試している。とても厄介な作業で、大変な集中力を要するうえ、危険でもあるんだ。そういうわけだから、きみは早く出ていってくれ」そして、彼が扉に向かう足音がした。

「しかしバーク、ぼくはまさにそのことを話しに来たんだ。どうだろう……」ローランドがひと呼吸置いて言った。「ぼくをきみの助手にしてくれないか。忙しくしていれば彼女のことを思いわずらわなくてすむから。それがいちばんだろう」

「ぼくの助手に？」

「ああ。きみだって手助けが必要じゃないか？　この……なんだかよくわからない代物を完成させるのに」

ミスター・バークが大きくため息をつくのが聞こえた。「ローランド、きみはバッテリーのしくみを少しでもわかっているのかい？」

「いいや。しかし確か……まず火花が散って……いや、やはりわからない」ローランドが認めた。

「この自動車の前と後ろの区別がつくか？」

ローランドのぴかぴかの靴がアレクサンドラのほうを向く。彼女は車体の下でさらに身を縮めた。

「そうだな……普通に考えて……いや、ぼくの直感では……」

「そらみろ」ミスター・バークが言った。「頼むから図書室に戻って知的探求の旅を続けてくれ。報われぬ愛の苦しみを詩にするのもいいだろう。それでも喜びが得られなければ、ジャコモのところへ行って、馬小屋のチーズの話でも聞けばいい」

「チーズ？」

「彼が何もかも話してくれるよ。とにかくぼくを……ひとりに……してくれ！」扉が開く音がした。

「バーク、それはあんまりだぞ」

「そうか。ぼくは紳士じゃないものでね」

「ぼくはそもそもジャコモに言われて来たんだ。きみが助けを必要としていると言うから」

「ジャコモがそんなことを？」ミスター・バークの声が殺気を帯びた。「そちらのほうがよほどあんまりだ」

「わかったよ」ローランドが言い、彼の足がアレクサンドラ目の前を通りすぎて扉のほうへ向かった。「けど覚えておいてくれよ、バーク……やあ、兄上！　散歩かい？」

ああ、まさかウォリングフォードまで来るなんて。

アレクサンドラはうめきたいのをこらえ、かたい木の床に体を押しつけた。公爵の返事は聞こえなかった。まだ扉の向こう側にいるのだろう。

「ジャコモは勘違いをしている」ミスター・バークが毅然として言った。「ぼくは助手など必要としていない。むしろ、ほうっておいてもらいたいんだ」

「ああ、そのことはもうよくわかったよ。ぼくはこれで失礼する。ついでに兄にもそうするよう忠告するよ」ローランドの声が遠ざかっていった。

「で、ウォリングフォード」ミスター・バークが言った。「ローランドのすばらしい忠告にしたがう気がないのか？」

「ああ、ない」ウォリングフォードがきっぱり答える声がした。

アレクサンドラは鼻の先にある黒々とした車軸を凝視した。心臓が床に沈みこんでいくような気がする。

ウォリングフォードの靴音がうるさく響いた。「実際、ジャコモの提案がわれわれの抱える問題を一挙に解決してくれると思ったんだ」

「その問題とは？」ミスター・バークがため息をつく。

「ひとつは、いかにしてレディ・モーリーをきみの無垢な心に近づけないようにするか」ウォリングフォードが答えた。「もうひとつは、どうやってミス・ヘアウッドを避けるかだ」

アレクサンドラは怒りのあまり唇を引き結んだ。

「それはぼくの問題ではなくきみの問題だ、ウォリングフォード」ミスター・バークが言った。

アレクサンドラが頭を動かしてみると、ミスター・バークはふたたび作業台にもたれかかっていた。

ウォリングフォードの靴がミスター・バークのほうを向いた。「しかし、レディ・モーリーの問題はきみのことだぞ」

「違うよ、ウォリングフォード。レディ・モーリーの問題は全部きみの妄想だ」ミスター・バークが言い返した。「ぼくは科学者で、とりたてて魅力的なわけでもないし、爵位も社会的地位もないアイルランド系の婚外子だぞ。そんなぼくとベッドをともにするくらいなら、誇り高きレディ・モーリーは右腕を切り落とすさ」

きっぱりと発せられたその言葉は、アレクサンドラの胸を貫いた。社会的地位。誇り高きレディ・モーリー。ベッドをともにする。

婚外子。ミスター・バークがそういう出自だとは知らなかった。

「きみは自分のことを卑下しすぎだ」ウォリングフォードが静かに言い、やがて強い口調になった。「婚外子といっても、立派な血筋じゃないか。どのみち彼女にとってはねらい目だ。

われわれをここから追いだそうとしているんだから」

ミスター・バークが交差させていた長い脚をまっすぐにした。どうやら腕を動かしたらしい。「まったく、何を言うんだ。彼女がここにいるとでもいうのか？」

「いいや。しかし、彼女はきみを攻略する隙を今この瞬間もどこかでうかがっているに違いない。だからこそ、こうして助けに来てやった。いや、礼は言わなくていい」ウォリングフォードはアレクサンドラの鼻先から一メートル半と離れていないところで靴を鳴らした。「恐るべき女たちからきみを守るのはぼくの務めだ。きみは彼女たちがどんな悪事をやってのけるかわかっていない。うかうかしていたらレディ・モーリーに八つ裂きにされるぞ」

「言わせてもらうが」ミスター・バークが言った。「ぼくは今、試作品のバッテリーの改良に全身全霊をかけている。たとえレディ・モーリーがこの場にいようと、ぼくのためにワイヤーを押さえてくれようと意識すらしないさ」

「ワイヤーを押さえてくれる？」

「そう、何時間もぶっ通しで。とても骨の折れる作業だよ。きみがやってくれると助かる。そういえば、どこかに予備の作業着があったはずだ。少し油と酸がついているかもしれないが……」

ウォリングフォードが一歩後ろにさがった。「酸だと？」

「そうさ。バッテリーがなんのおかげで充電すると思っているんだ？　薄められていない硫酸だよ。もちろん劇薬だ。うっかり目に入れたら失明してしまう。ぼくは特許を取得した特別なゴーグルを使っているけどね」ミスター・バークはさっき紅茶をいれていた壁際のテーブルのほうへ向かった。「ほら、これだよ。見てみるかい？」

ウォリングフォードがあわてたようにまた一歩さがり、自動車の試作品にぶつかった。車体がきしんでわずかに沈み、車軸がアレクサンドラの鼻先をこする。

ミスター・バークが声をあげて駆け寄った。「おい！　気をつけろ！　そこから離れてくれ！」

アレクサンドラは息をのみ、目をぎゅっと閉じて顔の上で手を交差させた。自分の死に顔が目もあてられないほど醜くなるのだけはいやだ。去年の六月に愛人の邸宅の屋根で酒盛りをし、天窓から落ちて死んでしまった気の毒なレディ・バンベリーのようにはなりたくない。

だが、車体はどうにかもちこたえた。アレクサンドラはおそるおそる目を開け、カーブを描く金属と突きでたボルトをじっと見つめ、それ以上さがってこないことを確認した。ミスター・バークが力強い手で車体を支え、沈まないように固定し直したのがわかった。

「これでよし。下にもぐりこんでいなくてよかったな。つまりその……ぼくの助手として」ミスター・バークが息を乱しながら言った。

「また出直してくることにしよう。きみが……ハンドル調整をしているときにでも。もしくは、タイヤの調節とか」ウォリングフォードが言った。

「ウォリングフォード、来ても足手まといになるだけだとわからないのか？」

「なんだと？　きみのために言っているんだぞ」

「いったいなぜ、ぼくが自分の意志で誘惑に打ち勝てると誰も信じないんだ？　これまでずっとまじめに生きてきたのに」ミスター・バークが言った。

ウォリングフォードが乾いた笑い声をあげる。「あきれたやつだ。レディ・モーリーが近くにいるときに自分がどんな顔をしているか、一度も見たことがないのか？」

「あいにくぼくは普段鏡を持ち歩かないので、ないとしか答えられない。さて、きみたち兄弟にはもう充分すぎるほど助けてもらった。一週間は工程が遅れたよ」

ベッドをともにする。

その言葉がアレクサンドラの頭のなかにこだました。

彼、フィニアス・バークのベッド。彼の体であたためられた、油と革と男性の肌のにおいのするベッド。たくましい体、輝く赤毛、芝のように明るいグリーンの瞳、たまにしか見られない、なんとも言えず魅力的な微笑み。彼女は目を閉じた。はなはだ不充分な支えしかない、半トンはありそうな自動車の下に横たわりながら、胸がいっぱいになっていた。これまで感じたことのなかった切望がこみあげる。

「気持ちだけもらっておくよ」ミスター・バークが返事をしていた。「自分でもわかっていると思うが、きみでは役にたたない」

ウォリングフォードが低くうめいた。「いいだろう。出ていくよ。しかし、くれぐれもレディ・モーリーに気をつけるんだぞ。あのとおりの毒舌家だが、彼女のキスはパリの踊り子のように甘いからな」

少し沈黙があった。「ありがとう。よく覚えておくよ」

ウォリングフォードのブーツがようやく扉に向かって歩きだした。床板のきしむ音が、甘美な音楽のようにアレクサンドラの耳に響く。

「さて、では行くとしよう」公爵が言った。「また夕食のときに……」

ウォリングフォードの言葉がそこで途切れた。不自然なまでの静けさが続く。

「どうした？」ミスター・バークが尋ねた。

公爵がぞっとするほど静かな声で言った。「教えてくれ、バーク。きみの後ろのテーブルに、なぜカップがふたつ置いてあるんだ？」

10

　どんな危機的な状況においても冷静さを保つことがいかに大切か、フィニアス・バークがはじめて学んだのは、わずか六歳のときのことだった。瓶いっぱいにつめたヒキガエルを教父のロンドンの邸宅の廊下に放したとき、白いひげを生やした閣僚たちが書斎での会談を終えて廊下に出てきたのだ。何をしているのかと問いつめられたとき、彼は泣き崩れたりすることなく、理路整然と説明した。〝閣下、ヒキガエルの歩行速度を正確に比較するためには……〟フィンは四歳になってようやくしゃべりはじめるという、とても言葉の遅い子どもだったが、話しはじめた当初からこのように文法的に正しく完璧な文を組みたてることができた。〝障害物のいっさいない長い空間で競争させる必要がありました。閣下のお友達が競技場に入ってくる可能性については、想定していませんでした〟この説明が終わるころには、教父はフィンに罰を与えるどころか、笑いを噛み殺すのに必死だった。

　しかしウォリングフォードの質問に、フィンはいつもの冷静さを失い、すっかりとり乱してしまった。「カップがふたつだって？　それはおかしいな。たぶん……もう一杯飲んだんだろう」

公爵がカップを調べた。「両方とも半分ほど残っているぞ」フィンを振り返って目を光らせる。「ひとつ目のカップに注ぎ足そうと思わなかったのか？」

「三文小説に出てくる探偵みたいなまねはやめてくれ」フィンは息を吐き、腕組みをしてまっすぐ立った。「きっとひとつ目のカップのことを忘れていたんだろう。午前中ずっと夢中で機械をいじりまわしていると、そんなふうにうっかりしてしまうこともあるさ」

ウォリングフォードが戸棚に向かって歩きだした。

「おい待て！」フィンが叫んだが、公爵はかまわず戸棚の扉を勢いよく開けた。

「ほうら」フィンが勝ち誇ったように言った。「何もないだろう？」

「いいや、レディ・モーリーはこの建物のどこかにいる。わかっているとも。どこかにひそんでわれわれを見ているんだ」ウォリングフォードは部屋を歩きまわり、積みあげられた道具箱や予備の部品、最先端の技術を用いた空気式タイヤの後ろをのぞきこんだ。レディ・モーリーがぶらさがっているとでも思ったか、上を向いて天井の垂木まで確認する。

「ウォリングフォード」フィンはなるべくうんざりしたような声で言った。「いい加減にしてくれ。きみのその……被害妄想はなんとかならないのか？　頼むから、ほかに夢中になれるものを見つけてくれ。あの娘……なんていう名前だっけな……彼女とまたガチョウの羽で遊んでいればいいじゃないか。おいちょっと待てよ。レディ・モーリーが流し台に隠れているわけがないだろう！」

公爵が鼻孔をふくらませて振り向いた。台にのった自動車をじっと見つめる。「ああ」彼がつぶやいた。「なるほど、そこだな」

「やめろ。どうかしているぞ」

ウォリングフォードは答えなかった。大股に二歩進みでて自動車に近づく。自動車は作業小屋の中央に鎮座していた。車輪も座席もとりはずされ、金属の外枠だけになっている。フィンはこれを数カ月前に自分で設計した。わが子のように大切に鉄道の特別車両にのせ、寒さと湿気から守るために防水布にくるんだ状態で、ベルギーの高原とスイスの山岳地帯を越えて運ばせたのだ。細身の美しい形は息をのむばかりだった。走らせたときに車体の先端から側面に抜ける空気の流れが目に見えるようだ。高速走行時の風切り音まで聞こえてきそうだった。もちろん、これまで誰も出したことのない速度だ。

この自動車はまさにフィンのすべてだった。

公爵が自動車の扉に手を置き――まさにレディ・モーリーが昨日指を走らせた場所だ――なかをのぞきこんだ。公爵のブーツの爪先がわずかに車体の下に入りこむ。彼女の優雅な形をした耳まで三〇センチも離れていないはずだ。静まり返った作業小屋のなかとは裏腹に、開いた扉の外でふたたびリスが騒ぎだした。

ウォリングフォードが低くうめいた。「空っぽだ」公爵がフィンのほうを振り向いた。目を糸のように細めている。「彼女はどこだ？」

フィンは微笑みたいのをこらえて両手を広げた。「さっぱりわからない。城に戻っているんじゃないか？」

ウォリングフォードはかつて馬車の出入りに使われていた裏口の扉に目を移した。「こっそり出ていったんだな？　ローランドがやってきたときに」そう言いながら裏口に近づいて扉を勢いよく開く。昼間のまぶしい光が作業小屋に流れこんできて、車体の表面がきらきらと輝いた。「問題は」公爵が左右を見ながら続けた。「彼女が城に戻ったか、近くに隠れてぼくがいなくなるのを待っているかだ」

フィンは肩をすくめた。「捜してみたらどうだい？」

「ぼくの予想では彼女は近くにいる。なんと言っても執念深い女性だからな」ウォリングフォードがフィンを振り返った。「ついてこい。きみから片時も目を離すわけにはいかない」

フィンはため息をついた。「これだから公爵は困る。他人の仕事というものをまるでわかっていないんだ。誰にも邪魔されることなく長時間にわたって集中できる環境がどれほど大切か――」

「いいからつきあえ」

フィンはあきらめたように両手を振りあげた。「まったく！」そう言うと、公爵のあとに続いて表に出た。果樹園からリンゴの花の香りをのせた春風が吹いてくる。フィンはオリーブの木の傍らに立ちどまって腕組みをした。「ぼくはここで待つ」

ウォリングフォードが念入りに周囲を調べてまわった。あたかも、スコットランドの領地で秋の霧にまぎれた用心深い雄鹿を追跡するかのように。木を一本一本下から見あげ、頭をめぐらせて空気のにおいをかいだりしている。

好きにしろ。フィンは公爵の様子をおもしろおかしく眺めていた。鼻までひくひくさせて、まったくどうかしている。百合のにおいをかぎつけようとしているのか？　フィンは拳を握りしめた。ウォリングフォードがレディ・モーリーの香りを知っているかもしれないと思うと、なぜか腹だたしい。

「もうわかっただろう？」フィンは草の茂みから呼びかけた。「彼女はいないよ。もう帰ってくれないか」

ウォリングフォードが作業小屋の前まで引き返してきた。フィンのほうに顔を向ける。

「見事だ、バーク。うまくごまかしたな。しかし、次は必ずつかまえてみせる」

「きみはいったい誰の味方なんだ？」

「もちろんきみの味方さ。信じられないかもしれないが」公爵が扉に手をかけた。

フィンの体を恐怖が駆け抜けた。もしレディ・モーリーがもう危機は去ったと考えて出てきていたら？「おい、もうなかは調べただろう！」

「帽子をとりに行くだけだ」ウォリングフォードがそう言って扉の奥に消えた。

フィンはあわてて追いかけた。「ぼくがとってくる！」

だが、もう遅かった。フィンは扉を静かに閉めながら作業小屋を見渡した。幸い、レディ・モーリーの姿はない。もう安全だと知らされるまで辛抱強く待っているのだろう。

「なんなんだ」公爵がいらいらしたように振り返り、フィンの引きつった表情を目にした。

「なるほど。彼女はやはりここにいるんだな？」

「彼女がここに来たりするものか。全部きみの妄想だ」

ウォリングフォードはとりあわなかった。ごつごつした石の壁に鋭い視線を向けながら、ゆっくりと作業小屋を一周する。「さて」公爵が楽しげに言った。

「もしぼくがレディで、現行犯でつかまりかけているとしたら――」

「何が現行犯だ！」

「恥ずべきわが身をどこに隠すだろう？　レディ・モーリーは細身の女性だ。ただし神経は図太い。きみのような繊細な人間とはわけが違う」

ウォリングフォードの視線がふたたび自動車をとらえ、さらにその下の床に落ちた。「なんと」公爵が言った。「そういうことか」

「ウォリングフォード、やめろ」

「なあ、バーク」ウォリングフォードが勝利を味わうようにゆっくりと自動車に近づきながら言った。「きみのレディ・モーリーにはまったく恐れ入ったよ。ここまで長いあいだ車体の下に隠れ続けるには、図々しさはもちろんのこと、かなりの精神力が必要だったことだろう。ひょっとして彼女は本気できみに恋をしているのかと思ってしまう」一メートルほど手前で足をとめ、声をやわらげる。「そうなのか、レディ・モーリー？　きみはぼくの友人のバークに本気で恋をしているのか？」

最後の瞬間まであきらめてはいけないと、フィンは口をつぐんだまま立ちつくしていた。いよいよ見つかったそのときは……どうする？　一転してレディ・モーリーをかばうのか？

それとも、彼女をさらって逃げるのか？　こういうときにとるべき行動とは？

ウォリングフォードが身をかがめた。「ただし」そう言いながら片手を床につく。「こうして真実を突きつけられるまで、彼女は自分の本心に気づいていなかったかもしれない……」公爵はそこでふいに黙った。「ああ、まったく！」拳を床にたたきつける。「逃げられた！」

同じように床に這いつくばって車体の下をのぞきたいのを、フィンは必死にこらえた。

「もう一度言うが、彼女はそもそもここに来ていない」

ウォリングフォードがようやく起きあがり、フィンと向かいあった。さっきまで猜疑心にこわばっていた顔に、きまり悪そうな表情が浮かんでいる。

フィンは唇の端に笑みを浮かべた。「たかがカップをふたつ使っただけで強制捜査されないといけないのか？」

「そんなことはないさ」ウォリングフォードが憎々しげに微笑んだ。「わかったよ。ぼくが悪かった。帽子をもらって失礼する」そう言うと、作業台のほうを向き、帽子を手にとった。隣には例のふたつのカップが置かれ、なかに残った紅茶がさざ波をたてている。公爵は優雅な手つきで帽子を頭にのせた。「だが、ぼくの忠告はよく覚えておけよ」

「ああ」

「どうしても我慢できなくなったら、いつだったかきみが言っていたとおり、別の手で解決することだ。実は最近、ぼくも一度ならずそうしたよ」

「それはけっこうなことだ」フィンはそう言いながら、レディ・モーリーはどこに隠れたのだろうと考えた。

「その点、きみは慣れたものだろう？　修道僧みたいに手早く……」

「ウォリングフォード、行けったら」

「では夕食のときに！」公爵は表の入口から出ていき、扉をぴしゃりと閉めた。

フィンは目を閉じ、ゆっくりと数を数えた。二〇秒まで数えたところで静かに言う。「レディ・モーリー？」

左側から扉の開く音がした。そちらを向いて目を開けると、乱れたドレス姿のレディ・モーリーが戸棚から出てきた。

「もう見つかる心配はない？」彼女がわずかに笑みを浮かべる。

「ええ。大丈夫でしたか？」

「ええ」レディ・モーリーがドレスの裾を払い、次に頭に手をやった。結った髪がほどけて乱れている。

フィンは自分の体が震えていることに気づいた。「よければ……紅茶が冷えてしまったから……」

「紅茶はもうたくさん」彼女が頰にかかった髪を払いのけた。

「座ってください」彼は言った。「さんざんな目にあいましたね。新しい紅茶をいれてあげましょう」

「なぜ？」レディ・モーリーが頭を振った。「なぜあんなことを？」

「あんなこと？」

「あんなに必死にわたしをかくまったりして。助手の仕事もローランドやウォリングフォードにやってもらったほうがずっと助かったでしょうに。なぜふたりを追い払ったの？」じっと見つめる彼女の目には奇妙な光が宿っていた。

「そうするのが紳士だと思ったから」フィンはなんでもないことのように肩をすくめたかったが、体が言うことを聞かなかった。「あなたがここに来るのを許可したのはぼくだ。だからぼくにはあなたを守る責任がある。当然でしょう」

レディ・モーリーがようやく彼の顔から靴に目を落とした。「ありがとう」

ふたりのあいだに沈黙が流れる。太陽が移動して南の窓から日ざしがさしこみ、部屋全体が暑くなっていた。フィンの首の後ろがじりじりと熱くなり、レディ・モーリーの顔が金色に輝く。フィンは彼女に背を向け、ほんの一時間前に紅茶をいれた壁際の長いテーブルのところへ移動した。そこに置かれた器具類を意味もなく動かし、さっき紅茶をいれ直すと言ったことも忘れて、道具を戸棚にしまいはじめた。

レディ・モーリーが小さく咳払いをした。「男性同士の会話が聞けておもしろかったわ。ずいぶん開けっぴろげなのね」

「いつものことですよ。まったく、くだらない」

「どういう意味なのか考えずにはいられなかったわ」

まったくウォリングフォードめ。地獄に落ちてしまえ。

「ああ、別の手がどうとか言っていた話ですね。なんのことか、ぼくにもさっぱりわかりません」

「いいえ、その前の話よ。あなたの言うとおり確かにくだらないけれど、まじめな問題でもあるの」そう言うレディ・モーリーの声はいつもと違って妙にさばさばしていた。すべての飾りがとり払われたような感じがする。

「さあ……どんな内容だったかあまり覚えていないな」フィンは自分の震える指先に目を落とし、両手をテーブルに強く押しつけた。

「ウォリングフォード……」彼女はそこで一瞬ためらってから言葉を続けた。「ウォリングフォードが言ったことを、あなたがどう思ったのか気になって」

「彼が何について言ったことでしょう？」

「キスについて言ったことよ」

フィンは目を閉じた。レディ・モーリーの声が耐えがたいほど甘く響く。「ああ、そのことなら、以前彼から聞きました」

「これだけはわかっておいて……たった一度きりのことだったの。ずっと昔の話よ」レディ・モーリーの声が消え入りそうに小さくなった。「そのときはわたしもまだほんの小娘だった。社交界にデビューしたばかりで、わたしは……」一瞬、声がつまった。「幼かったわたしは、ロマンティックな恋を夢見ていたの。英国一高貴な男性に恋をして、相手からも愛され、薔薇色の人生を送るとか、そんなたわいもないことを夢見ていたのよ。そしてある晩、わたしはウォリングフォードにキスをされたの。レディ・ペンブローク邸の舞踏室のテラスで。あのとき、これでまさに望んだとおり薔薇色の人生が手に入ると思ったわ。そのくらい情熱的なキスだった。一九歳の娘なんて本当に愚かなものね。わたし……てっきり自分が愛されているのだと思ったの。彼に熱いまなざしで見つめられて……」言葉が途切れた。

フィンはレディ・モーリーのそばに駆け寄りたかった。彼女を抱きしめ、言いたかった……いったい、何を？　自分には爵位もないし、立派な家系に生まれたわけでもない。レディ・モーリーが求めているものなど何ひとつ持っていない。母はリッチモンドの高級住宅地に暮らしているが、それは夫ではない男性から買い与えられたものだ。

「本当に愚かだったわ」彼女がぶっきらぼうに言った。「わたしはそのあと彼を追いかけていったの。そうしたら図書室で……」

フィンは鋭く息をのんだ。

「ああ！　もう知っているのね。そうなの、本当に情けない話。まだ唇に焼けつくようなキスの味が残っていたというのに……ウォリングフォードはわたしの目の前でせっせと励んでいたのよ。女性を机に押しつけ、脱いだズボンを足首に引っかけて。うぶな小娘の幻想を打ち砕くには充分すぎるほど衝撃的な光景だったわ。わたしは一週間後にモーリー卿のプロポーズを受け、それ以来、恋なんて戯言だと笑い飛ばして生きてきたの」

「かわいそうに」フィンは静かに言った。

レディ・モーリーは答えなかった。しかし、フィンは背後に彼女の気配をありありと感じた。静けさのなかでレディ・モーリーの息づかいまで聞こえてきそうだ。

「ええ」やがて彼女が言った。「そう思うでしょうね」

彼はガスバーナーに指を這わせた。「希望を捨てることはないですよ、レディ・モーリー。あなたは若くて美しい。世の中にはまっとうな男がまだ大勢います」

「美しいだなんて。わたしは美しくなんかないわ。本当よ。そう見せかけることはできるけれど、真に美しいのとは違うの」

「ばかな。あなたはとても美しい」

「まあ。ありがとう。わたし……」レディ・モーリーがためらった。

「なんです？」フィンはガスバーナーを握りしめた。

「わたし……」彼女が迷いながらも一歩前に出る。「あなたに言いたいの……真に美しいのはあなただと」

彼の鼓動が一気に乱れた。「ばかな」

「いいえ、本当よ」レディ・モーリーが早口になった。「あなたのすばらしい頭脳。あなたの顔。瞳。それからあなたの手……。大きくて器用な、とてもすてきな手よ。胡桃を割ったり、ワイヤーをつないだり……」

フィンはついに振り向いて彼女と向きあった。作業小屋の中央に立って太陽の光を浴びているレディ・モーリーの顔は、とても素直で、傷つきやすそうで、今まででいちばん美しく見えた。彼のなかで何かが音をたてて崩れた。フィンは大きく二歩前に出てふたりの距離を縮めた。彼女のピンク色の唇がわずかに開き、驚きと期待の入りまじった声がもれる。フィンはレディ・モーリーの顔を両手で包み、頭をさげてキスをした。

それはアレクサンドラが八歳のときのことだった。晩秋のある日、食料庫をのぞいてみると、料理人が鉄枠のついた樫材の樽からガラス瓶に液体をつめ、コルク栓と蠟で一本一本しっかり密閉していた。何をしているのと彼女が尋ねると、去年とれたリンゴのブランデーを――ヘアウッド家は広大ではないもののそれなりに土地を持っていた――冬のあいだ旦那さまと奥さまが飲めるように瓶詰めしているのだと教えられた。リンゴが好きなアレクサンドラはいいことを聞いたと思い、翌日の午後、喉が渇いたときに食料庫へおりていき、アップル・ブランデーをひと瓶開けてすっかり酔っ払ってしまったのだった。

フィニアス・バークとのキスは、まさにそんな感じだった。

彼が急に近づいてきて、情熱的に両手で顔を包み、やさしく愛撫するように唇を重ねたとき、かろうじて保たれていた理性が崩れ去った。フィニアス・バークは紅茶と蜂蜜と彼自身の味がした。独特で甘美なその味わいに、アレクサンドラはわれを忘れて唇を開き、彼を全身で味わうようにキスを返した。

「レディ・モーリー」彼がささやいた。「アレクサンドラ」くぐもったような深い声が甘美に響く。

「フィニアス」アレクサンドラがささやき返すと――その名前を口にするのはなんてすばら

しいのだろう——彼は彼女の髪に手をさし入れ、残っているヘアピンが落ちるのもかまわずゆっくりと撫でた。「フィニアス」アレクサンドラは夢見心地で繰り返した。

彼が動きをとめて唇を離す。「フィンだ」

揺るぎない瞳で熱く見つめられ、彼女は何を言われたのか、一瞬、理解できなかった。

「フィン?」アレクサンドラは息を切らしながら繰り返した。

「フィニアスではなくフィンと呼んでほしい。母がぼくをフィニアスと呼ぶから」

アレクサンドラは笑顔になった。「フィン」試すように口に出し、彼のたくましい首に腕を巻きつける。「フィン。わたしのすてきなフィン。わたしの名前を呼んで。お願い」

「アレクサンドラ」フィンが彼女を抱きしめてふたたびキスをした。今度はむさぼるように熱く。シルクを思わせる舌がアレクサンドラの舌をまさぐり、両手がさがってきてウエストをつかむ。彼女もフィンに体を押しつけ、彼を全身で感じようとした。腕のなかにすっぽりと包みこまれると、もう何かをたくらんだり、手をまわしたり、演技をしたりしなくてもいいと感じられた。自分はただありのままの自分でいればいい。

やっと本当のわたしに戻れる。

こんなことをするつもりはなかった。最後のぎりぎりまで、自分の思いを抑えていた。モーリー侯爵未亡人はどんなときも威厳を失ってはならないからだ。油まみれの自動車の試作品の下で、床にたまった埃に喉をつまらせかけていても。そんな状況でも、男性たちの会話を辛抱強く聞いていた。ウォリングフォードとローランドの侮辱も——あれは本当にひどかった——懸命にかばってくれるフィンの言葉も。〝ベッドをともにする〟というあの刺激的な言葉には心を乱されたが、ウォリングフォードが出ていくときにはいつもの自分に戻るはずだった。

そう、アレクサンドラは、一連の出来事をまったくとるに足りないこととして片づけるための言葉さえ用意していたのだ。〝あなたの自動車の下はずいぶん埃っぽいのね、ミスター・バーク！　もう少しで同じくらい汚れてしまうところだったわ……〟と。そう、ウォリングフォードのあの言葉が耳に飛びこんでくるまでは。

〝そうなのか、レディ・モーリー？　きみは本気でぼくの友人のバークに恋をしているのか？〟

あのとき自分の本当の気持ちに気づき、アレクサンドラは膝から力が抜けてしまいそうになった。戸棚の厚く頑丈な板に体を支えてもらわなければ、まっすぐ立っていられないほどに。

今はフィンが彼女の体を支える役目を引き受けてくれている。彼のあたたかな唇がアレクサンドラの唇を離れ、顎から首筋へとおりていき、これまであることすら自覚しなかった感じやすい場所をまさぐった。彼女は息を吐き、沈みこむようにフィンの腕に身を任せた。燃えあがるふたりの情熱を前に、まぶしい日ざしが一瞬、陰ったようにすら感じられる。

彼が急に体をかたくした。

「どうしたの？」恥ずかしげもなくフィンの首にしがみつき、アレクサンドラはあえぐように尋ねた。まだ終わりにしたくない。彼をもっと感じていたかった。

「まずい」フィンが彼女の手を握って戸棚に引っ張っていき、荒々しくキスをしながらなかに押しこめようとした。

入口の扉をすばやくノックする音がした。

「いや」アレクサンドラは戸棚の扉に手をかけて彼を必死に見あげた。「お願い。もうこれ以上隠れたくないの。賭けをおりるわ。なんでもするから……」

扉が開きはじめた。彼女はフィンの腕をすり抜け、ドレスの乱れをなんとか直そうとした。すっかりほどけてしまった豊かなブラウンの髪が肩や背中に落ちかかっている状態でそんなことをしても無駄なのだが。

やはり隠れたほうがよかったのかもしれない。

だが、もう遅かった。男性の人影が入ってくる。逆光になっているので顔はよくわからないが、背丈が普通であることからローランドでもウォリングフォードでもないことがすぐにわかり、アレクサンドラはほっとした。

「デルモニコじゃないか」フィンが進みでた。「驚いたな。まさか……きみが訪ねてくるとは思わなかった」

「シニョーレ・バーク！　やっと会えた」男性は帽子をとってフィンと力強く握手を交わした。「ようやく見つけられてうれしいよ」ほぼ完璧な英語だった。どうやら長年英国人と接して身につけたらしい。

「ぼくの手紙を受けとったんだな？」フィンがきいた。

「ああ。だが、住所を突きとめるのは大変だった。いったいなぜこんな……遠く離れた田舎にやってきたんだ？」デルモニコが黒い瞳ですばやくあたりを見まわした。アレクサンドラを一瞬見つめ、礼儀正しくすぐに目をそらす。

フィンが笑った。「もちろんひとりになるためだ。失礼、うっかりしていた。助手のレディ・アレクサンドラ・モーリーを紹介させてもらうよ」そう言うと、鑑定家にすばらしい宝物でも見せるようにうやうやしく振り向いた。「レディ・モーリー、こちらはシニョーレ・バルトロメオ・デルモニコ。七月にローマで開かれる自動車の展示会にぼくを招待してくれた人だ」

オリーブ色の肌に黒い髪と目をした男性が眉をつりあげた。英国風のブラウンのツイードの上着を着て、山高帽を片手に持っている。彼はあいたほうの手でアレクサンドラがさしだした手を軽く握った。「はじめまして、レディ・モーリー」ふたたびフィンに目を戻す。「こんなに美しい助手がいるとは、運のいい男だ」

「レディ・モーリーはとても有能だよ」

「ええ、それはもう」アレクサンドラはそう言いながらも、こんな姿では稀代の天才科学者の助手ではなく街角の娼婦に見えそうだと思った。彼女はドレスについた油の汚れを指さした。「このとおり、今朝からずっと車体の下にもぐっていました」

デルモニコがしげしげと見つめた。「なるほど。シニョーレ・バーク、もう少し気をきかせたらどうなんだ？　このレディに作業着を着せるべきではないか？　こんな美しいドレスで仕事をさせるとはあんまりだ」

「確かにそのとおりだ」フィンが申し訳なさそうに言った。「うかつだった」

「ちゃんとエプロンをしているわ」アレクサンドラは言った。

だが、デルモニコは聞いていなかった。彼の注意は、作業小屋の中央の自動車に移っていた。「これだね、シニョーレ・バーク？　きみの壮大なる研究成果は」デルモニコが一歩踏みだしたとき、靴の下で何かかたい音がした。「おや。ひょっとしてこれはあなたのヘアピンかな、レディ・モーリー？」

アレクサンドラの顔が熱くなった。「まあ、そうです……ミスター……いえ、シニョーレ・デルモニコ」彼女とフィンが同時に手を出そうとしたが、先に身をかがめたデルモニコが散らばっているいくつものピンを左手で集め、訳知り顔で微笑みながらさしだした。

「ありがとうございます」アレクサンドラは髪を手早く後ろでまとめ、やや手荒にヘアピンを次々とさしていった。作業小屋が一瞬、奇妙な静けさに包まれる。

「自然にほどけてしまったんだ、レディ・モーリーがゴーグルをはずしたときに」フィンが唐突に言った。

「なるほど」デルモニコがうなずく。

トスカーナ地方は地震が起こりやすかったかしら？　アレクサンドラは考えをめぐらせた。もしそうなら、今この瞬間に、できればあまり激しすぎないものが起こってほしい。もちろん、ばかげた願いだとわかっている。わたしは侯爵未亡人。たかがひとりの外国人技術者にどう思われようと痛くもかゆくもないわ。

とはいえ、このあたりで退散すべきだ。

「シニョーレ・デルモニコ」彼女はせいいっぱいあらたまった口調で言った。「わたしは昼食をとらせていただきに城へ戻ります。ミスター・バークとふたりだけでお話しになりたいことがおありでしょうから」フィンのほうを見ると、雷に打たれたようにこわばっていた顔が安堵でやわらいだ。

デルモニコが帽子を脇に挟んだ。「レディ・モーリー、お気を使わせてしまって申し訳ありません」

「いいえ、どのみち戻る時間ですから。ごきげんよう、シニョーレ。ミスター・バーク、それではまた夕食のときに」

「もちろん」フィンのグリーンの瞳が燃えるように熱く見つめ返した。

「では」アレクサンドラは向きを変え、男性たちの挨拶に短く手を振ってこたえつつ、レディらしい優雅な足どりで扉を抜けた。イタリアの真昼の太陽がさんさんと降り注ぐ外に出ると、彼女は足を速めた。葡萄畑に着いたころには走りだしていた。ドレスとペチコートの裾が脚に絡みつき、顔も胸も燃えるように熱く、目には五年分の涙があふれていた。

「ああ、いたわ！」裏庭の野菜畑から厨房の裏口に入ったアレクサンドラにアビゲイルが呼びかけた。「間に合ってよかった！　ちょうどお見えになったのよ。まあ、どうしたの？ひどい格好！　いったい何をしたの？」

「見えたって誰が？　ロセッティ？」アレクサンドラの胸に希望がこみあげた。ひょっとしたら家主のシニョーレ・ロセッティが正式な決定をくだしてすべてを解決してくれるかもしれない。赤毛の科学者に心乱されることもなくなって、去年の冬に思い描いていたとおりの静かな環境で過ごせるようになるかも。

「いやね、ロセッティじゃないわよ。今日は神父さまが来る日でしょう。忘れたの？」アビゲイルはアレクサンドラの腕をとり、狭い廊下を通って裏階段に向かった。細長い窓から直接日がさしこんでいたが、石の壁にはまだ夜の冷気が残っていて、アレクサンドラのほてった体を冷ましてくれる。

「神父さま？　いやだわ、アビゲイル。あなた、カトリックに宗旨替えしたんじゃないでしょうね」

「まさか。でもこれはすばらしい伝統よ。お姉さまも参加して。そうでなきゃつまらないわ」アビゲイルはアレクサンドラを威勢よく引っ張って階段をのぼっていった。「昨日、メイドたちが必死に部屋の掃除をしていたのはこのためなのよ。きっと清めの意味があるのね。ともかく神父さまがさっき到着して、これからイースター祭の祝福の儀式としてあちこちに聖水をまくの。そのあとは……」

アレクサンドラは階段の上から三段目でぴたりと足をとめ、両手を頭にやった。「大変！

すぐにどこかへ隠れさせて！　わたし……ものすごく汚れているわ」

「神父さまはまだ助手と階下《した》にいるわ。その助手というのが若くてすてきな男性なの。あの人が神さまに身を捧げているなんて本当に残念。さあ、こっちよ。汚れを落としてドレスを着替えるのを手伝ってあげるわ。いったい何をしていたの？　畑を転がりでもしたわけ？」

アビゲイルはアレクサンドラを引っ張って残りの階段をのぼらせ、自分の寝室へ連れていった。

一〇分後、多少ぼうっとしているがすっかり身ぎれいになり、襟のつまった上品なグレーのドレスを着て頭にきっちりスカーフを巻いたアレクサンドラは、アビゲイルの流暢なイタリア語で教区司祭のドン・ピエトロ神父に紹介されていた。カトリックの作法のことはよくわからないし、かといって永遠に地獄の業火に焼かれるのも気が進まない。アレクサンドラは神父の指にはめられた巨大な指輪をしばし見つめ、そこにキスをするのはやめておこうと判断した。代わりに膝を曲げて丁寧にお辞儀をする。

「ようこそ、ドン・ピエトロ」フィニアス・バークとのキスが自分の唇にみだらな痕跡を残していないだろうかと不安になりつつ挨拶をした。「お越しいただき光栄です」

神父は老いた目でけげんそうにアレクサンドラを見つめ、傍らにいる若い助手のほうを向いた。助手は透きとおるような肌をした金髪のハンサムな青年で、夢見るような大きな瞳をし、聖水の器をうやうやしく手にしている。アビゲイルが言うとおりだわと思いながら、アレクサンドラは床に目を落とした。

助手はしばらく神父と言葉を交わしたあと、前に進みでてぎこちない英語で言った。「下の階はもう終わりました。今から上の階をします」

「どうぞ」アレクサンドラは扉とその向こうの大広間を示した。「ご自由にお水をまいてください。わたしはちっともかまいません」

アビゲイルが耳打ちしてきた。「一緒についてきなさいとおっしゃっているのよ」

「よしてよ、アビゲイル。この人たちはわたしたちがプロテスタントだと知らないの?」

「したがわないと失礼よ」アビゲイルがくいさがる。

アレクサンドラは大きなため息をつくと、神父と助手のあとに続いて大広間を通り抜け、主階段をのぼった。下働きのメイドや庭師たちまでがぞろぞろついてくる。まるで脚本も持たされずに芝居に参加しているような気分だ。

もしくは、筋書きさえわからない芝居に。

「本当にこれでいいの?」アレクサンドラはアビゲイルを小声で責めた。

「どういう意味?」

「こういうことはやめてもらうわけにはいかないの? 儀式をしないと地獄で永久に焼かれるとか、そういうのは」

「どうでもいいじゃない」アビゲイルが言った。「どのみち誰にも知られないわ」

「主はお見通しよ。隠しごとはできないわ」アレクサンドラは階段の隅に気をとられて、もう少しで黒い祭服をまとったハンサムな助手の背中にぶつかりそうになった。「わたしはカトリックに加担したプロテスタントとして地獄に落ちるか、カトリック信者のふりをした異教徒として地獄に落ちるかどちらかよ」

「どちらであろうと、これは古《いにしえ》から続くすばらしい伝統よ。春に命の再生を祝う儀式の起源はとても古くて、キリスト教どころか、古代の汎神論的宗教世界の時代までさかのぼるの。それは――」

ドン・ピエトロが足をとめて助手のほうを向き、助手が聖水の入った器をうやうやしく掲げた。神父が聖水に指先を浸し、ラテン語で祈りを唱えながら、廊下の右側にあるひとつ目の部屋に入る。リリベットの部屋だ。

アレクサンドラは妹を見た。「リリベットはどこ?」

アビゲイルが肩をすくめる。「朝からフィリップとピクニックに出かけたの。まだ戻っていないと思うわ」

神父が寝室から出てきて、助手をしたがえて廊下を先へ進んだ。アレクサンドラは頭を垂れながら、細長い窓の外に広がる庭と、丘の斜面の葡萄畑に目を向けた。本当にすばらしい眺めだ。はるかなる谷と村、オリーブ畑と丘、花を咲かせる果樹、新たに耕された畑。自然が冬の眠りから目覚め、不確かなこの世界にふたたび希望の緑を芽吹かせている。

生命の息吹に満ちたこの景色のどこかにフィンの作業小屋があり、そこに彼の自動車があり、彼がいる。

アレクサンドラはドン・ピエトロのあとに続いて廊下を歩き、ほかの寝室を通りすぎて、男性たちの寝室がある翼棟へ移動した。こちらの翼棟に足を踏み入れるのは数週間ぶりだった。城に到着した日の夕方、三月の冷えきったかびくさい空気がこもる寝室で悪戦苦闘しながら彼らのベッドを整えたのだ。アレクサンドラは、神父がひとつひとつの部屋の扉を開けてなかに入るのを見守った。聖水をまく神父の頭越しに、明るい光がさしこむ部屋の内装が見える。

別にわざと見ようとしたわけではない。モーリー侯爵未亡人は決してのぞき見などしない。でも、通常の生活を送っているなかで偶然何かが目に入ることはある。それをのぞき見とは言わない。

目に入ったもののひとつは、洗濯された作業着だった。窓際の棚にきちんとたたまれて置かれ、斜めにさしこむ太陽の光を浴びて白く輝いている。

その棚を見つけたのは、廊下の突きあたりの角部屋だった。部屋の前には、厨房の洗い場に通じる裏階段があった。

モーリー侯爵未亡人の興味を引くことでも役にたつことでもないのは言うまでもないが。

三〇分後、一行はふたたび下の階に戻っていた。

「いよいよ卵よ」食堂に入ると、アビゲイルがうれしそうに言った。

「卵?」アレクサンドラは尋ねた。

アビゲイルが肘でつつく。「ほら、テーブルの上よ」

確かに、卵の入った小さなボウルが大きな木のテーブルの中央に置かれていて、上から白い布がかぶせられている。

「今朝産んだばかりの卵よ」アビゲイルが誇らしそうにささやいた。「わたしがとってきたの」

城で働く者たちが全員、食堂の壁際に並んで立っていた。モリーニも若いメイドのマリアとフランチェスカに挟まれて立ち、ドン・ピエトロ神父を尊敬のまなざしで見つめている。

神父がテーブルに歩み寄り、卵の入ったボウルを引き寄せた。年老いて曲がった指先がぶるぶる震え、卵と卵がぶつかりあう。みんな思わず息をのんだ。

なんて異教徒じみた儀式だこと。アレクサンドラはそう思ったものの、卵の上を舞うドン・ピエトロの手つきからは何かしら敬虔《けいけん》なものが感じられた。まるで卵が神父の手に吸い寄せられ、ラテン語の祈りに耳を傾け、振りかけられた聖水が殻を伝うのを感じてうっとりとため息をついているかのようだ。

もちろん、そんなことがあるわけないけれど。

やがてドン・ピエトロが卵のボウルから離れると、その場にいた人々がいっせいにため息をつき、神父やアレクサンドラに微笑みかけた。まるで彼女が祝福されるべき人間であるかのように。卵を産んだのが鶏ではなく彼女であるかのように。

「ありがとうございます」何か言わなければならない気がして、アレクサンドラは礼を述べた。

神父は助手がさしだした布で手をふきながらアレクサンドラにうなずきかけ、アビゲイルに話しかけた。そのあと、日ごろから顔なじみである使用人たちに近づいていった。

アレクサンドラは妹に小声で尋ねた。「神父さまはなんとおっしゃったの?」

「もちろん昼食にしましょうとおっしゃったのよ」アビゲイルがため息をついた。「あの助手の男性も残ってくれたらいいのに。こんなことを言ったら地獄で焼かれるかしら?」

「ええ、カトリック聖職者の見習いを堕落させようとしたプロテスタントの娘専用の地獄へ送りこまれるでしょうね。ねえ、アビゲイル、わたしにはさっぱりわからないわ。ここの人たちはこんな儀式を毎年やっているの?」アレクサンドラは昼食の準備に走りまわるメイドの邪魔にならないよう壁際に立った。先ほどの卵のボウルには布がかぶせられ、貴重なダブロン金貨か何かのようにどこかへ運ばれていく。

「もちろんよ。呪われた城ではいくら用心してもしすぎることはないでしょうから」

アビゲイルの言い方があまりに静かだったので、アレクサンドラは一瞬、何を言われたのかわからなかった。

「え? 今なんて言ったの?」

アビゲイルが顔を向けた。「呪われた城よ。すてきじゃない? このあいだモリーニがいろいろ教えてくれたの」

「やめてよ、アビゲイル。またばかなことを言って」アレクサンドラは腕組みをした。

「ばかなことじゃないわ! これはまぎれもない歴史的事実なのよ。何世紀か昔、ある英国人がこの地にやってきて、ここの城主の娘を身ごもらせてしまったの。あまりにも不注意だけど、相手がそれだけ魅力的だったということね。ともあれ、ふたりは駆け落ちしようとしているところを見つかってしまったの。言い争いの末に拳銃が持ちだされて、娘の父親が致命傷を負った。彼が死ぬ前、自分の娘と相手の英国人、そしてこの先城を所有することになる人間に対する呪いの言葉を吐いたのよ。ひどい目にあわされたのだから当然よね」

アレクサンドラは笑いだした。「アビゲイル、まったく荒唐無稽だわ。この城は呪われてなんかいないわよ。まわりを見てごらんなさい。みんな生き生きしているじゃない」

「あら、でも本当なのよ。モリーニに尋ねてみたらいいわ。ここには身の毛もよだつ歴史があるのよ。この城にやってくる人に次々不幸が……」

「アビゲイル！」

「だからこんな立派な城なのに格安で――」

「アビゲイル！」

「なあに？」

「まったくもう、いい加減にしなさい。あなたは英国のレディなのよ。少し落ち着いてちょうだい」アレクサンドラは袖口を払い、大きな皿に盛りつけられたラムのローストがテーブルの上座に置かれるのを見守った。空腹のせいでおなかが鳴る。「呪いだなんて、ばかばかしい！」

「わかったわよ」アビゲイルが不満げに言い、前に進みでて自分の椅子の背もたれに手をかけ、テーブルに並べられていく料理を見守った。「その代わり、呪われてどんな悲惨なことになっても知らないから」

アレクサンドラも隣に並んだ。「大丈夫」そっと返事をした。「呪われなくても充分悲惨なことになっているから」

11

「おいしい紅茶をありがとう」デルモニコがようやく席を立って帽子を手にした。「邪魔をして悪かった」

「いや、ちっとも」フィンも立ちあがり、カップを片づけはじめた。「レディ・モーリーはちょうど出ていくところだったんだ」アレクサンドラのしなやかな背中に並んでいた繊細なボタンが頭に浮かび、思わず指先が震えた。

「そうかい?」デルモニコは一瞬ためらい、手にした帽子をくるくるとまわした。「ここ数カ月でずいぶん成果があがったようだな。おめでとう」

「きみのほうこそ着々と成果をあげているそうじゃないか」彼女のやわらかな唇。繊細な舌の動き。フィンはカップを流しにさげ、デルモニコのほうを向いた。「最近はそんな記事で持ちきりだ」

デルモニコが肩をすくめた。「まったくローマの新聞ときたら。知りあいの記者たちがすっかり舞いあがっているんだ。きみは賢明だよ。こういう山奥に身を隠したのはいい思いつきだ」

「それほどうまく身を隠せたとも言えないがね」フィンはテーブルにもたれて腕組みをした。首にまわされたアレクサンドラの手。肌を撫でる親指。低くかすれた声で呼ばれた自分の名前。「何しろ、きみに簡単に見つかってしまった」

デルモニコが両手を広げた。「われわれには共通の知りあいがいる。ぼくはフィレンツェに行く途中でふと考えたんだ。少し寄り道をしてきみに挨拶をしていこうとね」

「きみがそんなことを思いつくとは珍しいな。光栄だよ」体に押しつけられた彼女のふっくらと、みずみずしい豊かな胸。おそらく自分の片手にはおさまりきらないだろう。両手と、それから口で……。

「きみに会うためならどんな苦労もいとわない」デルモニコが自動車のほうにうなずきかけた。「すばらしいじゃないか。この分だと、電動エンジンに対するぼくの見方が変わるかもしれない。七月に完成品を見るのが楽しみだ」

「きみの完成品を見るのも楽しみだよ」フィンは体を起こした。「道までの戻り方はわかるかい？」

「ああ、大丈夫だ。心配いらない」デルモニコが額を指先でたたきながら微笑んだ。「方向感覚はいいのさ。ここまでの道は親切な管理人が教えてくれた」

「ジャコモだな。あとで礼を言っておこう。彼は今朝から実にいろんな人間を送りこんでくれたんだ」

体を押しつけたとき、アレクサンドラはぼくのこわばりに気づいただろうか？　作業着を着ていたのがせめてもの救いだった。彼女のエプロンやドレスやペチコートだけでは……。

デルモニコの口がぴくりと動いた。「きみが寂しがっているんと思ったんじゃないか」

「そうだな」

ああ、アレクサンドラは三月のあの日と同じコルセットをつけていたのだろうか？　白い肌を包んでいた、繊細な白いレースの縁どり……。

「どうやら上の空のようだな」デルモニコが帽子をかぶりながら言った。「電気式バッテリーのことを考えているのかい？　成功を祈るよ」

フィンは微笑んだ。「成功しすぎても困るだろう」

「ははは。そのとおりだ」

〝フィン。わたしのすてきなフィン。〟

あの言葉は本心だろうか？

フィンは扉までデルモニコを送り、別れの握手をした。デルモニコが葡萄畑にのぼっていくのを見届けてから扉を閉め、錠をおろす。

そのまましばらく扉にもたれ、作業小屋の屋根をこする木の葉の音に耳を傾け、イタリアの静かな午後のひとときに身を浸した。

ようやくひとりになれた。しかし同時に、もうひとりではなかった。そこかしこにアレクサンドラの姿が見えるようだ。自動車の下に、戸棚のなかに、作業台の脇に。彼女は作業小屋の中央に立ち、ぼくが宇宙の秘密の鍵を握る人間であるかのように見つめていた……。

この腕に抱いたアレクサンドラのキスは、まさにパリの踊り子のように甘かった。

彼女のような女性ははじめてだ。といっても女性経験は多くないが。そして、どの相手にも真剣になることはなかった。

根っからの禁欲主義者ではないものの、フィンはこれまで女性に夢中になったことはなかった。ごく最近まで体の欲求を理性の力で抑えることができた。一五歳という若い盛りに乳しぼりの女から巨大な胸を見せられたときでさえ、断固たる意志でその場を離れたほどだ。その場かぎりの劣情に流されたこともなければ、翌朝になって後悔したこともない。これまでの自分を振り返っても、なんら恥じるところはなかった。

それが今、もろくも崩れた。

フィンは部屋に視線をさまよわせ、壁につけられたテーブルと、その奥に積みあげられた文献に立てかけた分厚い封筒に目をとめた。なかの手紙は、昨日、城に夕食をとりに戻る直前、日没後のランプの光のなかで読んだ。

母が送ってくる手紙には、まるで最前線の戦況を伝えるように母の私生活がつづられている。華々しい勝利、あっと驚く逆転劇、数々の戦略、対立する利害に関する考察。そしてもちろん、果てしなく続く補給部隊の列についても。成功した息子に充分養ってもらえるはずの今でも、母は決してフィンに頼らず、その美しさと魅力で男性をとりこにしながら人生を謳歌している。

手紙にはこう書かれていた。〝愛するフィニアス、あなたが元気でいるのか心配です。昨日の夜、大佐からイタリアの冬山の厳しさと雪どけの怖さを聞いて……〟

〝昨日の夜〟――母はこんなふうに、言葉の端々に男性との関係をほのめかす。あからさまな表現で息子を困惑させないように。どうやら大佐は今のところ母と問題なくやっているようだ。驚くことはない。大佐は去年のクリスマスに、それは見事なダイヤモンドのイヤリングを母にプレゼントしていたのだから。

あまり深刻に考えすぎないよう、フィンは手紙をほとんど流し読みした。少年時代は、次々に現れては消えていく男性をなるべく気にするまいとした。母の居間で――ときには寝室で――楽しいひとときを過ごす紳士たちは、ひとりの例外もなくやがて姿を消す。彼らが過ごした客間も、そこにあったあらゆる調度品も、使用人の給料も、食べ物も衣服も、フィンの学費さえも、すべては切れ目なく現れるこうした男性たちによって支払われてきた。彼がそのことを知ったのは、ずいぶんあとになってからだ。いささか遅すぎた気もするが、自分の母親がそういう女性だと思う子どもなど普通はいない。

イートン校在学中にある男子学生からこの事実を知らされることがなければ、自分はいまだに何も知らないまま研究に打ちこんでいたかもしれない。

その男子学生とは、ウォリングフォード公爵領の若き世継ぎだった。

もちろんフィンはその学生を殴りつけ、唇を切って出血させ、目のまわりに青あざをこしらえてやり、そのあと親友になった。以来、ウォリングフォードはフィンの母親のことを二度と口にしなかった。学生時代に生まれた友情はそのように揺るぎない。

〝わたしがこの世の何よりあなたを愛し、誇りに思っていることを忘れないで。どうかくれぐれも体を大切に、あなたを心から愛する母の住む家に帰ってきて……〟

家に帰る。最後に母の家の玄関をくぐったのはいつだろう？　去年は年に一度の帰省をするはずのクリスマスに帰れなかった。乗った汽車がアルプス山脈で雪のため一週間も立ち往生したのだ。巨大な雪の山に線路がふさがれているのを見たときになぜかほっとし、そのことに罪悪感を覚え、母にこんな電報を打ったのだった。〝二〇日シュピッタールニテ。線路ガ雪ニ埋マリ、クリスマスノ帰省ハ困難デス。母サンガ多クノ友人ニ囲マレ寂シクアリマセンヨウニ。メリー・クリスマス。愛ヲコメテ〟

フィンはミンクの毛皮の縁どりつきのドレスを母のクリスマスプレゼントに選び、リッチモンドに送るよう手配した。結果として、それは大変喜ばれた。はじめは水洗便器よりずっと衛生的な、特許を取得した土製の排泄物処理器を贈ろうと思ったのだが、考え直してやめたのだ。マリアンヌ・バークはそういうさりげなく贅沢な品を喜ぶ女性だった。

数週間後、フィンと母はロンドンの〈フォートナムズ〉で一緒に紅茶を飲んだ。母はいつものように美しかった。腰に薄手のパッドが入った優雅なローズ色のドレスに身を包み、同じく上品なネックレスを胸もとにつけ、まっ赤な髪をうなじのあたりで小さくまとめていた。手袋をはめた片方の手でカップを、もう片方の手でキュウリのサンドイッチを持ち、左右の小指を上品に曲げた母は、自分のことや自分をあがめる男性たちのこと、彼らにもらったプレゼントについて延々と語った。フィンは聞きながら適当に相槌を打った。帰り際、母が狐の毛皮の縁どりがついたコートを着るのを手伝っているときに、ようやく仕事のことを尋ねられた。彼はなるべくわかりやすい言葉を選んで簡単に説明し、名残を惜しむ母の涙に濡れた頬に別れのキスをして、ようやく息子の務めから解放されたことにほっとしつつ帰途についたのだった。

アレクサンドラはマリアンヌ・バークをどう思うだろう？

フィンははじかれたように扉から身を起こした。それがどうした？　アレクサンドラが何をどう思おうが自分には関係ない。さっき彼女は何も考えずにキスしたのだ。ローランドとウォリングフォードの襲撃をうまくかわすことができて、ほっとしたのだろう。もしかしたら、少し寂しかったのかもしれない。とにかく、あんなことは二度とないだろう。アレクサンドラが繰り返し無防備な姿を見せるとも思えない。もうここを訪ねてくることさえないはずだ。

なだらかな山の向こうに日が沈んだら、城に帰って夕食をとろう。アレクサンドラは澄ました顔で食堂の椅子に座り、ぼくの視線を避けるに違いない。自分も知らん顔をしよう。そしてあの無愛想なふたりの若いメイドが運んでくるラムのローストと、小さな白い豆とアーティチョークの煮込みを食べる。アレクサンドラの妹が羊とソクラテスの魅力について語り、それを聞いたウォリングフォードが機嫌を損ね、古代語の勉強が若い娘にどんな悪影響を及ぼすか演説をぶつだろう。まあ、そんなところだ。

フィンは両手を頭に突っこんだ。髪が獣の毛のように逆立つ。気をとり直して作業台に戻り、座り心地の悪いかたい椅子に座ると、彼は新しいバッテリーの組み立て作業にとりかかった。

しかし、城に戻ってシャツを着替え、髪もとかしてすっかり身ぎれいになったフィンがいつもの時刻に食堂に入ったとき、そこには誰もいなかった。

「おーい！」彼はシャツの襟を整えながら呼びかけた。

だが、なんの返事もない。

空っぽの胃に不安だけがたまっていった。何しろ、朝食のあと蜂蜜入りの紅茶しか入れていないのだ。夕食を食べられないかもしれない不安が、ほかのどんな不安にも増して――試作品を最初からやり直すことになるかもしれない現実的な不安から、アレクサンドラに〝塩をお願いします〟と言う代わりに〝セックスをお願いします〟と口走ってしまうかもしれないといったばかげた不安まで――切実さを帯びた。

フィンはすぐさま厨房へ向かった。

熟成したチーズの香りが漂う暗い通路を進んでいくと、開いた扉の向こうに厨房の料理用のかまどが見えた。入っていこうとしたとき、低い扉の木枠に額をぶつけてしまった。

「ああ、まったく！」フィンは額をさすりながらうめいた。

「シニョーレ！　大丈夫ですか」かまどのそばにいたメイドが振り向き、エプロンで手をふいた。

「ああ、いいんだ。気にしないで」彼は指先を見た。少なくとも血は出ていない。背が高いせいで、これまでもさんざんあちこちに額をぶつけてきた。

メイドが手をふきながら、けげんそうな顔をした。「なんのご用ですか《チェ・コーザ》、シニョーレ？」

フィンはイタリア語に切り替えた。「邪魔をして悪いね、シニョリーナ。食堂に行ってみたら誰もいないんだ。来るのが遅すぎたのかな？」

メイドが両手を頰にあてた。「まあ、シニョーレ！　今日はイースター祭で、神父さまをお招きして昼食会を開いたんですよ。もう全部片づけてしまいました。お昼にいらっしゃらなかったのですか？」

「知らなかった」失望のあまり、彼は軽いめまいがした。もしくは、自分で頭を振ったのかもしれない。「誰も教えてくれなかったよ。何か残っていないかな？」

「ありますよ、シニョーレ。ラムとパンと、ほかにも……」メイドは食料庫のほうへ行って扉を開き、棚から食べ物をとりだした。「おなかがすいていらっしゃるんでしょうね？」

「ああ、ぺこぺこだ」フィンは厨房の中央にある大きな木のテーブルの席についた。

「あ！　気をつけて」メイドが叫び、あわてたように口を押さえた。

「気をつけて？」

「その椅子です、シニョーレ」メイドが彼の前に皿を置きながら言う。「脚が……少しぐらついているんです」

フィンは椅子を揺らしてみた。「しっかりしているよ。ちょっと小さいがね」

「小さくはありませんよ、シニョーレ」メイドがえくぼを見せて微笑んだ。「あなたの体が大きいんです、シニョーレ……？」問いかけるように言葉を切る。

「バークだ」

「シニョーレ・バーク」メイドはナイフをとり、大きなパンの塊をスライスしはじめた。

フィンはナイフの動きを見守った。パンのかりっとしたかけらが勢いよく飛び、スライスされたパンがまっ白な断面を見せながらふんわりと倒れる。豊かな芳香がたちのぼり、彼はごくりとつばをのんだ。

ふいにナイフの動きがとまった。

フィンはけげんそうにメイドを見あげた。メイドは何か大切なことを思いだそうとするように難しい顔で首をかしげている。

「シニョーレ・バーク」彼女が繰り返した。

「どうかしたかい、シニョリーナ？」フィンは手をのばし、スライスされたパンをひと切れとった。

「ああ……」メイドは言いかけ、ひとつため息をついた。「シニョーレ・バーク、あなたにレディ・モーリーから伝言を頼まれていたのを思いだしました」

パンをちぎって口に放りこもうとしていたフィンは手をとめた。「レディ・モーリーから？」機械的に繰り返す。

「はい。あなたに会いたいとおっしゃっていました……今夜一〇時に……」メイドが不快そうに黙りこんだ。

「続けて」彼がささやいた。

「今夜一〇時に桃畑にいらしてくださいと」手を振りあげて一気にまくしたてると、メイドは食料庫に向かった。「それだけです。わかりました？」

「ああ」フィンは小声で答えた。「よくわかったよ。ありがとう《グラッツェ》」パンを口に入れ、機械的に咀嚼《そしやく》する。メイドは、食料庫の棚から出してきた骨つきのラム肉を大きな音をたててテーブルに置いた。明らかに非難の気持ちをこめて。彼はパンをのみくだして咳払いをした。

「たぶん自動車のことだな。レディ・モーリーはぼくの助手なんだ」

メイドが上目づかいにじろりと見る。

フィンはもう一度咳払いをし、心もとないイタリア語で言った。「明日、かなり難しい作業をすることになっているんだ。新型のバッテリーをモーターにつなぎ直すのさ。たぶんレディ・モーリーはそのことでいくつか最後の確認をしたいのだろう。ええと、このラムはきみが料理したのかい？　とてもおいしそうだね」

「おいしいラムですよ。やわらかくて新鮮で清らかです。どこかのレディのように」メイドは憤然とした足どりでかまどのほうへ戻っていった。ふたつの大鍋に熱湯がわいている。それぞれの鍋を片手で軽々と火からおろすと、彼女はそれらを木の天秤棒につるし、肩に担いだ。

フィンは驚いて椅子から半分腰を浮かせた。「手伝おうか、シニョリーナ？」

メイドは彼に軽蔑するようなまなざしを向けた。「これはレディのお風呂のお湯です！」それ以上の説明は不要とばかりに口をかたく結ぶと、彼女は厨房を出ていった。フィンと、彼のパンと清らかなラム、そして夜の密会の約束を残して。

12

アレクサンドラのレースに縁どられたコルセットをぼんやり思い浮かべていたフィンは、近づいてくる足音に気づいてはっとした。

湿った草の上に腰をおろし、花を咲かせた桃の木の幹に背中をあずけながら、それまで彼は懸命に自動車のことに意識を集中させようとしていた。どのみち明日には難しい作業が待っている。改良したバッテリーをモーターにつなぎ直し、あらためて車体に組みこむのだ。うまくいけば日没前に試運転ができるかもしれない。それは間違いなく楽しみなことであり、興奮すべきことであり、勝利と言えることだ。

なのに、フィンはどうしても上の空になってしまい、気づけばアレクサンドラのことを考えていた。彼女の口、髪、胸、唇、なめらかな首筋。彼女の下着を一枚一枚ゆっくりと脱がせていくと、胸もとがはだけ、白いふくらみがあらわになり、それから……。

足音とともに、地面に落ちた小枝が踏みしめられて折れる音がした。彼は飛びあがり、暗がりに淡い色のドレスが近づいてくるのが見えないかと木々のあいだに目を凝らした。

それにしても……。桃の木のごつごつした幹に手をあてながら、フィンは考えた。女性とは思えない重い足音だ。

次の瞬間、彼は幹の裏側にすばやく身を隠した。

「まだ、スティル《スティル》、スティル」男性の声がした。「弾《ピル》？　殺る《キル》？　いや、だめだ。挽く《ミル》？　全然だめだ。何か別のにしないと」

フィンは落胆して桃の幹に額を押しつけた。幹の凹凸が皮膚にくいこむほど強く。

木々のあいだから、ローランドの声がしだいに近づいてきた。「思い出はまだわが胸に……いや、思い出はいまだ消えず。そう、これだ。思い出はいまだ消えず、次は……なんとかかんとか、忘れることなし。いや、悔いはなし？　わが愛に悔いはなし？　ああ、これだ。とてもいいぞ」

とてもいい？　正気か？

フィンは慎重に木の陰から顔をのぞかせた。夜空には満月が出ているが、頭上で咲き乱れる桃の花や生い茂る葉が月光をさえぎっている。ローランドらしき黒い上着姿の人影が、一〇メートルほど離れた桃の幹に背中をつけてもたれているのがぼんやり見えた。片手に紙を持ち、頭上の花を見あげている。

「思い出はいまだ消えず、わが愛に悔いはなし」ローランドが言った。

フィンは若いころから、詩にはほとんど興味がなかった。だが、ケンブリッジ大学時代に友人たちと夜中に酒盛りをしていたとき、ローランドは詩をつくるのがうまいと聞いたことがある。ゆくゆくは偉大な詩人になるに違いない、バイロンの再来と言われるだろう、とも。

だが、この詩は断じてバイロンではない。それどころか、自分がこれまで耳にしたなかでもっともひどい代物だ。

アレクサンドラはローランドの声を聞いただろうか？ それで時間どおりに来られなくなったのか？ フィンはポケットから時計をとりだし、わずかな光を求めてあちこち向きを変えながら文字盤に目を凝らした。どうやら時刻は一〇時五分だ。彼女は今どこだろう？ ローランドに気づかれないようこの場をこっそり離れ、アレクサンドラに忠告したほうがいいかもしれない。しかし、それはかなり危険だ。

ローランドは手にした紙にふたたび目を落とし、姿勢を正した。「いいぞ。出だしから好調だ」

フィンはふたたび木の幹に顔を伏せ、韻律に合わせて額を静かに木の幹に打ちつけた。これはソネットなのか？ それなら一四行で終わる。一行につき五つの短調格。つまり、一行につき五回額を幹にぶつけるわけだ。おや、待てよ。おかしいぞ。ローランドの詩には短調格が四つしか使われていない。つまり……。

また足音がした。

フィンは身をかたくして聞き耳をたてた。ローランドも驚いた様子だ。紙を上着のなかに押しこみ、木の後ろにまわりこんだ。

ゆったりした足音がしだいに近づき、踏みしめられた小枝がぽきぽきと折れた。暗闇のなかをヨタカの鳴き声が低く響く。

まったく、なんてことだ。どうすればいいだろう？　アレクサンドラとの逢い引きの現場をローランドに見られるのを覚悟で出ていかなければならないのか？　それとも、このまま彼女をやりすごし、自分が約束の場所に来なかったと誤解させるのか？

足音がとまった。こちらもいやに重々しい足音であることに気づき、フィンは衝撃を受けた。これはつまり……。

「そこにいるのはわかっている」あたり一帯にウォリングフォードのいかめしい声が響き渡り、可憐な桃の花びらがいっせいに打ち震えたように感じられた。「姿を見せるんだ」

そんなことは死んでもまっぴらだ、ウォリングフォード。フィンは心のなかで毒づいた。最後の瞬間まであきらめるものか。アレクサンドラが覚悟を決めて姿を見せ、すべてを告白しないかぎり、公爵の疑念を裏づけるようなことは絶対にしない。フィンは身動きひとつしないよう全神経を集中させた。ここでウォリングフォードが少しでも何かの気配に気づいたらおしまいだ。

「ぼくはきみの手紙を持ってきた」ウォリングフォードがさっきより穏やかな声で言った。「だから隠れなくていいんだ。これ以上ごまかす必要もない」

フィンの鼓動が激しくなった。手紙？　なんの手紙だ？　アレクサンドラが公爵に手紙を出したのか？

それとも、ウォリングフォードが持ってきたというのはローランドが出した手紙なのか？　ローランドはついにレディ・ソマートンのかたい守りを突き崩し、果樹園での逢瀬に誘いだしたのだろうか？

同じく木の後ろに隠れているローランドの様子を確かめる勇気はなかった。フィンはただその場に凍りつき、アレクサンドラが妹の羊の乳しぼりにつきあわされて時間どおりに来られなくなっていることを願った。

「いいか、よく聞いてくれ」公爵がさらに声をやわらげ、なだめるように言った。「今夜ぼくに会いたいと言ってきたのはきみのほうじゃないか、勇気ある女よ」

勇気ある女。

喉に空気の塊がつかえたような気がした。

おそらくメイドが勘違いをしたのだ。それとも、アレクサンドラは夜の一〇時に桃畑でぼくと会うつもりなどなかったのか。

代わりに公爵にねらいを定めたのか。

そのとき、また足音がした。

アレクサンドラは呆然とウォリングフォードを見つめた。なんなの、これは？　思わずそうつぶやきそうになったが、声が出なかった。

「レディ・モーリー」公爵は白いドレスをまとった彼女の全身を眺め、ふたたび顔に目を戻した。頭に巻かれたままのスカーフに目をとめている。「なんと魅力的な」

アレクサンドラはいつまでも混乱していなかった。いや、混乱したことなどこれまで一度もない。束の間うっとりしてわれを忘れたことはあっても、すぐに自分をとり戻した。彼女はどうするべきか頭のなかですばやく考え、この場は図々しい女を演じることにした。

「まあ、閣下。ご機嫌うるわしいようね。今夜は月明かりの下でお勉強？　それとも村の娘とお楽しみでも？」

　ウォリングフォードの顔が陰った。「こちらも同じ質問をさせてもらおう、レディ・モーリー」シルクのようになめらかな声で言う。

「わたしは村の娘に興味はないわ」

「そうか。もったいない」侯爵が残念そうにため息をついた。「すると、きみは自然が好きなのか？」

　アレクサンドラは桃の花の香りを吸いこんだ。「わたしはここを毎晩散歩しているの。寝る前に涼しい空気にあたると気持ちがいいのよ。あなたも習慣にしたらどう？　ぐっすり眠れるわよ」

「そのすてきな話をとても信用できないと思ってしまうのはなぜだろう？」

「あなたの心がひねくれているからじゃないかしら」彼女は首をかしげながら言った。「自分がそんなだから、ほかの人までひねくれたり悪いことをたくらんだりしていると思ってしまうのよ。わたしが今夜ミスター・バークと会おうとしていると疑っているんでしょう？」

「尋ねられたから答えよう。ああ、そのとおりだ」

「だったら教えて、ウォリングフォード。あなたは今夜ここで誰に会うの？」

公爵は片手をあげた。「ぼくはただきみの逢い引きの現場を押さえに来ただけさ」

アレクサンドラは声をあげて笑った。「それは無理ね。もし本当にミスター・バークに会うつもりだとしても、わたしはそれをほかの人に知られるほど不注意ではないわ。話が逆よ。わたしがあなたの逢い引きの現場を押さえたの。問題は、あなたが誰と会うのかね」

「ぼくは誰とも会わない」

「閣下」彼女は暗闇に向かって微笑んだ。「男性には真実と向きあう能力がないと言ったらあまりに失礼かしらね」

「まったくだ」抑揚のない返事が返ってきた。

「でも、あなたが自分の心をごまかすのもしかたがないわね。事実の究明にこだわり続けるより、恋人に恥をかかせるほうがよほどお粗末だもの。違う？」

「話がそれたぞ、レディ・モーリー」公爵が簡潔に言った。「はっきり尋ねよう。きみは今夜ここでバークと会うのか？」

「あなたの質問に答える義理はないわ。直接彼に尋ねればいいでしょう」

「バークはここにいない」

「そうなの？」アレクサンドラはあたりを見渡した。「あなたの言葉によれば、わたしはここで彼に会うんでしょう？　いやだわ、わたしが時間を間違えたのかしら？　約束の場所は一二列目の七番ではなく七列目の一二番の木だったの？　あいにく、彼にもらった手紙は暖炉にくべてしまったの」

ウォリングフォードが腕組みをして彼女を見据えた。「たいした演技だ、マダム。あっぱれだよ。バークは実に幸せ者だ」

「ミスター・バークはあなたの二〇倍も男らしいわ」アレクサンドラも腕組みをした。「本当よ、閣下」

「そのようだ」公爵が静かに言った。黒い上着を指先でたたいている。「ではこれからどうする、レディ・モーリー？　どうやら話は平行線だ。バークが来るまでここで一緒に待とうか？」

「あなたの好きにすればいいでしょう、ウォリングフォード。わたしは散歩の続きに戻ります」アレクサンドラはそのまままっすぐ進んで公爵の脇をすり抜けようとした。

そのとき、ウォリングフォードの手がのびて彼女の腕をつかんだ。公爵のハンサムな顔が暗がりから浮かびあがり、アレクサンドラの目の前に迫る。

「それはあまりにも惜しい、レディ・モーリー」ウォリングフォードがささやいた。「こんな美しい夜を無駄にするなんて」

アレクサンドラは彼の手を振り払った。「悪いけどその気はないわ。おやすみなさい」そのまま数歩進んでから、彼女は振り返った。「教えてちょうだい、ウォリングフォード。なぜそこまで他人のことに首を突っこむの？　みんなの好きにさせておけばいいじゃない。それより自分の幸せをつかもうと思わないの？」

公爵はかなり長いあいだアレクサンドラを見つめ、やがてぽつりと言った。「それができないんだ」

およそ一時間後、アレクサンドラは図書室のある翼棟の裏階段に続く通路に忍びこんでいた。石の床の冷たさとかたさが室内履き越しに伝わってくる。

城はすでに静まり返っていた。使用人たちが厨房の裏口の扉を開けたり閉めたりする物音や、廊下を行き来する足音が完全になくなってからも、彼女は念のためにさらに三〇分ほど待った。

どれほど頭にきていようが、そういう忍耐力は持ちあわせていた。

桃畑に来たのがフィニアス・バークではなくウォリングフォードだったのは、何かの間違いだったということも当然考えられる。モリーニが手紙を渡す相手を間違えたか、もしくはウォリングフォードが偶然あそこにいただけかもしれない。桃畑はいかにも逢い引きの場所にふさわしい。ほかのカップルと鉢あわせしなかったのは運がよかったとも言える。

その一方で、フィンがあそこに来なかったのは、わたしに対するはっきりとした意思表示とも考えられる。

何があったにせよ、真実を突きとめるまで寝るわけにはいかなかった。もちろん、目的ははっきりしている。フィンにしっかり理解させるのだ。モーリー侯爵未亡人が軽々しく扱われることなどあってはならない。レディとの約束をすっぽかすなんて臆病者のすることだ。何より、昼間のキスについてなんらかの説明が聞きたかった。同じことは二度とないとはっきりさせておかなければならない。

そう、どうしても彼に会いたい理由は、その姿を目にして天にものぼる悦びを味わいたいからではない。そんなことはどうでもいい。無視すべきだ。

階段をそっとのぼっていくときに全身を駆けめぐった興奮も、アレクサンドラは同じく無視した。人目を忍んで行動するとき、神経がとぎ澄まされ、それに体が反応するのは自然なことだ。これから寝室でフィンに会うこととは関係ない。たとえ彼が半分服を脱いでいたとしても。それどころかすでにベッドに入っていても。たとえ髪は乱れ、まぶたは半分まどろんでいて、胸は……。

あなたは怒っているのよ。アレクサンドラは自分に言い聞かせた。そして悲しんでいる。フィンが来てくれなかったから。

階段の上までたどり着き、満月の光しかない暗い廊下をのぞきこんだ。人影はなく、どの部屋の扉も閉められ、昼間にドン・ピエトロと美しい助手の祝福を受けたときのまま平和に静まり返っている。この清らかな廊下で罰あたりなことをするのはためらわれた。でも、しかたがない。

フィンの寝室は階段をのぼりきったところにあり、扉はわずか一メートル先だった。その前に立って運命のノックをしようと手をあげたとき、アレクサンドラは恐ろしい考えにとらわれ、一瞬迷った。もしも自分が思い違いをしていたら？　もし……昼間に来たとき棚に見つけたと思ったのがフィンの作業着ではなく、ウォリングフォードの白いシャツだったとしたら？　ああ、まさかそんなことが……。

いいえ、作業着とシャツの区別くらいつくわ。だいたいウォリングフォードのシャツはいつもきちんと糊づけされている。昼間に見た服は明らかにそうではなかった。

彼女は扉を軽くノックした。木の扉はとてもかたく、そして分厚かった。こんなおとなしいノックでは、フィンの耳に届くとも思えない。彼が眠りかけているならなおさら。

アレクサンドラはあらためて強めにノックをし、扉に頭をつけて耳を澄ました。夜の城の息づかいが伝わってくるようだ。だが、真夜中のノックにこたえるために男性がベッドを抜けだす音は聞こえなかった。

こうなったらしかたがないわ。彼女は古びた真鍮の取っ手に手をのばし、思いきって扉を押してみた。

扉は施錠されておらず、勢いよく開いた。はずみでアレクサンドラもなかに入り、もう少しで石の床に敷かれたすりきれた絨毯に膝をつきそうになった。

「ごめんなさい」彼女はドレスを整えながら懸命に落ち着こうとした。「わたしよ。さっきノックをしたけれど……」

言葉は途中で途切れた。部屋は塵ひとつなく片づけられ、ベッドの足もとに旅行鞄が置かれ、棚には本が整然と並んでいる。しかし、そこには誰もいなかった。

13

アレクサンドラは夜が明けて間もなくやってきた。フィンが予想したよりも早く。

「おはよう、ダーリン」彼は言った。「紅茶はどうだい？　今、お湯をわかしているところだよ」

彼女は戸口に突っ立ったまま、フィンをまじまじと見つめている。

「よく眠れたかい？」彼は続けた。「ぼくは正直ふらふらだよ。ゆうべここで徹夜したんだ。新しいバッテリーをモーターにつなぎ直した」言いながら頭に手をやったとき、髪がぼさぼさなのがわかった。「ぼくはひどい姿みたいだな。さあ、どうぞ座って。なんだか顔色が悪いね」

アレクサンドラが目を見開き、肩にかけた淡いグリーンのカシミアのショールを片手でかき寄せた。「顔色が悪いね？」彼女がかすれた声で繰り返した。「ダーリン？」

「ウォリングフォードが行ってしまったあと、ぼくはきみを捜したんだよ。だが、どうしても見つけられなかった。気持ちが高ぶってとても眠れそうになかったから、ここへ来たんだ」それはかなり控えめな表現だった。アレクサンドラが昨夜ウォリングフォードに言い放った言葉を耳にしたときに感じた、あの天にものぼるような気持ちをどんなふうに表現すればいいだろう？　彼女の短い言葉のなかに――〝ミスター・バークはあなたの二〇倍も男らしいわ〟という言葉のなかに、真実が光り輝いていた。自分に対するアレクサンドラの本当の思いが、ヴェールがとり払われたように明らかになったのだ。フィンのなかに自信と決意が芽生え、するべきことがわかった気がした。

これでおとなしく部屋に戻って寝るくらいなら、自分の右耳を嚙みちぎったほうがましなくらいだった。

しかし今、アレクサンドラは彼がまさに耳でも嚙みちぎったかのような顔をしている。フィンは彼女に歩み寄り、手をとって椅子に導いた。「座って、ダーリン。どうかしたのかい？」

「どうかしたのかい？」アレクサンドラが悲鳴のように繰り返した。声がいつもより一オクターブは高い。「わたしはゆうべあなたの部屋まで行ったのよ。でも、あなたはいなかった。なのに〝ダーリン〟ですって？　あなたに桃畑に来てほしいと伝えたのは、わたしたちの今の状態について話しあい、整理するためだったのよ。それなのに……現れたのがウォリングフォードだったなんて！」思いのすべてをそこにこめるように、彼女は最後の言葉を吐き捨てた。

「ぼくはちゃんとあそこに行ったよ、ダーリン。すべてこの耳で聞いた」目のまわりと口もとにかすかに疲労の色を浮かべているアレクサンドラの美しい顔を、フィンはやさしく見おろした。石鹸と百合の香りがさわやかな朝の空気とまざりあう。「ぼくだって、隠れていた木の陰からすぐにでも飛びだしていきたかった。だが、思い直したんだ……」

「思い直した？」

「そんなことはきみが望まないだろうと」フィンは彼女の頬を親指で撫でた。「最後の判断はきみに任せるべきだと思ったんだ。ウォリングフォードに知られていいかどうか」

アレクサンドラの顔は血の気がなかったが、そのブラウンの瞳に光がさした。「何についてて？」

「これについてだ」フィンは頭をさげて彼女の唇にやさしくキスをした。

アレクサンドラの唇が一瞬ためらうように震え、彼女が驚いたのがわかった。やがてその手が彼の胸から肩、首筋にあがっていき、耳たぶを撫でる。

「これは」アレクサンドラが息をはずませながら顔を離した。「これは間違ったことよ、ミスター・バーク」

「フィンだ」

「いいえ、ミスター・バーク。こんなことは必ず見つかってしまうわ。そうなったらすべてが終わりよ」

「終わりになんかならない。ウォリングフォードとのくだらない賭けなんて気にしなくていいんだよ」フィンは彼女の顔を両手で挟んだ。「ぼくはここを追いだされたりしない。きみもだ」

「だめよ。わたしは危険を冒すわけにはいかないの。それはあなたも同じでしょう。自動車やレースのことがあるもの」アレクサンドラが声を震わせた。「やっぱり無理よ。こんなことは続けられない。たとえわたしたちが……」

「いとしい人、アレクサンドラ」フィンは親指で彼女の頰を撫でながらふたたびキスをした。

「ぼくはゆうべのうちに自動車をすべて組み立て直したんだよ。気がついたかい？」さらにもう一度キスをする。「ほら、あそこでぼくらの試運転を待っている」顎の先、それから横にも。「これがぼくの仕事の妨げになるなんてことはない。むしろ逆だよ」彼は顔を離し、涙を浮かべているアレクサンドラに微笑みかけた。「きみはぼくの力の源なんだ」

「あんまりだわ。わたしはあなたを思いきりののしってやろうと思って来たのに」

「ののしられて当然だろうね」フィンはまたキスをした。「それでもぼくはウォリングフォードの二〇倍男らしいんだろう？」

「一〇〇倍よ。でも問題はそこじゃないの」

「なら、どこだい？」フィンは彼女の肩からショールをとり、繊細な鎖骨に唇を這わせた。

「見つかったときに失うものがあまりにも大きいわ……」

「ばかな。ウォリングフォードなど地獄に落ちてしまえばいいんだ。なんならぼくがこの手で送りこんでやるよ」

「しかも得られるものは少ないわよ」アレクサンドラが彼の首にしがみつき、耳もとで必死にささやく。「わたしは最低の女なの。あなたは善良で、純粋で、まっすぐな人よ。一方、わたしは心が弱く、見栄っ張りで、お金のことしか頭にない」

「違うよ」フィンは彼女の首筋に顔をうずめた。「きみはいかにもそんなふうにふるまっているけれど、本当はそうじゃない。もし実際に金のことしか考えていなかったら、きみは今ごろとっくにウォリングフォードを誘惑しているさ」

アレクサンドラが笑った。「あなたにはウォリングフォードよりはるかにお金があるわ」

「だが彼には地位があり、豪邸があり、爵位がある。もしきみが真の野心家なら、ぼくではなく公爵を求めるはずだ。そもそもきみは、金ならすでに持っている」

言い返そうとした彼女の唇を、フィンはやさしく指でふさいだ。アレクサンドラがかたくまぶたを閉じる。

フィンは低い声で続けた。「ゆうべきみがやってきたとき、ぼくはきみがウォリングフォードと会うつもりだったのだと思った。メイドが間違えてぼくに伝えたのだと。しかしそのあと、きみが彼の誘いを拒むのを聞いた……あのウォリングフォード公爵の誘いを」彼はつばをのんだ。「あのときぼくは、自分がなんてばかだったのだろうと気づいた。ずっときみのことを誤解していたんだ。世間の人々と同じように。とても安易に」

「世間の人々は正しいわ」アレクサンドラが目を閉じたまま言った。「間違っているのはあなたよ。みんなのほうが正しいの」

胸にあたたかいものがこみあげ、フィンは身をかがめて彼女の額にキスをした。「ぼくは女性とのつきあいはあまり得意じゃない。おそらく誰よりも不器用で、求愛の作法も知らないけれど……」

「ああ、フィン……」アレクサンドラは彼の喉もとに顔をうずめ、小鳥のようにじっとしていた。速い鼓動がフィンの全身に伝わってくる。

「それでも全力をつくすよ、ダーリン。誇り高く意地っ張りなきみを、これから少しずつ手に入れていくつもりだ。紅茶や油まみれの作業着、エンジン、ローマで開催されるレースで誘惑するよ。自分にあるものを総動員してね」フィンは身をかがめて彼女の耳もとにささやいた。「きみにはそれだけの価値がある」

アレクサンドラは動かなかった。顎にあたった髪は羽のようにやわらかい。できることならヘアピンを抜いて床に落とし、輝く髪を肩におろしたい。フィンは両腕を彼女のウエストにまわして抱きしめ、あたたかく小柄な体が自分の体にしっくり合う悦びを全身で味わった。

やがてアレクサンドラが咳払いをした。「世間ではフィニアス・バークは天才だと言われているけれど、だんだん信じられなくなってきたわ」彼のシャツの襟もとに顔をうずめているわりに、はっきりとした声だった。「だって、こんなばかばかしい話を聞いたのは生まれてはじめてだもの」

フィンは頭をのけぞらせて笑った。「言ったな」ウエストにまわしていた手を離すと、彼女の腕を撫でおろして両手にキスをする。「これまで自動車を運転したことはあるかい？」

「誰かに見られたらどうするの？」アレクサンドラは甲高い声をあげた。冷たい金属のハンドルを救命ブイのように握りしめ、背筋をぴんとのばして前方をにらみつけながら。

「誰にも見つからないよ。まだ時間が早い」後ろからフィンの落ち着いた声が返ってきた。少し息を切らしているのは、丘の斜面の草をかき分けながら荷馬車用の道路に向かって自動車を押しているからだ。

「でも、誰かが早起きしていたら?」

「きみはただ試運転を手伝っているだけだ。ふたりで抱きあっているところを見つかるわけじゃない。それよりブレーキペダルから足をどけてくれるかい?」

アレクサンドラは下を見た。「これがブレーキだったの? ごめんなさい」足をどかしたとたん、自動車が一気に加速した。

そのはずみで、朝からずっと頭の隅に追いやっていた疑問が飛びだしてきた。いったいわたしは何をしているの?

フィニアス・バークとふたり、野原で自動車を走らせたりして。

はじめは〝馬のいらない馬車〟についての情報を引きだすつもりで近づいた。スパイ行為ほど悪質ではないにせよ、まあそれに近いかもしれない。フィンに損害を与えることなく、〈マンチェスター・マシーン・ワークス〉を、ひいては自分やアビゲイルを救うのに役だつかもしれないアイディアなり新技術なりを探りだそうと思ったのだ。以前の暮らしを、失われたものを、本来の自分をとり戻すために。

それなのに、なぜかこんなことになってしまった。唇はまだひりひりし、抱きしめられたときのフィンの動きのひとつひとつが痛いほど鮮明に思いだせる。でも、なぜ？　記憶に間違いなければ、確かハートリーの自動車は蒸気の力で動く。一方、フィンの自動車は電気だ。探ったところで役にたつことは何もない。

恐ろしいことに、アレクサンドラには最初からわかっていた。このいい加減な計画はただの言い訳にすぎない。わたしはオリーブ畑の奥にある小さな作業小屋に――つまりフィンに――はじめから惹かれていたのだ。

ああ、どうにかして彼の魅力に抗うことができればいいのに。フィンのしなやかな長身を目にしても、深い声でどんな甘い言葉をささやかれても、心が蜜のようにとろけてしまわなければいいのに。とろけた心は弱い。どんな秘密も、欠点も見抜かれてしまう。とろけた心は踏みにじられ、引き裂かれ、つぶされるかもしれない。

いいえ、フィンはそんなことをする人ではないわ。アレクサンドラは自分に言い聞かせた。彼はそんな残酷な人間ではない。それならほんのわずかな期間、好奇心を満たしてみるのもいいかしら……。

いいえ、やはりそんなことはできない。はじめの計画に戻らなくては。ふたたびロンドンに戻りたいなら、そしてアビゲイルが彼女にふさわしい人生を送れるようにしてやるには、どうにかして〈マンチェスター・マシーン・ワークス〉を儲かる会社にしなければならない。フィンの作業小屋にめぼしい情報がないなら、もしくは自分にそれを扱えるだけの知識がないなら、愚かな恋に落ちてしまわないうちに火遊びはおしまいにしなければ。

だが、昨日、作業小屋の戸棚に隠れていたとき、すでに彼に恋をしているとはっきり自覚してしまった。

今すぐ終わりにしなければ。二度とキスをしてはいけない。二度と……。

「ダーリン、木が！」

アレクサンドラは目を開いた。「いやだ！」悲鳴をあげながら夢中でハンドルを切り、オリーブの木に突っこみそうになるのをなんとか避ける。

自動車がとまった。あまりにきまり悪く、フィンの顔を見られない。

「前を見ていなかったのかい？」

「ちょっと目にごみが入ってしまって……。ごめんなさい。もう大丈夫よ。行きましょう」

首筋に風があたった。いや、ひょっとしたら彼のため息だったかもしれない。

「こんな山のなかで車が壊れたら修理にどのくらい時間がかかるかわかるかい？　代替部品も修理工も近くにないんだ」

「あなたを批判するわけじゃないけど、僻地の古城で一年も過ごすという計画そのものをよく考えるべきだったんじゃないの？」

「考えたよ」フィンがむっつりと言った。「それでもプライバシーを確保できる利点のほうが大きいと思ったんだ。そこで、必要物資の運搬方法を細かく決めた。バッテリーを充電するための発電機を運ぶのに、蒸気船と鉄道の特別車両まで手配したんだ。しかし、想定外の事態が起こることを考えていなかった」

「想定外の事態?」

「きみだよ」彼がそっけなく言った。

「なるほど」アレクサンドラはハンドルに指を這わせ、手袋を見つめた。「でも、あなたがわたしを試運転に誘ったのよ」

フィンがふたたびため息をついた。「そうだ。狂おしい情熱に突き動かされて」彼はそのことについて考えるかのようにしばらく沈黙し、やがて言った。「さあ、ちゃんと目を開いて運転してくれよ」

「ええ。目をしっかり開いたわ」

「ブレーキペダルから足を離して」

アレクサンドラは下を見て右足を動かした。「離したわ」

自動車がふたたび進みだした。前方の荷馬車用道路に向かってでこぼこの草地を進んでいく。「なぜ道路まで普通に走らせないの?」彼女は後ろに声をかけた。

「エンジンをだめにしたくないからだ。もしかしたらうまく直っていないかもしれない」

「どういうこと?　ちゃんと走るかどうかわからないの?」アレクサンドラは警戒するように振り返った。フィンは車を後部から両手で押していた。顔が地面を向いているため、頭にかぶったツイードの帽子が盛りあがった肩のあいだに埋まって見える。胸の下では長い両脚がピストン棒のように力強く動いていた。

彼が顔をあげ、辛抱強く言った。「だからこそ試運転をするんじゃないか。ダーリン、頼むから前をしっかり向いて」

「わかったわ」アレクサンドラは前を向いた。荷馬車用道路まであと数メートルだ。「でも、ちゃんと走るはずなんでしょう？」

「ああ、そのはずだ。でなきゃ、わざわざここまで押してこないよ。さあ、着いた」前の車輪が道路に入り、自動車がそれまでよりずっとなめらかに進んだ。「西に向かって。そうだ。こちらのほうが平坦だし、日ざしもまぶしくない。ではブレーキペダルを踏んで。よし、上出来だ」

自動車がとまり、フィンがまわりこんで彼女の膝越しに腕をのばして別のレバーを引いた。彼の体の熱が作業着越しにアレクサンドラの両脚に伝わる。

フィンが身を起こし、目を合わせた。「すまないが、ちょっと横にずれてくれるかい？」

「ずれる？」アレクサンドラはささやいた。彼の顔があまりに近い。芝のように鮮やかなグリーンの瞳がエネルギーと期待に満ちて生き生きと輝いている。

フィンが微笑んだ。「きみに運転を教えるのも悪くないが、試運転は自分でしたい」

「もちろんよ」アレクサンドラは左にずれてドレスを整えた。彼がハンドルの下にするりと体を滑りこませる。フィンの左腕が彼女の右腕と触れあった。

「さて」彼が言った。「もしこの車が、ドイツ人たちがこぞってほめちぎり、デルモニコが完成に向けて血道をあげている内燃エンジンを装備していたら、ここでひどく複雑な操作が求められる。まずチョークを引き、クランクシャフトをまわし、イグニッションを点火するのさ。実に骨が折れる作業だ。大変すぎて、クランクシャフトをまわしているうちに本当に腕を折らないともかぎらない。その点、電動モーターはここが何よりすばらしい」手をのばし、あるスイッチを入れる。すると低いモーター音が響きだした。「とても簡単なのさ。しかも静かだ。これに比べたら、デルモニコのモーター音はライオンが吠えているようなものだ」

「すばらしいわ」アレクサンドラはやっとの思いで相槌を打った。緊張のあまり、胃のあたりがかすかにむかむかしている。自動車を実際に走らせるなど考えたこともなかった。隣に座っているフィンに緊張している様子はまったくなく、声も自信に満ちて落ち着いている。

一方、彼女の体はぶるぶる震えていた。「どのくらい……」小さなかすれた声しか出ず、アレクサンドラは咳払いをした。「どのくらい速度が出るの？」

「二五から二八はほしいところだ」

「分速二五から二八メートル？」

フィンが笑った。「時速二五から二八キロメートルだよ、アレクサンドラ。最終的には時速六五キロをめざしたいと思っている。しかし、今日は試運転だ。きみを危険な目にあわせるわけにもいかないし」

「もちろん、そんなのまっぴらだわ」

思ったより声が震えていたようだ。フィンが彼女に顔を向けた。

「怖いのかい？」やさしく尋ねる。

「気が進まないならおりていいんだよ。ぼくははじめて試作品に乗ったとき、朝食が食べられなかった」

「いいえ、全然」

アレクサンドラは背筋をのばした。「繊細なのね。わたしの胃はそれより丈夫よ」

「それならけっこう。帽子はしっかり固定したかい？」

彼女は帽子のつばに触れた。「ピンで三箇所とめたわ」

「なら出発だ」フィンがブレーキレバーをはずすと、自動車が動きだした。

アレクサンドラは右手で帽子を押さえ、左手で扉の枠につかまった。呼吸が喉につかえそうだ。静かなモーター音がしだいにうなるように高くなり、自動車の速度がぐんぐんあがって、前に見えていた荷馬車用道路が車体の下に消え、道の凹凸のせいで座席が大きく揺れた。

「ああ！」彼女は息をのみ、指の関節が痛くなるほど扉の枠を握りしめた。

「時速一〇キロだ！」フィンが喜びの声をあげた。

「最高ね！」アレクサンドラはかすれた声で叫んだ。帽子のつばが風を受けてばたばた翻る。

「内燃エンジンなら今ごろギヤを入れ換えているところさ。時速一五キロ！　あれは大変だよ。いちいちエンジンから離して別のギヤに入れ直すんだからね。面倒なことこのうえない。しかし、これはどうだい！　時速二五キロ！」

彼女の帽子のつばは今や暴れんばかりにはためいていた。顔に冷たい風が吹きつけ、ほつれた髪がかかる。アレクサンドラは一瞬だけ扉の枠から手を離し、顔にかかる髪を払いのけた。「時速二五キロですって！　すばらしいわ！」しだいに声に力がみなぎった。「まるで馬に乗っているようね。しかも上下に揺れることなく」

「よく乗馬をするのかい？」

「ええ、しょっちゅう。乗馬は大好きなの。でもこれもすばらしいわ！」片手を高くあげて風を受けると、指先に朝日のぬくもりを感じた。グリーンのショールが滑り落ち、帽子とドレスのあいだの素肌があらわになる。

「デルモニコの自動車だと、こんなふうに会話できないよ。ずっとがたがた鳴りっぱなしだからね。時速三〇キロ！」

フィンは両手でハンドルを握っていた。革の手袋をはめた手は大きくてたくましい。もしこちら側の手をとり、手袋を脱がせて自分の手で包みこんだら、どんな反応が返ってくるだろう？　まぶたを閉じただけでその手のぬくもりとたくましさ、自分のてのひらを撫でる彼の親指の感触が想像できそうだった。フィンの手を握りたかった。胸が痛くなるほどに。

何かが自分の脚に触れているのを感じ、アレクサンドラは下を見た。触れていたのは彼の脚だった。腰から膝までぴったりと密着している。ウールのズボンの下からたくましい腿の筋肉が浮かびあがっていた。

フィンがふたたび口を開き、この自動車のモーターや馬力、電圧のことなどについてしゃべりはじめた。どれもアレクサンドラが覚えなければならないことばかりだ。

「そろそろ引き返さないと」やがて彼が言った。「バッテリーが予想より早く切れてしまったら、来た道を手で押して戻ることになる。それは避けたいからね」

「もちろんだわ」アレクサンドラは少しがっかりした。自動車の速度が落ち、耳や顔に受けていた強い風も、帽子のはためきもおさまる。フィンがブレーキペダルを踏み、自動車は道のまんなかでとまった。

「上出来だ！　たっぷり五キロは走った。しかも一度もトラブルなく。ざまあみろだ！　あ、ごめんよ」

「あら、いいのよ」アレクサンドラは気をとり直して言った。「乱暴な物言いになってしまうかもしれないと最初に警告してくれたでしょう？」

「ああ、しかしあのときはまだ……」フィンは言葉を切り、ハンドルに置いていた左手を膝におろした。

「とにかく」彼女は続けた。「本当にすばらしいわ。五キロも走ったなんて、信じられない。だって昨日まで……ただの部品の寄せ集めだったんですもの」脚を動かしたかったが、何しろ座席があまりに狭かった。あと何センチか狭ければフィンの膝にのってしまいそうなほど。

そんなことを考えてはだめよ。

アレクサンドラは努めて明るく言った。「その気になれば時速三五まで出せたと思う？」

「いや、まだ無理だな。いずれバッテリーを増強するよ。そうすればかなり馬力が出るはずだ。今日は新しい設計の性能を試すのが目的だったから」

「それで、成功したのね？」

「ああ、期待したとおりの走りだった。まさに革命的だよ」そう言いながらも、フィンの口調はなぜか淡々としていた。自動車に対する情熱をなくしてしまったかのように。

アレクサンドラは深く息を吸いこんだ。「もっと聞かせて。詳しく知りたいの」

彼が笑った。「まいったな。こんな道のまんなかではだめだよ。そんなに聞きたいなら、戻ってから説明してあげよう」

「いいわ」彼女は密着しているふたりの脚に目を戻した。

「さしあたって」フィンが背筋をのばした。「車の向きを変えないとね」足を動かし、床から飛びだしているペダルを踏みこむ。自動車が前進しながら右にまわり、続いて後ろにさがり、ふたたび向きを変えながら前進した。太陽がふたりの顔を正面から照らす。アレクサンドラは帽子のつばをさげてまぶしい光をさえぎった。

「行きましょう」

フィンがハンドルを指先でたたいた。「きみが運転してみるかい？」

「わたしが？」アレクサンドラが息をのんで顔をあげると、彼が興味深そうな表情でじっと見つめていた。左の眉が問いかけるようにつりあがっている。

「そうさ。難しいことは何もない。前に行きたいときは前に行くペダルを踏み、とまるときはブレーキペダルを踏む。ハンドル操作はほうっておいても自然にできる」

「自然に？」

「考えなくてもほとんど直感で操作できるということさ」フィンが励ますように微笑みかけ

た。「やってごらんよ。ぼくが隣についている。危なくなったらすぐに飛びついて運転を代わるから」

「でも……」

「さあ」彼は大きく微笑み、からかうように首をかしげた。「不屈のレディ・モーリーは、ただの機械に尻ごみしたりしないだろう？」

「もちろんよ」アレクサンドラはぴしゃりと言った。「そこをどいてくださる、ミスター・バーク？」

フィンが笑い、自動車の外に出た。朝日を浴びて髪が輝き、鼻のまわりに散ったそばかすが楽しげに躍っているようだ。

アレクサンドラは体をずらしてふたたび運転席についた。もちろん座席はアレクサンドラよりゆうに三〇センチは高い彼の体格に合わせてあるので、足をペダルに届かせるためにうんとのばさなければならなかった。

フィンが扉にもたれて外からのぞきこんだ。「それでいいよ。きみは脚が短いからもう少しだけ前に座ってごらん」

「わたしの脚は短くないわよ」彼女は怒って言った。

「鰐《わに》の脚だ」

アレクサンドラは手袋をはめた彼の手をぴしゃりとたたいた。

「ガゼルの脚だ」フィンが訂正した。「ただし、背の低いガゼルだ。美しく優雅で均整はとれているが、背の低いガゼルさ」

「わたしは背が低くなんかないわよ。身長一六七センチあれば充分でしょう。あなたのほうこそキリンみたいに高いせいで、ほかの人が小さく見えるだけよ。それで、どのペダルを踏めばいいの？」

彼がくすくす笑った。「ここだよ。これが前に進むペダル。そっちが後ろに進むペダルだ。もちろんきみは使わなくていい。これがブレーキペダル。いちばん大切なやつだ」

「ええ、ブレーキペダルはわかるわ」手が震えないことを願いつつ、アレクサンドラはハンドルをぎゅっと握りしめた。

「よし、出発だ」フィンが車の前をまわって反対側の座席に滑りこんだ。脚がさっきよりさらに強く押しつけられる。「震えているね」彼が言った。

「ばかなことを言わないで。震えてなんかいないわ」

「でも、座席が振動しているよ」

アレクサンドラはハンドルを握る手にさらに力をこめた。「あなたの怪しげなモーターのせいよ。準備はいい？」

「無理をしないほうが……」

アレクサンドラは返事の代わりにブレーキペダルから足を離して前進ペダルを強く踏みこんだ。もしくは、前進ペダルと思われるものを。

車体ががくんと後ろに飛びだした。

「ブレーキ!」フィンが叫んだ。

アレクサンドラはすっかりあせってしまい、ブレーキペダルの代わりに前進ペダルを踏んだ。エンジンが悲鳴のような音をたてる。自動車がいったんとまり、あらためてじりじりと前進しはじめた。

「どうやら大丈夫のようだ」しばらくして彼が言った。

「そうね」アレクサンドラはしおらしく言った。こわごわと前進ペダルを踏みこむと、自動車は順調に進みだした。

フィンが咳払いをした。「もう少し速度をあげてもいいんじゃないかな」

「今あげているところよ」

アレクサンドラは前進ペダルを一気に踏みこんだ。そのとたん、自動車は綱から解き放たれたグレイハウンド犬のように加速した。ふたたびあの気持ちのいい風が頬を撫で、帽子をはためかせる。

「いいぞ! 時速一五キロだ!」フィンが隣でうれしそうに声をあげた。「道路からはずれないように注意して。あとは車が勝手に運転してくれるよ」

彼の言うとおりだった。ハンドルをどう動かせばいいか考える必要はなかった。自動車はアレクサンドラの進みたい方向に自然に進み、太陽に向かって快調に走っていく。魔法のような見事な走りに自然に笑いがこみあげた。速度が増し、モーターが力強くうなりをあげる。隣にはすばらしい男性がいて、わたしと脚をぴったりと触れあわせている。

「時速二五キロ！　いいぞ！　たいしたものだ！　きみには才能があるよ」フィンの腕が座席の背もたれにまわされ、彼女の肩に触れそうになった。彼のぬくもりが伝わってくる。

「ありがとう」アレクサンドラは言った。なんだか目がくらんできた。頭もぼんやりしている。これほどの喜びと興奮を体が受けとめきれていないかのようだ。

フィンが顔を寄せ、耳もとでささやいた。「すてきだよ、レディ・モーリー。自動車を運転しているときのきみは特に美しい。頰に赤みがさしてとてもきれいだ。これならきみのためにもう一台つくるべきかな」

「ありがとう。でもこの一台で充分よ。それにわたしは自動車より馬のほうがいいわ」

彼が笑った。「本当かい？　自動車の座席のほうがずっと便利なのに」

ここで質問してはいけない。フィンがそれになんと答えるか、尋ねるまでもなくわかっているから。

でも、やはり質問せずにはいられなかった。

「何に便利なの？」アレクサンドラは無邪気を装って尋ねた。

フィンがふたたび笑った。まるで彼女の心を読み、どんな答えを求められているかわかっているかのように。「こうするのに」彼は片手でアレクサンドラの帽子のつばを持ちあげ、なめらかな首筋にキスをした。

「だめよ」アレクサンドラはそう言いつつ、フィンがキスしやすくなるよう首をそらした。

「とめられない」フィンがあたたかな唇を彼女の喉に這わせる。「きみがあんまりすてきだから……」

道路がわずかにカーブし、太陽の光が彼女の顔を直撃した。アレクサンドラはまぶたを半分閉じた。日ざしがまぶしかったせいもあるし、これまでとは打って変わって魅惑的になったフィンの甘いキスにうっとりしてしまったのだ。いったいこの人に何が起きたのだろう？常に冷ややかで論理的なミスター・バーク、女性に見向きもしない天才科学者ミスター・バーク、胡桃を割りながら醒めたまなざしでこちらを見ていたミスター・バークはどこへ行ったの？

ああ、この人は決して浮き世離れした人ではない。ただ……恥ずかしがり屋なだけで。恥ずかしがり屋。

しかし今、フィンはとても恥ずかしがり屋とは思えない大胆さでアレクサンドラの首筋から耳に向かって唇を這わせてきた。相手をとりこにしようとする、巧みに計算されたキスだ。恐れと悦びと期待が胸に渦巻き、鼓動が乱れた。

半分閉じかけたまぶたの向こうに何かが見えたと気づいたときは、遅かった。

「ああ！　荷車が！」アレクサンドラは金切り声をあげて右に急ハンドルを切った。自動車は道路から大きくそれ、草のなかに突っこんだ。

14

「全部あなたのせいよ」アレクサンドラはいかにも高慢な侯爵未亡人らしい目つきでフィンをにらんだ。

右前のタイヤを調べていたフィンが体を起こし、すまなそうに彼女を見おろす。「ああ、何もかもぼくのせいだ。潔く認めるよ」

アレクサンドラは表情をやわらげた。「なら、いいわ」

「いい教訓になった。今後は気をつける」

「そうね。それがいいわ。二度とキスしようなんて……」

「しないよ。車が完全にとまるまでは」フィンはあとを引きとると、振り返ってタイヤを見やった。ぺしゃんこになって草地に埋もれている。

「そういう意味で言ったんじゃないんだけど」

「タイヤが完全にパンクしている。修理道具を持ってこなければならないようだ」彼はそう言うと、アレクサンドラに向かって片目をつぶってみせた。「やりすぎたかな」

「困った人ね」彼女は片手を目の上にかざし、タイヤの轍《わだち》を見た。荷車を引いていた男性は仰天し、イタリア語で何やら言い訳したあと、立ち去った。今は遠くの土煙にかすむ小さな後ろ姿が見えるだけだ。

〝奥手の男は最高の愛人になるのよ〟ふと、レディ・ペンブロークが言っていたことを思いだす。彼女はいろいろな例をあげながら自信たっぷりに語ったものだった。〝あなたみたいな若くて経験の浅い既婚女性は、傲慢な男に惹かれるでしょう〟いつだったか温室で紅茶を飲みながら、レディ・ペンブロークが言った。〝二〇分でさよならするなら、それでもいいわ。でもね、奥手で物静かな男は時間をかけるの。アレクサンドラ、覚えておきなさい。そういう男は想像力が豊かよ。そして、ベッドのなかでは虎に変身する〟カップを口もとに運びながら、彼女はきらりと目を光らせた。〝だからわたしは奥手な男にねらいを定めるの〟

アレクサンドラも紅茶をひと口飲み、心得顔でモーリー卿の待つ屋敷に帰った。痛風持ちの夫は月に一度、寝間着を着たままことを終える。別に気にはならなかった。モーリー卿はシェリー酒とウールの心地よいにおいがしたし、せいいっぱい胸を愛撫してくれ、感嘆の目で見つめてくれた。長くはもたなかったけれど、終わったあとは彼女の美しさと若さをほめたたえてくれた。結婚当初は、寝室を短くノックする音が聞こえてくると、興奮を覚えることすらあった。おそらく、権力を持つ男性――モーリー卿は当時、女王の側近だった――をひざまずかせられることがうれしかったのだろう。あるいは、話に聞くすばらしい快楽にあと少しで手が届きそうな予感があったからかもしれない。

〝奥手の男は最高の愛人になるのよ〟とレディ・ペンブロークは言ったが、アレクサンドラは愛人を持ったことがなかった。ほしいと思ったこともない。数カ月間のお楽しみのために、評判や自由、心の平和といったすべてを犠牲にする危険を冒すなど考えられなかった。

フィンはまた草地に膝をつき、背中を丸めてタイヤを調べていた。作業着は作業小屋に置いてきたので、今はブラウンのツイードの上着がその広い肩の上でぴんと張りつめている。アレクサンドラのほうを向いている横顔に日があたり、彼が目を細め、眉根を寄せているのがわかった。右手をのばしてタイヤの横をなぞっている。爪を短く切った指先が油にまみれていた。

フィンはどんな愛人になるだろう？

答えはわかっている。キスをされたことも、愛撫を受けたこともあるから。彼は聡明で、忍耐強い。想像力を駆使し、時間をかけるタイプだ。たぶん、ベッドでは虎に変身するだろう。そっと忍び寄り、抵抗できなくして、めくるめくすばらしいご褒美を与えてくれるに違いない。しっかりと胸に抱き寄せ、守ってくれるはずだ。

「ミスター・バーク」わたしたちはなんの話をしていたかしら？　何をしていたの？　「フィン」

フィンが顔をあげ、微笑んだ。

アレクサンドラは体じゅうの血が一気にわきたつのを感じた。声が出ない。

「かなり手がかかりそうだ」彼が言った。「作業小屋まで行って、修理道具を持ってくるよ。すぐに戻る。ここに座って、蜂の羽音を聞きながら日向ぼっこでもしていてくれ」

「蜂が怖いの」嘘だった。「あなたと一緒に行くわ」

「想像してみてくれ」フィンは作業小屋の錠に鍵をさしこみながら、ぎこちない沈黙を埋めるために言った。アレクサンドラの傍らで、自分の聖域の扉を開けている――その意味の重さが頭にのしかかっていた。「最初の試運転で時速三〇キロが出たんだ。ぞくぞくするよ」

「どうして作業小屋に鍵をかけているの？」彼女がきいた。声音が少しいつもと違う。低く、どこか遠慮がちだ。

フィンは扉の取っ手をまわし、鍵を上着のポケットに滑りこませた。「自動車の開発は競争が激しい」扉を押さえ、なかに入るアレクサンドラを見守りながら答える。「ぼくがこの場所を選んだ理由のひとつがそれだ。極秘に開発を進めるためさ」

「ほかの理由は？」彼女は振り返らなかった。大きな麦わら帽子からピンを抜いただけだ。ひとつずつ抜いて、テーブルの上に置く。

「気を散らすものが少ないから」笑いが出るかと、いつもの少し冷ややかな美しい笑い声が聞けるかと思ったが、アレクサンドラは笑わなかった。今度は帽子を脱いで、テーブルの上のピンの横に置く。

「なら、わたしはここに入れてもらえて幸運だと思わなくてはならないわね」彼女はまだ振り返らない。朝のぼんやりとした光のなかで、アレクサンドラの頰は内側から輝いて見えた。

「完全に信頼してもらっているということだもの」

「もちろん、きみのことは信頼している」彼女は身じろぎひとつしなかった。帽子を脱いだせいで、髪が少し乱れている。片手をテーブルに置き、もう片方の手を脇に垂らしていた。

「大丈夫かい？」

「ええ、大丈夫よ」ささやくような声だ。

「ぼくのこと、怒ってるのか？　長い夜だったし、いろいろあって、あげくに――」

「いいえ、そんなことないわ」今度はきっぱりと言って、アレクサンドラはようやくフィンのほうを向いた。「少しも怒ってなんかいない」大きな目を見開いてじっと彼の目を見つめる。まるで絞首台に立って処刑を待つ囚人のような表情だ。

フィンは唇を開き、また閉じた。いったい彼女はどうしてしまったんだ？「ぼくは……ただ、修理道具をとりに来ただけだ。そうだろう？　車のところに戻って――」

「だめ！」とっさにアレクサンドラが声をあげた。

「え？」

「だめ。もう少し……ここにいましょう」アレクサンドラがごくりとつばをのんだ。「お願い。お願いよ、フィン」

フィンはしばしアレクサンドラを見つめ、ようやく彼女の言わんとすることを理解した。

「わかった」眠っていないせいで頭が重いし、巨大なバッテリーを運び、とりつけ、自動車を道路まで押していったせいで筋肉は疲労の極みにある。二日前の夜スコッチをがぶ飲みして泥酔したときくらい、頭がくらくらしていた。

「お願い」アレクサンドラが消え入りそうな声で繰り返した。フィンが頭に感じていた重みが下半身へとおりていき、筋肉には昨夜のバッテリーさながらエネルギーが注入される。

アレクサンドラに近づくと、彼女の目がますます見開かれ、妖しくきらめいた。フィンは帽子と手袋をとり、そばの椅子にほうった。

アレクサンドラの香りが鼻をくすぐり、ふたりを包みこむ。フィンは顔を彼女の耳もとに近づけ、ささやいた。「これは石鹼の香りかい？ それとも香水？」

「なんのこと？」彼女は息をはずませている。

「百合だよ。きみは百合の香りがする」

「石鹼だと思うわ」アレクサンドラが小さく笑いながら答えた。

「大胆だな」こんなふうに身を寄せあって言葉をささやくことを彼女は気にしないし、気づいてもいない。フィンは喜びがわきあがるのを感じながら、片手をアレクサンドラの頭の後ろにあて、ヘアピンを抜きはじめた。たっぷりとした巻き毛がひと房、肩にかかる。「百合が男にどんな影響を与えるか、知ってるかい？」

「いいえ、知らないわ」彼女が頭を傾け、うなじを見せた。

フィンは最後のヘアピンを抜き、テーブルに置いた。アレクサンドラは目を閉じていた。開けるのが怖いというようにぎゅっとまぶたを押しつけている。フィンは彼女の髪に手をさし入れ、肩に広げた。長くて豊かな髪がほのかな朝日を受けて輝き、新鮮な空気と陽光の香りをまき散らす。「想像をかきたてるんだ。みだらな想像を。告白してもいいかい？」

「してほしいわ。告白は大好き。衝撃的なほどいいわ」

「きみと出会ったほとんどその瞬間から、ぼくはみだらな想像にとりつかれていた」両手でアレクサンドラの髪を持ちあげ、うなじにキスをする。

「ほとんどって？」

「初対面のとき、きみは少々高飛車な態度だった」

「ごめんなさい。その埋めあわせはするわ」

「ああ。してもらう」フィンは体を起こし、彼女の顔を見おろした。まぶたを閉じた目。ふっくらとした唇。「ダーリン、ぼくを見て」

「だめ、お願い。無理なの」アレクサンドラが腕を彼の首に巻きつけ、自分のほうへ引き寄せた。「それよりキスをして」

そのひと言で、フィンの疲れきった頭を炎が駆け抜けた。深く唇を合わせると、すぐに反応が返ってきた。小さく息をのむ声がし、彼女の指が首にくいこむ。ああ、なんと甘く、貪欲な唇だろう！　なめらかな舌が彼の舌と絡まり、はじめはためらいがちに、しだいに激しく口のなかを探る。フィンはもはや、体のなかでうねる欲望のこと以外何も考えられなかった。長いあいだ欲求に悩まされながら、必死にそれを抑えてきた。そして今、ついにこの情熱的な女性を自分の腕に抱いている。このとびきり美しいアレクサンドラが目の前で唇を開き、欲望に身をよじっているのだ。

フィンは手を背中から腰へとなぞっていった。親指でコルセットの隙間を探り、その下の素肌に触れる。

「お願い」キスの合間にアレクサンドラが言った。「ああ、お願いよ」手でフィンの上着のボタンを探り、ひとつずつはずしていく。やがてツイードの上着の下に指を滑らせると、シャツのボタンへと手をのばした。

フィンは息をのんだ。その手を押さえつけ、動きを封じる。彼女は顔を上に向けた。今はまぶたを開け、訴えかけるように彼の目をのぞきこんでいる。

「どうしたの？　だめなの？」

「いや」フィンはゆっくりと息を吐いた。「だめじゃないさ。ただ、ダーリン、きみは……本当にいいのか？」めまいがしそうだった。全神経が彼女の指が置かれた胸に集中している。やめておけ。混乱した脳のどこかで制止する声がする。やめておけ。まだ早すぎる。時間をかけなくては。今はまだだめだ。「本当にいいのか？」自分に問いかけるように繰り返す。

アレクサンドラがあいた手を持ちあげ、彼の頬に添えた。「フィン、いいの。こうしたいのよ。したくてたまらないの。だから身を引かないで。迷惑なのはわかってる。でもわたしって、自分勝手で寂しがり屋なの……。ああ！」フィンの胸に顔を押しつける。「あなたは貴族の血を引いているんだもの。やっぱりだめね。わたしなんかふさわしくない。若くてきれいな貴族の女性がふさわしいのよ」彼の腰を手でつかみ、体を震わせる。

「黙って」フィンは顎をそっと彼女の頭の上にのせた。シルクのような髪が肌をくすぐる。「アレクサンドラ、聞いてくれ。きみは勘違いしている。ぼくの母について……きみは知っておく必要がある。そう……なる前に」

アレクサンドラが動きをとめた。規則的な呼吸に合わせ、胸もとが小さく上下しているだけだ。

「ぼくの母のことは……きみも耳にしたことがあると思う。母の名前はマリアンヌだ。マリアンヌ・バーク」フィンにとってもその名前はなじみが薄く、違和感しか覚えなかった。

「マリアンヌ・バーク？ それって……」アレクサンドラがはっとした。「まあ！」

「そうなんだ」彼は言った。「そういうことなんだ」

「わかったわ」アレクサンドラは顔を横に向け、窓を見つめた。フィンの母親の名前を知らない人はいないだろう。一七歳で皇太子の愛人になった、なかば伝説の女性だ。「だからリッチモンドに住んでらっしゃるのね。あなたは彼女の息子なのね？」一歩さがり、驚いた目で彼の顔を見つめる。

「ああ。髪は母譲りだ。目も。ぼくのほうが少し色が明るいが」

アレクサンドラはうなずいた。「絶世の美女だと聞いているわ。当然でしょうけれど。お母さまは……背が高いの？」

「特に高くはない。高いのは父だ」

「お父さまは……」アレクサンドラは言葉を切り、ぶしつけな問いを笑いでごまかした。「考えもしなかったわ。ありふれた名前だもの、バークって……」

「ああ。これでわかっただろう。ぼくは貴族どころか、その正反対さ。家柄が劣るのはぼくのほうなんだよ」フィンはそっと彼女の腕をつかみ、体を離してその顔を見おろした。「きみは知っておくべきだと思った。知る権利があると思った。心を決める前に。きみが何か言う前に、ふたりで何かする前に。それが――」

「フィン」彼女はささやくように言った。「わたしはもう心を決めているの。あなたのお母さまのことは関係ない。だいいち、誰にもわからないわ」

「わかるさ。きみの友人たちにもいずれね」

「わからないわよ。秘密にしておけばいいわ。ウォリングフォードにも――」

「いずれわかると言ったんだ。英国に戻ったら、いずれ知られてしまう」

アレクサンドラが無言でフィンを見つめた。口を開き、やがて閉じる。

フィンはふいに、胸に鉛の塊がのしかかったような気がした。「そうか」彼は言った。「わかった。きみは公にしたくないんだな」巻き毛がひと房、彼女の顔にかかる。フィンは手をのばして、その髪を耳の後ろにかけてやった。

「やめて」アレクサンドラがつらそうに言った。「お願い、台なしにしないで」

「何を台なしにするんだ？」

彼女が両手でフィンの上着の襟をつかんだ。「わかったでしょう。わたしってこういう女なのよ。虚栄心が強くて浅はかなの。それがわたしなのよ、フィン」挑戦的な口調で言い放つ。「それでも、ありのままのわたしを受けとめてほしい」

アレクサンドラは体が触れあうほど間近に立っている。目尻がきゅっとあがった目は猫のようだ。フィンはふと、昔見た、罠にかかった狐を思いだした。八歳になって寄宿学校へ送られる前は、コテージのまわりの森をひとりでよく探検した。そのとき見つけたのだ。狐は、そばへ行って放してやろうとするフィンを、今の彼女と同じような、不敵さと臆病さが入りまじった表情で見あげたものだった。

彼は襟をつかむアレクサンドラの手に自分の手を重ねた。「自分勝手な女性はこれまでにも大勢見てきた。きみはそういう女性たちとは違う」手を彼女の腕に沿ってあげていき、肘をくるんでそっと体を引き寄せ、低い声で続ける。「教えてあげたい。きみが本当はどういう女性か」

アレクサンドラの心の砦が崩れたのがわかった。彼女の体から力が抜けていく。フィンはアレクサンドラのウエストに手をあて、彼女を作業台の上に横たえた。

「まあ」アレクサンドラが目を見開く。

フィンは彼女の額に口づけた。「アレクサンドラ。モーリー侯爵未亡人。ロンドン社交界の花」

「どうして知っているの?」

「ぼくだって完全に世捨て人というわけではない。ときには研究室を出るし、噂も耳に入ってくる。木曜の夜はレディ・モーリーのサロンがどれほど華やぐかは聞いている」右のこめかみにやさしくキスをする。「六八歳になる彼女の夫が二年前の夏、脳卒中で亡くなったことも、以来彼女がしきたりどおり喪に服していることも知っている」今度は左のこめかみに口づけた。「それでも不思議なことに、彼女の崇拝者はあとを絶たない。だが、愛人がいるという話は聞かない。当の崇拝者たちには残念なことだが」

「たぶん、わたしが慎重だからね」ささやくような声でアレクサンドラが言った。彼女の息がフィンの頬にかかる。

「その可能性も考えた」彼はアレクサンドラの鼻の頭にキスをした。「でも、違う。きみは自分で言ったじゃないか。きみは友人を……そして夫を裏切るようなことだけは絶対にしないと」

「そんなことを考えていたの？」

「そんなことばかり考えていたさ。知らなかっただろう。さて、話をもとに戻すと、きみのご主人が天に召されてほぼ二年が経つ」彼女の首の後ろに手をやり、ドレスのいちばん上のボタンを探る。「その間、世間はいろいろ勘ぐった。どうしてだろう、とぼくも思いをめぐらせたものだ。まだ若いのに、伝説的な美貌と魅力を持つレディが――」

「もう若くないわ」アレクサンドラがまた目を閉じた。クリームのような肌に濃いまつげがかかる。

フィンはふたつ目のボタンをはずした。「ぼくより若いじゃないか。そんなレディがどうして愛人を持たないのか不思議だった」三つ目のボタンがはずれると、肌着がちらりと見えた。

「いたかもしれないわよ」

「いいや、いなかった」四つ目のボタンをはずす。「震えているね、ダーリン。目も閉じている。密通に慣れた女性の反応とは思えない」五つ目のボタンはボタン穴がきつかったが、それでも最後にははずれた。上質な肌着は薄く、彼女の肌のぬくもりが伝わってくる。

アレクサンドラが小さく笑った。「さすがは科学者ね。観察が鋭いわ。ローランドを最初の愛人にしておけばよかった」

「でも、そうはしなかった」ありがたいことに、あとのボタンはすんなりはずれた。フィンの指はしだいに思うように動かなくなってきていた。かつてないほど下半身に血液が集中しているせいだろう。「きみのいとこが彼に恋をしているから。それに……」ボタンがすべてはずれると、ドレスがたるんだ。「きみはローランドのような男には興味がない。違うかい？」

「彼は息をのむほどハンサムよ」

フィンはドレスの袖から慎重に腕を抜くと、彼女の肌に手を這わせた。「確かにローランドは誰が見てもハンサムだ。だが、きみはほかの誰もが賞賛するものには興味がない。人とは違ったものを好む。それがなんなのか、きみ自身にはっきりわかっていなくても」

「どうしてそんなことがわかるの？」

「ここにぼくといるからさ。ぼくはハンサムとは言えないし、木曜日の夜にサロンに集まるような若い貴族たちとも違う」今度はアレクサンドラの喉もとキスをする。

「ああ……」彼女があえいだ。「だめ」

フィンはアレクサンドラの肌に唇を這わせていった。「今きみは、ぼくがこれまでの研究でどんなことを学んできたのかと考えているに違いない。たとえば、ヒト生物学をかじったことがあるのだろうか、とか」

彼女が頭をのけぞらせた。細くて長い首があらわになる。「あるの?」

「科学者というのはそもそもが好奇心の塊でね、アレクサンドラ。その好奇心は自分が選んだ研究分野だけにとどまらない」フィンは唇をおろしていき、コルセットに包まれた豊かな胸へと近づけた。「ダーリン、きみは本当に美しい体をしている」左胸の上で唇を開き、ドレスからはみでているピンク色の頂をそっと舌でなぞる。

腕のなかでアレクサンドラの体が小さく跳ねた。

「世の中には」彼女の胸の谷間にキスをしながら続ける。「女性は性行為に悦びを感じないと言う人もいる。ただし、きみの目の前にいる科学者は違う」

「ええ」アレクサンドラがささやくような声で言った。「わかっているわ」

フィンの舌はコルセットに沿って進み、右胸にたどり着いた。敏感な先端を愛撫されると、アレクサンドラは背中をそらしてあえいだ。フィンはコルセットを押しさげて胸を解放し、モスリンの肌着越しにその先端を吸った。アレクサンドラが彼の後頭部に指をくいこませる。

フィンは頭がくらくらしていた。彼女はたまらなく純粋で女性らしい味わいがする。豊かな胸。かたくとがった頂。唇に感じられる速く激しい鼓動。

「ああ、ダーリン」右手を果てしなく長いドレスに沿っておろし、足首を見つける。

上質な長靴下に包まれた、しなやかで形のよい足首をつかむと、フィンはくるぶしを親指でなぞってから、その指をゆっくりと持ちあげていった。ふくらはぎから膝頭をまわって、ガーターをたどっていく。今、彼の腕は肘までドレスとペチコートのなかだ。アレクサンドラが身をこわばらせた。息をとめ、無意識に体を震わせている。

フィンはふたたび彼女の喉もとにキスをした。「怖がらないで。亡くなったご主人にこんなふうに触れられたことはないのかい？」

「そ、それは……ええ、一度も」アレクサンドラは思わず口ごもった。「こんなふうには。だって、わたし……」

「自分自身で触れてみたこともない？　考えてみたこともない？」

「ないわ！　一度もない。考えてみたこともないわ」

「信じてほしい。最高にすばらしい思いをさせてあげるよ。だが、無理強いはしない。きみは続けてほしいかい？」体のなかで荒れ狂う欲望を抑え、彼は穏やかな口調で言った。

「ええ」そうは答えたものの、アレクサンドラの体はまだ弓のように張りつめている。

フィンは今度は唇をそっと彼女の唇に重ねた。そして反応を確かめながら、少しずつキスを深めていく。舌を絡ませると、甘くて複雑な味わいが口を満たした。親指は彼女の膝のすぐ上あたりの繊細な肌をゆっくりなぞっている。まるで時間なら永遠にあるとばかりに。

アレクサンドラの唇も彼に合わせて動きはじめた。リズムをつかんだようだ。緊張が徐々にほぐれていくのがわかる。少しずつ愛撫を受け入れ、ドレスの下を這う手を受け入れている。

「ぼくを信じて」フィンは片手でしっかりと彼女の体を支えながら、唇を顎へ、さらに喉もとへとおろしていった。同時に手は腿を上へとのぼっていく。彼の体には自信と力がみなぎり、全神経が手もとに集中していた。

指先に感じる肌は言葉では言い表せないほどになめらかで、あたたかい。やがて指が下穿きに突きあたると、フィンはその下に手を滑りこませ、はやる気持ちを抑えて、また引き抜いた。

アレクサンドラが彼の肩に顔をうずめて言った。「フィン、お願い」

「しいっ」フィンはついにひそやかな場所に手をさし入れた。そこはすでに熱く潤っている。

「いとしい人」そう耳もとにささやきながら、下半身を押しつける。だが、まずは指でそっと愛撫した。感じたすべてを、細かなところまで脳に刻みつけるように。

アレクサンドラがあえぎ、指を背中にくいこませてくる。体は彼のリズムに合わせて揺れていた。そのとき、フィンの指が小さなつぼみを見つけた。ゆっくりと慎重に、円を描くようになぞる。彼女の脳内でなんらかの化学反応が生じ、究極の快感が炸裂するところが目に浮かんだ。

「大丈夫だよ。抗わないで。ぼくにすべてを任せるんだ」アレクサンドラのなかで興奮が高まり、頂上に近づいているのがわかる。フィンはささやきながら、指の動きを速く、激しくしていった。

アレクサンドラが彼の名前を呼ぶ。体の動きがとまり、小刻みに震えだした。フィンは指をさし入れ、絶頂を迎えた彼女の反応を肌で感じた。指がきゅっと締めつけられる。彼は目を閉じ、アレクサンドラの悦びをともに味わった。

ぼくのもの。彼女はもはやぼくのものだ。ふたりがお互いのために存在することが、これで彼女にもわかったに違いない。

アレクサンドラは最後に小さく身震いすると、彼の体にぐったりともたれかかった。

フィンはそのまま長いこと彼女を抱いていた。その息づかい、胸の鼓動を感じながら。いつのまにか朝日がのぼっており、空気が黄金色に輝いている。日ざしのなか、埃が舞うのを見つめつつ、彼は自分は達していないのにもかかわらず、深い満足感に浸っていた。

そして、ぼくも彼女のものだ。身も心も。

アレクサンドラが身じろぎし、フィンの上着をつかんだ。

「大丈夫かい？」

「ありがとう」彼女は顔をあげたが、あえて視線を合わせようとしなかった。「すてきだったわ」

フィンは右手をアレクサンドラの脚に沿っておろした。手が肌に湿った筋を残していく。

「これはほんのはじまりにすぎない」彼はペチコートを直し、ドレスをもとに戻してボタンをはめた。彼女の背後のテーブルに置かれたヘアピンに手をのばすと、大きな手で髪を束ね、くるりとひねってまとめる。まだ欲情しているアレクサンドラの香りが、ふたりのあいだを漂った。

「ありがとう」

フィンは身をかがめて彼女の唇に軽くキスをした。

「こちらこそ。ぼくはタイヤの修理に行くよ」

帽子と手袋を身につけ、修理道具を手にとると、彼は軽く頭をさげて出ていった。

15

〝これはほんのはじまりにすぎない〞

あれはどういう意味なのだろう？

アレクサンドラは呆然と扉を見つめた。これは現実？　本当にフィンはわたしの体に火をつけ、激しく燃えあがらせたあとで、出ていったの？　タイヤを直すために？

これがなんのはじまりだというのかしら？

彼女は作業台から滑りおりた。脚ががくがくしている。フィニアス・バークに骨を抜かれてしまったようだ。理性をつかさどる脳もろとも。

彼ならやりかねない。

〝これはほんのはじまりにすぎない〞

アレクサンドラは部屋に目をやった。陽光に満たされているところを見ると、もう昼近くになっているようだ。どれだけの時間が経ったのだろう？　頭に霧がかかったようで、脳の正常な機能が妨げられ、目に入ったものを理解するのにいつもより時間がかかってしまう。といっても今意識にあるのは、いまだ脚のあいだにある甘いうずきだけだった。まだそこにフィンの指を感じる。

ふたつの相反する思いが同時に頭に浮かんだ。ひとつは、その指に、指の持ち主に一刻も早く戻ってほしいという思い。

もうひとつは、自分は今、フィニアス・バークの作業小屋にひとりでいるという思いだった。彼は少なくとも三〇分は戻ってこないだろう。

アレクサンドラとしては、ひとつ目の思いにしがみついていたかった。心地よくて、単純で、わかりやすい感情だからだ。あれほどの悦びを与えてくれたフィンに、今すぐにでも戻ってきてほしかった。成熟した女が肉体的欲求を持つのはあたりまえだし、悦びを感じるのも自然なことだ。

けれども、そこにふたつ目の思いが忍び寄る。

ここに、〈マンチェスター・マシーン・ワークス〉のためになるような情報があるのでは？

だめ。なんて恐ろしい、不実な考えなの。フィンとあんなすばらしいひとときを分かちあったあとだというのに。

もっとも、そもそもそれが——情報を得ることが、ここを訪れた理由だった。情熱もけっこうだが、男性の情熱はすぐに冷めてしまう。フィニアス・バークのような高潔な男性でも、それは変わらないはずだ。一カ月後、一年後、わたしはどこにいるだろう？　まだ経済的に困窮し、アビゲイルは未婚のままで、生活手段もないかもしれない。以前の生活からは考えられないくらい落ちぶれている可能性もある。

アレクサンドラは絶望的な思いで周囲を見渡した。ありえない。フィンの作業小屋にあるものが、蒸気自動車に活用できるはずがないわ。

とはいえ、フィンはバッテリーの問題を解決した。大きな一歩だ。この話を聞けば、ウィリアム・ハートリーも電気自動車の開発に転向する気になるかもしれない。電気の利点は素人目にも明らかだと言えば、説得力もあるというものだろう。

アレクサンドラとしては株価をあげたいだけだった。妥当な値段で株を売り、財産をとり戻したいだけ。そうすればアビゲイルとともにロンドンに帰ることができる。サロンを再開し、レディ・モーリーらしい生活に戻れるのだ。大勢の使用人や、上等なフランスワイン、そして美しいドレスに囲まれた生活に。妹をきちんとした家に嫁がせることもできるし、自分は社交界の花に、裕福で華やかなレディに返り咲ける。

大事なのは、自分が守られていて、安全で、完璧だという感覚だ。

盗みを働くわけではない。情報をもらすわけではない。それはいけないことだ。ただ……学ぶだけ。いろいろな知識を得て、自分なりの結論を出し、ハートリーに手紙を書いて助言するだけだ。フィニアス・バークの損になることは何もない。

そして、そのあと……そのあとなら、両方を手に入れることだってできるかもしれない。わたしはロンドンでサロンを開き、フィンを恋人にする。毎晩、みんなが帰ったあと、彼が部屋を訪ねてくるのだ。田舎にこぢんまりしたコテージを見つけてもいい。短い休暇をそこようにふたりで過ごす。きっとすてきだろう。そのときにはすべての埋めあわせをしよう。フィンに惜しみなく愛情を注ぎ、細やかな心づかいを見せ、彼の美しい体をキスで埋めつくすのだ。男性が望む最高の恋人となって、フィンには一ペニーたりとも負担させない。仕事の手伝いだってする。フィンが望むかぎり、求めてくれるかぎり、与えられるすべてを彼に与えよう。

気がつくと、手が万力のように作業台をつかんでいた。アレクサンドラは作業台から引きはがすようにして手を離し、もう一度作業小屋のなかを見渡した。メモがあるはずだ。何かの書類が。どこにしまってあるのだろう？

戸棚に近づき、その隣の長いテーブルへと目をやった。シリンダー、瓶類、判読できないラベルの貼られた箱、フィンが紅茶をいれるのに使ったガスバーナー。書類らしきものはない。たぶん火災の危険があるからだろう。

振り返ると、当然、作業台があった。だが、アレクサンドラの帽子以外は何ものってない。ランプテーブルには灯油ランプがあるだけだ。

彼女は、山積みされたタイヤ、自動車が置いてあった空間、そしてその向こうにきちんと積み重ねられた道具箱へと目をやった。

ふと、道具箱の上にあるものが目に入った。道具箱は、太陽の日ざしが届かない薄暗い隅にいくつか、ばらばらに置かれている。がっしりとした上質のオーク材でできており、かつては英国船で使われ、砲火や嵐をくぐり抜けてきたであろう代物だ。

アレクサンドラは決然とした足どりで道具箱に近づいた。手前の箱の上に書類の束がのっている。いちばん上は、彼女が数日前に渡した手紙だった。フィンの母親からの——悪名高きマリアンヌ・バークからの手紙だ。彼女は整った優美な筆跡をそっと手でなぞり、封筒を脇に置いた。

個人的な手紙の下に書類があった。ラベルにあったのと同じ、判読不能な殴り書きで埋まっている。おそらくフィンの字だろう。アレクサンドラは手紙の束に手をのばし、束の間ためらった。

目を閉じる。

体はまだほてっていた。膝には力が入らず、呼吸も荒い。まぶたを閉じれば、フィンの顔が浮かんだ。日ざしを受けて髪が金色に輝き、グリーンの瞳はどこまでもやさしい……。

その瞳は信頼に満ちていた。

〝教えてあげたい、きみが本当はどういう女性か〟

アレクサンドラは目を開け、書類を見おろした。ほとんどがメモで、あちこちに図面や表が添えられている。彼女にはまったく意味がわからなかった。手書きの字はほとんど読めない。まるで脳の動きに手がついていくのがせいいっぱいというような、走り書きの文字だ。見出しだけはわかった。〝鉛電池〟（改良　1890年3月4日）〟と書いてある。あるいは、〝3月9日〟かもしれない。どちらにも読める。

〝自分勝手な女性はこれまでにも大勢見てきた。きみはそういう女性たちとは違う〟

彼女はまた目を閉じた。

ふたたび目を開けたが、フィンのメモは見なかった。代わりに彼の母親からの手紙に手をのばした。クリーム色の封筒に触れ、この人は――フィンを産み、リッチモンドのコテージで育て、愛した人は、どんな女性だったのだろうと思いをめぐらせた。

ほかに方法があるはずだ。賢くてウィットに富むレディ・モーリーなら、何か窮地を脱する手段を思いつくはず。フィンや彼の作業小屋、判読不能な手書き文字は必要ない。ハートリーに手紙を書き、もう夢を追うのはやめて、蒸気自動車の開発はあきらめなさいと説いてみようか？　あるいは経営会議に出席し、株主として議決権を行使するか……。

そのとき、扉がかたかたと鳴った。

物思いにふけっていたせいで、アレクサンドラはすぐには音に気づかなかった。邪魔な音にかすかないらだちを感じただけだ。

「おや、そこにいたか」フィンが言った。「どうかしたのかい？」

アレクサンドラはびくりとし、ドレスで書類を隠した。「戻っていたのね！」

「ああ」彼が眉をひそめた。「そこで何をしていた？」

「何もしていないわ。なんでもないの。ただ……」むきになって否定するとかえって疑わしく聞こえることに気づき、アレクサンドラはつけ加えた。「あなたのメモがあったから。ちょっと興味があって。バッテリーに」

フィンの顔に笑みが広がった。「きみが？」

「ええ。だって、直すのを手伝ったでしょう？」

「確かにそうだ」フィンが作業小屋の扉のほうに向き直り、大きく開けた。「ぼくのメモを読んだのか？　英国で使っていた助手は判読不能だと言ってたが」

「確かによくわからなかったわ」扉を大きく押し開ける彼の肩や腕のなめらかな動きを、アレクサンドラはじっと見守った。やがて、リンゴの花の香りがするあたたかい空気が室内に流れこんできた。自動車はすぐ前にとまっていた。光を反射してきらきらと輝いている。

「よければ、持っていくといい」フィンが彼女のほうへ頭を傾け、一本の指で額を軽くたたいた。「結局のところ、すべて頭のなかに入っているんだ。わからないところがあれば、喜んで説明するよ。もっとも、字が判読できないんじゃないかな。その可能性は大だ」最後のひと言を彼は肩越しに言った。そして扉を開けきると、ハンドルのある自動車の右側に体重をかけた。片手でハンドルをつかんで力をこめて押し、自動車を作業小屋に入れる。「これでよし」

ブレーキをかけるためだろう、フィンが車のなかに手をのばした。ツイードの上着に包まれた美しい長身が目の前ですっとのびる。アレクサンドラは息がとまりそうになった。

〝レディ・モーリー？　きみは本気でぼくの友人のバークに恋をしているのか？〟

フィンがこちらを向いた。「大丈夫かい、アレクサンドラ？」

彼女はわれに返った。「大丈夫よ。知ってのとおり、最高の気分。それより……疲れているのはあなたのほうじゃないかしら。部屋に戻って休んだほうがいいわ」

フィンが片腕をさしだす。アレクサンドラは抵抗できなかった。近づいてそのあたたかな広い胸に身を寄せ、たくましい腕に包まれたくてたまらなかった。

「すまない、ダーリン。きみの言うとおりだ。すっかり疲れたよ。ひとりにしてもかまわないかい?」

「もちろん」ツイードの上着が頬にあたってちくちくする。それが心地よく、アレクサンドラは目を閉じてその感覚を味わった。心に刻みつけるかのように。

フィンが彼女の頭を撫でた。「今夜、会えるかい?」

「夕食のとき? もちろんよ」アレクサンドラは胸がどきどきした。

「夕食のあとは?」彼がそっとつけ加える。

「危険だわ。みんないるでしょう。ウォリングフォードも、妹も、ほかのみんなも——」

フィンが肩をすくめた。「気が進まないなら——」

「そんなことないわ! ただ……」アレクサンドラはつばをのみこんだ。すべてがほしい。フィンのすべてが。「もしよければ……あなたがさほど疲れていないようなら……部屋に寄るかもしれないわ」

フィンが腕に力をこめた。「いや、外をうろつくのはぼくのほうがいい。きみの姿が誰かに見られたら——」

「見られないわ。あなたの部屋は階段のすぐそばだもの。誰にも見つからないわ」

彼のあたたかい息が髪にかかった。その鼓動がシャツと上着を通して伝わってくる。

「本当に大丈夫なら」フィンがついに言った。「そう言いきれるなら」

アレクサンドラは彼の腕に抱かれたまま少し身を引き、グリーンの瞳を見つめた。「絶対の自信があるわ、ミスター・バーク」

フィンが親指で彼女の唇をなぞった。「それなら、レディ・モーリー、待っているよ」

あたたかくて静かな部屋のなかに、突然、大声が響いた。「シニョーラ・モーリー！　ここでしたか！」

アレクサンドラは戸惑って顔をあげた。頭がぼんやりし、目は焦点を合わせようとするとずきずき痛む。しばらく経ってようやく、自分がイタリアにいることを思いだした。そして、名前を呼んだのがモリーニであることに気づいた。

モリーニは憤慨した様子で手を振りまわしている。頭に巻いたスカーフが斜めにずれていた。

「シニョーラ！　卵が！」

アレクサンドラは目をしばたたいた。「卵？」

「卵です。聖なる卵がなくなったんです！」

「聖なる卵？」アレクサンドラは眉をひそめた。「昨日の卵のことを言っているの？　あの、神父さまが……何かされた卵のこと？」手振りで示す。

「そうです。あの卵が盗まれました！」

「盗まれた、ですって？　ねえ、落ち着いてちょうだい。そんなはずないわ。誰があんな……いえ、聖なる卵を盗むっていうの？　罰あたりじゃない」

モリーニが目を細めた。「ジャコモです。あの男は神を畏れるってことがありませんから」

「ああ、ジャコモね。厄介な人のようだけど」アレクサンドラは脇のテーブルに本を置いた。「でも、どうして彼が卵を盗むの？」

モリーニが手を振る。「本人が盗んだんじゃないです。廏番の男たちにやらせたんですよ。チーズのせいで」

「チーズ？」

「ペコリーノというチーズで、馬小屋で熟成させるんです。それが、昔からのやり方です。でも、今年は男たちが……ジャコモが問題だって言いだして」モリーニが強調するように右の人さし指を振った。

「ジャコモに何か問題があるの？」

「いえ、違います。チーズがです」モリーニがもどかしげに説明する。「くさいって男たちが文句を言っていて。だから、ジャコモが男たちをけしかけて、卵を盗ませたんです。チーズをどかすまで卵は返さないって言えって」

アレクサンドラは身をのりだし、膝に肘をついた。「あの卵が神聖なものだって、彼は知っているの？」

「知ってます」モリーニが苦々しげに言った。「でも、気にしてません」

いいけれど」

「本当に罰あたりね。でもまあ、いろいろな人がいるものよ。わざと卵を割ったりしないと

モリーニがぎょっとしたようにアレクサンドラを見た。「卵を割る？」

「ごめんなさい。ひとり言よ」アレクサンドラは安心させるように微笑んだ。「確かに大問題ね。ただ、悪いけれど、わたしにはよくわからないの。どうしてジャコモはそんなことをするのかしら？」

家政婦は大きくため息をつくと、腕を組んだ。「彼、がっかりなんです」

「ああ、よくわかるわ。たかがチーズのことでね。わたしもしょっちゅう、男の人にがっかりしているのよ」

「違います。そうじゃなくて、ジャコモががっかりしてるんです……その、彼の思いどおりにいかない出来事があって」

「なるほどね」アレクサンドラはしばし間を置いた。「ひょっとして恋愛に関すること？」

モリーニが頭を垂れた。「そうです」

「まあ！　原因はあなたなのね？」

家政婦が黒い目に怒りをたぎらせて顔をあげた。「昔のことです。終わったこと！　でも、ジャコモは……彼は……」力なく手を振る。

「彼にとっては違うのね？」アレクサンドラはあとを続けた。「それ以来ずっと、いやがらせをするの？」

「そうです！　あれやこれや。そりゃひどいんです。困ります、本当に」モリーニは内緒話をするように身をのりだしたが、大声で言った。「あなたがシニョール・バークの作業小屋にいるとき、邪魔をしたのもジャコモなんです！　ゆうべ公爵を桃畑に行かせたのもジャコモです」

アレクサンドラは驚きの声をあげた。「まさか！　嘘でしょう」

「本当です」モリーニがうなずいた。「彼、恋人たちを憎んでます。女性を憎んでます。あなたとあなたのお友達を出ていかせたいんです」

「そうはさせないわ」アレクサンドラはいきなり立ちあがった。「なんて人かしら！　はっきり言ってやるわ――」

モリーニが一歩後ろにさがった。「いいえ、それはちょっと……いけません」

「どうして、いけないの？　理由を聞かせてほしいわ」怒りのあまりアレクサンドラは頭に血がのぼっていた。ジャコモという男ときたら、大切な卵を盗んだだけでなく、ウォリングフォードに告げ口したなんて！　仕返ししてやらなくては気がすまない！

「それは無理です」家政婦がきっぱりと言った。

「無理なことないわ。ここの女主人はわたしよ。いやがらせをするなんて許せない」アレクサンドラは部屋のなかを行ったり来たりしはじめた。「ここに地下牢はあるの？　そこ、清潔？」

モリーニが落ち着かなげに頭に巻いたスカーフを直した。「ひょっとすると、わたし……

シニョーラ・アビゲイルと話したほうがいいですね」

「アビゲイル？　ミス・ヘアウッドに？　どうして？」アレクサンドラは足をとめ、家政婦のほうを向いた。「妹にはなんの権限もないのよ」

「シニョーラ・アビゲイルに相談します。あの方は……厩番と仲よしだから、話をしてくれるでしょう。わたしたちはチーズを屋根裏に戻す。彼らは卵を返す。それですべて丸くおさまります」モリーニが扉に向かいかけた。

「お待ちなさい」アレクサンドラは威圧的な口調で言った。「あなたはさっき、卵を盗んだのは世紀の大犯罪《ノット・クリケット》と言わんばかりだったわ。なのに、いきなり幕引きしようとしている。そんなのおかしいわ」

　モリーニは振り返った。「こおろぎ《クリケット》？　虫がどうしたんですか？」

「正しくない《ノット・クリケット》という意味よ。クリケットはスポーツなの。英国のスポーツ。厳密なルールがあって……いいえ、そんなことはどうでもいいわ。ともかく、あなたは急に気が変わった。わたしはその理由が知りたいの」アレクサンドラは毅然とした態度で家政婦に迫った。

　モリーニが深々とため息をつき、向かいの椅子に座った。顔は生気を失い、しおれ、かすんでいくように見えた。「わかってください、シニョーラ。わたしたち、ここに何年も暮らしてます。けんかをします。愛しあいます。でも英国人は……ここに滞在される方々は、物事を変えてしまう。なんというか……」家政婦は膝の上で広げた自分のてのひらを見おろした。

「あなたたちの生活を引っかきまわすわけね」

「え、ええ、まあ。チーズのことですけど、馬小屋に置くのは、ちょっと悪かったかもしれない。でもメイドたちは屋根裏にあがるのをいやがりますし……。わたし……うれしかったんです。城がまたにぎやかなのが……」

「何？」

「昔みたいで、ずっと昔みたいで……」

アレクサンドラは咳払いした。「シニョーラ・ロセッティがいたころのようだということ？」

モリーニが鋭い目でアレクサンドラを見た。「ええ。でも、ずっと前のことです。もう忘れかけてました。でも、できたら……いいえ、それは望みすぎです。チーズのことですけど、シニョリーナ・アビゲイルのところへ行って、男たちと話をしてもらいます。それですみます。卵、戻ります」

「わたしだって交渉くらいできるわ」

「だめです！」家政婦がはじかれたように立ちあがった。「だめです、シニョーラ。シニョリーナ・アビゲイルのほうがいいです。男たちは彼女に好意を持ってますから。山羊の乳しぼりをしたり、プルシーニ……じゃなくて、ひよこの面倒を見たりするので」

「わかったわ。たぶん、あなたの言うとおりなんでしょうね」アレクサンドラは机の上の書類に目をやった。「いずれにしても、今わたしはやることがあるから。でも、ジャコモのことは聞き捨てならない——」

「だめです、シニョーラ」モリーニが激しくかぶりを振った。「ジャコモのことは、わたしに任せてください。よく知ってます。わたし、どうかしてました。あんな話をしてしまって。腹がたったせいです。もうじき夕食です。奥さまは食堂に行き、あのすてきなシニョール・バークにお会いになる。月がのぼったら、お部屋を訪ねて——」

「なんですって！　どうしてあなたがそんなことを知ってるの？」アレクサンドラは呆然と家政婦を見つめた。立ち聞きしたのかしら？　フィンが何か言ったの？　モリーニに協力を求めたとか？

家政婦が指を一本唇にあて、にっこり微笑んだ。「わたし、なんでも知ってます、シニョーラ。ワインとパンとアーモンドケーキをお持ちします。廊下に誰もいないようにしておきます。心配ありません。シニョーラは、ただ、恋をしているだけ」

アレクサンドラは唇を噛んだ。「あのね、モリーニ。そんな気を使う必要はないのよ。だいたい、あなたが何を言っているのかさっぱりわからないわ」いつしか、自信なさげな口調になっている。

モリーニが片目をつぶった。「心配ありません。この城の女主人は、シニョーラ、わたしです」立ち去ろうと向きを変える。

「待って！　あとひとつだけ」アレクサンドラは呼びとめた。

家政婦が片手で扉の取っ手をつかんだまま振り返る。

「アビゲイルが昨日、呪われた城がどうのこうのって話をしていたの」

モリーニが表情をこわばらせた。「呪われた城、ですか？」

「ええ。英国人が来て、城主の娘と何かあったとか、なんとか。わたしが言いたいのはね、アビゲイルは若くて感じやすいの。だから、できれば……」アレクサンドラは咳払いした。「今後はあの子にそういう話はしないでほしいのよ」

モリーニはあいているほうの手でエプロンをのばした。「はい、シニョーラ。もちろん、しません」

「つくり話なんでしょう、モリーニ？」

家政婦はしばらくアレクサンドラを見つめ、やがて目を伏せた。「つくり話です。ただのつくり話」

そして、また扉のほうを向き直り、部屋を出ていった。

16

気がつくと、部屋のなかにバスケットが置かれていた。夕食後、アレクサンドラが入浴しているあいだに、まるで魔法のように現れたのだ。ずしりと重いそのバスケットを手に、彼女は狭い廊下に出た。バスケットにかけられたブルーの格子柄の布の下には、彼女の大好物であるアーモンドケーキをはじめ、食料庫にある品々がつまっていた。

窓から月明かりがさしこみ、廊下の突きあたりにある石の階段を照らしている。何世紀も前、こんな青白い光のなか、メディチ家の女性たちは真夜中にひそかに恋人に会いに行ったのかしら？　何人くらいの女性が同じ目的で、この秘密の階段を使ったのだろう？　靴下をはいただけの足で、不安と期待に胸をどきどきさせながら。

昨日アビゲイルが話していた城主の娘もそうだったの？

呪いを信じているわけではないけれど。

あと少し……あとほんの少しでフィンの腕に抱かれることができる。唇を重ねることができる。彼のすべてを見、知ることができる。

夕食はまるで拷問だった。食堂に入ると、フィンの姿が見えた。片手にグラッパのグラスを持ち、もう片方の手に手紙を持っている彼を、アレクサンドラはじっと見つめた。

ふたりの目が合った。

〝あら、こんばんは〟彼女は言った。

〝やあ、レディ・モーリー〟フィンが軽く一礼して答える。

そこへメイドがローストした羊肉を給仕しはじめ、ウォリングフォードが飛びこんできて、〝チーズ戦争〟について滔々《とうとう》と語った。アビゲイルはうまくやったらしく、女性陣は廏番の男たちに対して全面勝利をおさめた。おかげでふたりは誰にも気づかれずに席につくことができた。

アレクサンドラは平静を装っていたが、ローランドに胡椒をとってくれないかと頼んだ以外はフィンが無言を通しているのを見ると、いっそう彼がほしくなった。フィンが口をつけるワイングラスにさえ嫉妬を感じるほどだ。テーブルを飛び越えて彼の膝に座り、ふんわりとしたパネットーネ（イタリアの伝統的な菓子パンのひとつ）をこの手で食べさせ、落ちたくずはなめとってあげたい――そんな衝動に駆られた。

最後の料理を食べ終えると、フィンはすぐに席を立ち、食後のコーヒーが凍りつきそうなほど冷ややかに、堅苦しくごちそうさまを言った。そして一瞬だけアレクサンドラの目を見つめ、立ち去った。

あの目を思いだすと、バスケットを持つ手がこわばった。

あと数歩で階上に着く。アレクサンドラは足をとめ、耳を澄ませた。モリーニは廊下に誰もいないようにしておくと約束してくれたが、安心していいものかどうかわからなかった。わたしがフィンの寝室の扉をたたく瞬間に、ウォリングフォードが廊下の角を曲がってこようとしたら、家政婦はそれを阻止できるのだろうか？

あたりは静かだった。自分の血管が脈打つ音が聞こえるほどだ。遠くからメイドが厨房を片づけている音が聞こえてくる。アレクサンドラは息を吸い、最後の一段をのぼった。

寝室の古びた扉をノックしようと手を持ちあげ、またためらった。ゆうべのことが思いだされる。フィンが気を変え、レディ・モーリーは危険を冒すに値しない相手だと判断していたらどうしよう？　今また作業小屋に戻り、大切な自動車をいじくっていたら？

ふと扉が開き、爪の短い大きな手が現れて、アレクサンドラを部屋に引きこんだ。

「どうかしてるぞ」フィンが言った。「来たりしちゃだめだ」彼の手はアレクサンドラの手を握ったままだ。あたたかくて、がっしりした手。そびえるような長身。グリーンの瞳は蠟燭の明かりを受けてやわらかい光を放ち、赤い髪は指でかきあげたみたいに乱れている。身につけているのはシャツだけで、袖は少し腕まくりしてあった。白い綿の生地が広い肩を強調している。

アレクサンドラはバスケットが指から滑り落ちるに任せ、フィンの胸板に手を置いた。部屋のあちこちで、蠟燭が金色の光を投げかけている。

「来ないといいと思っていたの？」胸がちくりと痛んだ。

フィンが彼女の髪を撫でていた手をおろし、顔を包みこんだ。「まさか。来てほしいと祈っていた。どれほど祈ったか、きみにはわからないだろう」

「本当に？　夕食の席ではまるで気のないそぶりだったわ」

「アレクサンドラ」彼が低い声でささやく。「もうわかってくれてもいいはずだ。ぼくがしゃべらないというのが何を意味するか」

アレクサンドラはフィンを、そのすべてを見通すような瞳を見あげた。「ええ、もちろんわかってるわ」彼の胸は熱くほてっている。ああ、この胸に身を沈めたい。全身を包まれたい。

フィンは黙ったままだった。もう片方の手を持ちあげて顔にあて、唇をそっとおろしていく。もどかしげな激しいキス――それがアレクサンドラの体を貫き、熱い炎となって体の芯を、理性をとかしていった。彼の唇に残る甘いワインの味。押しつけられた下半身のかたさ。石鹸と、かすかに残る革と油のにおい。自分の喉から聞こえる満足げなあえぎ声。今、感じられるのはそれだけだ。

アレクサンドラはフィンの肩に、首にしがみついていた。ふと体が持ちあがり、唇をふさがれたまま抱きかかえられる。そして気がつくと、ベッドに横たえられていた。

理性をとり戻す機会もなかった。周囲を見る余裕もなかった。フィンはベッドにあがってくると、両膝を彼女のふくらはぎの脇に、両手を頭の脇に置いて、さらにキスを続けた。一生こうしていたいというように。

アレクサンドラは彼の首をなぞったあと、がっしりとした顎から頬へと指を滑らせていった。ひげをそったばかりらしい肌はなめらかだった。

「あなたは美しいわ。最高よ。見せて、フィン。あなたを知りたい。あなたのすべてを見せてほしいの」

フィンがかすかに微笑んで身を引く。アレクサンドラは枕に肘をついて体を起こした。蠟燭の明かりを背に受けてフィンの顔は陰になり、表情までは読みとれなかったが、それでも、こういうふうにちゃんと彼を見たのははじめてだと彼女は思った。

「本当に美しいわ」そっと言って、彼のシャツの襟もとのボタンをはずしはじめる。

フィンはぐるりと目をまわし、彼女の鼻の頭にキスをした。

「愛は盲目だな」

アレクサンドラは何も言わなかった。ボタンに、少しずつ目の前に現れつつある素肌に意識を集中していた。こんな男らしい胸は見たことがない。モーリー卿はいつも品のいい寝間着を着ていたし、男性の体を垣間見る機会といえば、絵画や彫刻くらいだった。もちろん、あれは理想像。芸術作品。そう思っていた。だからフィニアス・バークの肉体がまさにその芸術作品のようだとは、ギリシアの神々のようだとは想像もしなかった。そうでなくても、彼に夢中だというのに。

もちろん肉体が美しいに越したことはない。

彼女はもどかしげにシャツをズボンから引っ張りあげた。手早く残りのボタンもはずすと、安心したようにため息をつき、頭からシャツを脱がせた。

完璧な体だった。均整がとれていて、筋肉はかたく引きしまり、蠟燭の明かりを受けた肌は黄金色に光って見える。アレクサンドラはその広い胸板から肩へ、そして首筋へと手を滑らせた。フィンが頭をかがめ、てのひらにキスをする。彼女はふいに、宙に浮いているような気持ちになった。わたしは本当にここにいるの？　わたしは本当にこのベッドに横たわり、大胆にもフィニアス・バークを愛撫しているの？

わたしは彼にふさわしい女なのだろうか？

フィンがまた唇を重ねてきた。今度はやさしく。手が胸へと移動し、ドレスの上からふくらみをつかむ。アレクサンドラはゆったりとしたドレスを着ていた。イブニングドレスのような繊細なレースや装飾のないドレスだ。フィンもてのひらと彼女の素肌を阻む生地がごく薄いことに気づいたようだった。

「いけない人だ」そうつぶやいて、手を背中にまわし、シーツのあいだでもどかしげにボタンを探りはじめる。

アレクサンドラはおかしくなってくすくす笑った。「やめて。それじゃやりにくいでしょう」体を持ちあげ、うつ伏せになる。そして彼がドレスのボタンに手をのばしてくると、ヘアピンがはずれて背中にかかっていた髪を払った。

「どうしてローブで来なかった？」日ごろの科学者らしい冷静さをかなぐり捨て、フィンはボタンを引きちぎりそうな勢いでせわしなく指を動かしている。

「ローブ姿で廊下を歩いているところを人に見られたら、説明に困るもの」ドレスがゆるむ。

アレクサンドラの全身に震えが走った。

「また震えてる」フィンがささやく。彼の吐息が髪にかかり、指が背中に触れるのを感じて、アレクサンドラは目を閉じた。

「しようがないの」事実だった。欲望と不安と期待が絡みあい、区別がつかなくなっている。新婚初夜でさえ、これほど胸がどきどきすることはなかった。あれは神に認められたしかるべき行為で、実際のところ祭壇の前に立つのとさほど変わらない体験だった。それに、モーリー卿は今体を重ねている男性とはまったく違っていた。お互い服も脱がず、決められた手順を踏んだだけだった。あれは単なる儀式だった。

だけど、フィンとは違う。このあとに未知の、秘めやかで刺激的な展開が待っている。彼は若く、生き生きとしていて、わたしに悦びを与えようとしてくれている。たぶん与えてくれるだろう。今のわたしには想像もつかない、神秘に包まれた方法で。やがてふたりとも裸になり、互いにすべてをさらけだして、夫婦のようにベッドに横になる。終わったあと、彼はわたしを腕に抱き、ともに眠ってくれる。そのすべてが数時間のうちに現実となるのだ。夜が明けるころには、わたしはそのすべてを知っている。

フィンもアレクサンドラの思いを察したようだった。ゆっくりと彼女の背筋に沿って指をおろしていく。やがて、最後のボタンがはずれた。彼は手を腰にまわし、上へと滑らせていって、胸を包みこんだ。うやうやしく、まるでそっと鳥の巣を持つかのように。

「ああ、ダーリン」耳もとでささやく。「きみは美しい。女性らしく、丸みがあって、完璧だ」

フィンの親指がかたくなった胸の頂をなぞると、アレクサンドラは身を震わせた。腕を持ちあげて彼の頭を両手で挟みこみ、豊かな髪に指を絡ませる。

「きみがほしい、アレクサンドラ。きみのすべてが知りたい。きみのなかに身を沈めたい」

彼女はフィンのほうに向き直った。裸の胸を彼の胸に押しつけ、肌が触れあう感触を楽しむ。「わたしもほしいわ。わたし……」あなたとひとつになりたい。あなたの体を自分のなかに感じたい。あなたの強さ、生命力を。あなたのすべてがほしい……。彼女は手を、フィンの体に沿って下へおろしていった。「今すぐ。もうこれ以上待てない」

フィンがズボンをまさぐるアレクサンドラの手を払いのけ、自分でボタンをはずした。そして下着と一緒に乱暴にズボンを脱ぎ、生まれたままの姿になった。下腹部が誇らしげに屹《きっ》立《りっ》している。長い手脚が彼女をベッドに押さえつけた。腰に彼の手を感じた。ドレスを脱がせようと奮闘している。彼女は背中をそらし、目を閉じた。衣服はすべてとり去られた。

フィンが動きをとめた。

「何？　どうかしたの？」

「なんでもない」声がうわずっている。フィンは頭をおろして彼女の胸の頂を吸った。アレクサンドラの頭のてっぺんから爪先まで快感が駆け抜ける。脚のあいだが熱く潤った。「きみは美しい。すばらしいよ……」もう一方の頂に移って、また激しく吸う。彼女はベッドから体を浮かせてあえいだ。彼の唇が腹部へとおりていき、手が腰を愛撫しはじめた。親指が脚のあいだに触れ、敏感な場所をそっと押し広げる。アレクサンドラは息ができなかった。肌にかかるフィンの吐息は焼けつくように熱い。

体が震えた。彼女は両手でフィンの頭をつかみ、引きあげて唇を重ねた。

「お願い。今よ、フィン。あなたがほしいの。もう……もう待てない」

爆発しそうなほど張りつめた下腹部が押しつけられた。アレクサンドラは何も考えずに手で彼を包んだ。フィンの体の未知な部分を見つけたような思いで。鉄のようなかたさと、シルクのようになめらかな肌の対比を感じながら手を上下に動かすと、彼が低くうめいた。とてつもなく大きい。ふと、彼女は不安になった。わたしはこれを受け入れられるのかしら。夫の下腹部に触れたことはなかった。ちゃんと見たことさえない気がする。

フィンは目を閉じていた。肩が小刻みに揺れているだけで、身じろぎひとつしない。蠟燭の明かりを受けて、彼の肌は内側から輝いているようだった。フィンが自身をさしだし、辛抱強く待っている。アレクサンドラはそのかたい先端をやわらかな脚のあいだにあててみた。その刺激はとても心地よかった。

フィンが一瞬うつむき、やがて意を決したように顔をあげた。そして熱っぽい目で彼女を見つめると、一気になかに入ってきた。

アレクサンドラは悲鳴をあげそうになった。歓喜から。驚きから。渇望が一気に満たされたような気がする。フィンはしばしその姿勢のまま、彼女の目をじっとのぞきこんでいた。

「すごいな」彼がうなった。「ウィンチ並みにきつい」

「え……何？」アレクサンドラは今自分が受け入れている彼自身のことしか考えられなかった。「大丈夫なの？」

「もちろんさ」フィンが彼女にキスをし、腰を動かしはじめた。「ぼくが最後まで我慢できさえすればね」

彼が深くアレクサンドラを満たしていく。突かれるたびに体の芯が刺激され、もっともっとほしくなる。

彼女は脚をフィンの体に巻きつけ、手と唇で促した。それにこたえて、彼がさらに激しく腰を突きだす。あまりの快感に、アレクサンドラは頭をのけぞらせた。想像もしていなかった。毎晩夫と並んでベッドに横になっていたというのに、本当の意味で男性とひとつになるというのはこういうことなのだと今の今まで知らなかった。フィンが自分の体の奥まで貫くのを感じる。もっと深い結びつきを、悦びを求めて、ふたりは力を振りしぼった。体がうねり、ぐるぐると高みへとのぼっていく。未知の淵まで、あと少しで届きそうだ。

「いくんだ、ダーリン」フィンがかすれた声でささやいた。「すばらしい。きみはとてもすばらしい女性だ。もうすぐそこだろう。身を任せて、いくんだ」その言葉と同時に、アレクサンドラは頂上へとのぼりつめた。悦びの波が押し寄せ、ふたりの叫びがまじりあう。彼が片腕で体を支えながら、最後の瞬間に身を引くのをぼんやりと感じた。精液が腹部に飛び散る。

アレクサンドラは手をのばし、フィンを引き寄せた。そしてやわらかな髪が頰にあたり、彼の重みが体にかかり、精液で腹部が濡れる感覚を、長いこと味わった。

フィンの恍惚となった頭のなかにゆっくりと意識が戻ってきた。気がつくと、アレクサンドラの腕が体に巻きつき、彼女の手がゆっくりと髪を撫でていた。豊かな胸のふくらみが胸板の下でつぶれている。

「すまない」彼は体を持ちあげながらつぶやいた。「ハンカチを用意しておくんだった……」

「いいの。大丈夫よ。すてきだったわ。あなたは最高よ」

フィンは肘をついて体を起こし、シャツに手をのばした。そして、精液の飛び散った下腹部のなめらかな肌をふく。言葉をかけたかったが、アレクサンドラのあまりの美しさ、非の打ちどころのない体を前に、何も言えなかった。

「いずれにしても、かまわなかったのよ」彼女が低い声で言った。「気を使う必要はなかったということ。わたしは子どもを産めない体なの」

彼はアレクサンドラの顔に視線を戻した。彼女はまじめに言っているようだ。猫のような目が蠟燭の明かりを受けて金色に見えた。

「どういう意味だい？」

アレクサンドラが肩をすくめた。「五年間も結婚していて、兆候すらなかったんだもの」

「ダーリン、きみのご主人は年のいった男性だった。ぼくの記憶が正しければ、その前の二回の結婚でも子どもができていない。たぶんきみは普通に子どもを産めると思うよ」身をのりだして、右胸にキスをする。完璧な形をした豊かなふくらみに。何週間も夢に見て、今、ようやく自分のものとなった。

「なんですって？　モーリー卿が？　そんなことありうるの？　わたし、てっきり……」

「充分ありうるさ。何が原因かはわからない。顕微鏡で精液を見たことがあるかい？」無視されて寂しそうにしている左胸に移る。

アレクサンドラはしばらく言葉が出ないようだった。

「残念ながら、ないわ」

「驚くよ。精子がうようよしているのあり、ほとんどないのありで」フィンは身を引いて彼女の胸を手で包み、その豊かさに見とれた。「子どもができない体とは思えない。最後にメンスがあったのはいつ？」

「なんですって？」アレクサンドラがぱちりと目を開けた。

「月のものさ」

アレクサンドラは口ごもった。「さ、さあ……。どうしてそんなこと……。まあ、一週間くらい前だったかしら。いやだわ、フィン……」体じゅうがまだ興奮にほてっていたが、頰が特別濃いピンクに染まった。

フィンは手を彼女の腹部に持っていった。「なら、大丈夫だろう。ローマに行ったら、ちゃんとした避妊具を手に入れるよ。引き抜くというのは完璧な方法じゃないんだ。絶頂に達する前にいくらか分泌している可能性があるし……」

アレクサンドラは寝返りを打ってうつ伏せになり、枕に顔をうずめた。「まったく、科学者っていうのは」

フィンは答えなかった。引きしまった丸いヒップの眺めに心を奪われていたのだ。彼女がよく歩いているのは間違いない。テニスもしているかもしれない。ドレスの下にこんな魅惑的なヒップが隠れていたとは。

「フィン？」枕に顔をうずめたままアレクサンドラが言った。

「なんだい？」

「あなたって、なんでも理詰めで話すのね」

「ぼくはそういう人間なんだ。とうに知ってると思っていたが」美しい腰の曲線から目が離せないまま、フィンは言った。

アレクサンドラが振り返った。「何をしているの？」

「きみに見とれているのさ」

彼女がまたあおむけに戻った。「ねえ、ミスター・フィニアス・バーク、わたしたち、たった今……親密な関係を結んだのよ。すてきだった。情熱的だった。だからわたしとしては……あなたが、あの……それについて何か言ってくれたらうれしいわ。わたしを抱きしめて、すばらしかったとか、ほかの女性に比べてどうだとか……」

「そんなに大勢の女性と経験があるわけじゃない」

「だとしても、こんなふうに感じたのははじめてだとか。本当でなくたってかまわないのよ」

肌をピンク色に染め、髪を乱したアレクサンドラは愛らしかった。彼女はぼくのものだ。フィンはあらためてそう思った。

「それが大事なことなのか?」腕をのばし、アレクサンドラを抱きしめる。「すばらしかったよ。こんなふうに感じたのははじめてだ」

「それはどうもありがとう」

彼は笑った。「本当に最高だった。もう一度したいくらいだよ。きみがその気になるなら。寒くないかい?」

「少し」

「空気が冷たく感じるだろう。体のほてりが冷めてきたところだろうから」毛布の端を探り、絡まりあった体の下から引っ張りだす。そして、彼女にかけながら言った。「少しはあたたかい?」

「ええ、だいぶ」アレクサンドラが彼の顎の下に頭を添わせた。

フィンはしばらく指で彼女の髪をすきながら、そのまま横になっていた。そして、言葉を選びながら言った。「ぼくは女性とのつきあいに慣れているとは言えない」

アレクサンドラが鼻を鳴らす。

「言いたいことはわかるよ。ありがとう。ただ、ぼくが言った意味は違う。ぼくは女たらしじゃない。単なる気まぐれで女性をベッドに誘うことはない。今あったことは……そのすばらしさ、きみのすばらしさは……またとないものだ。ぼくにとってもこれまで経験したことのないものだった」彼は深く息を吸いこんだ。「だから、わかってほしい。わかってもらわなくてはならない。前にもちらりと言ったが、ほら、作業小屋で……。ぼくは本気だ。この気持ちは永遠に変わらない」

アレクサンドラは何も言わなかった。体じゅうを緊張の波がうねっているのが、フィンにも感じとれた。

彼女の手をとり、唇に持っていく。「これでも充分じゃないだろうか？」

「そんなことないわ」アレクサンドラの声はかすれていた。「あなたはすてきな人よ、フィン。愛しているわ。でも、お願いだから……」声が途切れた。彼の唇から手を引き抜き、腹部にあてる。「そんな先のことを考えるのはやめない？　ここでまだ何カ月も過ごすんだもの。何があってもおかしくないわ」

「ぼくの気持ちが変わるかもしれないと思っているのか？」

「何があってもおかしくないもの」

フィンはすばやく動き、アレクサンドラの腕からすり抜けると、彼女に覆いかぶさった。唇は一〇センチほどしか離れていない。

「聞いてくれ、アレクサンドラ。よく聞くんだ。ぼくはウォリングフォードじゃない。いちずな男だ。誰彼かまわず女性をくどくなんてことには興味がない」アレクサンドラの唇にそっとキスをする。「そしてきみを見つけた。きみだけを。もう放したくない」

「あなたはわたしのことをよく知らないのよ」彼女がささやくような声で言った。「わたしがどんな女か知ったら、そんなことは言わないでしょうね。わたしはあなたにふさわしい女じゃないのよ、フィン」

「何を言ってるんだ。きみは賢くて、勇気があって、機知に富み、生気と活力にあふれている」

「それだけじゃないわ。虚栄心が強くて身勝手なの」

「人間は誰だってそうさ。なら、アレクサンドラ、ぼくにどうしろと言うんだ？　もっと弱い女性を探せというのか？　ぼくの言いなりになって、ぼくの虚栄心を満足させるような女性と結婚しろと？　ぼくを見くびっているのか？」彼女の心に届くようにと思うあまり、つい口調が激しくなる。

「そんなことは言っていないわ。でもね、わたしは社交界の、いわば申し子なのよ」アレクサンドラが苦々しい目つきで彼を見あげた。「こう見えて、芯は保守的なの。あなたにはもっと自由な女性がふさわしいわ。あなたのためならすべてのしがらみを捨てることができるような女性が」

フィンは思わず笑った。「矛盾しているよ。社交界の申し子が、一年間も学問のためにイタリアの人里離れた不便な城に滞在しようと思うかい？　これ以上自由で、しがらみにとらわれない女性がどこにいる？」

アレクサンドラはもがくようにして体を起こし、彼の顔を両手で包んだ。「わたしがイタリアに来た理由は学問のためじゃない。まったく違う理由からなの」

「でも、前にそういう話を――」

「真実が知りたい？　教えてあげるわ」

〝真実〟という言葉が、氷のように冷たくフィンの胸に刺さった。

「教えるって何をだ？」

アレクサンドラが長々と息を吸った。「わたしは破産寸前なの。フィン、噂を聞いたことはない？　自分のお金はほとんどないのよ」

フィンはしばらく彼女を見つめていた。静かな口調とは裏腹の、かたくなな表情、挑戦的なまなざし。頬にあてられた指はこわばっている。

「本当なのか？」

「そうよ。ロンドンの家は引きあげたわ。そうするしかなかったの。家賃がとても払えなかったから。ロセッティと交渉して――」

「でも、そんなことはありえない！」彼はアレクサンドラの手をしっかりと握った。「きみに遺された財産はないのか？　まさか、モーリー卿はきみに何ひとつ――」

「彼のせいじゃないの」彼女が手をおろし、膝の上で組みあわせた。そして、じっと自分の手を見おろした。「彼の甥が、そのお金を投資したの。その……ちょっと間違ったところへ。それを回収できなくて。今はわたし、年に五〇ポンド程度しか収入がないのよ」

「五〇ポンドだって！」胸の氷がとけ、麻痺した脳にも血がめぐりはじめた。この話から可能性が開けるかもしれないという思いが芽生える。

「わかったでしょう。わたしは自ら望んでここに来たわけじゃないの。しかたなく田舎に引っこんだだけ。そうしているあいだに状況がよくなることを願ってね。ロンドンに、かつての生活に戻れるように。わたしが愛していた生活、慣れ親しんだ生活、得意とする生活……」アレクサンドラが一瞬、間を置き、淡々と締めくくった。「わたしの望む生活に」

フィンは彼女の話を理解しようと、矛盾点を見つけようとあがいた。「でも、レディ・ソマートンは……」

「それも理由のひとつなの」

「そんなはずない。聞いた話では、彼女の夫は――」

アレクサンドラがぱっと顔をあげた。「世捨て人というわりには、ロンドンの噂話に詳しいのね」

「ダーリン」フィンは彼女の手をとり、片方ずつキスをした。「大変だったね。気の毒に思うよ。今年は災難続きだったというわけだ。でも、簡単な解決方法がある。それも、満足のいく解決方法だ」

アレクサンドラがうつむき、ゆっくりと首を振る。

フィンは身をのりだし、彼女の耳もとにささやいた。「ぼくと結婚するんだ。ぼくにはたっぷり財産がある。ロンドンに家を買おう。一〇軒買ってもいい。そうすればきみはすべての心配事から解放され、好きなように暮らせる」

「やめて」アレクサンドラは震えていた。涙が頬を伝い、絡まった指へと吸いこまれていく。「ばかなことを言わないで。あなたと結婚はできないわ。こんな形では結婚できない。あなたとはだめなのよ」

彼はかっとなった。「どうしてぼくとはだめなんだ?」ぎゅっと手を握り、問いつめる。「アレクサンドラ、どういう意味だ? ほかの男とならよくて、ぼくとはだめなのか?」

「違うわ! あなたが問題なんじゃないの」アレクサンドラが顔をあげた。目はまっ赤で、涙がにじんでいる。彼女は手でさっと涙をぬぐった。「お金のために結婚したくないの。ほかのことはよくても、これだけは譲れない。あなたとのことだけは、神聖で、穢れのないままにしておきたいのよ」

フィンは彼女の震える体を抱き寄せた。「もういい、ダーリン。それ以上言わなくていい」

「結婚はできないわ。取り引きも、契約も」

「わかってる」

「話さなければよかった。話すつもりはなかったのよ」

「話してくれてうれしいよ。ふたりのあいだに隠しごとはなしにしたい」

アレクサンドラが引きつった笑い声をあげる。

「アレクサンドラ、金のために男と結婚するなんて、ぼくが許さない」フィンは彼女を放し、髪を耳の後ろにかけながらきっぱりと言った。「相手がぼくであってもだ」

「賢明な判断ね。さすが頭のいい人だわ」

フィンはやさしく彼女を見つめた。肌はいまだに悦びの余韻でピンク色に輝いている。目を合わせたくないのか、またまぶたを伏せていた。乱れた髪が胸もとで波打ち、高い頬骨に蠟燭の明かりが映っている。

彼はアレクサンドラの額に唇を押しあて、ささやいた。「きみは愛ゆえに、ぼくと結婚するんだ」

17

フィンは本気なのだ。顔を見ればわかる。バッテリーの開発にとりくんでいるときと同じ、熱意と信念に満ちた顔をしているから。喜んでいいはずだとアレクサンドラは思った。バッテリーと同一視されて名誉と感じる女性は少ないだろうけれど。

フィンが呆然としている彼女を押し倒し、ベッドにあおむけに寝かせた。「当然ながら」やさしいキスでアレクサンドラの唇をふさぎながら言う。「きみにとってはいい話じゃないかもしれない。ぼくは頑固だし、無口だし、一日じゅう薄暗い作業小屋か工場か、でなければ研究室で過ごす」

愛撫にこたえて、アレクサンドラの体にまた火がついた。抵抗するのは無理だった。フィンの首に腕をまわし、目を閉じる。

「怪しげな仕事仲間がしじゅう客間に出入りして、ソファに油じみを残し、最高級のブランデーを飲みつくすだろう」彼が顎にキスをし、耳に息を吹きかける。

アレクサンドラはくすくす笑った。「それは困るわ」

「爵位もない。生まれもよくない。母親は醜聞にまみれたアイルランド人の高級娼婦。父親は……」フィンは肩をすくめ、唇を首から胸へとおろしていくと、むさぼるように乳首を吸った。

「お父さま？」アレクサンドラは体じゅうに押し寄せる快感に流されまいとしながら、先を促した。「教えて。お父さまはどなたなの？」

フィンは答えなかった。「それに見てくれもぱっとしない。背が高すぎるし、やせすぎているし、頭でっかちだ。若いときはひょろひょろで、棒のてっぺんにかぼちゃを刺したみたいだった」

「何を言うの。あなたは美しいわ。完璧よ！」

へそを舌でなめられ、アレクサンドラは体に電流のようなものが走るのを感じた。

「最後に、この赤毛だ。こればかりはどうしようもない」

「わたしはあなたの髪をすてきだと思うわ」アレクサンドラは赤い髪を指に巻きつけ、満足げなため息をもらした。

「きみが結婚にのり気でない理由はよくわかるよ。冷静で賢明な判断だ。でも一方で、これがある」フィンの唇が彼女の下腹部へ、そして脚のあいだへと移っていく。

「何？」アレクサンドラはあえいだ。

「これだよ」

どこかの時点で、脳のなかの思考をつかさどる部分がはじけ飛んだ。そのあと、残ったのは感覚だけだった。フィンの熱い舌が敏感な場所を愛撫し、ひだのひとつひとつを探るのがわかる。アレクサンドラは彼の髪をつかみ、肩にしがみついた。快楽にのみこまれる体を支えようとするかのように。フィンの舌がゆっくりと円を描き、彼女をさらなる恍惚へと誘う。唇はいたるところを愛撫していた——彼を求めて叫ぶ体の芯だけを除いて。

「ああ、お願い、お願い」気がつくと、必死に懇願していた。やがて、フィンの指がするりと体のなかに入ってきた。舌はついに歓喜の源を探りあて、巧みに刺激する。アレクサンドラは思わず体をそらした。休むことなく愛撫されるうち、世界がぐるぐるまわっているような錯覚に陥った。

圧倒的な力で、一気に絶頂に押しあげられる。彼女は頭をのけぞらせ、枕に顔をうずめて、絶叫を押し殺した。

フィンは心得たものだった。舌と指の動きをとめ、アレクサンドラの体がさらなる高みへ漂うに任せる。歓喜の波は体じゅうに広がり、しだいに小さくなって、あとに甘いけだるさを残していった。フィンが体を引きあげ、そっと唇を、彼女自身の香りと味わいのする唇を重ねてきた。

「ああ……」アレクサンドラは彼に腕をまわした。

フィンもうめき声をあげながらキスを続けた。最初はやさしく、辛抱強く、彼女が地上におりてくるのを待つようにゆっくりと。キスはしだいに深く激しくなっていき、やがて彼はそっとアレクサンドラをうつ伏せにした。

「何？」腿のあいだにかたくて大きなものがあたり、彼女は息をのんだ。

フィンの吐息が首筋に、耳にかかる。「信じて、ダーリン。ぼくに任せてくれ。きみを愛したいんだ」

彼はゆっくりと、少しずつなかに入ってきた。体はすんなりとフィンを受け入れている。彼に満たされていくにつれ興奮が募り、アレクサンドラは思わず腰を持ちあげた。ヒップにフィンの下半身があたり、肩には彼の胸が触れている。思わず満足げなうめき声がもれた。体の奥深くでフィンを受け入れ、ふたりの体がひとつになって同じリズムで揺れていた。

アレクサンドラはまた快楽の極みへと駆けあがっていった。フィンも彼女の高まりを感じたようだ。手をついて体を起こし、さらに深く激しく突きはじめた。耐えがたいほどの、痛いほどの快感にさいなまれ、解放の瞬間へと逃れたくなるほどだったが、彼は解き放ってくれなかった。相変わらず容赦なしに責めてくる。

アレクサンドラはシーツを握りしめ、あえいだ。数分か、数時間か。もはや時間の感覚はなかった。なんの感覚もない。感じられるのはただ、ゆっくりとした彼の腰の動き、そしてわきあがる快感だけだった。

「フィン……」自分が感きわまった声を出すのを、他人事《ひとごと》のようにぼんやり聞いた。

アレクサンドラがもうこれ以上我慢できないと思った瞬間、この果てしない快感も終わりだと思った瞬間、フィンが動きを速め、手を体の下へと滑らせて、大きなてのひらを彼女の秘所に押しあてた。

絶頂の瞬間は突然、訪れた。甘い解放感と歓喜の波が同時にアレクサンドラを襲った。フィンがすばやく身を引き、シャツを手にとるのがわかる。やがて彼がそっと体を重ねてきた。肘で体を支えながら、まだ痙攣のおさまらない彼女の首筋に鼻を押しつける。

アレクサンドラは動けなかった。何も考えられなかった。体力を最後の一滴まで使い果たしてしまったようで、四肢が鉛のように重い。

フィンが体を起こし、後ろから彼女を抱きかかえた。湿った熱い胸板が背中に押しつけられる。「いとしい人」彼がささやいた。「ぼくと結婚してくれるかい？」

アレクサンドラは眠るつもりはなかった。ふたりに残された貴重な数時間を無駄にするつもりはなかった。けれどもいつしか寝入っていたようで、心地よい眠りから覚めてみると、蠟燭も残り一本となり、すっかり暗くなった部屋にいた。フィンは彼女を守るように体を丸めている。片方の手は胸のふくらみを包んでいた。

「今何時？」アレクサンドラははっとして起きあがろうとした。

「しいっ。まだ二時になっていないと思う」フィンが低く、なめらかな声で言った。彼女をあたたかな毛布のなかへ、愛の残り香とけだるさのなかへと引き戻す。

「起こしてくれればよかったのに」アレクサンドラはとがめるように言った。

「疲れきっていたから」

「あなたはずっと起きていたの？」

「ダーリン、ぼくは今日の午後五時まで寝てたんだ。目がさえて眠れないさ」

アレクサンドラは彼の腕のなかで体の向きを変えた。「ごめんなさい。退屈だったでしょう。ずっとただ横になっていたなんて」

「全然」フィンが彼女の鼻の頭にキスをする。

「おなかはすいてない？　バスケットを持ってきたのよ。なかにチーズとパンとワイン、それに絶品のアーモンドケーキが入ってるわ。何か食べれば眠れるかもしれないわよ」

「ぼくは眠りたくない」

アレクサンドラは彼の頬に手をあてた。「そんなこと言わないでちょうだい。バスケットをとってきて」

フィンが笑い、顔を横向けて彼女のてのひらにキスをした。「おおせのとおりに」

ふたりはベッドのなかでバスケットの中身を食べた。くずが毛布に落ちても気にせず、食べさせあう。それからもう一度、ゆっくりと時間をかけて愛を交わした。体勢を変え、互いを探索し、じっくり味わい、ぎりぎりまで快楽を引きのばしながら。ついに達したとき――この比類ない悦びがついに絶頂を迎えたとき、フィンはまたとっさに自身を引き抜いた。アレクサンドラは自分の体の一部が引きちぎられたように感じた。このままなかにいて。行かないで。そう叫びたかった。けれどもそのひと言は、結婚の申し出にイエスと言ったのと同じことになる。フィンの子どもを宿す可能性を、彼との未来を、結婚を受け入れることになる。

また眠りに落ちたのだろう。気がついてみると、アレクサンドラはドレス姿で彼に抱えられ、暗い廊下を自分の部屋へと向かっていた。

「だめよ」彼女は混乱しながらもささやいた。「誰かに見られるわ」

フィンがアレクサンドラの髪にキスをした。「見られたっていいさ」

彼は教えられるまでもなく部屋を見つけ、アレクサンドラをベッドに寝かせた。夜明けのかすかな灰色の光が、東の低い山並みを浮かびあがらせている。フィンが額にキスをしてくれたのは覚えている。そして扉の閉まる小さな音がし、あとには何もなくなった。

18

夏至前夜祭

ジャコモの不満げな顔は見えなかったが、作業小屋に侮蔑を含んだあたたかな空気が流れこんだのは感じとれた。

この二カ月で、フィンにもすっかりおなじみとなった空気だ。

「また、ぼくの愚かさを非難しに来たのか、ジャコモ？」フィンは顔をあげずにきいた。バッテリーをさらに改良したあと、今またとりつけ直しているところで、一瞬たりとも目を離すわけにはいかなかったからだ。

「面倒起こすだけだ、女は」ジャコモがぶつぶつと言った。

「それは知ってる。だが、今も彼女を愛する気持ちは少しも揺るがない。だから、悪いが、消えてくれないか《バガー・オフ》」

「バガー？　なんだい、それ？」

フィンは最後のケーブルをとめると、体を起こした。「俗語で、英国では肉欲にふけることをさす。気にしなくていい。ところで、なんの用だ？」

「手紙だ」ジャコモが何通かの封書を作業台にたたきつけるように置いた。「それと、質問がある」

「おいおい、ジャコモ。また質問か。あとにしてくれないか」

「彼女、レディたちに話すだろうか？　ほかのレディたちに？」

フィンは手をとめた。「いいや」

「彼女は結婚すると言ってるのか？」

「まだだ」

「愛してると言って――」

「いい加減にしないか、ジャコモ。レディの秘密をしゃべる趣味はぼくにはない。特にきみみたいな女嫌いにはな。きみがどうして知ってるのかわからないが――」

ジャコモがため息をついた。「簡単なことだ、シニョール・バーク。朝にあんたの顔を見て、夜にあんたの部屋の窓に明かりがともっているのを見れば。ほかの窓はまっ暗なときも、あんたの部屋には明かりがついている」

「夜遅くまで研究してるからだ」

ジャコモがぐるりと目をまわした。「研究？　はん、英国人はそういう言い方をするのか」

「なんと言えばいいんだ」

「その研究ってのが面倒なことになるのさ。いずれわかるだろう。おれの言ったことが本当だったと。女を信じちゃいけない」

フィンは体をまっすぐにのばした。明日は夏至だ。作業小屋の扉は、丘をくだってくる風が入るよう大きく開け放たれている。昼になった今、作業小屋のなかは暑く、むっとしていた。まして午後の試運転に備えてバッテリーを充電中で、発電機はフル回転している。汗が襟からシャツのなかへと伝い落ちていくのがわかった。

「レディ・モーリーはちゃんとした女性だ」フィンは言った。「ぼくは心から彼女を信頼している」車軸の上に危なっかしくのっている水のグラスに手をのばす。

ジャコモが肩をすくめた。「人は恋をすると、特に若い人が恋をすると、みんな大いなる発見をした気になる。まだ誰も知らない、すばらしいものを発見した気になる。だが、シニョール・バーク……」拳を作業台にくいこませた。「女に誠実さを求めても無理だ。女はまぐれだ」

「まぐれ？」

ジャコモは手振りで伝えようと手を振りまわした。「まぐれだ。あちこち移る。春の風みたいに」

「ああ、気まぐれと言いたいんだな」フィンはグラスを置いた。

「歌にもあるだろう、シニョール・バーク」ジャコモが意外なほど美しいテノールで歌った。

「女は気まぐれ《ラ・ドンナ・エ・モービレ》……。本当のことだ」

「ああ。だが、結局のところヒロインは少しも気まぐれじゃない。それがこの歌のみそだ。

気まぐれで移り気なのは公爵のほうだった。皮肉な話だが」

ジャコモが眉をひそめた。「なんのことだ？」

「オペラだよ、ジャコモ。『リゴレット』だ。きみが今歌ったのは『リゴレット』のなかの歌だ」

ジャコモが威厳たっぷりに背筋をのばした。「おれはオペラなんて見たことない。人から歌を聞くだけだ」

「おもしろい話だよ。本当だ。最後は悲しい結末を迎えるがね。ヒロインは放蕩者の公爵のために死んでしまうんだ。それはともかく、このオペラはきみの女性観の裏づけにはならないな」フィンは城の管理人に向かってにやりと笑った。

ジャコモが疑わしげに目を細めた。「シニョール・バーク、あんたはそう思うし、彼女もそう言っている」机に置いた手紙の束をとりあげ、威嚇するように振りまわす。「でも、この手紙を読んだら、たぶん、おれの言ってる意味がわかるだろう」

「おいおい、ジャコモ。どうしてぼくに来た手紙の内容を知ってるんだ？　それがレディ・モーリーとどう関係ある？」

今度はジャコモがにやりと笑みを浮かべた。「忙しくないときに話そう、シニョール。時間があるときに」

フィンが答えようと口を開いたとき、アレクサンドラが開けたままの作業小屋の扉から入ってきた。太陽のにおいのする風にブルーのドレスをなびかせながら。

　ジャコモの笑みが苦々しげなしかめっ面に変わった。「おれは帰るよ。じゃあ、シニョール・バーク、シニョーラ・モーリー」

　脇をすり抜けて出ていく管理人を、アレクサンドラは眉をつりあげただけで、傲然と無視した。彼女とジャコモはろくに口もきかないのだ。

「順調にいってる？」アレクサンドラが腰に手をあててきいた。

「ああ、もちろん。あと少しでバッテリーのとりつけが完了する。そうしたらちゃんときみに挨拶するよ。今はケーブルから手を離せないんだ」

　彼女が笑った。「期待してるわ」部屋を横切ってきて、フィンの唇にキスをする。「ああ……いいにおい。油と汗まみれね。こういうあなたが好き。いるべきところにいるって感じがするわ」

「ぼくのいるべき場所はきみのそばさ。でも、そう言ってくれてうれしいよ。悪いが、そっちの長椅子に置いてある留め金をとってくれないか」

「喜んで」アレクサンドラが留め金を見つけ、さしだされたてのひらにそっとのせた。「郵便物を持ってこようと思ったんだけれど、もうなかったの。きっとウォリングフォードのしわざよ。あなた宛の郵便物を探ってるんだわ。彼、怪しんでるんだと思う」

「いつもならあいつがいちばん怪しいんだが。今はそれどころじゃないらしい。自分の問題で手いっぱいなんだろう。それはそうと、郵便はジャコモが持ってきてくれたよ。ほら」フィンはエンジンから離れると、手をきれいな布でふき、彼女の腰をつかんだ。「さあ、ちゃ

ん と挨拶をしよう」

いつもながらアレクサンドラは情熱的に応じた。喉を鳴らし、やわらかな体をぴたりと寄せて、キスを待つように顔を上向ける。夏になって、太陽は空高くのぼり、丘の斜面にずらりと植えられた葡萄は葉をいっぱいに広げている。彼女は村の女たちのようにペチコートを脱ぎ、コルセットをゆるめていた。今、腕のなかにいるアレクサンドラの体はあたたかく、生気にあふれていて、夏そのもののようだ。豊かな腰が前夜の記憶を呼び起こす。なじんだ香りがふたりを包み、フィンの体はたちまち張りつめた。

アレクサンドラもフィンの高まりを感じたのだろう、小さなあえぎ声をもらし、唇を彼の耳もとへと滑らせてささやいた。「いつだったか、ウォリングフォードが図書室で女性を誘惑していた話をしたわね？」

「ぼくには考えられないことだが」そう言ったものの、フィンは頭のなかで想像していた。猫脚の机にアレクサンドラを押し倒し、ランプのやわらかな明かりの真下で、引きしまった丸いヒップを愛撫する。でなければ大きなソファに生まれたままの姿で横たわらせ、髪が豊かな胸にかかる姿を眺める。彼女は片脚を低い背もたれの上にかけ……。

ぼくもただの男ということだ。

「ああ」アレクサンドラの手が彼のヒップをつかみ、下半身を自分のおなかのほうへ引き寄せた。「図書室はどうかわからないけれど、作業小屋は間違いなく、誘惑に最適な場所ね」

「悪い子だ。神聖な仕事場に、百合の香りといけない思いつきを持ちこみ、ぼくの邪魔をする」

アレクサンドラが笑って身を引いた。

「あなたがはじめたのよ。ゆうべはいけないなんて言わなかったのに、どうして今はいけないの？」

フィンは彼女の手をつかみ、体の前に持ってきて、じっと見つめた。

「今、ちょうど周期のまんなかだろう。だから抑えているのさ」

アレクサンドラがうめいて手を引き抜き、その手で顔を覆った。

「どうやってそういう計算をするの？　いやな人ね」

「計算はぼくの仕事だ」彼が声をひそめた。「婚外子の運命はよく知ってる。だからこの世にまたひとり生みださないよう、細心の注意を払うことにしているんだ」

アレクサンドラが肩を落とした。指を開いて彼の顔をのぞきこむ。

「それでも、わたしはあなたのお父さまが不注意だったことを、永遠に感謝すると思うわ」

フィンは長い腕をのばし、ふたたび彼女を引き寄せた。抵抗はなかった。

「ぼくと結婚すればいい。それでなんの問題もなくなる。簡単な話だ」

「できないってわかっているでしょう」彼女がとりつくしまのない口調で言う。

「ぼくの金には手をつけなければいい。もちろん、ほしければ、すべてあげる。ただ、ぼくのものになってくれ」

アレクサンドラが彼の胸に顔をうずめた。あたたかな吐息がごわごわした作業着を通して感じられる。口のなかにもまだその味が感じられた。紅茶とジャム付きトースト、そして彼女独特の味わいだ。フィンはアレクサンドラを抱く手に力をこめた。

「それにしても」押しつけがましくならないよう、軽い口調で言う。「どうしてそうむきになるんだ？　ゆうべはすてきだったじゃないか？」

アレクサンドラが背中を震わせて笑った。「すばらしかったわ。今朝起きてすぐ、どうやってお返ししようかって、いろいろな方法を考えたの。でも、ゆうべの体験を超えるものはひとつも思いつかなかった」

「その方法というのを全部聞きたいな」

アレクサンドラが身を引き、フィンの唇に指をあてた。「今はだめ。残念ながらね。実は、今日の午後はお手伝いできないって言いに来たの。今夜の夏至前夜祭のせいよ。アビゲイルが屋敷じゅうを巻きこんで大騒ぎしているの」

フィンは唇を開き、彼女の指先を吸った。

「それで、わたしも手伝いに担ぎだされたわけ。ああ、いい気持ち……」アレクサンドラが指を抜き、その指で彼の顎から首をなぞる。「午後いっぱい、飾りつけだのなんだのをしなくちゃいけないの。アビゲイルならではのやり方でね」

フィンは眉根を寄せた。「その夏至前夜祭というは、実際のところ、なんなんだい？　村の祭りなのか？」

「アビゲイルの思いつきなの。モリーニによると、夏至の日の古い伝統なんですって。異教の祭りだけれど、今では教会に認められて、神父さまも参加なさるのよ」アレクサンドラが指で彼の喉もとに円を描く。それだけで、フィンの下半身は痛いくらいうずいた。「みな仮面をつけて松明《たいまつ》を持って踊るんですって。ぜひあなたも来て」

「仮面なんて持ってない」

「今日の午後、みんなでつくるの。お祭りにはあなたも来てくれなくちゃ」アレクサンドラが顔をあげ、魅力的な微笑を浮かべた。猫のように目尻がつりあがり、瞳がきらめく。「あなたがいなかったら、つまらないわ。いったいわたしは誰といちゃつけばいいの？」

仮面をつけたアレクサンドラが城の外で、松明の明かりに照らされながら踊る姿を想像し、フィンは胸が締めつけられた。「ぼく以外の男といちゃついちゃだめだ」きっぱり言う。

「なら、来てくれるのね？」

「行くしかなさそうだな。もっともぼくのダンスを見たら、百年の恋も冷めるかもしれないが」

「その前に、あなたを果樹園に引っ張りこんでいるわよ」アレクサンドラが爪先立ちになって彼にキスをした。「そろそろ行かないと。アビゲイルはじき、わたしがどこにいるんだろうって言いだすわ。時間を忘れないで、八時には身支度して階下におりていてね」

フィンとしてはまだききたいことがあったが――ローランドも来るのかとか――彼女はもう腕をすり抜け、扉へと急いでいた。

「じゃあ、あとで。遅れないでね！」

まったく、女ときたら。フィンは目を閉じ、いらだちを抑えることに意識を集中させた。簡単なことではなかった。ゆうべは二度も、アレクサンドラを絶頂に導いた。自分は同じ悦びを味わうことなく、万にひとつも間違いのないよう、下半身は服をつけたままで。二度、彼女が究極の悦びに身をよじるのを見、彼の指を、唇を締めつけるのを感じた。今でもまだ、その刺激的な味を感じることができるし、官能的な香りをかぐこともできる。ほんのひと突きでアレクサンドラを奪い、体の奥に種を注ぎこむこともできた。それで命が芽生え、ふたりを永遠に結びつけることになったかもしれない。

けれどもそうはしなかった。フィンは目を閉じ、彼女のほてりが冷め、脈が正常に戻るまで、交流回路のことを考えていた。やがてアレクサンドラを腕に抱き、彼女のまぶたが眠そうに落ちてくるのを見ながら、ふたたび彼女とひとつになれるまであと何日か数えた。ローマで避妊具を求めるのに、どれくらいかかるか計算する。避妊具があれば、少なくとも排卵期に我慢しなくてもいいし、最後の瞬間に引き抜かなくてもすむ。

日が経つにつれ、そうした避妊の努力がつらくなってきていた。

だが、一時の情熱に身を任せてはいけない。代償が大きすぎる。アレクサンドラを不本意な結婚に追いこむつもりはないし、そもそも彼女が不本意な結婚を受け入れるともかぎらない。アレクサンドラのような女性は大切に扱わなくては。本人の意志を尊重し、進んでイエスと言ってくれるのを待つしかない。その価値はあるはずだ。ああいう女性は一度心を決めたら、手と手を重ねたら、二度と離すことはない。華やかな外見の下では、雌ライオンの心臓が脈打っているのだ。

そして雌ライオンのように、激しくて、優雅で、官能的だ。

まったく。

フィンの視線は気をまぎらわせてくれるものを探し、作業台の上に置かれた封書にとまった。窓からの光を受けて、まばゆいほど白く見える。見たところ、どれも仕事の手紙のようだった。月末にかけて山と届く報告書の類だ。質問に対する答え。業務報告書、決算報告書。フィンの署名を必要とする契約書。いずれも部下による注釈や提案が添えられている。以前から計画していた〈マンチェスター・マシーン・ワークス〉の買収が最終段階に入った今、今まで以上にやりとりが頻繁になっていた。

〈マンチェスター・マシーン・ワークス〉にはしばらく前から目をつけていた。フィン自身は電気自動車の開発に全精力を注ぎこんでいるものの、蒸気自動車にも見込みはあると感じていた。ボイラーの問題さえ解決すれば。だが、実はそれ以上に、工場そのものに魅力があった。数年前、会社は新たな資金源を得て、他社に先がけて最新式の工場を建設した。実際のところ、現状ではまだ必要ないほどの広さと生産力、利便性を備えた工場だ。立地と輸送の便は抜群だった。

しかも今、株価は低迷している。無知な投資家たちは工場の価値と自動車の将来性を考えてみることなく、ただ目先の儲けが望めないと見て手を引いた。フィンの部下の営業責任者はすでに極秘に調査、分析を終え、あとは株を買いはじめるところまで来ている。

フィンは椅子に深く座り、封書を手にとった。比較的薄い一通はデルモニコからで、たぶん展示会の件だろう。〝速達〟の印がついた分厚い包みは弁護士からだと思われた。つまり、署名が必要な特許出願書が入っている。別の同じく分厚い封書は銀行からだ。フィンは封を切り、自分がまだひと財産持っていることを確認した。以前指示した英国政府発行のコンソル債売却が功を奏し、今彼は〈マンチェスター・マシーン・ワークス〉を即金で購入できるだけの現金を持っていた。

フィンは最後の封書を開け、マルコム・ゴードンの几帳面な筆跡で書かれた中身を読みあげていった。「ご依頼のあった、〈マンチェスター・マシーン・ワークス〉社の株主構成についてお知らせいたします。同封のリストに、一五人の大株主をあげてあります。ほとんどが数年前、今よりもはるかに高い値で株を購入しており、妥当な申し出には応じると考えられます。もっとも、最大で一〇シリングというところでしょう。それでも現在の株価からすれば二〇〇パーセント以上の――」

フィンは続きを無視し、リストに目を通した。

アルバート・リンゼイ卿　三万二五〇〇株
ミスター・ウィリアム・ハートリー　三万五〇〇〇株
サー・フィリップ・マクドナルド　二万八三五〇株
モーリー侯爵未亡人　二万二八〇〇株

ふいに文字がぼやけた。フィンはリストを作業台に端をそろえてまっすぐに置き、まんなかのしわをのばした。

立ちあがって、作業小屋の扉まで歩き、また椅子に戻る。息苦しいほどの暑さだった。厚手の作業着を脱ぎ、たたんで、作業台のリストの横に置く。

それから考え直し、戸棚のなかにかけた。

作業台に戻ると、フィンは椅子に腰かけ、指で髪をかきあげながら、もう一度リストに目を通した。

黒いインクを使い、営業責任者の堅苦しい筆跡で書かれたアレクサンドラの名前は、どこか不自然だった。これは彼女ではない。別のレディ・モーリーだ。社交界の花、サロンの女主人。新聞で目にするレディ・モーリーは別人だ。

〝甥が、そのお金を投資したの。その……ちょっと間違ったところへ。それを回収できなくて。今はわたし、年に五〇ポンド程度しか収入がないのよ〟

モーリー卿の甥。母方なのか、父方なのか？　姓は？　フィンはまたリストを見直した。

おそらくウィリアム・ハートリーだろう。ハートリーの母親は貴族だ。六代目侯爵の娘であり七代目侯爵の妹である彼女は、裕福な銀行家と結婚したのだ。貴族が一般市民と結婚するのがまだスキャンダルだったころに。息子のハートリーは全財産を注ぎこんで、〈マンチエスター・マシーン・ワークス〉をつくった。熱烈な自動車好きのリンゼイや優秀な技術者だったマクドナルドなど、ほかにも共同出資者はいた。アレクサンドラの寡婦給与はおそらく、ぼくが求めてやまないあのぴかぴかの新工場を建てる資金として使われたに違いない。

フィンは椅子の背にもたれ、天井を見つめた。梁のあいだに細いひびがくねくねと走っている。不思議と感覚が麻痺していた。この情報がもたらす途方もない衝撃に、頭が拒否反応を起こしているようだ。強烈な痛みを感じていいはずなのに、何も感じない。巨大な、黒くて重たいものが頭や肩にのしかかったようだ。

偶然の一致かもしれない。ひょっとしたらアレクサンドラは全財産を投資した会社の名前すら知らないのかもしれない。本当に自動車に興味があるのかもしれない。

ひょっとしたら、ぼくは世界一のまぬけなのかもしれない。

〝女を信じちゃいけません〟

開いた扉からそよ風が吹きこんで、丘に漂う香りを運んできた。陽光のなかで熟していくトウモロコシ、この蒸し暑さのなかで甘く大きくなっていく葡萄、まだかたくて青いオリーブの香りを。

フィンは椅子から立ちあがり、作業着を着た。今日の午後、最後の試運転をする前に、まだまだ仕事が残っている。

19

アレクサンドラは仮面を持ちあげ、最後にもう一度じっくり点検した。「ウォリングフォードの羽がだめになっちゃったのは残念だったわね。いろいろ使えたのに」

「あら、アレックス、あなたもミスター・バークの陰気な作業小屋に入り浸ってないで、たまには納屋にも顔を出していれば、わかったはずよ。羽はたっぷりあるの」アビゲイルがいささか乱暴に刷毛を瓶に押しこんだ。「できたわ。これが最後のひとつよ」

「ミスター・バークの自動車のほうが、山羊や鶏よりおもしろいんだもの」アレクサンドラは答え、仮面の縁につけたふわふわした羽を指でなぞった。この羽毛で肌を撫でたらどんな感じだろう、とふと想像する。桃の木の下でキスしたら、たぶんフィンの鼻をくすぐることになるに違いない。

「ミスター・バーク本人は言うに及ばずね。さあ、リリベット、これはあなたにぴったりよ。百合のように白く――」

「やめてよ！」リリベットがぴしゃりと言った。

その場にいた全員――アレクサンドラ、アビゲイル、そしてテーブルでオリーブに詰め物をしていたモリーニ、かまどの前で串に刺した牛肉を引っくり返していたフランチェスカ――が、振り返ってリリベットを見た。リリベットの頬はまっ赤で、ブルーの瞳には激しい光が宿っている。

「どうしたの？」アレクサンドラは驚いて言った。「あなた、大丈夫？」

リリベットが勢いよく椅子から立ちあがった。「別になんともないわ」そう答えると、わっと泣きだし、厨房を飛びだしていった。

アレクサンドラはあとを追おうとして立ちあがったが、モリーニが彼女の腕に手を置いて押しとどめた。「大丈夫です。彼女はひとりになりたいんでしょう」

「ひとりになりたい？　どこで？　どうして？　そういえばフィリップはどこ？」アレクサンドラはまわりを見渡して問いつめた。考えてみれば、しばらくあの子の姿を見ていない。

「ローランドと出かけてるわ、もちろん」アビゲイルが肩をすくめた。

「もちろん？　それ、どういう意味？　ふたりはよく一緒に出かけるの？」

「ねえ、アレックス、あなた、この数週間どこにいたの？」

アレクサンドラは力なく椅子に腰をおろした。物問いたげに周囲の顔を見渡したが、誰も目を合わせようとしない。

「どうやら、みんな賭けはどうでもよくなったようね」しかたなく仮面を手にとった。

「そうは言ってないわ」アビゲイルが陽気に言った。「ウォリングフォードはまだがんばってるようよ。村の娘たちから苦情は出ていないもの」

「どちらにしても苦情は出ないんじゃない?」

モリーニが咳払いをした。「オリーブ、できあがりました。シニョーラ、シニョリーナ、そろそろ準備なさらないと」

アレクサンドラは顔に仮面をつけた。「ほら、これで準備完了よ」家政婦の前の皿からオリーブをつまむ。手をぴしゃりとたたかれたが、その価値はあった。モリーニのつくるスタッフド・オリーブは最高だ。香草入りソーセージやチーズ、アーティチョークのペーストなどがつめてある。ロンドンに帰る前に、なんとかモリーニからつくり方をききださなくては。それよりいいのは、このイタリア人家政婦を連れて帰り、厨房を任せることだ。

「あら、まだ準備完了じゃないわ」アビゲイルが言った。「衣装も着ないと」

アレクサンドラはオリーブをのみこんだ。「はいはい、わかってるわ、アビゲイル。でもそれよりあのお風呂をなんとかしなきゃ」立ちあがってフランチェスカを呼ぶ。「お湯はまだ?」

「そうじゃなくて、これも伝統でね」アビゲイルが自分の仮面をとり、頭の後ろで紐を結んだ。「わたしたちも村の娘のような服を着て、給仕を手伝うの。全員が仮面をかぶってるから、誰もわたしたちだって気づかないわ。おもしろいと思わない?」

アレクサンドラはぱちんと手を合わせた。「いいじゃない。すごく楽しいと思うわ。もしわたしが一〇歳に戻れたらね。残念ながら、戻れないけれど」

「ミスター・バークが大勢の人のなかでお姉さまを見つけられなかったらって心配してるん

じゃないの？」

「どういう意味かわからないわ」

「ひょっとすると若い村の娘のほうに彼の関心が移ってしまうかも――」

「ばかげたことを言わないで」アレクサンドラは自分を抑えた。「いえ、つまり、そんなことをわたしが気にすると思うなんて、ばかげてるってことよ。彼は好きなだけ村の娘をくどけばいいんだわ。賭けに負けて新聞に恥をさらす覚悟があるならね」

アビゲイルは椅子の背にもたれ、オリーブを嚙んだ。「ああ……これ、本当においしいわね。実を言うと、モリーニ、あなたが今夜のお祭りにほかにどんなごちそうを用意してくれるか楽しみにしているのよ」

アレクサンドラは家政婦に目をやった。モリーニは椅子に座って満足げに微笑み、オリーブを並べている。遅ればせながら妹とこの家政婦とのあいだには何か暗黙の了解があることに気づいた。

アレクサンドラは両手を腰にあてた。「モリーニ、言っておくけれど、余計なことはしないでちょうだいね。あなたが無関係なことに首を突っこんだりしたら、本当にがっかりだわ」

モリーニは訳知り顔でにっこり微笑み、椅子から立ちあがってアレクサンドラの腕をとった。そして両頰にキスをした。「美しい方《ベラ・ドンナ》、誰よりも美しい方《ベリッシマ》、シニョーラ・モーリー、今夜は美しい夜です。美しいお祭りです。村の娘たちは、夏の夜には魔法があると言います」

家政婦は前かがみになって、顔を寄せてきた。焼きたてのパンの心地よい香りがする。「あなたは若い。美しい。そして恋をしてます。それは魔法です。運命《イル・ディスティーノ》です。運命に任せなさい。どうすればいいか、運命が教えてくれます」

玄関ホールの時計が、古びたベルをかすかに七回鳴らした。

「ともかくばかばかしいわ」アレクサンドラは言った。「わたしはこんな衣装なんて着ないわよ。品がないんだもの。説得しようとしても無駄ですからね」

「どう考えても悪趣味だわ」アレクサンドラはエプロンを直し、厨房のテーブルからトレイをとりあげた。

アビゲイルが別のトレイをとりあげ、扉へ向かう。「そんなことないわ。お姉さまは最高にすてきよ」

「最高に下品よ。少なくともリリベットの襟もとはおへそまで開いてないじゃない。これじゃ、わたし、お皿に胸をのっけてるような気分だわ」

「襟もとの開き具合は同じよ。お姉さまの胸が特別豊かだからそう見えるだけ。さあ、行きましょう。リリベットはひとりで外にいるはずよ。運ぶ途中でオリーブを全部食べてしまわないでね」

「食べないわ」アレクサンドラはため息をついた。「このオリーブのお皿のおかげで、少しだけ胸もとが隠れているんだから」

アレクサンドラは妹のあとについて厨房を出て、廊下を歩いた。

外はすでに日が落ち、テラスには長いテーブルと椅子がずらりと並べられている。松明の明かりが連なり、村からやってきた六〇人から七〇人くらいの人々が、午後につくった仮面をつけ、敷石の上で談笑していた。隅では楽団がやわらかな音楽を奏で、バイオリンや木管楽器、そして重厚なチューバの音色をあたたかな夕暮れに響かせている。

「近くのテーブルにお皿を置いてくれればいいわ」アビゲイルが言った。「みんな、最初の料理が並べば、座るでしょうから」

アレクサンドラは人ごみのなかでフィンを捜す暇もなかった。料理やワインを並べるのに忙しかったからだ。テーブルが料理で埋まると、合図があったかのように人々も席につきはじめた。

「わたしたち、挨拶はいいの？」全員が着席すると、アレクサンドラは小声でアビゲイルにきいた。ようやくフィンを見つけた。テーブルの反対端に、まわりからひとつ飛び抜けた赤毛の頭がある。飾り気のない黒の仮面をつけ、粋な装いで、隣の女性と熱心に話しこんでいた。女性の仮面は深紅で、みんなが午後につくったものとは違い、羽やスパンコールで飾りたてられている。

アレクサンドラは目を細めた。

「あら、だめよ。わたしたちってことがわかっちゃうじゃない。心配しないで。モリーニとわたしで完璧な計画をたててあるから」

「それが心配なんじゃない。わたしももう食べていい？　それともそれも、あなたの壮大な計画をぶち壊すことになるの？」

「もちろん食べてちょうだい。リリベットがあなたのために席を用意しているわ。あっちの隅よ」

アレクサンドラがそちらを見ると、リリベットが白いほっそりとした腕をあげて手招きした。隣には目をきらきらさせたフィリップが座っている。反対隣の席はあいていて、前に料理を山と盛った皿が置いてあった。

ありがたいけれど、フィンとその深紅の仮面のお相手からは遠ざかってしまう。

「ねえ、アレクサンドラ」彼女が座るなり、フィリップが言った。「かっこいいでしょ。この仮面、かっこいいと思わない？」

アレクサンドラは少年を見つめた。「間違いなく世界一かっこいい仮面よ。これは鷲の羽？」

「そう。ローランドおじさんがぼくのために見つけてきてくれたの。ローランドおじさんって最高だよね？　くそいかしてるよ」

リリベットは息をのんだ。「フィリップ！　どこでそんな――」

「いいところをついてるわ」アレクサンドラは言った。「あなたのローランドおじさんは〝くそいかしてる〟わね。ほかの言葉では表現できないわ。そう思わない、リリベット？」

「ローランドおじさんはあなたにそんな言葉づかいを教えちゃいけないのよ」

「おじさんは今朝、釣りに連れてってくれたんだ。湖で釣りしたことある、アレクサンドラ？」

「ないわ」アレクサンドラは答えた。「釣りはしたことがない」

「やったほうがいいよ。すっごいおもしろいから。山ほど釣れたけど、おじさんはほとんどを湖に返しちゃった。意地悪おじさんめ」

「フィリップ！」

「おじさんは〝くそいかしてる〟んじゃなかったの？」

「まあ、だいたいはそうなんだけど……」

「ねえ、フィリップ」リリベットは言った。「いい子にして、ちゃんと食べなさい。そうしたらお部屋に戻って寝ましょう」

「やだよ、そんなの」フィリップがごねた。「もっと遊んでからじゃないと」

リリベットが身をかがめ、少年の耳もとに何やらささやいた。

「ああ、わかったよ。でも、たまに忘れちゃうんだ。ぼく、まだ五歳だもん」フィリップがフォークを手にとって、スタッフド・オリーブをひとつ突き刺した。「これ、とってもおいしい」

「わたしも大好きなの」アレクサンドラが言ったとき、ふと、皿の上を人影が横切った。期待をこめて顔をあげる。

「やあ、みんな」ローランドだつた。間違いようがない。金色の頭に濃紺の仮面をつけ、大きな笑みを浮かべている。

「あなたはわたしたちが誰かわかっちゃいけないのよ」アレクサンドラは応じた。「衣装でごまかせるはずって言われたんだけど」

仮面の下でローランドの目がどこを向いているか推測するのは難しい。だが、どうやらその視線は、まっすぐにリリベットのドレスに落ちているようだ。

「いやはや、仰天したよ」

「フィリップの口からとんでもない言葉が出たのを聞いたところよ」リリベットが手厳しく言った。「あなたが教えたんじゃないでしょうね？」

ローランドが仮面の下で可能なかぎり傷ついた顔をしてみせた。「そんな非難を受けるとはまたショックだな。子どもの前ではいつも、極力言葉に気をつけているのに」

「本当かしら」リリベットが言う。

「ねえ」アレクサンドラは口を挟んだ。「いいことを思いついたわ。ローランド、フィリップをベッドに連れていってくれない？　そうしたらわたしとリリベットは、またお客さまに給仕できるわ。あなたなら、この子くらいの歳の子に話して聞かせる、ためになる話をたくさん知ってるでしょう？」

フィリップが椅子の上で飛び跳ねた。「やった！　ローランドおじさん、ペルシアのお話を聞かせて！　海賊とハーレムの女の人のお話！」

リリベットがワイングラスをたたきつけるようにテーブルに置いた。

飛び散った赤い液体が、ローランドの仮面と顎にかかる。

「おもしろそう」アレクサンドラは言った。「どんなお話なのか、わたしも知りたいくらいだわ」

「ローランドおじさん、ですって。まったく」リリベットはぼやき、テラスの反対の端で女性と話しこんでいるフィニアス・バークに向かってうなずいた。「彼と結婚するつもり？」

「なんですって？」アレクサンドラはグラスを口もとに持っていき、ひと口飲んだ。ようやくデザート――ケーキやアーモンドのマカロン、果物――を並べ終わった。ワインの酔いがまわった人々はしだいに騒がしくなっていった。

「ねえ、どうなの、結婚するつもり？　わたしの言ってる意味がわからないなんて芝居を打つのは、もうやめて」

アレクサンドラは口を開いたものの、何を言っていいかわからないことに気づいた。

リリベットが目の前の大皿からマカロンをひとつとり、アレクサンドラの皿に置いた。

「結婚すべきだと思うわ。彼はあなたにぴったりよ。見ればわかる。あなた、輝いているもの」

「できないわ」アレクサンドラは遠くの、人目を引く赤毛を見つめた。松明の明かりを受けてきらめいているのを見ると、ふいに息苦しさを覚えた。「そのつもりもない。結婚は取り引きよ。一種の契約。あなたもよくわかっているでしょう。何より美しいものを、そんなあさましいものに変えてしまいたくないの。台なしにしたくない」

「彼のお金のせい？」

アレクサンドラはマカロンをとり、口に入れた。マカロンは舌の上で甘くとろけ、アーモンドの豊かな味わいで口のなかを満たした。「すべてを台なしにしちゃうのね、お金って」

「彼を愛しているの？」

アレクサンドラは喉をつまらせた。

「愛しているなら、お金は問題じゃないわ」

「でも、いずれ問題になるわ」アレクサンドラは小声で言った。「お金って、そういうものよ。もし……実際にお金のためだったら？　彼と結婚したら、それもわからなくなる。快適で贅沢な暮らしを楽しみ、自分がお金のために結婚したかどうかなんて、たぶん考えないわ。そうやって自分をごまかして生きていくことになるのよ」ああ、わたしは何を言っているの？　ワインのせい？　ワインのせいで思ったことが不用意に口から転がりでてしまうようだ。

「何を言うの？　そんなばかげた話、聞いたことがないわ。いい、アレックス」リリベットが声をひそめて言った。「彼を愛しているなら、しっかりつかまえておきなさい。ほかのことは何も考えなくていいの。自分を責めてはだめ」

「あなたのように？」

リリベットがためらった。「そう、わたしのように」

楽団が突然、軽快で陽気な曲を演奏しはじめた。人々のあいだに笑いが広がる。みな立ちあがって手拍子を打ち、テラスの中央に集まった。

「彼を捜しなさい」リリベットがアレクサンドラの耳もとでささやいた。「絶対に放しちゃだめ」

アレクサンドラは無言で立ちあがった。誰もが笑いながら押し寄せてきて、人波に逆らう彼女の顔を、仮面につけた赤や金や紫の羽で撫でていく。アレクサンドラは体を横向きにしながら人をよけて進んだ。テーブルの角が思いきり腿にぶつかったが、その痛みすら感じなかった。一歩一歩、フィンが座って食事し、深紅の仮面のイタリア人女性と会話をしていたテーブルへと向かう。

だが、ようやくたどり着いたとき、彼はもうその場にいなかった。

20

ダンスはいつまでも続いた。アレクサンドラは最初はおとなしく、松明が投げかける黄金色の光のなかで万華鏡さながらにまわる人たちを眺めていた。今の今まで彼女は、トスカーナの人々はみなきまじめだと思っていた。チーズづくりや葡萄の剪定、豆の選別といった根気のいる仕事にいそしんでいるからだ。たまに気の迷いで、卵を盗むぐらいかと思っていた。けれども今の彼らは、ワインと仮面の影響か、普段とはまったく違っていた。みな頭をのけぞらせて笑い、バイオリンのリズムに合わせ、手織りのドレスをはためかせて陽気に踊り、足を踏み鳴らしている。そのなかにマリアの黒い巻き毛も、フランチェスカの赤い唇も見え隠れしていた。

アレクサンドラの手をとって踊りの輪に引きこんだのはアビゲイルだった。はじめは気が進まなかった。フィンが恋しくて、腰が重たかった。けれどもアビゲイルは恋ゆえのほろ苦い葛藤など歯牙にもかけず、アレクサンドラを無理やりダンスの輪に加わらせた。はじめて聞く曲で、もちろんステップはわからなかったが、それでも見知らぬ誰かの手と、チューバの重厚なリズムに導かれ、アレクサンドラは気がつくと流れにのっていた。

しまいにはアビゲイルの姿も見失った。けれども今この瞬間は、ダンスと音楽、血のなかでたぎるワインがすべてだった。

ようやくアレクサンドラは笑いながら輪の外に出た。息がはずんでいる。

「ほら」脇から誰かが言った。「これを飲んで」

モリーニだった。透明な液体の入った小さなグラスを持っている。その目は松明の明かりを受けて金色にきらめいていた。

「これは何？」

「わたしがつくった飲み物です。レモンのリキュールとほかのものも少し入れて。これも夏至前夜祭の伝統です」

「まあ、すてき」アレクサンドラはグラスを受けとると、一気に中身を飲み干した。喉を心地よいレモンの刺激が伝い、香りが脳に満ちていく。彼女は驚いてグラスを返した。「おいしいわ。もう一杯いただける？」

家政婦が身を寄せてきた。「あの人、湖にいます。ボート小屋のそばに。彼もこの飲み物をほしがるでしょう」

冷たいものがアレクサンドラの手にあたった。見おろすと、先ほど渡されたのとまったく同じグラスがさしだされていた。「ありがとう」礼を言って、口もとへ運ぼうとする。

モリーニがアレクサンドラの手首をつかんだ。「だめです、シニョーラ。これはシニョール・バークのためのものです。これをあの人に飲ませてあげなくちゃいけません」

「あら、そうなの」アレクサンドラは言った。「じゃあ、そうするわ」

モリーニが満足げに大きな笑みを浮かべるのを目の隅で見ながら、アレクサンドラは向きを変えた。テラスを離れ、松明の明かりの輪から出る。そして足もとに夏の日ざしをたっぷり浴びた草の息吹を感じつつ、湖へと向かった。

星空にかかった大きな半月が、葡萄畑やトウモロコシ畑、果樹園のあいだを抜けて進むアレクサンドラのあとを追ってきていた。もちろん、湖までの道は覚えている。目隠ししても丘をおりていくことはできるだろう。とはいえ、今は慎重にゆっくりと進んだ。何かがいつもと違っていた。五感が感知できないところで何かがざわめいているようだ。もっとも今は、神経がとぎ澄まされているとは言えない。ロンドンにいたころは、グラス数杯のワインを飲んだところでなんともなかったのに。

今は一歩歩くごとにふらついている。

丘をおりきり、右手に作業小屋の大きな黒い影が見えてきたところで、アレクサンドラは地面に落ちていた枝につまずいた。

前のめりによろめき、モリーニに渡されたグラスをファベルジェ・エッグ（宝石の装飾が施された貴重なイースター・エッグ）か何かのように両手でつかんだ。一歩、二歩と踏みだすごとに地面が迫ってきたが、三歩目でやっとなんとか体勢をたて直した。こぼれたリキュールが数滴肌にかかる。冷たくて刺激的だった。

そのとき、男の人影が目の前の暗がりを横切った。

「そこにいるのは誰？」アレクサンドラは鋭い声で呼びとめた。

男は足をとめ、驚いたようにこちらを見た。一瞬、月明かりが彼の顔をとらえた。黒っぽい髪、濃い口ひげ。幽霊かと思うような青白い肌。顔だちまではっきりわからなかったが、しばらく経って、彼の目に浮かぶ表情が驚きから敵意に変わるのがわかった。上着のポケットをつかんでいる。たぶん、城から帰る村人のひとりだろう。

「こんばんは」彼女は呼びかけた。「何かご用かしら？」

男は向きを変え、猛然と走り去った。アレクサンドラはその後ろ姿を目で追ったが、すぐに暗闇にのみこまれていった。風すらやみ、暑い夜気のなか、木の葉はそよとも揺れなかった。

「怖くなんかないわ」彼女は声に出して言った。リキュールのせいでおなかの底があたたかく、心臓や手脚、脳へ向けてぬくもりが広がっていくようだ。アレクサンドラはまた歩きはじめた。オリーブ畑のあいだにわずかに見える湖めざして、前よりも足早に。

湖岸に出たところで、香りに気づいた。葡萄畑や果樹園の甘ずっぱい濃厚なにおいにまじる、ひんやりとして澄んだ、清々しい香り。月光は静かな湖面を照らし、近くのボート小屋とその外壁に寄りかかっている長身の男性の姿を浮かびあがらせていた。

「こんばんは」静かに声をかけた。

すでにアレクサンドラに気づいていたのか、フィンがゆっくりと振り返った。まだ仮面をつけている。穴から彼の目がきらめくのが見えるだけだ。そのまなざしが彼女を包んだ。アレクサンドラのすべてを、隅々まで。

「レディ・モーリー」

フィンの姿を見ると、彼の視線を肌に感じると、モリーニのリキュールのぴりっとした刺激が全身に脈打ちはじめるようだった。神経の隅々まで届き、心臓を飛び跳ねらせ、脳を躍らせる。

愛しているわ。

「レディ・モーリーなんだろう？　怒ってるんだろうね」

アレクサンドラは彼に近づいた。まるで紐で引き寄せられるかのように。

「レモンのリキュールを持ってきたの。あなたも飲まなきゃ。夏至の伝統なんですって」フィンの胸もとの、ほんの一〇センチ手前で足をとめ、彼の口もとへとグラスを掲げる。

フィンが彼女の手からグラスをとり、リキュールを飲んだ。

「おいしいでしょう？　モリーニの手づくりなのよ」

「モリーニ？」彼の声はくぐもっている。

「家政婦よ」

フィンはくい入るようにこちらを見つめている。顔は、月明かりに色が洗い流されてしまったかのように蒼白だ。アレクサンドラは鼓動が速くなるのを感じていた。耳もとで脈がどくどく打っている。

「ダンスがはじまる前にいなくなってしまったんだもの。捜したのよ」

彼がぼんやりと首を振った。「ローマに発つ前に、もう一度作業小屋を見ておこうと思ってね」

「発つのは来週じゃなかったの？」問いが喉もとから飛びだした。フィンの口調、その顔つきの何かが、体の奥のぬくもりにかすかな不安の影を落としていく。

フィンは空のグラスを彼女の手に押しつけ、上から指を巻きつけた。「気が変わったんだ。早く出発したほうがいいだろうと思ったのさ。土地に慣れ、向こうで助手を探すためにも」

「わたしは行かないみたいな言い方ね」

「ローマに行くのは気が進まないみたいだったじゃないか」彼が言った。

フィンはすぐそばに立っている。顔に彼の息がかかった。月の白い光のなかで、フィンは普段以上に大きく見えた。背が高く、肩幅も広く。アレクサンドラは仮面の下の彼の表情を読もうとした。

「わたしも気が変わったの」小声で言った。フィンの頰に手をあて、親指でざらざらした顎ひげをこする。

「本当に？」

「フィン、どうかしたの？　わたし、何かした？」

「いや」声がうわずっている。「ただ……そのほうがことは単純だと思ったんだ。明日……ここを発ったほうが。ぼくは……ただきみを見つめるだけで……ああ、でもどうしようもない……どうしていいかわからないんだ」フィンの手がアレクサンドラの顔を包みこんだ。「ぼくはきみのものだ。ぼくは……」かぶりを振り、身をかがめてキスをする。

彼女の指から空のグラスが落ちた。

アレクサンドラは口を開き、彼を受け入れた。舌を絡ませ、キスをし、唇を噛み、愛撫する。驚くほどの勢いで、欲望が全身を駆けめぐった。フィンが、その体が、心が、彼の美しいところすべてがほしい。フィンとひとつにとけあって、彼の鼓動を、脳の波動を感じたい。フィンを構成しているすべてがほしい。

彼も同じ衝動に駆られているかのように、夢中で唇を重ねてくる。熱い舌が奥まで探り、レモンとワインの味を味わう。フィンの手が頭の後ろにまわり、仮面をはずそうとしているのがわかった。

アレクサンドラは身を引き、彼の手首をつかんだ。「だめ」

「だめ?」

彼女はその手首にキスをした。「あなたはわたしにいろいろなものを与えてくれた。わたしを笑わせ、愛し、究極の悦びを教えてくれた。なのにわたしは何ひとつあなたに与えることができないでいるわ」

フィンが目を閉じた。「きみはすべてを与えてくれたよ。命をくれた」

「せめて何かさせて、フィン」アレクサンドラは彼の胸に身を寄せ、襟もとを開いて、喉のくぼみにキスをし、そのまわりを舌でなめた。上着の下に手をさし入れ、腰までおろしていく。ズボンまでたどり着くと、すでに前が大きくふくらんでいた。「あなたがほしいの」あたたかな肌に向かってそっとささやく。

フィンが大きくため息をついた。アレクサンドラはそれを同意の印と受けとった。

手探りでボタンをはずし、湖岸の小石の上に膝をついた。彼のシャツをはだけ、引きしまった胸板から、筋肉質のおなかへと唇をおろしていく。そして腿から後ろへ手をまわし、フィンのヒップをつかんだ。ズボンの生地越しに張りつめたものに頬ずりする。濃厚な香りとかたくてなめらかな感触を楽しみ、彼の指が髪にさしこまれるのを感じて微笑んだ。

ああ、どれほどこうしたかったか。ああ、ついにフィンのすべてを手にするのだ。

下着をおろすと、大きくて熱い下腹部が口のなかに飛びこんできた。アレクサンドラは舌で周囲をなめまわした。なめらかなひだのあいだから、濡れた先端が顔を出す。彼女はそれを口に含み、そのつんとくる刺激を味わった。

「これでいいの?」あえぐようにきいた。

「ああ、いい。最高だよ……」

根もとまで吸いこむと、フィンがうめいた。アレクサンドラはやり方を知らなかった。もしかしたら間違っているかもしれない。けれどもかまわなかった。彼を味わい、彼がしてくれたように愛撫する。フィンが与えてくれた究極の悦びを、今度は自分が与えてあげるのだ。

片方の手で彼のかたく引きしまったヒップを愛撫した。アレクサンドラの全身も欲望に打ち震えていた。フィンの悦びが伝わってくる。彼の興奮が体のなかでとけて、脚のあいだにたまっていく。彼のあえぎ声が音楽のように耳に響く。

そのとき、フィンの手が髪をぎゅっと握った。彼が絶頂に近づいているのが、指と唇から感じとれる。最後の瞬間、フィンは小さく叫び声をあげて身を引いた。

「だめ」アレクサンドラは言って、ふたたび彼を引き寄せた。そしてかすれた声が自分の名前を叫ぶのを聞きながら、熱いほとばしりをのみこんだ。

ゆっくりと、フィンの震えがおさまっていった。体の緊張がとけ、彼は満足げにボート小屋の壁に寄りかかった。アレクサンドラはフィンのおなかに額を押しつけ、口のなかに彼の味が残るのを感じながら、気持ちを静めようとしていた。フィンの手が今度はそっと髪をすいている。どこか遠くで、ふたりだけの濃密な世界の外で、水が湖岸に打ち寄せる音がした。

アレクサンドラはよろよろと立ちあがり、彼の腰に腕をまわした。

「ありがとう」耳もとでささやく。

「驚いたな、アレクサンドラ。ぼくに感謝しているのかい？」フィンがかすれた声で言った。

「だってすてきだったんですもの」

「まったく」彼の腕が体にまわされ、ぎゅっと抱きしめられた。アレクサンドラは小さく笑った。「アレクサンドラ、きみって人は。ああ、ぼくを許してくれ」

「あなたの何を許すの？」

「なんでもない。ただ……いや、いい」

アレクサンドラは抱擁に身を任せていた。体にまわされたフィンの腕や、髪を撫でる手、頬にあたる息づかいを味わう。そのとき、仮面を固定している紐が引っ張られ、仮面が小石だらけの地面に落ちた。

「一緒にローマへ行ってもいい？」

フィンは答えなかった。ただ両手で彼女の顔を包み、その目をのぞきこんだ。仮面の下の頬がこわばっている。「アレクサンドラ、教えてくれ。きみはどうしてそもそもぼくの作業小屋にやってきたんだ？　どうして自動車の開発を手伝った？」

彼の視線はまっすぐアレクサンドラの肌を突き抜け、心を貫くようだった。

「わからないわ。たぶん……あなたのことを知りたかったんじゃないかしら。自動車が格好の口実だったのよ」

フィンが親指で彼女の頬骨をなぞる。「本当かい、アレクサンドラ？　ほかに理由は？」

「何を言っているの？」アレクサンドラは彼の腰に手をまわした。それはどういう意味？　フィンは〈マンチェスター・マシーン・ワークス〉のことは知らないはず。わたし自身、あのいまいましい会社のことはこの数週間、ちらとも思いださなかった。あいう不愉快な思い出は、彼との愛の甘い夢を台なしにしてしまうから。ロンドン社交界の花レディ・モーリーと自動車会社の株主は、それぞれ別の女性。自分がどういう意図でここへ来たかすら、もはや覚えていなかった。「だいたい、今さらそんなこと関係ある？」

「関係ないんだろうな、アレクサンドラ？」

アレクサンドラは彼のシャツを指でつかんだ。「はじめは不純な動機からだったかもしれないわ。でも、今は違う。フィン、わたしはあなたのものよ」

「どうしたらそれを信じられる、アレクサンドラ？」フィンの手がだらりと彼女の喉もとに落ちた。「きみはたちまちぼくをとりこにした。だが、モーリー侯爵未亡人が、自分よりはるかに身分の劣るアイルランド人の婚外子と本気で恋に落ちるなんてことがあるだろうか？彼女が爵位も名声も、地位も投げ捨てるなんてことがありうるのか？」

「そんなもの、今のわたしにはもうなんの意味も持たないって知っているでしょう、フィン？　どうしたの？　わたしが何をしたと言うの？」大切なものがこぼれ落ちていくような気がして、目に涙があふれてきた。

フィンは何も言わなかった。ただじっとアレクサンドラを見つめ、親指で彼女の鎖骨をそっとなぞっていた。返事を待つかのように。

この耐えがたい沈黙を埋めたくて、アレクサンドラはなんでもいいから何か言おうと口を開きかけたが、その瞬間、彼の手がはたととまった。

「フィン？」そのとき、アレクサンドラにも聞こえた。岩の上を走る靴音、砂利の音、そして男性の怒声が。

フィンが一歩足を踏みだした。足もとのグラスが割れる。

「リキュールが！　あなた、大丈夫？」

「静かに」彼がアレクサンドラをボート小屋にぴたりと押しつけた。

月明かりのなか、仮面をつけた女性がドレスをはためかせて走りすぎ、近くの木立に消えていく。

「待て、アビゲイル！」男性の声が追いかける。

足音がして、ボート小屋の角から大きな人影が現れた。銀色の湖面を背景に、裸足で岩をのりこえようとしている。

男性は全裸だった。

「ウォリングフォード！」アレクサンドラは思わず叫んだ。

ウォリングフォードが足をとめ、こちらを見た。ズボンを片手にぶらさげている。

「彼女はどっちに行った？」

フィンが指さした。「木立に入ったよ。ほら、そこの」

アレクサンドラはフィンの胸に顔をうずめた。

「おい、ウォリングフォード」フィンが続けた。

砂利を踏む音がする。「なんだ？」公爵がうなった。

「幸運を祈る」

「ふん。消えろ、アイルランド野郎」

笑いがとまらないアレクサンドラとフィンは、抱きあったままボート小屋の外壁に倒れかかった。さっきまでの緊張感はどこかへ消えていた。

「わたしにさせて」彼女はそう言って、ズボンのボタンをとめた。それから今度は上に手をのばし、フィンの顔から仮面をとって、そっとキスをした。彼の目に、頬に、鼻に、顎に、そして最後に唇に。

「アレクサンドラ」フィンがようやく言った。手でアレクサンドラの腕を上から下までなぞる。彼女の全身に軽いうずきが走った。「本当のことを話してほしい」

「何について？」

「すべてについてだよ。ぼくを信じてくれ。きみを愛しているし、きみを信じている。だから何があっても許すよ」

アレクサンドラはつばをのみこんだ。なんと言えばいいのだろう？〝ええ、はじめはあなたのことを探ろうと思ったの。自分の利益になる情報を入手できないかと思ったわけ。いけないことよね。それはわかっているわ。でも、妹を養わなくてはならないし、社交界での地位は保たなくてはいけないし、いろいろあって……〟とでも言うの？　もちろん、フィンはすべて理解してくれるだろう。でも……。

体にまわされたフィンの腕が突然、こわばった。彼はもがくようにして体を起こすと、木立の向こうをのぞいた。

「どうしたの？」

「なんてことだ！」フィンはアレクサンドラを放し、駆けだした。「信じられない！」

21

アレクサンドラは腕が痛くなるくらいポンプを押し続けた。次々とバケツを満たし、フィン、ウォリングフォード、そしてアビゲイルに渡す。彼らが火に水をかけていったが、アレクサンドラのほうは消火が進んでいるかどうか確かめる余裕もなかった。バケツに注ぎこまれる冷たい水と濡れたポンプの取っ手以外は何も目に入らない。

「もういい」誰かが言った。男性の声だ。それでもアレクサンドラは手を休めなかった。ロボットのように、フィンの発電機のように、機械的に動いた。だって、こんなこと、ありえない。あきらめることなんて絶対にできない。

手で腕をつかまれた。

「アレクサンドラ」ウォリングフォードだった。「火は消えたよ。もうやめていい」

アレクサンドラは腕をつかむ手を見てから、彼の顔を見た。煤で汚れ、汗と水で濡れている。むきだしの胸が、あわてて身につけたらしいズボンの上で月明かりを反射していた。

「火は消えたよ」ウォリングフォードが繰り返した。

彼女は建物のほう、フィンの作業小屋のほうに目をやった。ふたりで数えきれないほどの貴重な時間を過ごした場所だ。あれこれ苦労し、笑い、話をした。建物はもちろんまだ立っていたが、灰褐色の石壁は煤でまっ黒になり、窓は吹き飛ばれていた。天井にも大きな穴があいている。

「彼はどこ？」激しい肉体労働と煙のせいで、声が思うように出なかった。

「なかにいる」ウォリングフォードがアレクサンドラの腕を軽く握った。「残念なことになったな、アレクサンドラ。できるだけのことはしたんだが」

やさしい言葉だった。ウォリングフォードから最後にこんな言葉をかけられたのがいつか、思いだせないくらいだ。

「ありがとう」そう言って、彼女は公爵の手に自分の手を重ねた。

作業小屋のなかは明かりが消えかかり、蒸し暑くて、煙のにおいが充満していた。戸棚の近くにフィンの長身が見えた。戸棚も焦げて、ほとんど炭と化している。

「大丈夫？」

彼は振り返らなかった。「あちこち焼けてしまった。でも、ありがたいことに自動車は無事だ。火が広がる前に外に出せた」

アレクサンドラは扉へと視線を移した。扉は開いたままで、ほんの二〇メートル先に月明かりに光る金属がちらりと見えた。

水たまりだらけの床を慎重に横切り、戸棚の中身をより分けているフィンに近づく。

「まあ、見せて。あなた、やけどしたの？」

「大丈夫だよ。ただ、面倒なことになった。予備のバッテリーは残念ながらだめになってしまったし、器具はどれもこれも……」フィンの声が途切れた。

「出火の原因はわかった？」

「たぶんガスバーナーだろう。消し忘れたのかもしれない。考えられないことだが。木立の向こうから爆発が見えた。もっとも、はっきりとはわからない。発電機は離れていたから、火花が飛んだとは考えにくいし……」

アレクサンドラは彼の腰に腕をまわした。「ともかくあなたは無事だった。それが何より大事よ」

「それと、自動車が」

思わず笑いがこぼれた。「そうね。もっと悪い事態もありえたのよ。すべてを失っていたかもしれない」

フィンは答えなかった。熱っぽい体をこわばらせているだけだ。上着は脱ぎ、シャツのボタンもとめていない。暗がりに目が慣れてくると、アレクサンドラにも室内の様子が見えてきた。テーブルだったところは黒いくぼみと化し、砕けたガラスの破片、煤けた木片や金属がそこらじゅうに散乱している。そのなかからガスボンベが突きでて、吹き飛んだ窓からさしこむかすかな月明かりを受けていた。

「ガスボンベが！」彼女は叫んだ。「信じられない。あれが爆発して、すべてを吹き飛ばしたのね！」

フィンが肩をすくめた。「実を言うと、たいしてガスは残っていなかった。なのに、どうしてこんな……。だが、きみの言うとおり、もっと悪い事態もありえた」

「ダーリン、少なくとも事故が起こったとき、あなたがなかにいなくてよかった」

「なかにいたら、こんなことにはならなかったさ」彼の声には感情がなかった。

アレクサンドラは身を引いた。「自分を責めないで！　これは事故よ。真夜中だから、今日じゃなくたってここにはいない時間よ。いつもの場所にいたはずだわ。たぶん、わたしとベッドのなかに」

フィンが笑った。「きみはぼくの研究にあまりいい影響を与えないな」

「わたしにできることはないかしら。レースまでまだ二週間あるわ。バッテリーをつくり直すこともできると思う」

ようやくフィンの体から緊張がとけた。彼の、たこのできたあたたかいてのひらがアレクサンドラの頬に触れる。「まずはここの片づけからはじめなくちゃいけない。夜が明けるまでは、被害の程度もはっきりわからない。それから必要なもののリストをつくり、フィレンツェに向かう」

「片づけを手伝うわ。今夜じゅうに終わると思う」

フィンの親指がアレクサンドラの頬骨をなぞった。「もう寝るんだ、アレクサンドラ。ぼくひとりでなんとかなる」

「無理よ、そんなの」

扉のほうから足音が聞こえた。

「バケツはしまって、外のガラスは掃いたわ」アビゲイルだった。「こっちはどう？」

「めちゃめちゃよ」アレクサンドラは軽い調子で答え、フィンのそばを離れた。「でもなんとかなるわ。自動車は無傷なの」

ウォリングフォードが呼びかけた。「バーク、とんでもないことになったな。大丈夫かい？ぼくで力になれることはあるか？」

「もう充分すぎるくらい力になってくれたよ」フィンは水たまりを避けて歩き、公爵の手を握った。「どうお礼を言っていいかわからない」

「ぼくたちの仲だ。礼なんて必要ないさ」

ふたりのあいだに何かが通じあったようだった。フィンがうなずき、ウォリングフォードの手を放すのを、アレクサンドラは戸惑いを覚えながら見守った。

「ぼくは少しここを片づけるよ。きみは屋敷に戻って厩番に伝えてくれないか。瓦礫を運びだすのに荷車がほしいと」

「わかった」ウォリングフォードが少しためらってから、アレクサンドラのほうを向いた。

「レディ・モーリー？」

「わたしは残って手伝うつもり」彼女は有無を言わさぬ口調で言った。「でも、あなたが妹を屋敷に無事送り届けてくれたら、大いに感謝するわ」

「付き添いなんかないほうが、よほど安全だと思うけど」アビゲイルがぶつぶつ言う。

「何を言ってる」ウォリングフォードもつぶやいた。

ふたりが立ち去ると、アレクサンドラは腰に両手をあて、フィンを見やった。「さてと、まずはランプをつけたほうが安全じゃない？」

ふたりは夜を徹して作業をした。残骸のなかからなんとか使えるものを選びだし、ほかは外の瓦礫の山に掃き寄せた。

フィンは疲れきっているようだった。目のまわりにくまができ、肩を丸めている。夜明け前に、無事だった品をすべて作業台の上に積みあげ、床のガラス片を掃き終わると、アレクサンドラは彼を椅子に座らせた。

「座って。水を持ってくるわ」

「ぼくは大丈夫だ」フィンはそう言ったものの、テーブルに腕を置いて、その上に頭をもたせかけた。青白い顔に髪がかかる。

彼女は外に出て、ポンプのところにあった煤で汚れたカップを洗い、水をいっぱいに注いだ。戻ってみると、フィンはうたた寝していた。隣の椅子に腰をおろし、ランプの明かりのなかでしばし彼を見つめる。夢を見ているのか、紫色をしたまぶたがときおり引きつった。長いまつげが頬骨の上に影を落としている。ゆうべ、フィンは部屋でベッドに横になりながら、紀元前二世紀ごろに活躍したカルタゴの将軍ハンニバルについて、そして彼の軍隊と戦象はいかなる経路でアルプスを越え、古代ローマに進軍したかについて語ってくれた。

〝当時は今よりだいぶあたたかかったんだろう〟彼は言った。〝夏に歩いてみたことがあるが、アフリカ象がその行進に耐えられたとはとても思えない〟

アレクサンドラは腹這いになり、ちょうど今のようにフィンの顔を見つめていた。そしてまさにそのとき、彼のまつげが驚くほど長くきれいにカールしていることに気づいたのだった。

〝知ってる？　あなたって、すてきなまつげをしているのね〟彼女がそう言うと、フィンは振り返り、いたずらっぽく目をきらめかせた。

〝今、気づいたのかい、ダーリン？〟

アレクサンドラは椅子から立ちあがり、向かいの戸棚と損傷を受けていない壁に近づいた。そこに毛布があったはずだ。夜、自動車を埃から守るために置いてあるのだ。彼女は戸棚から毛布を数枚とり、床に広げた。

「来て」フィンの肩に手を置き、椅子から立ちあがらせる。「休みましょう」

彼は椅子から転げ落ちるようにして、毛布の上に横になった。やがて、フィンが寝息をたてはじめた。アレクサンドラは微笑み、彼の体に毛布をかけると、その隣に座り、寝顔を見つめた。幸福感がレモンの香りとともに全身をめぐり、いつしか眠りに落ちていた。

曙光が開いた作業小屋の扉からうっすらさしこみ、フィンは目覚めた。頭が重く、ふらふらする。ここはどこだ？　何があった？

煙……煙のにおいがする。

アレクサンドラはどこだ？

隣に目をやると、彼女がドレスを着たまま眠っていた。その寝顔は意外なほど無邪気だった。ほのかな朝日を受け、表情がやわらいでいる。フィンは指で、その煤で汚れた頬骨や優雅な顎の線をなぞりたいという衝動を抑えた。アレクサンドラには睡眠が必要だ。ゆうべは休まず作業してくれた。

彼はしぶしぶ、ゆっくりと頭を持ちあげ、作業小屋を見渡した。昨夜は暗闇と影のせいで、被害が実際以上に大きく見えていたようだ。今、がらくたが片づけられてみると、思ったほど深刻な状況ではなかった。焼けた家具はとり替えがきくし、なんといっても自動車が無事だった。予備のバッテリーもよくよく見れば修理できるかもしれない。そう、壊滅的な被害というわけではない。もっと悪い結果もありえた。

アレクサンドラのほうを振り返ると、また激しい愛情がこみあげるのを感じた。昨夜、彼女が仮面の下から月光にきらめく瞳でこちらを見あげたときと同じように。〝ダンスがはじまる前にいなくなってしまったんだもの〟とアレクサンドラは言った。傷ついた、寂しげな口調だった。その瞬間、フィンの決意は崩れ去った。すべてが消え、彼女のことしか考えられなくなった。勇敢で、頑固で、意志が強い、愛すべきアレクサンドラ。彼女のためならなんでもするつもりだ。彼女が何をしても許そう。

だが、アレクサンドラを信頼できるだろうか？　彼女はまだ、〈マンチェスター・マシーン・ワークス〉とのつながりを認めていない。湖畔で幾度も打ち明けるきっかけをつくったにもかかわらず。どうしてだ？　ぼくに理解してもらえると思っていないのか？　それとも、今もぼくの競争相手に協力しているからか？

いや、アレクサンドラがウィリアム・ハートリーのために働いているはずはない。誰も――男だろうと女だろうと――ゆうべ彼女がしてくれたようなことができるはずがない。アレクサンドラは身の危険も顧みず、消火にあたった。あれが演技とは思えない。だいたい本心からでなかったら、あれほど情熱的にぼくを愛してくれるはずがない。

とはいっても、ローマでは全神経を集中させなくてはならない。真実がわかるまで、アレクサンドラが自分に近づいた真の理由を打ち明けてくれるまで、フィンとしては彼女の存在に気を散らされるわけにはいかなかった。しばらく距離を置いたほうがいいだろう。

そして、ローマから戻ったら、すべてをはっきりさせる。真実を話しても大丈夫だとアレクサンドラに納得させる。自分がどれほど彼女を愛しているか、彼女のためならどれだけのことができるか、わかってもらうのだ。

フィンはアレクサンドラにそっと毛布をかけ、腕に抱えあげた。あまりに疲れ、熟睡しているせいか、彼女は身じろぎひとつしなかった。満足げに顔を彼の胸にうずめただけだ。

フィンは霧がかかった丘をのぼっていき、いまだに簡易テーブルが並んでいる石づくりのテラスに着いた。扉は開いたままになっていた。足で扉を押し開け、なかに入って階段をあがる。

アレクサンドラが目を開け、眠たげにまばたきした。「象はのろのろね」そう言って、また目を閉じる。

彼女の部屋の窓は開けっぱなしになっていた。冷たく湿った朝の空気が流れこんでくる。フィンはアレクサンドラをベッドに横たえると、窓を閉めた。戸口で足をとめ、最後にもう一度だけ、部屋を見渡した。

彼女は本には金を惜しまないようだ。ラテン語、英語、イタリア語の本がぎっしり並んでいる。ページのあいだにところどころメモが挟んであった。化粧台には銀製のブラシと櫛、手鏡、水さし、たらい、ヘアピン、そして象牙の箱が置いてあった。衣装だんすの扉も少し開いていて、なかの服が少し見えている。濃い色合いのウールや明るい色のシルク、はじめて作業小屋を訪れたときに着ていたブルーのドレスらしき服も見えた。

フィンはすべてを記憶に刻みこんだ。部屋の様子、なかにある品々、ベッドに横になっているアレクサンドラ、白い枕の上で豊かに波打つブラウンの髪。

やっとのことで帰ろうと向きを変えると、目の前に上半身裸で動揺した顔つきのローランドがいた。

「どうした、ローランド。何かあったのか?」

ローランドがフィンの肩をつかんだ。「彼女を見てないか?」

「彼女って、誰だ?」

「リリベットだよ! レディ・ソマートンだ!」

「いや。見ていないが。どうした？」

ローランドはかぶりを振り、廊下を走っていくと、階段をおり、見えなくなった。石の床を裸足の足が走る音が聞こえてくる。

どうやらこの城全体がおかしくなってきているようだ。

フィンは手早く荷物をつめ、ローマへ向かう準備をした。朝七時をまわったころ、ジャコモが荷車と厩番の男たちを連れて作業小屋の戸口に現れた。フィンは瓦礫を積む手伝いをし、もう一度自動車と部品を確かめた。そのあいだに太陽がのぼり、テラスの隅々から霧を払っていった。

「フィレンツェからは列車に乗る」フィンはジャコモに言った。「だから、問題がなければきみたちは明日には戻ってくれ。ぼくがいないあいだ、ここから目を離さないでほしい。屋根の修理以外には、誰も作業小屋に入れないように」

ジャコモが両眉をつりあげた。「でも、レディ・モーリーは？」

フィンは一瞬だけためらった。「レディ・モーリーはもちろんかまわない」

「彼女が火事を起こしたとは考えないのか？」

「まさか。そんなはずはない。この手紙を彼女に渡してくれ。ぼくがいないと知ったら、彼女は少々腹をたてるだろう。説明しようとしたんだが……」フィンはジャコモに向かって封筒をさしだした。「ともかく、これを頼む」

ジャコモがフィンの手からそろそろと、まるでかごからコブラをとりだすかのように、封筒を引き抜いた。

「これを彼女に渡すと、ちゃんと約束してほしい。小細工はなしだ」

ジャコモがため息をついた。「ああ、約束しよう。手紙を渡す」

フィンは荷馬車に乗りこみ、運転席の隣に座った。「頼んだぞ。三週間したら戻る。それまでにもう少し愛想よくする努力をしておけ」

荷馬車が走りだす。村の時計がちょうど九時を告げ、農作業中の男たちは手を休めて水を飲んだ。

22

目が覚めた瞬間、アレクサンドラは、自分がアフリカ象の上でフィニアス・バークと体を重ねていないことに驚いた。

しばらくそのまま枕に頭をのせ、失望と闘った。夢は生き生きとしていて現実味があった。今でも象の背中の揺れが感じられるし、フィンのがっしりした腕が体にまわされているような気がしている。彼のシャツからは油と煙のまじったようなにおいが……。

煙。

彼女はぱっと体を起こした。今何時？　どうしてわたしは自分のベッドで寝ているの？

フィンはどこ？

アレクサンドラは窓に駆け寄った。太陽の位置からして昼近くだ。眼下には、昨日までとまったく同じ風景が広がっている。葡萄畑では男たちが白いシャツをはためかせながら葡萄の手入れにいそしんでいた。いつもと違うところは何もない。ただ、フィンの姿はなかった。

彼女は煙にまみれたドレスを手早く脱ぎ、顔や手、首を化粧台の上の水さしにある冷たい水でさっと洗った。着替えをすませ、人気のない廊下をフィンの部屋まで走る。だが、部屋には何もなかった。人の気配もない。

厨房に入ってようやく人の姿を見つけた。モリーニがテーブルの前に立ち、山羊の乳を濾《こ》していた。

「ミスター・バークは階上《うえ》にいる？」アレクサンドラは息を切らしながらきいた。

モリーニが顔をあげた。少し青ざめている。「いいえ、シニョーラ」

「昨日、作業小屋で火事があったのよ」

「ええ、聞きました」モリーニはためらい、また別の瓶をとって濾し器に注いだ。「でも、けが人はなかったとか」

「ええ、なかったわ。わたし、ミスター・バークを手伝って少し片づけをしたの。それから……たぶん彼がベッドに運んでくれたんだと思うわ。わたしは覚えていないんだけれど。あなた、何か見なかった？」

家政婦が首を振った。「何も。ところで、おなかはすいてませんか？　喉、渇いてないですか？」

「ええ、まあ。でも、先に作業小屋までおりてみようと思うの。彼がいるかどうか確認するために」

「先に食べてください」モリーニはエプロンで手をふくと、戸棚のほうを向いた。「お祭り、もうずっと昔のことのようですね」

「本当にいらないわ。すぐに戻るし。みんなはどこ？」

「シニョリータ・アビゲイルは山羊の乳しぼりをしてます」モリーニがパンとチーズをテーブルに置き、やかんに水を満たした。「あなたに手紙があります」

「手紙ですって？　こんな早くに？　誰からかしら？」

家政婦がうなずいた。「テーブルの上です」

アレクサンドラは折りたたまれた紙を見つけ、手にとった。

〝いとしいアレクサンドラ。突然だけど、今朝早く出発しなくてはならなくなったの。できるだけ早く戻るわ。追ってこないで〟

署名はなかった。けれども走り書きとはいえ、その細くて曲線的な筆跡は間違いなくリリベットのものだ。

「妙ね」アレクサンドラは紙を指でなぞった。「彼女がここを出るところを見た？　話はした？」

モリーニがやかんを火にかけた。「いいえ、見ていません。パンを少しいかがです？」

「本当に何も聞いてないの？　馬の蹄の音とか、配達人が来る音とか」

家政婦は紅茶をとりに戸棚に戻った。「シニョール・ローランドもいません」

アレクサンドラは椅子から転げ落ちそうになった。「ローランドもいない、ですって！　リリベットはローランドと駆け落ちしたの？」

「たぶん」モリーニが咳払いした。「でなければ、別の……」

アレクサンドラは聞いていなかった。はっと口に手をあてる。「なんてことかしら。あなた、どうして何も言わなかったの？　フィリップは？」

「坊ちゃまもいいません」

「すごいわ！　ついにやったのね！」

モリーニが引きつった笑みを浮かべ、やかんに目を戻した。

「あなたは賛成しないでしょうね。ちゃんとした夫と家族がいるんだもの。でもきっと、ソマートン卿はすんなりリリベットを手放すと思うわ」アレクサンドラはパンを手にとった。

「最高ね。わたしもうれしいわ」

「紅茶にレモンを入れますか？」

「いいえ」アレクサンドラは立ちあがった。「お茶はあとでいいわ。作業小屋に行ってくるわね。この話を早くフィ……いえ、ミスター・バークに伝えたいの！」

「待って、シニョーラ！　朝食が！」

けれどもアレクサンドラはもう外に飛びだしていた。パンを手に持ったまま。

この話を聞いたら、フィンもきっと元気になるだろう。

アレクサンドラは、まだ煙のにおいが充満している作業小屋の中央に立ってまわりを見渡した。おそらくフィンは自動車の試運転中なのだろう。

自動車が火事で損傷を受けていないか、一刻も早く確かめたい気持ちは理解できる。彼はたぶん朝早くに目を覚まし、じっとしていられなくなったのだ。

だが、妙なことに予備のバッテリーもなくなっている。

ほかのがらくたと一緒に捨ててしまったのだろうか？　もったいない気がするが、使える部品はひとつもないとフィンが判断したなら、それまでのことだ。

床に広げてあった毛布も片づけてあった。几帳面な彼らしい。けれども道具箱はどこだろう？　予備の部品は？　タイヤは？

バッテリーを装着するための油圧リフトは？

彼女は心臓が沈みこむような感覚に襲われた。不安になる必要はない。ありえそうな説明はいくらでも考えつく。

だが、実際にアレクサンドラの頭に思い浮かんだ説明はたったひとつだった。

〝気が変わったんだ。早く出発したほうがいいだろうと思ったのさ〟

アレクサンドラは重い足どりで外に出ると、建物をまわって、発電機をしまってある倉庫へ向かった。発電機は特別な仕様の注文品で、あまりに大きく音もうるさいので、作業小屋のなかには置いておけないのだ。彼女は以前、機械が作動するところを見せてもらったことがあった。回転力による機械のエネルギーが電気エネルギーへと変換されてバッテリーを充電していくさまを目のあたりにしたのだ。

アレクサンドラは震える手で倉庫の広い扉を開けた。扉は、最近、蝶番《ちょうつがい》に油をさしたかのように簡単に開いた。なかには何もなかった。発電機が置いてあったところは、ただの暗く広い空間だった。

何もない。

彼女はすぐに扉を閉め、扉に寄りかかった。そして、澄んだ青い空を見あげた。オリーブの木の銀色がかった緑の小さな葉が目に入った。足もとには轍があるに違いない。重いものを引きずった跡、タイヤの跡や足跡が。フィンが出ていった印が刻まれているはずだ。

アレクサンドラははっとして体を起こした。彼がひと言も残さずに行ってしまうわけがない。どこかに手紙か何かがあるはずだ。

短く刈られた芝生を横切って作業小屋に戻り、正面の扉を開けた。フィンはどこに置いていっただろう？　彼女は長い作業台をざっと見渡し、戸棚の焼け焦げた引きだしを開けてみた。それから窓台、そして、彼がよくメモや図表をピンでとめていた壁を調べた。

道具箱はどうだろう？　ほとんどはなくなっているが、ランプ台のそばにふたつほど残っている。近づいてみると、封筒の束が見えた。昨日の郵便に違いない。拾いあげて、ぱらぱらとめくった。端が丸まって茶色くなっている。だが、ありがたいことに炎からは遠かったらしく、燃えずに残っていた。

紙が一枚、はらりと落ちた。

拾おうとしてかがみこんだとき、目の端に小さな手書きの文字で書かれた自分の名前が見えた。

几帳面で読みやすい文字だ。法律家か事業家の筆跡。

フィンの文字ではない。

〝モーリー侯爵未亡人　二万二八〇〇株〟

もう一度目を通してから、紙をたたんだ。指できっちり折り目をつけたが、そんなことをしてもなんにもならなかった。文面は今も頭のなかで燃えている。黒く、無情に、公明正大に、否定しようのない事実を告げている。

世界が、生涯の罪がこの一文につまっている。

〝アレクサンドラ、本当のことを話してほしい。ぼくを信じてくれ〟

つまり、フィンは知ってしまったのだ。わたしを問いただし、それでもわたしを求め……そして決断した。ひとりでローマへ発つと。

あとを追っていくこともできる。許しを乞うことも。けれども、そのとき彼の目には何が浮かぶだろう？　よそよそしさ？　あわれみ？　優越感？　フィンがわかってくれない、許してくれない可能性だってある。

そもそも自分で自分が許せない。彼をだまそうとして近づいた自分が。できない。物乞いのようにフィンの慈悲を乞うなんてできない。すべてを彼に頼ることになる。金銭的にも、精神的にも。

アレクサンドラは封筒を道具箱の上に戻し、作業小屋を出た。外は蒸し暑かった。農作業中の男たちは昼食をとりに行っており、鳥がいらだたしげに鳴き交わしていた。

23

二週間後

山羊は警戒心から耳をぴたりと寝かせ、敵意をむきだしにしてこちらを見ている。

「勘弁してよ」アレクサンドラは言った。「わたしは感謝されていいはずなのに。あなたの乳腺、今にも破裂しそうじゃないの」

アビゲイルが山羊を二頭挟んだ先でため息をついた。「アレックス、山羊に皮肉を言ったって無駄よ。通じないんだから」

「あら、山羊だってユーモアを解すると思うけど」アレクサンドラはバケツに手をのばし、慎重に乳の下に置いた。「ほら、おとなしくなったわ」

「まったく。お姉さまときたら、この二週間わたしがいろいろ教えてあげたのに、いまだに山羊のことがなんにもわかってないのね」アビゲイルは最後にぎゅっとひとしぼりすると、バケツを持って立ちあがった。「がっかりだわ」

「この子たち、わたしのことは嫌いかもしれないけれど、乳しぼりの腕には文句ないはずよ」

「確かに、生まれついての才能があるみたいね」アビゲイルは壁沿いに一列に並んだ背の高い容器のひとつに乳を注ぐと、次の山羊に移った。「お姉さまを見ると、どの子も滝のように乳を出すんだから。たぶん恐怖からだわ」

「わたしには失うものが何もないってわかってるんじゃないかしら」アレクサンドラは乳首をつかみ、力をこめてしぼった。白い液がバケツめがけてほとばしる。自分が何かの役にたっているという証明のようで、見ていると楽しかった。いや、楽しいというのは言いすぎかもしれない。せいぜい、穏やかな満足感を覚えるといったところだろう。

でも、何もないよりいい。少なくとも朝ベッドから起きる理由になる。服を着て、食事して、生活を続ける理由に。

明日にはアビゲイルとともに帰途につく。もう荷づくりもすんでいた。フィンがローマの展示会から戻るとき、そばにいたくなかった。もう関わるのはやめよう。あの人たちには心穏やかに、はじめからすべきだったことをさせてあげるのだ。フィンとウォリングフォードは研究にいそしめばいい。これ以上邪魔をするつもりはなかった。

ロンドンに戻ったら、フルハムかパットニーあたりで家を借りよう。〈マンチェスター・マシーン・ワークス〉の株は売り、わずかな売却益では手がたいコンソル債を買うつもりだ。残った資産とアビゲイルのわずかな相続財産で、年に二〇〇ポンドにはなるだろう。使用人をひとりかふたり雇って、つつましく上品に暮らすには充分な額だ。節約すれば、ときにはディナー・パーティーも開けるかもしれない。本は図書館で好きなだけ借りればいい。リリベットとローランドが訪ねてきてくれるだろう。あのふたりがロンドンに戻ったら、だが。この二週間はまったく音沙汰がなかった。

考えてみれば、見通しはさほど暗くない。数カ月前は身の破滅だと思ったけれど。今では世間体などどうでもよくなった。

「なんて言ったの？」アビゲイルがきいた。

「なんでもないわ」

アレクサンドラは山羊小屋のあたたかく心地よい沈黙に浸りながら、妹の横で乳しぼりを続けた。夜明けには出発する予定だから、これが最後の搾乳だ。最後の山羊の乳腺が空になると、アレクサンドラは金属の容器を持ちあげ、馬小屋を通って厨房の扉へ向かった。

「あら」アビゲイルが声をあげた。「これは何？」

アレクサンドラは振り返って足をとめた。馬車でも通ったのか、長い私道に細かな黄色い砂が舞いあがっている。「わからないわ。ローランドとリリベットかしら？」

「ありえないわ。戻るなら手紙で知らせてくるでしょう。音沙汰ひとつないのよ。お客さまかしら？」

アレクサンドラは眉をひそめた。「誰が訪ねてくるというの？　まさか……」背筋に小さな震えが走った。

「ソマートン卿だとでも？」

「ありえないわ」アレクサンドラは言った。砂塵の奥には馬車らしきものが見える。「いらっしゃい。山羊の乳は厨房に置きましょう。お客さまをお迎えしなくちゃならないなら、少なくとも山羊の糞がついた靴をなんとかしなくちゃ」

二〇分後に階段をおりてきた美しく着飾った姉妹は、実際のところ、さっきまで乳しぼりをしていた女性とはまるで別人だった。見た目を気にするというより、アレクサンドラにとって身だしなみを整えることは体にしみついた習慣だった。歩けるようになるとすぐに、母や乳母、家庭教師などから徹底的にしつけられたのだ。

胸が張り裂けそうなときでも、髪をとかし、きちんとヘアピンをとめる。世の中の人全員を憎みそうなときでも、訪問者はきれいに洗った手で出迎える。

「おはようございます」アレクサンドラはだだっ広い玄関ホールに立って、周囲をためつすがめつしている若い男性に言った。「何もない、殺風景な玄関でしょう。ごめんなさい……まあ！　ミスター・ハートリー！」

男性がぱっと振り向いた。脇に挟んでいた帽子が床に落ちる。「レディ・モーリー！」

「あなた、ここで何をしているの？」

ウィリアム・ハートリーの薄い唇が開き、また閉じた。「ぼく……ぼくは……その、いや、それはこっちのせりふですよ！　ここに……ミスター・バークはこちらに滞在しているのでは？」

「ミスター・バーク？　ええ、そうよ」

ハートリーがかがんで帽子を拾いあげた。「すみません。ただ……あまりにびっくりして。あなたが大陸のどこかにいるのは知ってましたが……」彼は言葉を切った。手で帽子の縁をもてあそびながら、必死に考えをめぐらせているようだ。「あなたと……ミスター・バークが……あなた方が知りあいとは存じませんでした」さりげなさを装おうという努力が声ににじみでていた。

「あら、知りあいじゃないのよ。それは大きな誤解。城を借りるにあたって、ちょっとした手違いがあったの」アレクサンドラは微笑み、甥の腕をとった。「書斎にいらして。お客さまを通せるのはそこくらいなの」

書斎の古びたソファに腰を落ち着け、フランチェスカの運んできた紅茶を前にすると、ハートリーはようやく気をとり直したようだった。

「レディ・モーリー！　まったく驚いたな。よりによってここに滞在してたとは。うれしい驚きですよ」

「わたしもよ」アレクサンドラはポットに手をのばし、紅茶を注いだ。

「それにしても、お元気そうで何よりだ。頬は薔薇色だし、とても生き生きしている」

「ありがとう。イタリアの生活が性に合ってるみたいなの。ミルクとお砂糖は？」

「お願いします。よければ両方とも」

「ミスター・バークに会えなくて残念だったわね。彼はもう自動車の展示会のためにローマへ発ったの」紅茶に砂糖を入れてかきまぜる。頭はまっ白になっていても、指が作法を覚えているのだ。

「ああ、そうでしょうね。ぼくも今から向かうところなんですよ」ハートリーはカップとソーサーを受けとると、顔をほころばせた。「ここであなたに会えてよかった。実はすばらしい知らせがあるんです。ぼくたち、ついにやったんです！」

「何をやったの？」

「問題を解決したんですよ！　長年技術者の悩みの種だった、やたらと複雑な蒸気トランスミッションの改造に成功したんです」彼が身をのりだした。「これは極秘情報ですよ。誰にも言わないでくださいね。ぼくも本当ならあなたに話しちゃいけないんです。でも、あなたは大株主だから」

「いえ……じゃなくて、わかってるわ。つまり、わたしは株主だし、誰にも話さない」アレクサンドラはサイドテーブルに紅茶を置いた。指が震えて、カップを持っていられなかった。

「ぼくたちも展示会に出ます。もちろんレースにも」ハートリーもカップを置くと、指を組みあわせた。「勝算はあります。そして、レースに勝てば、株価は高騰する。あなたは持ち株を売って、たっぷりと利益を手にできますよ！」

アレクサンドラは目をぱちくりさせた。「レースに勝つ？」

「もちろんです。時速三〇キロ出るんですから！　レディ・モーリー、三〇キロですよ！　あなたにはよくわからないかもしれませんが、すばらしい数字なんです」彼がもう一度カップを手にとり、上品にひと口飲む。「実にすばらしい」

「そう……わたしも、うれしいわ」

ハートリーはカップをソーサーに戻すと、小さく咳をした。「ずっと申し訳なく思っていたんですよ。あなたの財産を投資して、結局うまくいかなくて……。まさかモーリーがあんなに早くに亡くなるとは、まったく……いや、すみません」

「いえ、いいのよ」アレクサンドラはまだ混乱していた。「でも、よくわからないの。あなたはどうしてミスター・バークに会いに来たの？　レースまで極秘にしておかなきゃいけないんでしょう？」

「ああ、そのことですか。実を言うと、ふと思いたっただけでね。ローマに向かう途中、ほんの二、三時間でこちらに寄れることに気づいて、直接申し出を断ろうと思ったんですよ。そのときの彼の顔を見てやりたくてね」彼がそう言ってにやりとする。

アレクサンドラの喉がからからになった。「申し出？」

「そうです。彼はうちの会社のことを探ってたんですよ！　一週間ほど前、正式に買収の申し出がありました。なんと、一株五〇シリング出すと！」

彼女はカップを落としそうになった。「一株五〇シリングですって！」

「五〇シリングですよ、信じられますか？　あの当時、うちの株は五シリングで取り引きされていたのに」ハートリーが紅茶を飲みながら頭を振った。「あの男はどうかしているに違いない。でなければ、ぼくたちの成功をかぎつけたが」

「信じられないわ」

「もちろん、今となってはそんな申し出など断りますよ。ねらいどおりこのレースに勝てば、〈マンチェスター・マシーン・ワークス〉の株はそれよりはるかに高値がつく。いや、絶対にそうなります。間違いない」

「一株五〇シリング」アレクサンドラは頭のなかでもう一度計算し、また同じ莫大な数字にたどり着いた。

「確かに魅力的な数字です」ハートリーが認めた。モリーニのつくった絶品のアーモンドマカロンに手をのばす。「これは実においしい。いい料理人がいるんですか？」

「最高の料理人よ。ここの生活は……これまでの人生で最高だわ」

「何を言うんです、レディ・モーリー。こんななんにもないところなのに」彼が笑い、またマカロンをひとつとった。

「だからいいのよ。ロンドンから離れて暮らす時間が長くなればなるほど、街が恋しいとは思わなくなってきたわ」

「わかります、わかりますよ。ぼくもときたま昔懐かしい田舎の雰囲気を味わいたくなりますからね」ハートリーは膝からくずを払い、時計を見た。「でも、もう行かないと。明日の朝はフィレンツェで列車に乗らなくてはならないし、あれこれやることもあるので。自動車は蒸気船でチヴィタヴェッキアへ運びます」

アレクサンドラは立ちあがって、手をさしだした。「お会いできてよかったわ、ミスター・ハートリー。すてきな偶然だったわね。レースでの幸運を祈っているわ。ロンドンに戻ったら……うちに寄ってちょうだい。ぜひ話を聞かせて」

「もちろんです、レディ・モーリー」ハートリーは彼女の手をとり、力強く握った。「必ず寄らせていただきますよ」

甥が待機していた馬車に乗りこむのを見送り、アレクサンドラは呆然と厨房に戻った。倒れこむように椅子に座り、舞いあがる埃を見つめる。

フィンはどういうつもりだったの？

一週間ほど前、とハートリーは言った。そのころには、フィンはわたしが株主であることを知っていたはずだ。全財産を甥の会社に投資したことも。偶然の一致とは思えない。

けれどもフィンは去っていった。別れの言葉も、キスもなしに。

つまり、これは彼なりのさよならなのだろうか？ なんとも寛大な贈り物だ。フィンはわたしが経済的に自立し、大切にしていたものをすべてとり戻せるようにしてくれた。思いやりがあって、とても潔い。

それとも、これは束の間のお楽しみの代償なの？ そんなふうに思うと、平手打ちをくらったような気がした。

アレクサンドラは両手で頭を抱えた。涙がどっとこみあげる。もう何年も、泣いたことがなかった。最後に泣いたのは、結婚する前、レディ・ペンブロークの舞踏会の夜だ。

どうして突然涙がとまらなくなったのかわからない。結局のところ、すべてが望むとおりになった。財産は……たぶん、とり戻せるだろう。数週間後、ハートリーがレースに勝てば、だが。ロンドンに戻り、かつての生活を再開できる。何事もなかったかのように。外国に逃避などしていなかったかのように。フルハムやパットニーには住まなくていい、図書館で本を借りる必要もない。ささやかなディナー・パーティーもなし。ローストの残りを一週間、家族全員で少しずつ食べるような生活もなしだ。

涙ではなく、笑いがこみあげていいはずなのに。

むなしさではなく、充足感を抱いていいはずなのに。

絶望ではなく。

そのとき、何かが肩に触れた。あたたかく、確かな何かが。焼きたてパンの香りに気づいたと同時に、モリーニの声がした。

「シニョーラ、どうしました？　どうして泣いてるんです？」

「なんでもないの。本当に」また涙があふれでた。

「シニョーラ」家政婦が隣の椅子に腰をおろした。「シニョーレ・バークに会いたいんですね」

「まさか。違うわ。わたし……ただ、肘をその……角にぶつけて……それで……」

「いいから、シニョーラ」ぽっちゃりした腕が背中にまわされた。軽く抱かれると、心地よいぬくもりが体に伝わってきた。「いいから」

「それで……痛くて……泣きそうなほど痛くて……」

「泣きたくなる気持ち、わかります、いとしい人《ミア・カーラ》」モリーニがアレクサンドラの髪を撫でた。

「村から、郵便が届きました」

アレクサンドラはため息をついた。「テーブルの上に置いておいて。あとで見るわ」

「シニョーレ・バーク宛の手紙も来てます。公爵宛の手紙も。新聞も」

「そう。ウォリングフォードに届けておくわ」アレクサンドラは家政婦の視線を避け、顔を横に向けた。惨めな顔を人に見られたくない。

「さあ」左手でアレクサンドラの髪を撫でながら、モリーニが言った。「新聞に、何かが書いてあるかもしれません。あなたの顔に笑顔が戻るような何かが」

アレクサンドラは引きつった笑い声をあげた。「それはありえないわね。新聞に載っているものといえば、死亡記事かスキャンダル、事件ばかり。せいぜい望めるのは、敵の不幸ってところだわ」

「おもしろいことを言いますね、シニョーラ。わたし、あなたのそういうところ、好きです。あなたは頭の回転が速くて、わたしを笑わせる。シニョール・バークを笑わせる」モリーニがアレクサンドラの肩をぎゅっと抱いた。「笑いは大切です。シニョール・バークは賢い。あなたを選んだんだから」

アレクサンドラは体を起こし、頬の涙をふいた。「でも、彼は賢い選択とは思わなかったみたい。ありがたいことに理性をとり戻して、わたしたちはお互い……それぞれ以前の生活に戻ることにしたの」

「そうですか」モリーニは最後にもう一度アレクサンドラの肩を軽くたたくと、立ちあがった。「でもね、シニョーラ、うれしいことがあるかもしれませんよ。何か、いい記事があるかもしれない。いい記事は珍しいけど、だから、わたしたちはすごくうれしくなるんです」

モリーニは来たとき同様、いつのまにか姿を消していた。アレクサンドラはテーブルを見つめたまま座っていたが、まだ家政婦の指が頭を撫でているような、妙なぬくもりを感じていた。気持ちが落ち着き、心がなごむ。モリーニに子どもがいたら、すばらしい母親になっただろう。

郵便物は家政婦が置いたままになっていた。アレクサンドラは封書の束とその下の新聞に目をやった。母国での出来事に多少なりとも関心を持とうとしてみる。どの大臣が人気で、どの大臣が不人気か、とか。野党の誰それが才気あふれる演説をぶったものの、不発に終わったとか。レディ・Xのパーティーでは給仕係がケンタウロスの扮装をしていたとか、Z卿は妻のお産にあえてつき添わなかったとか。

今となってはどの記事にもうんざりだ。

そのとき、廊下のほうからぱたぱたと足音が聞こえてきた。

「ここにいたのね！」アビゲイルだった。「お客さまって誰だったの？　ひとりにしてごめんなさい。でもわたしが初対面の人を前にすると全然だめなのは知ってるでしょう。ひと言もしゃべれないか、間違ってとんでもない失礼な質問をしちゃうかなのよ。あら、それ『タイムズ』？　見せて。ロンドンを発つ前、ダービー競馬に五ポンド賭けたのよ。勝ったかどうか知りたくてしかたないの」

アレクサンドラは手を振った。「どうぞ」

アビゲイルは新聞をとりあげ、テーブルに腰かけて脚をぶらぶらさせた。「最初の何ページかは飛ばしていいわね。列車事故と鉱山の陥没の話ばっかり。ああ、悔しい。負けだわ。セインフォインとかいう馬に賭けたんだけど。パブにいた男が絶対勝つって請けあったのよ。まあ、しかたないわ。今度こそ……」ふいに言葉が途切れた。

アレクサンドラは顔をあげた。「どうしたの?」

「アレックス」喉を締めつけられたような声だった。「まだ新聞を読んでないのね?」

「ええ、まだよ。今届いたの。何かよくない記事でもあった?」

「いいえ。その反対よ」

アビゲイルが新聞を半分に折り、アレクサンドラに渡した。

ミスター・フィニアス・フィッツウィリアム・バーク、王立協会会員
厳密かつ徹底した科学的調査の結果、以下の点について、A・Mの主張が正しかったことが明らかとなった。
・学問の追求を確固たる信念をもって継続するという点において、女性は男性に対し、圧倒的な優位性を持つ。
・男性は女性に比べ、知的労働から恋愛へと心を動かされやすい。
・勇気と意志の強さに関しても女性は男性に勝っている。

これらすべてが、自動車の時速二五キロ超の走行時にもあてはまることが、科学的に立証されている。

この発見が真実であることに、ミスター・バークは科学者生命を懸ける覚悟がある。

一八九〇年六月二二日

「嘘でしょう」顔をあげると、アビゲイルと目が合った。「信じられないわ」

「本当にね。あの宿で約束したとおり、半ページ使っているわ」アビゲイルが紙面をのぞきこんだ。「彼は紳士的ね。お姉さまの頭文字しか載せてない。A・Mがお姉さまのことをさしているってわかる人、いるかしら？」

「さあね。でも、そんなことどうでもいいわ」アレクサンドラは椅子から立ちあがり、新聞をもとどおりにたたんだ。闘志が戻ってきて、神経が高ぶっている。彼はわたしを愛していた。たぶん、今も愛している。なのに離れていくなんて。そんなことは二度とさせない。

「ねえ、アビゲイル」

アビゲイルが物問いたげに両眉をつりあげた。「何、アレックス？」

「わたしと一緒にローマへ行く気はある？」

24

ローマ　ボルゲーゼ公園

「ねえ、ミスター・ハートリー」アレクサンドラは言った。「本当に困ったことになったわね。自動車を生涯の仕事にする前に、自分が車酔いするたちだってこと、考えてみなかったの？」

ウィリアム・ハートリーが青ざめた顔をあげ、恨めしげに彼女を見た。「列車は大丈夫なんですよ。だから自動車でも同じかと……。それでぼくは……」

アレクサンドラはため息をついた。「わたしのハンカチを使って。ああ、いいのよ、持っていて。ハンカチならまだ何枚か持っているから」彼女は展示会場を見渡した。まだ明け方で、人はほとんどいない。向かい側に並ぶ仮設の車庫が、まだ薄暗い芝にたたずむ幽霊のように見えた。

あの車庫のどれかにフィンの自動車がある。

「時速一五キロまでなら大丈夫だったんですけど」ハートリーがそれが一縷《いちる》の望みであるか

のように言った。

「一五キロじゃ意味がないわ。ミスター・バークの車はゆうに二二五キロ出るのよ。レースはスタートから時速二〇〇キロ以上の争いになると思う。あっという間に抜かされちゃうわ」座席の端を指でたたく。「わたしたちは、なんとしてもこのレースで勝利を飾らなくてはならないの。それも圧倒的な勝利でなくては。でないと、結局のところミスター・バークの申し出を受けるしかなくなってしまうわ」

わたしは、フィンのお金はいっさい受けとらないと決めている。いくらさしだされようと。

「それはいやだ。来年の秋にはパリで展示会があるし、ひょっとすると春には……」

アレクサンドラはハートリーのほうを振り返った。「整備士は運転できないの?」

ハートリーがまたハンカチで顔をふいた。「できるかもしれません。でも、運転したことのある人間はいなくて。技術者をひとり連れてくればよかったんですが、費用が……」

彼女は大きくため息をついた。「ほかに選択肢がないなら、わたしが運転するしかないわね」

ハートリーは自動車の開いた扉から転げ落ちそうになった。「あなたが!」

「ええ、わたしが運転するの。あなたは、競争相手の顔に向けて排ガスを噴射すればレースに勝てるとでも思っているの? わたしはそうは思わないわ」

「でも、あなたは……運転のしかたを知ってるんですか?」彼が力なくきいた。

「ええ、知ってるわ。もちろん、整備士に多少操作のしかたを教えてもらわなくちゃならないけど……」そう言うと、そばにいた三人の男たちのほうを見て、軽くうなずいた。会場を囲む白い柵に寄りかかった男たちは、笑いをこらえているのか顔が赤紫色になっている。

「でも、たぶんできると思うわ」

「たぶん？　できると思う？」ハートリーがハンカチを握りしめた。

アレクサンドラはにっこり微笑んで、彼の肩をぽんとたたいた。「大丈夫よ。いずれにしたってあなたは運転できる状態じゃないんだもの。ふらふらじゃない」

「そんなことはありません」ハートリーが男らしく背筋をのばしてみせる。

「心配しないで。わたし、運転を習ったことがあるの。もっと早く自動車が到着しなかったのは残念ね。そうすればコースに慣れることができたのに。でもあなただって、税関で手間どるなんて予想もしなかったものね」

「まったく、お役所っていうのは」彼がもごもごとつぶやいた。

「さあ、みんな、仕事にかかって。あと一時間もすれば観客が集まりはじめるわよ」アレクサンドラは整備士たちに言った。

彼らはにやにやしながら近づいてきた。帽子の代わりに前髪を引っ張りおろすことも、頭をさげることもなければ、〝はい、奥さま〟と返事をすることもしない。自動車の世界では誰もが平等なのだ。

「なんでしょう？」整備士のひとりが腕組みしながらきいた。

「気づいていると思うけど、ミスター・ハートリーは具合がよくないの」

「見たところ、かなり悪そうだ」

「確かに」別のひとりが同意する。

アレクサンドラは咳払いした。「というわけで、多少運転の経験があるわたしが、代わりにレースを走ることにしたわ」

それを聞いたとたん、男たちが仰天して凍りついた。アレクサンドラは彼らが事情をのみこむのを待った。

「あなたが、ですか？」ややあって、最初に返事をした整備士がきき返した。

「そうよ。わたしは、このコースよりはるかに悪い道で自動車を時速二五キロ以上で運転したことがあるの。もちろん、操作についてはあなた方に少し教えてもらわなくちゃならないけど、たぶん……」

「だけど、奥さん……」ふたり目が口を挟んできた。「悪いが、そう簡単にはいきませんよ！」

「もちろん、簡単にはいかないでしょうね。簡単なら、ミスター・ハートリーだって具合が悪くなったりはしなかったでしょうし」

「それに……レディにとって安全とは言えない……」

「わたしは普通のレディじゃないわ」

男たちは顔を見あわせて肩をすくめた。

「そういうことよ」アレクサンドラは言った。「ミスター・ハートリー、悪いけれど、あなたのゴーグルを貸してくれないかしら？」

フィニアス・パークは朝から頭ががんがんしていた。ホテルから丘をのぼってヴィットリオ・ヴェネト通りに入り、ボルゲーゼ公園内の展示会場へと向かいながら、デルモニコとの会話を楽しむ気分ではなかった。

「実に美しい。それは、きみも認めざるをえないだろう」デルモニコがしゃべっていた。「もっとも、ちょっとでも扱いを間違えると厄介なことになるがね」

自動車のことを言っているのか？　それとも女性の話なのか？　フィンはうずくこめかみをさすった。「だろうね」

「きみのはうらやましいことに静かだ」デルモニコが続けた。「それにもちろん、勢いもある。半面、疲れるのも早い。きみの場合、うちのやつとのほうがうまくいくと思うな。汚れるし、においはひどいが、金がかからない。タンクが空になったら満タンにしてやればいいんだ」

どうやら自動車の話らしい。

「バッテリーの耐久性に関する問題は解決した」フィンは言った。「驚くべき進化を遂げたよ。排ガスはきれいになり、性能も向上し、運転は楽になった」頭をはっきりさせようとする。フィンは普段はあまり飲まないほうだが、ゆうべはしたたか酔っ払った。ひとりのベルギー人がホテルで酒盛りをはじめ、宴は延々と続いて、給仕係がやたらこまめにグラスにお代わりを注いでいった。フィンのほうも、ジャコモに預けた手紙に対してアレクサンドラから返事がないことに不満といらだちがたまっていたこともあって、注がれるがままに飲んだのだ。よろめくようにしてベッドに入ったのが夜中の二時だった。ありがたいことに、ここ二週間ではじめてぐっすり眠った。彼女がこの場にいて、自分の体たらくを目にしなかったのがせめてもの救いだ。今でもまだ、酔いが残っている。二日酔いがひどい頭痛と重なって、気分は最悪だった。

展示会場を囲む白い柵の前に来ると、足をとめ、その柵に寄りかかった。

「ああ、あそこだ」デルモニコが広い会場を手振りで示した。片側には車庫が整然と並んでいる。「参加は一五社。うち一一社が明日のレースを走る。きみの同胞の蒸気自動車もようやく到着したようだな」

「蒸気自動車？」フィンは首を振りかけたが、めまいを感じて、すぐにやめた。「蒸気自動車は誰が？」

「英国の〈マンチェスター・マシーン・ワークス〉のミスター・ハートリーだよ。彼を知っているかい？」

「ハートリーが！　まさか！」

「二週間ほど前に電報をもらってね。大改良を行ったんで、参戦したいと書いてあった」デルモニコが手に顎をのせた。「見間違えでなければ、あれが彼だろう」

フィンは手を目の上にかざしてまぶしい日ざしをさえぎり、会場に目を凝らした。遠くのスタート地点に、男たちに囲まれた黒っぽい車体が見える。

「あれかい？」

「たぶん。自動車がついさっき到着したようだ」デルモニコが身をのりだした。「試運転させたいらしい」

「なんと」頭痛のことはすっかり忘れ、フィンはつぶやいた。「間に合ったのか」上着のポケットに手を入れ、懐中時計をとりだす。

整備士が車から離れ、車体を陽光にさらした。フィンは以前、一度見たことがあった。数カ月前、ウィリアム・ハートリーに工場のなかを案内してもらったときだ。少々不格好で、運転席は高く、後部にはボイラーがとりつけられていた。そこから前方に搭載されたモーターへ蒸気が送られるしくみだ。蒸気エンジンは高速運転と、迅速な加速を可能にする。ギアチェンジもクランクシャフトも必要ない。きれいで効率のいいエンジンだ。

ただ、ボイラーが爆発する危険はある。

自動車をもっとよく見ようと、フィンは前に身をのりだした。おや、ハートリーは妙な帽子をかぶっている。まるで……。

自動車が砲台から発射された弾丸のように、前に飛びだした。驚異的な速さで速度をあげてくる。フィンのいる位置からではエンジン音は聞こえず、土のコースをひた走る車が巻き起こす土煙しか見えなかった。コースはほんの数日前に草を刈ってつくったばかりだ。

隣のデルモニコが息をのんだ。「すごいスピードだ！」

蒸気自動車が近づいてくると、フィンは息をとめて見守った。自動車は太陽を背にしてその輪郭を現し、細部をあらわにしていく。路面をとらえるタイヤ、タービンの規則的な回転音、そして運転手。

運転しているのは……。

フィンの顔から血の気が引いた。手から力が抜け、みぞおちに石を落とされたような衝撃を受ける。

「嘘だろう」デルモニコが叫んだ。「女に運転させてるぞ！　女に！」拳で柵をたたく。

自動車はカーブにさしかかり、減速をはじめた。フィンは自分でも気づかないうちに白い柵をのりこえ、湿った芝の上を走っていた。蒸気自動車がカーブを曲がり切り、スタート地点へと向かっていく。

「だめだ！」自分の叫び声が聞こえた。「とめろ！」

だが、蒸気自動車は再度加速していった。爆発的な勢いでコースを疾走する。一瞬にしてフィンの前を通りすぎ、もうもうと土煙をあげながらすでに一〇〇メートルほど先にいた。

フィンも向きを変えてあとを追った。ローマの暑い日ざしがずきずきうずく頭を容赦なく照りつけ、肺が焼けつくように痛む。それでも懸命にアレクサンドラが乗った蒸気自動車を追いかけた。やがて、エンジン音にまじって彼女の勝ち誇ったような笑い声が聞こえてきた。

アレクサンドラはブレーキをかけると、うれしそうに運転席から飛びおりた。「最高よ！」

そう叫んで、帽子とゴーグルをはぎとる。ハートリーと整備士たちもそろって満面の笑みで柵の向こうから駆け寄ってきた。「すごいわ！　何キロ出た？」

「ぼくの時計で、時速二八キロです！」ハートリーが得意げに時計を掲げた。「新記録だ！」

「言葉では表現できないわ。あの加速！　全力疾走する馬に乗ってるみたいだった！　でももっとなめらかな加速で、完璧に――」

「アレクサンドラ！」

鋭い声があたりの空気を切り裂いた。

アレクサンドラは声のするほうを振り返った。土煙の向こうから、男性が長い脚で土を蹴りながら駆け寄ってくる。

「フィン！　見ていたのね？　すばらしかったでしょう！　わたし……」

フィンが数メートル手前で足をとめた。「きみはばかか！　何を考えてる！　死んでいたかもしれないんだぞ！」それから、くるりとハートリーのほうを向いた。「きみもどうかしてる！　どうして彼女に運転させた？」

ハートリーのすでに青ざめた顔から、さらに血の気が引く。帽子をとり、アレクサンドラのレースのハンカチで額をふいた。「ぼくは……いや、彼女が運転すると言い張ったものだから……」

フィンがあきれたように両手を持ちあげ、またアレクサンドラに向き直った。「まったく、どういうつもりなんだ？　もしボイラーが……」

アレクサンドラがフィンの言葉をさえぎった。「ひさびさの再会だっていうのに、そんなに怒らないで。わたしに会えて喜んでくれるかと思ったのに」

フィンが朝の空を見あげた。「試運転もしていない蒸気自動車で未舗装のコースを疾走していなければな」

「言ってることが無茶苦茶ね。わたしが優秀な運転手だってことは知っているでしょう。あなたに教わったんだもの」

「ぼくの自動車で、ぼくの指導のもとで教えただけだ。それはそうと……」

「もう指導は必要ないわ」

「どうしてきみはここにいる？　ハートリーのチームの一員なのか？」フィンの目つきが険しくなった。

アレクサンドラは甥に目をやった。整備士たちとともに、じっと成りゆきを見守っている。

「ご存じのとおり、わたしは会社の大株主なの」

フィンの顔がこわばった。「ああ、知っている」

「そんな目で見ないで！　ようやく自動車が完成したというから、走るところを見に来ただけよ。そうしたら……ミスター・ハートリーが運転できないことがわかったの。だから、協力を申しでたのよ」

「命の危険を冒してか？」

「それはあなただって同じでしょう」彼女は静かに言った。「毎日、命を危険にさらしているじゃない」

フィンは答えなかった。ただ、真剣なまなざしで彼女を見つめていた。脇に垂らした手は拳を握ったり、開いたりしている。

「話の続きはあとにしたほうがよさそうだな」

「ええ、そうね」アレクサンドラは気をとり直し、整備士たちのほうを向いた。心臓が激しく打っているのがわかる。フィンの視線が肌を突き刺し、彼の体が発する感情とエネルギーが空気を震わせているのを感じた。「ごめんなさい。ミスター・バークは特別友達思いなの。自動車を車庫に戻しましょうか。展示の準備をしないと」

ハートリーが前に進みでた。「そうだ、そうですね。車庫まで戻すのはぼくがします。あなたは……もちろん、ミスター・バークと……」

「ぼくはレディ・モーリーと話がある」フィンが言った。

ハートリーが自動車に飛び乗り、ハンドルを握った。整備士たちは徒歩で車庫へ向かう。フィンは身じろぎひとつせず、彼らを見送った。彼女は心臓が沈みこむのを感じた。

フィンが振り返った。「つまり、きみはここにいるわけだ」彼は感情の読みとれない目つきで、じっと彼女を見つめている。科学者の目だ。

アレクサンドラはつばをのみこんだ。新聞広告を見た日から胸にあふれていた自信は、その無表情なまなざしを前にあえなく崩れ去った。わたしは読み間違えたのかもしれない。ひょっとすると、あの広告は、わたしが競争相手の会社の株主だと知る前に手配したのかも。

わたしは人生最大の大失態を演じているのだろうか？

「いないほうがよかった？」彼女は慎重にきいた。

フィンがかぶりを振った。「とりあえず今は、きみが無事生きていてほっとしている」

「心配させるつもりはなかったのよ。あなたがいることも知らなかった。わたし……」アレクサンドラはいったん言葉をのみこみ、やがて尋ねた。「どうして突然行ってしまったの？わたしを置いて？」

彼の表情がゆるんだ。「ひとつには、きみといると研究に身が入らないからさ。手紙で説明したとおり……」

「手紙？　手紙ってなんのこと？」

フィンがびくりとした。「手紙を受けとってないのか？」

「知らないわ！　あちこち探したのよ。そうしたら、株主リストを見つけたの。きっとあの……」

彼がアレクサンドラに近づき、肩をつかんだ。「ジャコモのやつめ！　きみはぼくがひと言もなく出ていったと思ったのか？　ああ、アレクサンドラ」

「でも、あのリスト……株主リストが……」涙がひと粒、右目からこぼれ落ちる。アレクサンドラはいらだたしげにそれをぬぐった。「あなたが最悪のことを考えたと思ったの。わたしがあなたを裏切ったと。でも、違うの、フィン。誓うわ！」

「もちろん、違う。それはわかったよ。よく考えてみれば。そして、作業小屋を救うためにいかに体を張ってくれたかを見れば。アレクサンドラ、もう泣かないで」フィンが片手で彼女の頬に触れる。

「最初は……」アレクサンドラは涙を押しとどめようとまぶたを閉じた。「最初は、あなたがどんな研究をしているかに興味があったの。何かしら学ぶことが、会社にとって役だつことがあるかもしれないと思ったわ。せっぱつまっていたの……ごめんなさい。でもね、実は、目的はあなただったの、フィン。今になって気づいたわ。すべて、あなたに会う口実にすぎなかったのよ。あなたに関心があるって、あなたのことをもっと知りたいって、自分に認めることができなかったの。だから口実が必要だった。でも、今は変わったわ、フィン。あなたが変えたのよ。そしてイタリアという土地が。ロンドンを離れてみて、わたしが大切だと思い、こだわっていたことなんてなんの価値もないんだって気づいたの。あなたに比べたら。でも、わたし……」

「もういい。わかってるよ」フィンの手が彼女の肩をそっとさすった。

アレクサンドラは目を開け、まっすぐ彼を見た。「最初から……宿ではじめて会ったときからよ。あなたはその瞳で、心を射抜くような瞳でわたしを見た。そのときからあなたのことしか考えられなかったの。それはわかってちょうだい」

フィンが彼女を引き寄せ、長い腕を体にまわした。彼の鼓動が耳に伝わってくる。車を追いかけてきたせいだろう、いまだに鼓動が速かった。

「もうわかったよ」

アレクサンドラは目を閉じ、抱擁に身を任せた。フィンの脈まで感じられるようだ。力強いエネルギーが伝わってくる。ああ、どれほど彼が恋しかったか！　こうしてフィンの腕に抱かれていると、あらためて気づく。どれほど彼に会いたかったか。彼のいない生活が、どれほど空虚で退屈だったか。

「手紙にはなんて書いてくれたの？」

フィンが彼女の耳もとで笑った。「ほとんど恋患いの戯言《たわごと》さ。なんだかんだ言って、きみが読まなかったのは幸いだったよ」

「読んでいたら、すぐにローマへ向かったのに。次の列車に乗ってたわ」

彼が身じろぎした。「で、どうしてここに来たんだい？」

「もちろん、ミスター・ハートリーに協力するためよ。彼がレースに勝てば……」

フィンがはっとして身を引いた。「彼がレースに勝てば？　ハートリーが？　きみは彼の味方なのか？」アレクサンドラの腕をつかんで体を離し、まっすぐ目を見つめる。

「ええ、そうよ。現実問題として、わたしは株主だもの」フィンが信じられないという表情をしているのに気づき、彼女は彼の肘を軽くたたいた。「もちろんあなたの健闘も祈ってるわ。でも、ミスター・ハートリーはなんとしても優勝しなくてはならないの。わたしとしても優勝してもらわなくてはならないわ。ロンドンの人々に、彼の車はすばらしいと証明しなくてはいけないのよ」

フィンの声が不吉な響きを帯びた。「それはどうしてだ、アレクサンドラ？　どうして車の性能を証明しなくてはならない?」

彼の腕に抱かれて恍惚となっていたアレクサンドラの頭に、不快な感覚が忍び寄ってきた。

「だって、そうすれば……株価があがるでしょう。わたしは株を売って、お金をとり戻せるわ。そうすれば……」

「当然ながらきみは、あの会社に対して、株をかなりの高値で買いとるという申し出があることを知っているんだろうね?」

アレクサンドラは咳払いした。「ええ、知ってるわ」

「当然ながら、その申し出をした個人の名前も知っている?」

「ああ、フィン。本当に……」彼女はフィンに微笑みかけた。「親切な……いいえ、気高いと言ってもいい申し出だと思うわ。でもあなたには、わたしの財産をとり戻すためだけに無関係な会社にお金を出すなんてまねはしてほしくないの。わたしにも誇りというものがあるわ」

フィンが彼女の腕を放し、自分の髪をかきあげた。「まさか、きみがハートリーを説き伏せて、申し出を断らせたのか?」

「そんな必要はなかったわ。彼は、あの会社の株はいずれ五〇シリングよりはるかに高値がつくと考えているの」

「どうかしてる!」

アレクサンドラは腕を組んだ。「そうかしら? わたしも同じ考えよ。あなたには株を売らないわ。一株一〇〇シリング出されたって！」

「どうしてだ？　どうしてだめなんだ？」フィンが手を腰にあて、目に怒りをたぎらせて彼女を見おろした。普段よりさらに数センチ背が高く見える。朝日が彼の髪を赤銅色に燃えたたせていた。

突然、アレクサンドラのなかに怒りが、理不尽で熱い怒りがわきあがった。フィンのあふれんばかりの自信と力に満ちた物腰に、どうしようもなく腹がたった。太陽でさえ彼に刃向かえないかのようだ。

「その気がないからよ。あなたに買われるなんてまっぴら！　それじゃモーリー卿と同じよ。ほかの男の人と同じ」彼女は激しい口調で言い返した。「わたしは売り物じゃないわ、フィニアス・バーク！　〈マンチェスター・マシーン・ワークス〉も売り物じゃない」

アレクサンドラは踵を返すと、車庫へ向かってずんずん歩いていった。今はもう会場にちらほらと人の姿が見える。出場者は自動車の準備に余念がなく、招待客は自動車をじっくり見るために早めに到着し、写真家は写真機の設置をしている。

「待て、アレクサンドラ！」フィンが背後から呼んだ。

アレクサンドラは走りだした。ドレスと華奢な靴のせいで、幾度か転びそうになりながら会場を横切っていく。心のどこかでは彼が追いついてくることを期待して。

けれども、フィンは追いかけてこなかった。

25

「おや、レディ・モーリーじゃないですか！」アレクサンドラが振り返ると、中背の男性が黒い目をきらめかせ、こちらに向けて山高帽を傾けていた。

彼女の困惑を感じとったのか、男性は急いでつけ加えた。「バルトロメオ・デルモニコですよ。この春、ミスター・バークのところでお会いしました。フィレンツェ近くの作業小屋で」

「シニョーレ・デルモニコ！　もちろん覚えてますわ！」アレクサンドラは手をさしだした。デルモニコが手袋をとり、軽く頭をさげた。「ぼくの見間違えでなければ、レディ・モーリー、昨日の朝、コースでミスター・ハートリーの車を運転していたのはあなたではないですか？」

「ええ、そうですの。ありがとう」だがアレクサンドラの視線はデルモニコを素通りし、フィンを捜していた。昨日は一日じゅう、展示会場を歩きまわる彼を目で追っていた。フィンはまわりの人より頭ひとつ分背が高く、自信と威厳を漂わせている。ここは彼の領地、彼の王国だ。オリュンポスの山から神々を支配するジュピターさながらに、高みから人々を見おろしているのだ。〝見て、あれがミスター・バークよ。わざわざ英国から来たんですって〟〝ミスター・バークの自動車を見た？　あの人、天才よ！〟そんなささやきが交わされるのを、幾度聞いたことか。

腹だたしいと同時に、胸が高鳴る。

自分からフィンに話しかけるのはプライドが許さなかった。それに、お互い今は忙しいのだ。アレクサンドラはそう自分に言い訳していた。だが実を言うと、この異国の地での展示会という不慣れな場では、彼がまるで他人のように、ことさら近寄りがたい存在に感じられてしまうのだった。ここでは貴族の称号などなんの意味もない。人を感服させるのは、非凡な才能と独創性だ。出場者を集めた昨夜の晩餐会では、彼女はハートリーのチームとともにフィンとはいちばん離れた席に座り、ひと晩じゅうほとんど口をきかなかった。〝楽しんでるかい？〟一度だけ、たまたまそばに来たとき、フィンがきいてきた。その声は、はじめて会ったときの、三月の雨の夜のように冷ややかで、よそよそしかった。〝ええ、とても〟アレクサンドラが顎をつんと上向けて答えたところに、酔いのまわったベルギー人がフィンに話しかけてきて、それきりになった。

片時も心の休まらない夜だった。

「わたしの友人のヘル・イエリネックにはお会いになったかな？」デルモニコが、左側にいる顎ひげを生やした長身の男性のほうを向いて尋ねた。「イエリネック、こちらはレディ・

モーリー。英国の名花……それも最高の薔薇の花ですよ」

アレクサンドラは笑みを浮かべてみせた。「シニョーレ・デルモニコはお世辞がお上手ね。お会いできて光栄ですわ、ヘル・イェリネック」

「こちらこそ光栄です」ドイツ訛りの強い英語だった。イェリネックはさしだされた手に向けて軽く頭をさげ、体を起こした。

「あなたも自動車を出展なさるの、ヘル・イェリネック？」

イェリネックが首を振った。「いいえ。ぼくは好きなだけでね、レディ・モーリー」

デルモニコが笑った。「ヘル・イェリネックはわれわれ出場者のあいだでは引っ張りだこなんですよ。ともかく自動車が好きで、投資する価値のあるものを常に探している」

「まあ、それは大変！」アレクサンドラは言った。「シニョーレ・デルモニコは片時もあなたのそばを離れないのではないかしら」

イェリネックは笑い、隣のイタリア人を見やった。「彼の自動車もなかなかのものです。ガソリンエンジンではほかを圧倒している。ヘル・ダイムラーは別格かもしれないが」

「ヘル・ダイムラー！」アレクサンドラは叫んだ。「その名前は聞いたことがあります。四気筒エンジンをつくったミュンヘンの方でしょう。彼はこのレースに出場なさるんですの？」

デルモニコが顔をしかめた。「いや」

「残念なことです」イェリネックがため息をついた。「どうして参加しないのかわかりません。二台の車を見比べられたらよかったんだが」

ふと見ると、デルモニコは不機嫌で、落ち着きのない顔をしていた。

「本当に残念ですわ」アレクサンドラは相槌を打ち、イェリネックの隣にいる若い女性に目を向けた。黒っぽい髪をした赤ん坊を抱き、所在なさそうにしている。「奥さまを連れてきてらっしゃっているのね、ヘル・イェリネック？」

「これは失礼しました」イェリネックが妻の背中に手をあてた。「妻のフラウ・イェリネックです。英語が話せませんで」

アレクサンドラはフラウ・イェリネックのあいた手をとって握った。「かわいいお子さんですね、フラウ・イェリネック」

イェリネックが妻の耳もとに何事かささやくと、彼女が誇らしげな笑みを浮かべた。「ダンケ・メイン・ダム、ズィー・ハイスト・アドリアン」

イェリネックがアレクサンドラのほうを向いた。「妻はお礼を言ってます、レディ・モーリー。娘はアドリアンといいます。ですが、われわれはメルツェデスと呼んでいるのですよ。スペイン語で〝大いなる恵み〟という意味です」

「メルツェデス」アレクサンドラは身をかがめ、赤ん坊の手をとった。「なんてすてきな名前なんでしょう」

ウィリアム・ハートリーを見つけるのは簡単だった。蒸気を吐く自動車の前で、大勢の写真家に囲まれていたからだ。だが、ふたりだけで話し、脅しをかけるのは簡単ではなさそうだった。

しかたなく、フィンは強硬手段に出ることにした。

「話がある」フィンはハートリーの腕をつかんで、写真機から引きはがすように脇へ連れていった。

「これはミスター・バーク！」ハートリーが袖口を直し、首をめぐらせてフィンを見た。「何かご用ですか？」

これまでの人生で、フィンは自分の背の高さを恨めしく思うことのほうが多かった。ウォリングフォードやローランドのように上背があってがっしりとした体格だったら、なんの悩みもなかっただろう。だが、なんにせよ限界というものがある。一五歳で一メートル八五を超えたときから、フィンは一センチのびるたびに神を呪った。結局、さらに一〇センチを加えてひょろりとした不格好な少年は、肩幅が広く手脚の長い、大人の男に成長した。まわりよりもたいてい頭半分は高く、しじゅう戸口に頭をぶつけたし、列車の客室では身を縮めていなくてはならず、ベッドからは足がはみでることになった。一メートル九五センチの長身でしかも赤毛となると、目立つことこのうえない。

だが、こうしてごく普通の体格のウィリアム・ハートリーを見おろしている今、フィンは考えをあらためた。

背が高いのはいいことだ。

「大いに用がある」フィンはいやみな口調で言った。「まずはレディ・モーリーに、レースではきみが運転すると言うんだ」

ハートリーは帽子を脱ぎ、指で髪をかきあげると、また帽子をかぶった。「ミスター・バーク、残念ながら、もう決定ずみで――」

「変えればいい」

「そうはいっても……ぼくは……」ハートリーはごくりとつばをのみ、やがて一気に言った。「あなたには関係ないことでしょう！」

フィンは少しばかり顔を近づけた。「きみとは関係がないが、レディ・モーリーとはある。ぼくの言っている意味がわかるか？」

「ええ、まあ」

「彼女に万にひとつの危険も及んでほしくないんだ。わかってもらえたかな？」

「はい。ですが、ミスター・バーク」ハートリーが言った。ポケットからハンカチをとりだし、額を押さえる。「あと一時間でレースははじまります。代わりの運転手をどこで見つけたらいいのか」

フィンはわざとゆっくり肩をすくめてみせた。「代わりの運転手が見つからないなら、出場をとりやめればいい」

「ミスター・バーク！　あなたもご存じのように、ぼくたちは車の性能を認めてもらわなきゃならないんです」ハートリーは哀願するような、ほとんど泣きだしそうな声で言った。丸々とした顔が引きつっている。「簡単にとりやめるなんてできない。出資者が……」そこで言葉を切った。「ああ、そういうことか」

フィンは目を細めた。「どういうことなんだ?」

「あなたはぼくたちに負けてほしいんだ」

「もちろん、負けてほしい。こちらも出場するんだから。とはいえ、ぼくが気にしているのは、あくまでもレディ・モーリーの身の安全だ」

ハートリーがフィンの胸もとに指を突きつけた。「うちの会社を買収するためだ。あのけちな申し出を通すために、ぼくを負けさせたいんだ」

フィンは相手よりはるかに大きな手を持ちあげ、ハートリーの指をつかんだ。「五〇シリングがけちな申し出か? きみからしたら、降ってわいたような儲け話だろうが」

「でもレースに勝てば……」

「勝てば、それでどうなる? きみの会社がひと晩で五〇万ポンド以上の価値を持つようになると思うのか? 英国の現行法で、車が公道を走るときは時速六・四キロ以上の速度を出してはならないとされているのを知らないのか? 乗員が三人以上必要なのを知らないのか?」フィンはハートリーの指を放した。「知らないはずはあるまい」

ハートリーの顔がまっ赤になった。「じき、その法律は廃止されるでしょう」

「だが、二、三年のうちというわけにはいくまい。鉄道関係者は廃止に断固反対するだろう。まあ、いずれは廃止されるかもしれないが、すぐにではない」

ふたりの白熱した会話に気づいた写真家が近づいてきていた。ハートリーはそちらをちらりと見てから、フィンに視線を戻し、唇をなめた。

「そう考えているなら、どうしてうちの会社を買収することにこだわるんです？」

フィンは肩をすくめ、腕を組んだ。「ぼくは長い目で見てビジネスをしている。そうするだけの金銭的余裕があるからだ。それによってさまざまな試みに挑戦し、よりよいものをめざすことができる。いいか、ハートリー。さっき言ったように、ぼくは今日きみがこのレースを走ろうと走るまいとどうでもいい。関心があるのはレディ・モーリーの安全だけだ。ほかの運転手を見つけることができたら、買いとり価格を一株五五シリングまで引きあげてもいい」手をのばし、ハートリーの上着の肩から糸くずを払った。「レディ・モーリーがきみの自動車の運転席に座ったら、その瞬間から、申し出はなかったことにする」

ハートリーが口を開き、また閉じた。そして、少し離れたところで写真機をかまえる写真家を絶望的な目つきで見やった。

「ミスター・ハートリー！　ミスター・バーク！」ひとりが声をあげた。「写真を撮らせてください！」

「もちろんどうぞ。さあ、ハートリー」フィンはハートリーに腕を絡ませ、そろって写真機のほうを向いた。「笑って。動揺が顔に出てるぞ」

「ですが、わかってください。レディ・モーリーという女性はひとたび心を決めたら、絶対にそれを押しとおすんです」

「ああ、それは気づいていたよ」フィンは愛想よく言った。「まあ、説得する方法を考えるんだな。早急に」そして、立ち去ろうと向きを変えた。

「このままでお願いします！」写真家が叫んだ。

「そう簡単にいけばいいんですが」ハートリーが言った。「どうしてあなたは彼女に直接やめろと言わないいんですか？」

「あらまあ」女性の声がした。「なんとも魅力的な光景ね。ライバル同士が写真機の前で仲よく腕を組んでいるなんて。なんの話をしているのかしら？」

まったく。

フィンは写真家たちの頭の先を見た。アレクサンドラが非の打ちどころのない白いドレスを着て立っている。つばの広い帽子をかぶり、豊かな胸の前で腕を組んでいた。

「みなさん」フィンは居並ぶ写真機に向かって言った。「ありがとう。もういいでしょう」ハートリーの腕から腕を引き抜き、アレクサンドラに近づくと、彼女を引き寄せる。「ダーリン」

「何かたくらんでいるんでしょう」彼女が声を殺して言った。「わたしに運転させないよう、ハートリーを説得していたんじゃない？」

フィンはため息をついた。「ああ、そうだよ。危険だからだ、アレクサンドラ。レースがじゃない。自動車自体が危険なんだ。ぼくはエンジンを見ていないが、信頼はできない。しかも、試運転もされていない。蒸気というのは実に厄介な代物なんだ」

「フィン、わたしが運転しなかったら、勝つ見込みはなくなるわ。単純なことよ。ハートリーはあのとおりだし、整備士はコースを知らないの」

「いい加減にしろ、アレクサンドラ。死んだら、元も子もないんだぞ」

「ばかなことを言わないで。誰も死にはしないわ、フィン。あなたは、わたしがあなたを向こうにまわして走るのが気に入らないんでしょう？　ひょっとして、わたしに負けるのがいやなのかしら？」アレクサンドラが挑戦的に両眉をつりあげた。

「何を言ってる……」フィンは眉をひそめた。「いや、認めよう。確かにそういう気持ちもある」

「やっぱりね！」

フィンは雲ひとつない空を見あげた。彼女がどういうつもりなのか、さっぱりわからない。

「どうしてそう頑固なんだ？　本気でぼくを打ち負かしたいみたいだな」

「そうじゃないの。そういうことじゃなくて……ああ、フィン、わからない？　お金だけの問題じゃないのよ。株をあなた以外の人に売りたいとかいうことじゃないの」

「さっぱり理解できないな。本当のところ、きみは何を言いたいんだ？　このレースに勝たなければ、ぼくとはこれきりにするのか？　自立とか、自分の財産を持つということが、ぼくとの生活よりも大切なのか？」

「違うわ。わたしは……」彼女がフィンの手を押しのけた。「どうしてそんなふうにとるの？」

「だって、そうじゃないか。きみは、自分がかつてのような欲得ずくの人間じゃないということを証明するために……そんなことはぼくはもう充分わかっているのに……すべてを懸けようとしている。ぼくがこれだけとめているのに聞こうともしない。いいか、アレクサンドラ。証明なんて必要ないんだよ」フィンは努めてやさしい口調で言った。「必要なのは愛だけだ。ぼくがほしいのはきみの愛だけ。それでいいじゃないか」

「やめて、フィン。レースに出るか出ないかで、愛を試そうとなんてしないで」

「試しているのはきみだ」

「そう？　そう思うの？」アレクサンドラの声が高くなった。「何を言われても、わたしは出るわ。もう決めたの」

26

一一組の出場者のうち、アレクサンドラの見たところ、真の競争相手は二組だけだった。音のうるさいガソリンエンジンのバルトロメオ・デルモニコとフィニアス・バークだ。

フィンは本来なら今ごろ、自分の自動車の最終チェックをしているはずだ。ところがウィリアム・ハートリーの車のボイラーをのぞきこみ、三人の整備士に矢継ぎ早に質問を浴びせていた。

「困った人ね」午後の強い日ざしから髪を守るために、アレクサンドラは白い綿のスカーフを頭にしっかりと巻きつけた。

「心を動かされる光景だと思うけど」アビゲイルが言った。「彼と話さないの？」

「これ以上話すことはないわ。ゴーグルをとってくれる？」左肘のあたりで写真機のフラッシュが光り、ただでさえぴりぴりしているアレクサンドラの神経をさらに刺激した。

ぴりぴりしているなんて、誰にも悟らせたくないけれど。

アビゲイルがゴーグルをとって、アレクサンドラの頭に装着した。レンズをスカーフの上にあて、すぐにおろせるようにしておく。

「どきどきするわね」アビゲイルが革紐の金具をとめながら言った。「今だから言うけど、実はわたし、ホテルのカフェでお姉さまに二〇リラ賭けたの」

「二〇リラなんて、どこに持ってたの？」アレクサンドラは妹にきいた。「ねえ、フィン」声を大きくして言う。「もう充分よ。この人たちは本当に驚くほど優秀なの。あなたも自分の自動車を点検するべきだわ」

フィンが体を起こしてアレクサンドラのほうを向いた。心配そうに眉間にしわを寄せている。帽子の下の額にはうっすらと汗が浮かんでいた。

「コースはちゃんと頭に入ってるか？」

「完璧よ。公園をまわり、コロッセオまで行って、また公園に戻る。昨日まわったわ。標識も出ているし」

フィンがしばしじっと彼女を見つめた。ローマの明るい日ざしのもとでは、彼の瞳は若葉の色に見える。

「気をつけて」

一瞬、アレクサンドラは苦しいくらい胸がいっぱいになった。

「あなたも」

フィンが向きを変え、歩み去った。長い手脚をてきぱき動かしながら自分の自動車をひとまわりし、タイヤを確認してから運転席に乗りこむ。その無駄のない動きを、アレクサンドラは見守った。彼に、わかってほしい。わたしは自立した女に――自分の財産を持ち、自分の意志で何事も決めることのできる女になったということを。そのためにも、きっぱりと過去を捨てたい。もはや自分は、愛ではなくお金と地位のために結婚を決める、虚栄心ばかり強いかつてのレディ・モーリーではないと証明したい。

「レディ・モーリー」

考えごとに没頭していたので、アレクサンドラは名前を呼ばれたことに気づかなかった。振り返って声をあげたのはアビゲイルだった。

「まあ！　ウォリングフォード！」

アレクサンドラも振り返った。「ウォリングフォード！　どういう風の吹きまわし？」

公爵は明るいグレーのスーツに麦わら帽をかぶり、顔をしかめていた。そのきらめく黒い瞳はアレクサンドラではなく、アビゲイルに向けられている。

「行き先くらい教えてくれてもよかったんじゃないか。まったく」

アレクサンドラはすぐに気をとり直した。「どうしてあなたに教えなくちゃならないの？」

ウォリングフォードが彼女のほうを見た。「四日前、目を覚ましてみたら、あのいまいましい城にいたのはぼくひとりだったからだよ。あたりは静まり返って、誰からも音沙汰ひとつない。そのうえ……」

「本当にごめんなさい」アビゲイルが言った。「山羊たちは元気にしてる？」

「知ったことか」公爵が吐き捨てた。「山羊のことなんか」

「言葉に気をつけてよ！　困るわ。それより、わたし、もうすぐレースに出なくちゃならないの」アレクサンドラは腕時計を見た。「あと五分しかないわ。悪いけれど、あなたの相手はしていられないの」

「きみがレースに出るのか？」ウォリングフォードが雷に打たれたような顔になった。彼の視線がアレクサンドラとアビゲイルのあいだを行き来する。

「そのとおりよ」

「だが、妹をひとりにしておくわけにいかないだろう……イタリア人たちのなかに！」公爵が叫んだ。

「もちろんよ。ミスター・ハートリーがそばにいて、言い寄るような男から守ってくれるわ」数メートル先で整備士の仕事ぶりを見ているハートリーのほうへ向かってうなずいてみせる。ハートリーは自分の名前を聞きとったのか、ちらりとこちらを見やって顎を撫でた。

ウォリングフォードはしばしハートリーをにらみつけてから、アレクサンドラのほうを向き直った。「本気じゃないだろうな」

「あら、不満なら、あなたが妹につき添って。もっともわたしとしては、アビゲイルに近づくまぬけなイタリア人がいたら、その人のほうがよっぽど心配だけれどね。ミスター・ハートリー！」

ハートリーがぴんと背筋をのばした。「なんです？」

「そろそろ時間でしょう。蒸気はどう？」

整備士のひとりが答えた。「蒸気は満タンです、マダム。いつでも走れます」

その瞬間、銃声のような音が会場に響き渡った。

「気の毒に」アレクサンドラは言った。

けがをした男性は腕や顔を包帯でぐるぐる巻きにされて、残った一〇台の自動車の脇を担架で運ばれていった。

胃の奥に重たい塊ができつつあったが、それは無視した。代わりにスタート地点に並ぶ競争相手を見渡す。形、大きさ、搭載しているエンジン、すべてさまざまだ。モーターつきの自転車のような車もあり、運転手は座席の上で上手にバランスをとっていた。

デルモニコはヘル・イエリネックと笑い声をあげていた。赤ん坊を抱いたイェリネックの妻はレースの喧噪から離れたそうにしている。傍らにイタリア製の車がとまっており、金属製の枠がまぶしいばかりの輝きを放っていた。

フィンはアレクサンドラの隣で、まっすぐ前を見据えている。目の前の道路の小石のひとつひとつを頭に刻みこもうとしているかのようだ。やがて片手でゴーグルを目の前におろした。ウォリングフォードが近づいてきて、フィンの車の扉に寄りかかった。ふたりは真剣な表情で、二、三、言葉を交わした。

フィンの反対隣はデルモニコだ。整備士がエンジンを始動させるべく、たくましい腕でクランクシャフトをまわしている。やがて、あたりを揺るがすようなエンジン音が響いた。アレクサンドラの背後のボイラーの音をかき消すほどの轟音だ。デルモニコがちらりとアレクサンドラ側に並ぶ自動車の列を見やった。その目つきに、彼女はぎくりとした。大きな黒いゴーグルの下の目は冷酷で殺気だっていた。

アレクサンドラの頭にひらめくものがあった。

その表情は以前見たことがある。悪意に満ちた、暗い、凶暴な目つき。オリーブ畑のなかだった。夏至前夜祭の夜、湖のほとりのフィンの作業小屋へ行く途中で目にした。

火事のあった晩だ。

なんてこと。デルモニコだったとは。デルモニコはイェリネックの投資をなんとしても勝ちとろうと必死だ。自社が開発した自動車を発表するため、全財産をこの展示会に注ぎこんで、今やほとんど破産寸前なのだ。

デルモニコが火をつけたんだわ。彼なら、このレースに勝つためになんでもするだろう。

いやな予感が駆け抜けた。フィンの身が危ない。

アレクサンドラはフィンのほうに向き直り、けたたましいエンジン音と人々の歓声のなかで彼の名前を呼んだ。だが、フィンの耳には届かない。彼は眉ひとつ動かさなかった。

「フィン！」彼女はもう一度叫んだ。

フィンがはっとしてこちらを見る。

「フィン！　デルモニコに気をつけて！」アレクサンドラはイタリア人を指さして叫んだ。

フィンは頭をめぐらし、デルモニコを見た。そしてまた彼女のほうに視線を戻すと、物問いたげに肩をすくめた。

「彼に気をつけて！」必死に繰り返す。

フィンはまた肩をすくめ、前を指さした。

アレクサンドラは目で、彼の指の先を追った。スタート係がコースの五〇メートル先に立って、ピストルをかまえている。

もう遅い。レースははじまろうとしている。

ガソリンの排気のむっとするにおいが鼻と肺を満たした。彼女はしっかりとハンドルを握った。

スタート係がずらりと整列した自動車を一瞥し、時計を見た。そしてもう一度スタートラインに目をやった。ピストルに注目するんだ、とフィンが教えてくれた。音が耳に届く前に銃口から煙があがるのが見える、と。

アレクサンドラはピストルに目を凝らした。心臓が喉もとまでせりあがり、大きく打っている。

観客も今はしんと静まり返っていた。エンジンのうなり以外なんの物音もせず、自動車を見渡すスタート係の動き以外、すべてが静止している。彼女は背後に蒸気の圧力を感じていた。今にも爆発寸前だ。

煙があがった。

銃声が耳に届くまで永遠と思われるほどの時間が流れた。そのあいだに隣でフィンのモーターが作動し、アレクサンドラはブレーキペダルから足を離した。

ハートリーの蒸気自動車は爆発的なスピードで前へ飛びだした。フィンに並び、追い越し、驚異的な加速で突き進む。気がつくと、目の前には舗装された道路が続くのみだった。道沿いに木立と観客が並んでいるが、自動車は一台もない。風がスカーフをなびかせ、太陽の日ざしをまともに受ける頭を冷やしていく。

興奮が体を駆けめぐった。

先頭だ。このまま走り抜いてデルモニコの注意を引きつけておけば、彼は最大の競争相手を追うのに必死になり、フィンの車を妨害しようとはしないだろう。

後方からガソリンエンジンの耳ざわりなうなりが聞こえてきた。変速し、速度をあげてくる。デルモニコの車がしだいに迫ってくるのが感じられた。

今、わたしのタイヤがあげる土煙が目にしみているに違いない。

このままいくわ。

スタートラインから飛びだしたとたん、フィンは何かがおかしいと気づいた。

飛びだしはよかった。ハートリーの蒸気エンジンに負けないくらいだった。だが、わずかに力が足りない。思うように加速しないのだ。

とはいえ、考えている余裕はなかった。どの自動車もいい位置につけようとしのぎを削っている。人々の歓声をものみこむガソリンエンジンの咆哮《ほうこう》が耳を聾する。このレースはいわば開発途中の自動車のお披露目会のようなもので、運転手はみな紳士だ。それでも、レースはレースだった。

アレクサンドラが先頭を走っている。巨大なボイラーの圧力で、背後に蒸気を吐き、土煙をあげながらぐんぐん小さくなっていく。今のところ、こちらとしては少なくとも彼女が視界から消えないよう追っていくのがせいいっぱいだ。

タイヤの下で舗装された路面が揺れ、観客が後ろへ飛びすさっていく。時速二五キロか三〇キロは出ているだろう。右にはデルモニコ、左には例の自転車みたいな車。その少し先をまた別のガソリン自動車が疾走している。

四台は道路をひた走った。ボルゲーゼ公園の入口を抜け、右に方向を変えてピンチアーナ門へ向かう。大勢の観客が道路を挟む建物に張りつくようにして歓声をあげていた。先行するハートトリーの蒸気自動車を追って、あとの三台も轟音とともにトンネルを抜けた。

このあと道は左に急カーブを描いてシスティーナ通りに入る。どの自動車も速度をゆるめはじめた。フィンは、角を曲がって見えなくなったアレクサンドラの自動車を追いながら、周囲の自動車と競りあっていた。デルモニコの自動車は前に出たり後ろにさがったりしながらも確実なペースで走っている。彼のゴーグルが日ざしを受けてちかちか光った。自転車のような車も速いペースを保っている。運転手が誰かは知らないが、黒っぽい髪をしたその男性は規則的にデルモニコに目をやり、彼からの合図で速度を調整しているようだった。

コーナーに近づいた。もう一台のガソリン自動車がぐらつく。

フィンは距離を置こうとして、右のデルモニコに接触しそうになった。ガソリン自動車はいったん持ち直し、またぐらつき、また持ち直した。

コーナー手前で、運転手が握っていたハンドルがはずれた。

悲鳴、そして轟音。ガソリン自動車はフィンの前で右へと滑った。コントロールをなくし、まっすぐ観客に向かって突進していく。運転手は意味もなくハンドルを振りながら叫び、ぶざまに運転席から転がり落ちた。

「気をつけろ！」フィンは叫んだ。

デルモニコはちらりとこちらを振り返ると、フィンの前を横切るような形でコーナーへ突っこんできた。フィンは急ハンドルを切ったが、危うくデルモニコの自動車の後部に接触するところだった。車体が傾き、タイヤが悲鳴をあげて横滑りする。

フィンは目の隅で、観客がハンドルを失った自動車をよけて飛びのくのを見てとった。果物売りの屋台だけが残ったが、その売り子も間一髪で振り返ってよけ、次の瞬間、自動車は屋台に正面から突っこんでバナナの山に埋もれた。

コーナーにさしかかると、フィンは瞬時の判断で、右のデルモニコと左の自転車のような車のあいだすれすれのところをすり抜けた。コーナーを曲がりきり、一気に加速する。前方にまたアレクサンドラの自動車が見えた。少なくとも二、三〇メートル離れている。デルモニコがいらだたしげにこちらを振り返り、ゴーグルをふいた。

このあたりに来ると建物はさらに密集しており、屋根の赤いタイルが日ざしを受けて燃えているように見えた。バルベリーニ広場に入り、観客越しにトリトーネの泉を見る。フィンはデルモニコに追いつこうとし、自転車のような車も遅れまいと必死にくらいついてくる。後方からは叫び声やほかの自動車のエンジン音が聞こえた。前にはナツィオナーレ通りへ入る急カーブが見えている。

心臓が喉もとにせりあがってきた。フィンはアレクサンドラの黒い車体に目を凝らし、白いスカーフがボイラーの上ではためくのを認め、祈った。速度を落とせ。無茶をするな。ハートリーのところの技術者がどういう操縦装置を使っているかは想像がつかないし、タイヤの強度もわからない。だが、あのスピードでは破裂しかねない。急カーブを曲がるには速すぎる。車体が引っくり返り、アレクサンドラが下敷きになるかもしれない……。でなければ放りだされ、路面にたたきつけられて首を折るか……。

見ていられない。だが、目をそらすこともできなかった。そのせいで、フィンは自転車のような車が急ハンドルを切ったのに気づかなかった。ぎりぎりのタイミングでブレーキを踏み、激しく回転するタイヤをかわす。と同時にデルモニコが轟音を響かせて一気に加速し、エンジン後方から黒い煙を吐きだした。

やられた！　一瞬の隙をつかれてしまった！　しかも別の自動車が迫っている。今度は蒸気自動車が右隣に並んだ。フィンは歯を噛みしめた。もうアレクサンドラの車は見えない。彼女が無事コーナーを曲がりきったと、教えたとおりやったと信じるしかなかった。彼女の優雅な白い指が巧みにハンドルを切り、車が無事ナツィオナーレ通りに入るところを想像する。

コーナーが近づいてきた。衝突の跡も、煙をあげる車の残骸も見あたらない。フィンはほっとため息をつき、身をのりだして、自分の自動車の速度とコーナーの角度、そして並走する蒸気自動車との距離をはかった。

二台は同時に速度を落とし、同時にコーナーに入った。ちらりと見ると、運転手は金髪の若い男だった。真剣な表情をしている。目の前に、道幅の広いナツィオナーレ通りが現れた。観客がいっせいにこちらを向き、歓声をあげる。もっとも、道の両端を埋めつくすほどの人ではない。コース序盤の息苦しいほどの緊迫感は薄れていた。フィンはダッシュボードに目をやり、ざっと数値を確認した。速度、タイヤの回転数、バッテリーの残量。

何かがおかしい。

充電が足りなかったのだろうか。

もっとあってもいいはずだ。昨夜バッテリーをいっぱいまで充電し、今朝エンジンにとりつけた。

二〇メートルほど先ではデルモニコの自動車がさらに速度をあげている。自転車のような車はじりじりと遅れていった。フィンは蒸気自動車の金髪の男と抜きつ抜かれつでナツィオナーレ通りを抜け、またコーナーをまわってセルペンティ通りに入った。そのあいだもフィンはどう問題を解決すべきか必死に考えていた。

漏電だろうか？　どこかで作動しっぱなしにしたのか？　エンジンを入れたのはいつだった？　切ったのはいつだ？

レースを走りきるだけの電力があるだろうか？

丘をのぼれるのか？

コロッセオの白い石のアーチが前方に姿を現した。アレクサンドラの自動車は見えないが、彼女の様子は目に浮かぶ。おそらくスピードに興奮し、先頭を走っていることに狂喜しているだろう。蒸気エンジンの力に酔いしれ、人々の歓声を、スカーフをなびかせる風を受けながら、古代の円形闘技場を周回するコースに入っているところに違いない。

それでいい。事故さえなければ。このまま走りきれ。

右にカーブしながらコロッセオの周囲をまわる。内まわりの蒸気自動車がほんの一メートルほど前に出た。澄んだ青空のもと、完璧に設計された美しい円形に沿ってアーチが後ろに飛びすさっていき、やがて広場に出た。左に折れ、フォリ・インペリアーリ通りに入る。

左手に見える見慣れた古代の遺跡にはもはや目もくれなかった。フィンはもう一度バッテリーの目盛りを読み、頭のなかで計算した。

大丈夫だ。足りる。ゴールでもまだいくらか残っているだろう。先頭集団についていくこともできるし、ひょっとしたらラストスパートも可能かもしれない。アレクサンドラの無事を確かめ、せめてあの卑劣なデルモニコを蹴落としたいところだ。

どの自動車も加速し、ヴェネチア広場へ向かっていた。カフェ、果物売りの屋台、観客の前を猛スピードで通過する。フィンは胃のしこりが軽くなり、高揚感がとって代わるのを感じた。スピードと顔をなぶる熱風。観客の顔に浮かぶ驚きと興奮の表情。デルモニコの自動車の後輪が少しずつ近づいてきた。

ヴェネチア広場を過ぎ、デルコルソ通りを走るところまでは順調だった。

トレビの泉へ向かうムラッテ通りのコーナーにさしかかったときだった。フィンはタイヤ

がころころと横を転がっていくのに気づいた。はっとして右を見て驚いた。蒸気自動車と金

髪の運転手が左に、フィンのほうへ車首を向けてきたかと思うと、右に振れ、やがてもうひ

とつタイヤがはずれて、舗道に激突した。

自動車は間違いなく未来を変える。アレクサンドラはそう確信した。

このスピードに、この軽やかな動き！　蒸気エンジンに転向するようフィンを説得しよう。

電気も悪くないが、この自動車のような加速はできない。ほかの自動車を完全に引き離して

独走している。もう長いこと一台も車を見ていない。彼女は観客の声援を一身に受け、広い

デルコルソ通りを飛ぶように走っていった。

飛ぶように、というのは適切な表現ではないかもしれない。揺れるし、跳ねる。ハートリ

ーのところの技術者はフィンとは違って、乗り心地に関わることにはあまり神経を使わなか

ったらしい。

けれども、そんなのはささいなことだ。アレクサンドラは目を細めて、近づいてくるムラ

ッテ通りの角を見つめた。背後から、遠くのガソリンエンジンのうなりが聞こえてくる。お

そらくデルモニコだろう。フィンの電気自動車の気配はない。よかった。彼は後方にいれば

いるほどいい。デルモニコを脅かさなければ、安全だろう。フィンのことは心配するまでもないのはわかっている。強く賢く、有能な人だから。レースが終わったら、フィンにデルモニコのことを伝えなくては。

すべてうまくいくわ。デルモニコの前を走っているかぎり。レースに勝つかぎり。お金や会社の株、名誉なんてもうどうでもいい。大事なのはフィンの身の安全だけだ。わたしにはできる。彼を救うことができる。

観客が手を振っている。コーナーを曲がるため、アレクサンドラは少しだけ速度を落とした。片手でハンドルを、もう片方の手でブレーキレバーを握る。手を振り返すことはできないので、軽く微笑み、会釈しながら通りを駆け抜けていった。

ローマの人々は友好的だ。手を振り、声をかぎりに応援してくれる。ありがたい。

ポン。

シュッ。

ポン。

変だ。何かがおかしい。ポン、ポンという音はやまず、しだいに大きくなっていった。速度が落ちはじめる。まるで後ろにサイでもつながれたかのように車体が重くなった。

右からけたたましいエンジン音が聞こえた。自転車のような車が視界に入ってきた。無理やり車体を寄せてくる。トレビの泉の絢爛《けんらん》たる彫刻と複雑な水の流れが前方に見えてきたところで、アレクサンドラは左にハンドルを切らざるをえなくなつた。

「何するのよ！」彼女は声を荒らげた。「卑怯者！」

運転手が驚いたように振り返った。車首がぶれる。アレクサンドラは車をよけようとハンドルを切ったものの、泉の階段で大きく飛び跳ね、海の神ネプチューンの目の前で頭から泉に突っこんだ。

27

前方に、水をしたたらせた女性の姿が見えた。白いドレスが脚にまつわりつき、髪は背中に張りついている。彼女は長く優雅な指を自転車のような車の運転手の胸に突きつけ、容赦ない言葉を浴びせていた。

アレクサンドラだ。

フィンはちらりと現場を見た。自転車のような車は道のまんなかで横倒しになっていた。デルモニコは自動車をおり、邪魔な車体をどけようと懸命だ。彼のガソリンエンジンは息も絶え絶えに、咳きこむような音を出していた。

デルモニコの自動車と通り沿いの建物のあいだはわずかな隙間しかない。フィンは器用にそのあいだをすり抜けると、車にブレーキをかけ、飛びおりた。

とたんに安堵感が押し寄せる。よかった。ぼくの未来は奪われていなかった。アレクサンドラは無事だ。傷ひとつなく、普通に動いている。

ただ……びしょ濡れだ。

「来るんだ」フィンは彼女の腕をつかんだ。上着に冷たい水がかかる。

「フィン！」アレクサンドラは何か言いかけたが、彼は耳を貸さず、彼女を抱えあげると、自分の車の助手席に乗せた。

「座席に水が垂れないようにしてくれ」そう言って自動車を急発進させる。

「フィン！　わかったの。デルモニコなのよ！」アレクサンドラがスカーフをほどきながら叫んだ。水が座席にしたたり落ちる。

フィンはうなった。「ありうるな。とんでもないやつだ。何かがおかしい。しくまれてる。自転車のような車の男はやつの仲間だろう。つかまってろ！」

アレクサンドラは座席をぱんと手でたたき、激しい口調で言った。「そうに違いないわ。絶対よ。フィン、彼はもうやぶれかぶれなの。急ぎましょう！」

「なんだって？　やぶれかぶれってどういう意味だ？」

「デルモニコよ！　彼が火をつけたの。フィン、わたし、顔を見たのよ。レース直前に気づいたわ」

「どういうことだ？　何に気づいた？　おっと、しっかりつかまってろ！」急カーブを曲がり、システィーナ通りへ戻る。フィンはバッテリーの目盛りに目をやり、唇を噛んだ。停止し、再始動させたのがこたえている。さらにアレクサンドラの体重分の重みが加わったことで、最後まで走りきれるかどうかは微妙になってきた。デルモニコがエンジンを始動させるまでにどれくらいのリードを稼げるだろう。

「どうかしたの？」

「バッテリーが切れかけている」

「ゆうべ、充電したじゃない！」

自転車のような車のエンジン音が背後に迫ってきた。

「なんてこった」

アレクサンドラは後ろを振り返った。「近づいてるわ。もっと速く走れない？」

「無理だ。電力が足りない！」

今は公園に向かうのぼり坂にさしかかっていた。前に木立が見える。観客の前にひとりの男が立ち、大きな身振りで左を示していた。

「左よ。左に折れて！」アレクサンドラが叫んだ。

「違う。直進だ！」

自転車のような車がさらに迫っていた。今はフィンの自動車の後輪に並んでいる。

アレクサンドラが前を指さした。「あの男の人！　左へ行けと合図してるわ！」

「かまうな、アレクサンドラ！」フィンはハンドルをたたいた。「左に折れたら、スペイン階段を転げ落ちるぞ！」

アレクサンドラはフィンを見、それから後ろを振り返った。そして、いきなりハンドルをつかんだ。

「よせ、ばか！　ぼくはローマの街を知ってる！」

「わたしたちじゃないの」アレクサンドラが声をひそめた。「左へ行くのは彼よ！」

ぐいとハンドルを切る。フィンの車が急に方向転換したせいで、自転車のような車は左によろけた。運転手は体勢をたて直そうとしたが、すでに遅かった。

車体は横に倒れ、優雅な曲線を描くスペイン階段を転げ落ちていく。

アレクサンドラがしぶきを飛び散らせて立ちあがった。「やったわ！　落ちて……でも、まだ車にしがみついてるわ……やった！　最高だわ！」彼女は座席に座り直すと、満足げに言った。「噴水にドボンよ」

勝利は目前だった。

五〇〇メートル先にゴールが見えている。ボルゲーゼ公園に入ってすぐの、木立の陰になったところだ。つめかけた観客が懸命にハンカチを振り、歓声をあげていた。

「わたしたちの勝ちね！」アレクサンドラは叫んだ。喜びが体じゅうを駆けめぐる。「あと少しよ！　さあ、スピードをあげて！」

「無理だ」フィンが苦い顔で言った。

アレクサンドラはぎょっとして彼のほうを見た。車は、まるで得体の知れない重みに引きずられるように、徐々にペースを落としている。

「どういう意味？」

「もう燃料がない。バッテリーが……まったく、それもデルモニコのしわざだな。間違いない」フィンが拳で座席をたたいた。

「まさか！　ねえ、あきらめないで」アレクサンドラはぐっと前に身をのりだした。それで自動車が少しでも前に進むことを期待しているように。なんとかしてゴールにたどり着きたい。もうすぐそこなのだ。「お願い！」

「無理なんだ！」フィンは怒鳴った。「なんてことだ。あいつめ……地獄へ送ってやる！」

その言葉と同時に、エンジンは最後のあがきをやめ、息絶えた。ゴールまであと五〇メートルだった。

歓声がしだいに小さくなっていく。幾人かが不思議そうに顔を見あわせていた。

背後からエンジンのうなりが聞こえてきた。

「おりましょう！　車を押すのよ！」アレクサンドラはもどかしげに言った。エンジン音が大きくなってくる。彼女はあえて振り返ろうとはしなかった。誰の車かはわかっている。

「急いで！」

フィンは肩を落としたままだ。「いや。無駄だよ。車が自力でゴールを切らなきゃ意味がない」

「そんなこと言わないで！」アレクサンドラは声を張りあげた。「何かしなきゃ。あの男が妨害しようと……。さあ、フィン！」懸命に彼の腕を引っ張る。

観衆のなかからひとりの男性が前に進みでた。早足でこちらに向かってくる。ウォリングフォードだった。後ろにはアビゲイルがいる。ハートリーも三人の整備士をしたがえてぎこちない足どりであとに続いていた。

後方で勝ち誇ったようなエンジン音が響いた。風を感じたと同時に、デルモニコの自動車が彼らの脇を走り抜け、敷石の上で跳ねながらゴールを切った。トップだった。

戸惑いのまじった歓声がちらほらあがった。

デルモニコが自動車をとめ、拳を突きあげて立ちあがった。「勝《ヴィットリア》った、勝《ヴィットリア》った！ イタリア万歳《ヴィヴァ・イタリア》！」

「イタリア万歳《ヴィヴァ・イタリア》！　イタリア万歳《ヴィヴァ・イタリア》！」

「終わりね」アレクサンドラはぽつりと言った。フィンの手に手をのばす。彼の手は熱く、湿っていた。「でも少なくともわたしたちはまだ生きているわ」

「生きてる？」フィンが彼女のほうを向いた。ゴーグルには土埃がこびりついている。

「火事よ。さっき言ったでしょう。デルモニコがあなたの作業小屋に火をつけたの」アレクサンドラは淡々と説明した。今となってはどうでもいいことのように思える。ふたりとも無事だった。けれども勝負に勝ったのはデルモニコだ。安堵と嫌悪の両方が胸のなかで渦巻き、せめぎあっていた。

「どうしてわかった？」

「姿を見たの。湖に行く途中に。彼だとはわからなかったのよ。ただ、レース直前、彼の表情を見て……」

「なんてことだ。確かか？」フィンが彼女に腕をまわし、ぎゅっと抱きしめた。「なんてことだ。あいつは……あいつはきみを殺していたかもしれない！」

ウォリングフォードが近づいてきた。「残念だったな。どうしてとまった？」

「バッテリー切れだ。たぶんデルモニコのやつが……」フィンはアレクサンドラにまわした腕に力をこめた。「卑怯者め。許せない！」

「ところで、ぼくの車はどこだ？」ハートリーが甲高い声でつめ寄る。

ウォリングフォードが眉根を寄せた。「なんだって？　バッテリー切れ？　だが——」

「もうたくさん《バスタ》だ！」空気を裂くような怒り狂った声がした。「冗談じゃない！」

顔をあげると、男がデルモニコの車に向かって突進してくるところだった。ハンドルらしきものを振りまわしている。

「信じられない」フィンは小声で言うと、アレクサンドラを放して立ちあがった。

彼女も立ちあがった。「あれは誰？」

「ハンドルがもげた男だよ。コース序盤で……きみは見てないと思うが……。あの男、何をする気だ？」

男はハンドルを振りまわし、何やら叫びながら観衆に突っこんでいく。

「もうたくさん《バスタ》だ！　やってられるか！」ほかの声も加わった。見ると、別の方角から、男がクランクシャフトを手にゴールに向かって走ってくる。

「信じられない」フィンが繰り返した。

「もうたくさんだ《バスタ》！」今度はタイヤを抱えた男だ。

さらにまたひとり。

デルモニコは周囲を見渡した。近づいてくる男たちに気づくと、自動車から飛びおり、まっすぐ観衆のなかに走りこんだ。

騒ぎがはじまった。

あっという間に混乱が広がるのを、アレクサンドラは呆然と見守るしかなかった。デルモニコの整備士たちは拳を振りまわしながら観衆のなかに飛びこんでいく。女性たちが悲鳴をあげ、男たちは殴りあいをはじめた。タイヤやハンドルが宙を飛ぶ。

ウォリングフォードはじっとフィンを見据えていた。フィンは一度うなずき、アレクサンドラを見た。「ここにいるんだ。絶対に動くな」そして車から飛びおりると、ハートリーの整備士たちのほうを向く。「彼女には誰にも、指一本触れさせるな」そう言い残し、ウォリングフォードとともに乱闘のなかに消えた。

アビゲイルはアレクサンドラの隣に乗りこんだ。「おもしろいところを見逃したわね。ほかの出場者たちがみんなよたよたと戻ってきて、誰かが車に細工したと言いだしたのよ、おかしかったわ！」

「あの人たち、殺されるわ！」アレクサンドラは叫んだ。騒ぎは最高潮に達し、拳が飛び交っては人がよろけている。ひとりの男は誰かを抱えあげて、カフェの窓へ向けて放り投げた。アレクサンドラはフィンの赤い髪を必死に目で追ったが、しだいにすべてがぼやけてきた。

パニックが全身に広がって体を麻痺させていくようだ。

アビゲイルが肩をすくめた。「ふたりいるから大丈夫よ」

「わかってないのね。デルモニコなら……あの男は……」説明できなかった。それだけの力が残っていなかった。さっきまでフィンの手が触れていたハンドルをぎゅっと握る。ハートリーの整備士たちは車体を囲むようにして、女性ふたりを守っていた。ハートリー本人の姿は見えなかった。

「あの黒っぽい髪の小男のこと？　ウォリングフォードかフィンがぶちのめしてるわよ。と言いたいところだけれど」アビゲイルが残念そうにため息をついた。「警察に引き渡すだけじゃないかしらね」

もつれあう人の海から、黒髪で長身の男性が現れた。さらに背の高い、赤毛の男性と並び、あいだにもみくちゃにされたバルトロメオ・デルモニコを引きずっている。

「よかった」安堵のあまり、アレクサンドラはくずおれそうだった。

デルモニコがつかまったことに誰も気づいた様子はなく、殴りあいは続いていた。カフェのなかに放り投げられた男は額から血を流しながらよろよろと出てきて、また乱闘に飛びこんでいった。

「ほらね？」アビゲイルは満足げに言った。「家族の絆だわ」

「ええ、そうね。ありがたいことだわ……」アレクサンドラはふと言葉を切った。「今なんて？」

「家族の絆と言ったのよ。あのふたり、けんかもするけれど、なんだかんだ言って――」

「家族？」アレクサンドラは口がからからになった。「あのふたりが家族なの？」

「まあ、アレックス。お姉さまが知らないとは思わなかった」

アレクサンドラは夢でも見ているかのように、ゆっくりと妹のほうを向いた。「どういう意味？」

「あら、あのふたりをよく見て。わからない？」

「何が？」アレクサンドラの脳裏にひらめくものがあった。「でも、髪や目の色は……」

アビゲイルが肩をすくめた。「もちろん違うわ。でもそれは別にして、顔だちや骨格、目の形をよくごらんなさいな」

アレクサンドラは顔が引きつるのを感じた。驚きのあまり口が自然に開くのがわかる。脳はめまぐるしくまわっていた。

「嘘よ。ありえないわ。ウォリングフォードのお父さまがフィンの父親だということ？　ふたりは兄弟なの？」

「もちろん違うわ」アビゲイルがもどかしげに言った。「鈍い人ね。ウォリングフォードのお父さまじゃなくて、おじいさまよ。お母上のお父さま。オリンピア公爵よ」

アレクサンドラの脚が震えだした。彼女は前を見つめたまま、どさりと座席に座った。

「つまり、おじさんってこと？」思わず笑いがもれた。「フィンはウォリングフォードのおじさんなの？」アレクサンドラは手をおなかにあてて笑いだした。腹の底からわきでるような、ここ数時間の緊張と興奮をすべて吐きだすような笑いだった。整備士のひとりがあきれ顔でこちらを見やる。「嘘みたい。おじさんだなんて」

手で涙をぬぐい、ふたりに視線を戻す。彼らはデルモニコを、事態が沈静化するのを待っているのか木立を背に所在なさげに立っているふたりの警官のほうへと引きずっていった。

「最低の男だわ。少なくともイェリネックはもう、デルモニコに投資しようとは思わないでしょうね」ようやく笑いがおさまると、アレクサンドラはひとり言のようにつぶやいた。

「さて」アビゲイルがてきぱきと言った。「殴りあいもほどほどにしないとね。じきにけが人が出るわ」ポケットから何やらとりだす。見ると、ピストルだった。

「あなたったら！　こんなもの、どこで手に入れたの？」アレクサンドラはきいた。

「スタート係からよ、もちろん」アビゲイルは雷管を調べた。「アクアマリンのブレスレットと交換したの」

そう言うと、彼女は立ちあがった。そして、空に向けてピストルをかまえ、引き金を引いた。

28

車庫の戸口を影がよぎり、沈む夕日をさえぎった。

「残念だったわね」アレクサンドラが言った。

バッテリーの充電をしていたフィンは体を起こした。「アレクサンドラ」小声でそう呼ぶしかできなかった。

騒動がおさまったあと、フィンは警察署に赴き、何時間にもわたって証言をしなくてはならなかった。ウォリングフォードが女性たちをホテルまで送ってくれた。フィンがようやく警察から解放され、汚れた服を着替えようとホテルに戻ってみると、ロビーにいるアレクサンドラの姿が目に入った。彼女は大勢の人に囲まれていた。ゆうべの晩餐のときと同じで、みな彼女のひと言ひと言に聞き入っている。なぜ、アレクサンドラがあれほどロンドンで人気を集めているか、そのときよくわかった。あの微笑み、首を傾けて相手の話を聞くしぐさ、少しかすれた笑い声。彼女はまわりの空気をぱっと華やかにする。社交界のために生まれてきた女性なのだ。人の輪のなかにいてこそ、輝きを放つ。太陽が月とは遠く離れているように、彼女はぼくの世界とは遠く離れたところにいるのだ。

「入ってもいい？」

「もちろん」

アレクサンドラが扉を閉め、衣擦れの音をさせながら奥へ入ってきた。サファイア色のイブニングドレスに凝った髪飾りをつけた彼女はいかにも優雅に見える。きゅっとしぼられたウエストは片腕で抱きかかえられそうなくらい細かった。

「ウォリングフォードがアビゲイルにつき添っているわ。ふたりから、あなたはここだと聞いたの。話したいことがあるわ」

フィンは彼女をなかへ促した。「入ってくれ。もっとも、悪いがここには椅子がない」

アレクサンドラが微笑んだ。「あるじゃない」優雅な足どりで自動車に近づき、運転席に腰かける。これまでにも何度も座った椅子だ。ドレスの裾から爪先の細い小さな靴がのぞいた。「これまでのこと、すべて警察に話してきたのね」

「ああ。デルモニコが気の毒になるほどだったよ。もっとも、きみを殺しかけたことだけは許せないが」フィンは咳払いした。「きみもレースに負けた。残念だったな」

「そんなことはどうでもいいのよ、フィン。デルモニコはもっとひどいことをしたかもしれなかった。あなたが殺されていたかもしれないんだから」アレクサンドラがかぶりを振った。

「レースはほかにもあるわ。蒸気自動車がどれだけの速度を出すかは、世間にわかってもらえたと思う。もしかするとイェリネックが――」

「もうよせ、アレクサンドラ！」

彼女が目を閉じた。「わかってる。ごめんなさい」

フィンは深く息を吸いこんだ。「いいかい、ぼくは――」

アレクサンドラが指を一本あげて制した。「いいえ、わたしに言わせて。ローマに来てからのわたしは最低だったわ。あなたは親切な……いえ、このうえなく気前のいい申し出をしてくれたのに、それを突き返し、レースに出ると言い張って、無茶苦茶なことであなたを責めた。わたしを心配してくれただけだって、頭では理解していたの。ただ、あなたにわかってほしいのは――」

フィンは手をのばし、彼女の前髪に触れた。「ぼくに買われるなんてまっぴらだときみは言った。レースの前に。本当にぼくがそんなことをすると思っているのかい?」

「いいえ……違うわ。もちろん」

「どんな男も、きみを買うことなんてできないよ、アレクサンドラ」アレクサンドラの顔の線に沿って指をおろしていき、耳たぶをなぞる。「まったく、きみは困った人だ。どうしてぼくがきみを助けちゃいけないんだ?」

「だめなのよ、フィン」彼女の大きな瞳が潤んできた。「わたしたちのあいだで一ペニーでもお金が行き来するのはいやなの」

「何を言ってるんだ、アレクサンドラ」フィンはアレクサンドラの顔から指を離し、自分の髪をかきあげた。「それがどういうことか、わかっているのか? きみは今までの自分でない自分になりたいと言う。だが、それは本当のきみじゃない。きみはずっと社交界の女王だった。レディの鑑《かがみ》であり、永遠の侯爵未亡人であり、金と爵位が何よりも大事だった」

アレクサンドラはびくりとし、口を開いて言葉を探した。「わたしは……そんなことないわ、フィン。社交界なんてもうどうでもいいの」

「本当かい、アレクサンドラ？」

彼女はまっすぐにフィンを見た。「本当よ。あなたの作業小屋にこもっていたこの数カ月は、わたしの人生のなかでいちばん幸せな時間だった。一生ああして生きていきたいと思っているわ。あなたがその選択肢を与えてくれたことや、援助をしようとしてくれていることには感謝してる。ただ……わたしにはできないの……あなたのお金は受けとれないのよ。あなたが多大な犠牲を払ってくれたと思うと、一生負い目を感じて……」

「犠牲？」フィンは眉をひそめた。「ぼくは何も犠牲になどしていない。あの会社を買いとりたいだけだ」

アレクサンドラが小首をかしげ、手袋を脱ごうとした。「だって蒸気自動車をつくる工場なのよ。あなたにはなんの役にもたたないでしょう。お願いだから手を引いて。わたしのためにそんなことしないで」

「何を言っているんだ、アレクサンドラ。本気で、すべてきみのためにしたことだと思っているのか？」

「違うの？」アレクサンドラが隣の座席に手袋を置き、彼をじっと見た。

フィンは彼女を見つめ返し、やがて視線を引きはがすようにして顔をそむけた。「あの会社には以前から目をつけていたんだ」主会場の発電機につなげたワイヤーから貪欲に電気を吸い続けている巨大なバッテリーに目をやる。明日にはすべて撤去される。明日にはふたりともこの地を離れる。一緒に？　それとも別々の道を行くことになるのだろうか？「何カ月も前から買収計画を練っていた。そのことは知らなかったのか？」

「わたし……ええ。数日前、ミスター・ハートリーが来てはじめて聞いたの」アレクサンドラが小声で答えた。

「きみのためじゃない、アレクサンドラ。ぼくはあの工場がほしかったんだ。現地に行ってみたことはあるかい？」

「いいえ」

フィンは首を横に振った。「全財産を注ぎこんだのに、行ったこともないのか？」

「工場に投資したわけじゃないもの。結局一文なしになったんだから、それがどんな会社かなんて関係ないと思ったの」

「立派なものだよ。設備の整った研究所と試験場、すぐにも生産が可能な最新式の工場。それだけのものを一から自分でつくるとなると、何年もかかる。今はそれだけの時間も労力もかけていられない」彼はアレクサンドラに視線を戻した。「ぼくは〈マンチェスター・マシーン・ワークス〉がほしかったんだ。きみと出会うずっと前からね、レディ・モーリー」

「そういうことだったの」彼女は袖のレースをいじりながら答えた。「でもあの会社は一株五〇シリングの価値はないでしょう？　相場以上の額だわ」

「株主を懐柔するためさ」

「でも二〇シリングだってよかったはずよ。二〇シリングだって充分すぎるくらいだわ」

フィンのなかで何かがぱちんとはじけた。

彼はアレクサンドラの肩を強くつかんだ。「ああ、そうだ。二〇シリングでもよかった。でも、そうはしなかった。五〇シリングの値をつけた。アレクサンドラ、どうしてかわかるかい？」

彼女は無言で首を横に振った。

フィンは手をアレクサンドラの顔に移し、長い指で頬と顎を包むと、かすれた声で言った。「きみを愛しているからだよ。死ぬほど、どうしようもないほど愛しているからだ。きみがつらい思いをしていたら、助けずにはいられない。きみがまた笑顔になれるよう、何かせずにはいられないんだ。だから、あのいまいましい会社の株に五〇シリングの値をつけた。必要とあらば一〇〇万ポンドだって出すよ。そのためなら金を借りることも、施しを乞うことも、盗みを働くことだっていとわない。女王陛下の王冠から宝石を盗んで縛り首になったっていいさ。きみの目に涙が浮かんでいたら、それ以外のことなんかどうでもいいんだよ」

アレクサンドラが驚いたように目を見開き、彼を見つめた。車庫の薄い扉の向こうから、男性の陽気な笑い声が聞こえてくる。ほかの男性も笑いだし、声は徐々に大きくなって車庫のなかに響いてきた。

「そうなの……」彼女がささやくように言った。「そうなのね」

「わかったかい？」

「ええ」

フィンは額を彼女の額に合わせ、ため息をついた。「よかった」

アレクサンドラが彼の唇にそっとキスをした。甘い吐息がまじりあう。彼女は腕をフィンの腰にまわし、ズボンからシャツを引っ張りあげた。肩が震えている。笑っているのだと気づいた。

「ああ、わたしもあなたを愛しているわ。死ぬほど愛してる」アレクサンドラはそう言うと、今度は激しく唇を重ね、舌を絡ませてきた。指をシャツの下にさし入れ、背中をつかむ。

「愛しているわ。愛してる。わたし……フィン、何をするの！」

最後の言葉はあえぎ声とともに吐きだされた。フィンがアレクサンドラのヒップをつかみ、座席からボンネットの上へと持ちあげたからだ。ドレスが脚に絡みつく。彼はドレスのなかに手をさし入れると、膝を開かせ、腿のあいだに体を入れた。

「もう一度言ってほしい」彼女の帽子をはぎとりながら言う。髪とヘアピンがはらりと肩に落ちた。

アレクサンドラが彼の首に腕をまわして言った。「愛しているわ」

フィンは彼女の喉に鼻を押しつけ、香りを吸いこんだ。その香りが頭から全身にしみ渡るにつれ、ありとあらゆる記憶が戻ってきた。キス、笑い、そして熱く震える体の記憶が。

「ああ」アレクサンドラがあえぐ。

フィンは彼女の首に、頬に、顎にキスをした。唇の輪郭をなぞり、すべてを味わいつくす。蜜のような味わいが全身に伝わっていくようだった。

「もう一度言ってくれ」

「愛しているわ」アレクサンドラの手がズボンにかかる。指が巧みに、性急にボタンをはずしていき、やがて張りつめたものを包みこんだ。

フィンはわれを忘れた。純粋な欲望以外、何も感じられなかった。手で彼女の膝を押し開き、その手を腿へと滑らせる。すると、下穿きの開きに触れた。

彼は思わず息をのんだ。「嘘だろう」

「昨日からずっとこうしたかったんだもの」アレクサンドラが恥ずかしそうに彼の肩に顔をうずめて告白した。「あなたがまわりの人を見おろすように歩いているのを見ているだけで、あなたがほしくなって、あれこれ想像したわ。あなたに物陰に引っ張りこまれてドレスをめくられて……ああ！」

フィンはひと息に彼女のなかに入り、深く身をうずめた。アレクサンドラが頭をのけぞらせて叫ぶ。なめらかなボンネットの上に手をつくと、フィンの腰に脚をまわして、リズムを合わせながら深く彼を受け入れた。

フィンは動きをとめて言った。「もう一度言ってくれ」

「愛しているわ」アレクサンドラが泣き笑いしながら、歌うように言う。

彼はもう一度深く突いた。「もう一度」

「愛してる」

フィンは彼女の丸みを帯びたヒップをつかみ、さらに深く身を沈めた。下半身を包むアレクサンドラのぬくもり、腰にまわされた脚、腿の付け根にくいこむ踵を感じながら。それから彼女を自動車の座席に戻し、自分も倒れこむようにしてその上に体を重ねた。

「もう一度」

アレクサンドラの指が背中にくいこんだ。「愛しているわ。フィン、あなたのすべてを愛してる。ああ、お願い。もう我慢できないわ」

我慢できないのはフィンも同じだった。何週間ものあいだ、募る欲望をこらえにこらえてきたのだ。彼はさらに激しく動いた。アレクサンドラも腰を浮かせて応じる。抑えよう、もう少し待とうと思ったが、できなかった。どうしようもなく興奮が高まり、頂上へと駆けあがっているのを感じながら、歯を噛みしめて同じリズムを刻み続けた。

彼女が体をのけぞらせてフィンの名前を呼んだ。アレクサンドラが達するのを感じて、彼も悦びの渦のなかに自らを解放した。

フィンが荒い呼吸をしながらアレクサンドラの胸の上にくずおれた。

「すまない」あえぐように言って、体を離そうとする。

「このままでいて」アレクサンドラは彼の腰にまわした脚に力をこめた。

「でも、重いだろう」

「いいの」座席の革のにおいがわずかにまざる官能の香りが鼻をくすぐる。彼女は指でフィンの髪を撫で、それから汗で湿った背中から引きしまったヒップにかけてをなぞった。ふたりはいまだにひとつに結ばれたままだ。「ずっとこうしていて」

フィンが低い声で笑った。その声が、絶頂の余韻と一緒になってアレクサンドラの体に広がっていく。

これほどの幸せを感じたのは生まれてはじめてだ。

ふたりはしばらく無言で、車庫の外の音に耳を澄ませていた。遠くから、車のエンジン音がする。高くなったり低くなったりする男性の声が聞こえた。アレクサンドラはふと、いつ誰が入ってきて、座席の上で汗だくで絡みあうふたりを見つけるかわからないと気づいた。

そう思っても、信じられないことに、まるで気にならない。

フィンが肘をついて体を起こし、心配そうな顔で彼女を見た。

「しまった。つい、われを忘れて……」

アレクサンドラは彼の頰を撫で、微笑んだ。「いいのよ。気にしないで」あわてて言ったが、遅かった。彼が身を引き、ポケットからハンカチをとりだした。

「まったく、すまなかった。ぼくはばかだ。考えなしもいいところだよ」彼女をまっすぐに座らせ、ハンカチを渡す。

「かまわないわ。わたしがこうしたかったの。あなたがほしかったのよ」

それでもフィンは悔やんでいるようだった。

「だが、子どもはほしくないだろう」

アレクサンドラは彼の耳をしっかりとつかんだ。「あなたの子どもができるような幸運に恵まれたら」まっすぐフィンの目を見て言う。「わたしはその子を心から愛するわ。父親と同じくらいに」

彼は何も言わなかったが、その頬がわずかに引きつったのがアレクサンドラには感じられた。

「わたしの言う意味、わかる？」

フィンが額を彼女の額に合わせた。「きみがようやく良識をとり戻したということかい？」

「そうだと思うわ。たぶん……」彼の吐息を——その息づかいを肌に感じ、アレクサンドラは頭がくらくらしてきた。「今日、たった今、わたしはようやく本当にほしいものを見つけたのよ。本当のわたしを見つけたの。それは社交界の女王であるモーリー侯爵未亡人じゃない。レディ・なんとかではないの」

フィンが身を引き、片膝をついた。ズボンのボタンは開けたまま、長い脚をハンドルと座席のあいだで窮屈そうに折る。そして彼女の手をとった。

「ぼくと結婚してくれ、アレクサンドラ。お金はすべて自由にしていい。子どもたちのために信託預金にしてもいい。ぼくはどんなあばら家に住んでもかまわないよ。きみさえ一緒なら」

「ねえ、立って」アレクサンドラは笑って彼の手にキスをした。「もちろん、あなたと結婚するわ。雨風はしのげる家に住みたいけれどね。立って。脚が痛くなるわよ」

フィンが彼女の膝に顔をうずめた。「ありがとう。やっとイエスと言ってくれたね、このわからず屋が」

アレクサンドラはまた笑い、彼の髪を引っ張った。「ほら、立ってってば。もちろん、結婚するわ。あなたの自動車を運転するほうがいいもの。ミスター・ハートリーには悪いけれど」

フィンがハンドルの下をくぐるようにして、体を起こした。「確かにハートリーは気の毒だな。でも、彼も自分で運転すればいいのさ」

「できないのよ」

「できるさ。臆病なだけだ」彼が手早くズボンのボタンをとめた。「なんでだめなんだ？」

「車酔いするの」

「車酔い？」フィンがシャツをたくしこむ手をとめ、あきれ顔でアレクサンドラを見る。

「車酔いだって？　ばかな、アレクサンドラ。彼が車酔いするからって理由で、きみが代わりに運転したのか？」

「まあ、そういうことね」

フィンはぶっと吹きだし、座席にもたれた。「信じられないな。なんともまぬけな男だ」

アレクサンドラもつられて笑いだした。ボイラーから煙を吐く車の横で、まっ青になっていたハートリーの顔が目に浮かぶ。「やめて」息がとまるほど笑いながら言った。「笑いごとじゃないのよ。本当に……つらそうで……」

「笑いごととしか思えないよ！　まったく……」

シャツが半分はみだしたままの格好で、フィンが手を胸にあてて笑い続けた。

「でもひとついい話がある」ようやく笑いがおさまると、ふたりは並んで革の座席にもたれ、指を絡ませた。アレクサンドラは彼の肩に頭をもたせかけた。

「わたしたちの婚約以外に？」脚を体の下で折り、満足げに目を閉じる。安心感が毛布のように体を、頭から足先まで包んでいた。ずっと前からこうしたかった。自動車の座席の上で、フィニアス・バークに体を寄せたかった。

「それ以外にさ」フィンがアレクサンドラの胸をきゅっとつかむ。「たぶんたった今この自動車の中で、新しい命が芽生えたような気がするんだ」

エピローグ

部屋の向かい側の四角い窓から、ローマの強烈な日ざしがカーテン越しにさしこんできて、近くの椅子の背にかけたコルセットのレースの縁どりを照らしだしている。

アレクサンドラはけだるそうに微笑んだ。もう昼になっているに違いない。

長くて重い腕がおなかにのっていた。手がだらりと彼女の胸を覆っている。ゆったりとした規則的な吐息が耳たぶにかかる。目を閉じれば、フィンの鼓動を数えられそうな気がした。

彼はわたしの夫なのだ。アレクサンドラは心のなかでつぶやいた。

これまで、夫の隣で目覚めるということがなかった。

フィンを起こさないよう、彼の腕の下でゆっくりと体を回転させた。痛む筋肉が悲鳴をあげる。フィンの首もとに顔をうずめ、息を吸いこんだ。油や革のにおいはきれいに洗い流され、彼らしい、きりっとした香りがする。アレクサンドラはそれ以上は動けず、しばらくフィンのぬくもりに包まれてじっとしていた。官能的な夜の記憶がよみがえり、全身に幸福感が広がっていく。

わたしの夫。その響きが、これまでとはまったく違う意味合いを帯びていた。

「おはよう」彼の低い声が空気を震わせた。

アレクサンドラは顔をあげた。「ごめんなさい。起こすつもりはなかったんだけど」

フィンが彼女にキスをした。「起こしてくれてうれしいよ。かなり遅くまで寝てしまった」

「遅くまで起きていたんだもの、わたしの記憶によればね」そう言いながら、アレクサンドラは意味ありげに彼の腰を撫でた。

フィンが彼女をあおむけにし、上にのしかかった。窓からさしこむ細い光が彼の髪をきらめかせ、赤というより黄金色に見せている。ふたたび唇が重なった。今度はいつまでも離れなかった。

「時間の感覚がなくなってたな。よく眠れたかい？」

「ええ、ぐっすり。ようやく正式に妻になれたおかげね」

フィンが笑った。「これでもせいいっぱい式を急いだんだ。愛する人が壁ひとつ隔てた向こうで寝ているのに、いつまでもベッドでひとり寝なんて耐えられないからね」

彼の体を間近に感じ、アレクサンドラの肌が期待にうずきはじめた。彼の引きしまった腰に指を滑らせる。「愛する人ってわたしのこと？」

疑っているわけではない。ただ、もう一度フィンの口から答えが聞きたかった。

「何を言ってるんだ。昨日ぼくは、ローマで唯一の英国国教会で、きみと人生をともにすると誓わなかったか？　そして朝まで男として最善をつくし、その愛を証明しなかったか？」

フィンが彼女の耳もとでささやいた。「ぼくが愛しているのはきみだけだ。それは永遠に変わらない」

「フィン」アレクサンドラは彼の体の重みを楽しみながら、その髪にキスをした。「フィニアス・バーク、愛しているわ」

「そう願うよ、ミセス・バーク」フィンが彼女の耳たぶを軽く噛む。「何しろ大変だったんだから。さんざん交渉を重ね、金をばらまいて日にちを押さえたんだ。これだけ急いだ結婚式も珍しいだろう」

「その甲斐はあったわね」ミセス・バーク。ありきたりな名前だけれど、その響きを聞くと、背筋を甘美な震えが走る。「急だったけど、アビゲイルなら愛らしい付き添いになると思ったの。あなたの甥は……」アレクサンドラはことあるごとに〝甥〟という言葉を使った。〝あら、甥っ子さん、祝福のキスをしてちょうだいな〟ゆうべは結婚式のあと、無邪気な笑みを浮かべて頰をさしだしながら、ウォリングフォードにそう言った。

フィンがぐるりと目をまわした。「少なくとも、しかめっ面は極力控えてたな」親指で彼女の胸の先端をさする。「気の毒に。あいつときたら、彼女にすっかり振りまわされて」

「アビゲイルに？」アレクサンドラは訳知りな笑みを浮かべた。「あの子、ウォリングフォードとは結婚しないわよ」

「するさ」

彼女は枕から頭を持ちあげた。「するはずないわ。そんなおばかさんじゃないもの」

「きみは先入観を持ちすぎだよ。あいつは実はいいやつなんだ。いずれ彼女を射とめるさ」

フィンはアレクサンドラのうなじに鼻を押しつけた。やけに自信たっぷりな口調だ。

「やめて。アビゲイルとウォリングフォードが結婚するなんてありえないわ。賭けてもいいわよ。五〇シリングを――」

「もう賭けはやめてくれ」フィンがうなった。「頼むよ」

フィンの吐息が耳をくすぐる。アレクサンドラは彼の背中にあてていた手を上へと滑らせて髪にさし入れ、目を閉じた。いつのまにかかたくなったフィンの下腹部が腿に押しつけられている。

「わかったわ。もう賭けはしない」

「だいいち、公平な賭けにならないよ。ウォリングフォードは間違いなく彼女と結婚するから」

「しないわ」

「いや、するさ」フィンが彼女の鎖骨に沿って唇を滑らせた。「ひとつには、彼には何かにつけつきまとって、人の恋路を邪魔するジャコモがいない」

「まったくジャコモときたら、どうしてそうわたしを嫌うのかしら?」アレクサンドラはため息をついた。「一度も会ったことがないのに」

フィンが動きをとめ、顔をあげた。「会ったことはあるだろう。ぼくの作業小屋で会ってるはずだ、何度も」

アレクサンドラは驚いて彼の顔を見た。まじめに言っているようだ。「いいえ、一度もないわ。あなたから彼の話を聞いただけよ」

フィンがぽかんとした顔でこちらを見返した。「嘘だろう。覚えているはずだ。黒っぽい髪のやせた男だよ。年じゅうしかめっ面をしてた。そこはウォリングフォードに似てるが、もっと背が低くて、もっと横柄だ」

彼女は首を振った。「いいえ、あなたは勘違いしてる。わたしは一度も会ったことがないわ」

「そんなはずはないよ、アレクサンドラ」フィンが体を起こした。「だって、あの場にいたじゃないか。夏至前夜祭の翌朝にも。きみが入ってきたときには、彼は出ていくところだったが」

「フィン、言ってることがおかしいわ。あの日、作業小屋にはほかに誰もいなかったはずよ」

「アレクサンドラ。ぼくは彼と話をしていた。きみにも声が聞こえていたはずだ！」

彼女はフィンを見つめた。「あなたが何かしゃべっているのは聞こえたわ。でもあなたはよくひとり言を言うから」

フィンが大きく息を吐き、手で髪をかきあげた。「なんてことだ。いいか、アレクサンドラ、誓って言うが、ジャコモはあの場にいた。作業小屋にいたんだ」

アレクサンドラの胸が激しく打ちはじめた。「もちろん話には聞いていたわ。しょっちゅうね。彼とモリーニは――」

「モリーニ」フィンがその名前に反応した。「モリーニというのは家政婦だね、どの女性のことだい？」

「いちばん年配の女性よ。女性の使用人はほかにマリアとフランチェスカがいるわ。フランチェスカは金髪でリボンをつけているけど、モリーニはいつも頭にスカーフを巻いているわ。ほら、桃畑で会いたいっていうわたしの伝言を伝えてくれた人よ」

「いや、あれはフランチェスカだった。間違いなく若いほうだ。スカーフはしてなくて、ひどく無愛想だった。非難がましい目つきで見られたよ」

アレクサンドラはわけがわからなくなってきた。「モリーニはあなたのことを気に入ってたわ。何かと応援してくれたのよ。彼女とジャコモは……」ふと言葉を切り、フィンの真剣な表情を見つめる。「あなた、モリーニに会ったことある？」

「ない」ささやくような声で答えが返ってきた。

ふたりは長いこと無言で見つめあった。アレクサンドラは髪がひと房、肩にかかるのを感じた。フィンがその髪を払ってくれる。

〝呪われた城よ。すてきじゃない？〟アビゲイルはそう言っていた。モリーニがいろいろ教えてくれた、と。

開いた扉越しに居間をノックする音が聞こえた。

「ぼくが出る」

フィンはベッドから出ると、肘掛け椅子にかけてあったローブを羽織った。薄暗い部屋に、彼の美しいシルエットが浮かびあがる。フィンはサッシュを締めると扉を開けに行き、その姿が見えなくなった。

アレクサンドラはまだあたたかい、彼の香りがする枕を見つけ、腕に抱いた。居間のほうから聞こえる、低くてよく響く彼の声に耳を澄ませる。やがて外の扉が閉まった。

「なんだったの？」彼女は呼びかけてみた。

答えはない。

アレクサンドラは枕を抱えたまま、まっすぐ体を起こした。

「フィン？」声を大きくしてもう一度呼んでみる。

フィンが寝室に戻ってきた。指先にメモのようなものを挟み、愉快そうな笑みを浮かべている。

「なんなの？」

「きみにとって、さっき賭けをしなかったのは幸運だったな」そう言って、彼女のほうへメモをほうる。

アレクサンドラは手をのばしてメモを拾いあげた。半分に折ってあり、急いで書いたらしく読みづらい文字が並んでいる。

「どうして？」

「なぜかと言うと」フィンがベッドのアレクサンドラの後ろに腰かけ、彼女の肩に顎をのせた。声が引きつっている。笑いをこらえているからなのか、驚きからなのか、よくわからなかった。

「なぜかと言うと？」アレクサンドラは妙に胸がざわつくのを感じ、メモを開きながら先を促した。

「なぜかと言うと、ウォリングフォードときみの妹は駆け落ちしたようだからさ」

アレクサンドラはあわてて紙面に目を落とした。


〝親愛なる友へ。ミス・ヘアウッドとぼくは急ぎの用事でローマを離れなくてはならなくなった。また折りを見て連絡する。とりあえず、ミス・ヘアウッドはぼくのもとにいる、安全だと奥方に伝えてほしい〟


「これを駆け落ちって言うの？」

「そう読めないかい？」フィンがとぼけた口調で言う。

「まさか」アレクサンドラはメモをたたみ、じろりと彼をにらんだ。「読めないわね。これはつまり、あなたの甥は、わたしの妹を誘拐して逃げたのよ」

「きみの妹に対する彼の気持ちは本物だと思うが」

アレクサンドラは腰に手をあて、黙ったまま彼をにらんだ。

彼女のこのまなざしに対抗できる男はいないだろう。

「やれやれ。あとを追えってことか？」

ようやくわかったのね、というように、アレクサンドラは両眉をつりあげた。

「まあ、いい」フィンはあきらめたようにため息をつくと、シャツに手をのばした。「これがぼくたちの新婚旅行だ」

史実に関する覚書

今日では、車といえば内燃機関エンジンが圧倒的主流ですが、二〇世紀はじめのころには、ガソリンで走る車はアメリカ全土で二二パーセントしかありませんでした。そして時速約一〇〇キロという当時の世界最速記録は、ロケットのような形をした電気自動車〝ジャメ・コンタント〟によって達成されています。

デルモニコの自動車展示会は完全にわたしの想像の産物ですが、実際に一八九〇年代には蒸気自動車、電気自動車、ガソリン自動車が、ドラマティックな開発競争を繰り広げていました。フィンとアレクサンドラが語っているように、いずれのエンジンにも長所と短所があったのです。ところがその後、一九一二年に電気式のスターターが開発された（手動でクランクシャフトをまわす必要がなくなった）こと、また時期を同じくして道路の整備が大幅に進んだ（長距離走行への期待が高まった）ことにより、内燃機関エンジンが爆発的に広まることとなりました。二〇世紀になると、電気や蒸気で走る自動車は完全に姿を消します。

劇的効果をねらい、わたしは物語のなかで、当時ではありえなかったいくつかの技術的進歩を実現させています。一八九〇年代、蒸気自動車であればある程度のスピードが出たと思われますが、電気自動車に搭載された鉛電池で同じだけの速度を出すことは不可能でした。ですが、わたしは小説家ならではの方法でこの問題を解決しました。主人公は天才で、独自にバッテリーと空気抵抗の少ない車体を開発したという設定にしたのです。

また、架空の自動車展示会に実在の人物、エミール・イェリネックがちらりと登場していることもお断りしておきましょう。彼は裕福な実業家であり、熱烈な自動車愛好家でした。その娘アドリアン・マヌエラ・ラモナ・イェリネックは一八八九年に生まれ、家族からはメルツェデスと呼ばれていました。〈ヘル・イェリネックは実際に自動車業界に参入し、〈ダイムラー・モトーレン・ゲゼルシャフト〉社に対し、革新的な車を製造することを条件に五〇万マルクを投資します。

完成した車は一九〇〇年一二月、ついに工場から出荷されました。イェリネックの娘の名前をとり、メルツェデス（メルセデス）と名づけられて。

訳者あとがき

新進ロマンス作家ジュリアナ・グレイのデビュー作、〈A Lady Never Lies〉（二〇一二年RTロマンス・フィクション・トップ10にランクイン）の邦訳をお届けします。

物語の舞台は、新しい時代の空気に満ちた一九世紀末。

王立協会のフィニアス・フィッツウィリアム・バークは、〝馬のいらない馬車〟の先端技術をリードする気鋭の科学者。夏にローマで開かれる展示会でのレースを控え、これまでにない電動エンジンを完成させてライバルに勝とうと奮闘中です。そんな折り、イタリアの古城が一年間賃貸に出されるという新聞広告が。仕事に専念できる静かな環境を求めるフィンは、自堕落な生活から抜けだせないでいる友人ウォリングフォード公爵とその弟ローランド・ペンハロー卿を訪ね、ともにイタリアで一年間の禁欲生活に入ろうと提案します。

対するヒロインのアレクサンドラ・モーリーは、すべてにおいて一流好みの美しき侯爵未亡人。ロンドン社交界の花でしたが、ほかならぬ事情があって今は妹アビゲイルといとこの伯爵夫人リリベットの三人でイタリアのトスカーナに来ています。偶然、途中の宿でウォリングフォード公爵一行と遭遇、お互いの旅の目的がイタリアの田舎で一年間静かに学問をすることだとわかります。男女のどちらが目的を達成できるか賭けをしようということになるのですが、アレクサンドラは初対面のミスター・バークのことが気になって……。

ジュリアナ・グレイはもともと物語を書くことが大好きで、両親も文学に造詣が深く、少女時代はよその家族がビーチに遊びに行っているときでもシェイクスピアの芝居を見に連れていかれたとか。ロマンス小説の洗礼を受けたのは一三歳。友達の両親の本棚からこっそり借りた一冊にすっかり夢中になったのだそうです。

あるインタビューで彼女はこう言っています。「ロマンス小説は、やはり読んでいて楽しくなければ。男女の恋を描くとき、わたしは深刻さよりもユーモアを大切にしたい」

まさにその言葉どおり、本作品にはスパイスのきいた笑いがあり、成熟した大人のセンスを感じさせます。しかもプロットがよく練られ、通り一遍ではない展開にページをめくる手がとまりません。これが本当にデビュー作なのかと疑いたくなるほどの完成度の高さ、いきなりの名人芸に思わず拍手を送りたくなりました。ちなみに彼女、この時代の英国を熱く生きた技術者たちの物語が大好きなのだとか。ヒーローのフィンが特に魅力的に描かれている秘密はこのあたりにもありそうです。

軽やかに、かつ鮮やかに、とびきりロマンティックな大人の恋を描けるジュリアナ・グレイが今後も活躍してくれることを大いに期待したいと思います。

二〇一六年一月

ライムブックス

空高《そらたか》き丘《おか》でくちづけを

著　者　ジュリアナ・グレイ
訳　者　島原里香《しまはらりか》

2016年2月20日　初版第一刷発行

発行人　成瀬雅人
発行所　株式会社原書房
〒160-0022東京都新宿区新宿1-25-13
電話・代表03-3354-0685　http://www.harashobo.co.jp
振替・00150-6-151594
カバーデザイン　松山はるみ
印刷所　図書印刷株式会社

 ISBN978-4-562-04479-5 Printed in Japan